只此沧海梦

沈沧眉 著

贵州出版集团
贵州人民出版社

图书在版编目（CIP）数据

只此江湖梦 / 沈沧眉著. -- 贵阳：贵州人民出版
社，2023.3
ISBN 978-7-221-17538-0

Ⅰ．①只… Ⅱ．①沈… Ⅲ．①侠义小说－中国－当代
Ⅳ．①I247.5

中国版本图书馆CIP数据核字(2022)第219900号

只此江湖梦
ZHI CI JIANGHU MENG

沈沧眉/著

出　版　人：朱文迅
出版统筹：陈继光
责任编辑：陈珊珊
装帧设计：他系力二工作室
封面绘制：RedMatcha
出版发行：贵州人民出版社（贵阳市观山湖区会展东路SOHO办公区A座
　　　　　邮编：550081）
印　　刷：固安兰星球彩色印刷有限公司
开　　本：880×1230毫米1/32
字　　数：370千字
印　　张：12
版　　次：2023年3月第1版
印　　次：2023年3月第1次印刷
书　　号：ISBN 978-7-221-17538-0
定　　价：45.00元

贵州人民出版社微信

目录

第一卷

楔子

    我叫方怡，女，二十四岁，是一名自由撰稿人，正在创作一部以明朝为背景的传奇小说，阅读了大量有关明史的资料，夜以继日的工作强度和晨昏颠倒的生活作息，使我生了一场重病，或许是药物的缘故，我在病中昏睡不醒，做了一个极其漫长的梦。梦中的我变成了另一个人，经历了一系列离奇曲折的事情，离奇程度堪比我正在构思的小说，醒来之后，我将这个梦记录了下来，各位姑妄听之。

第一章
懒慢疏狂

夜凉如水，明月当空。房间里点着两盏琉璃灯，室内布置得颇为雅致，窗下摆了一把七弦古琴，案几上的青花瓷瓶里插了两支桃花，淡红粉白，温润的空气里隐约有丝丝缕缕的暗香浮动，黄花梨木的雕花床前垂下月白色的帷幔。

室内还有两名黑衣男人，他们年龄相仿，三十岁左右，一个浓眉大眼，留着络腮胡，看上去颇有豪爽之风；另一个身材瘦削，肤色黄里透青，面相深沉。两个人一左一右站在床前，面色凝重，神情焦急地看着床上的我。

我打量完周遭的环境之后，想要起身，身体却毫无反应，想要开口说话，却发不出声音。

一脸络腮胡的男子看到我的努力之后，向床前倾身，问道："疏狂，你想说什么？"

我再次张了张嘴，还是没有声音，心中不禁大为惊诧。

这时，房门突然被人推开，走进来一个颇为儒雅的青袍老者，手提一只黑色医箱。室内的两人看到他全都松了口气，道："黎先生，你总算来了。"络腮胡也立刻从床前挪开，为青袍老者让出位置。

青袍老者也不多话，放下黑箱，快步上前握住了我的手腕，他刚一碰到我的皮肤便打了一个寒噤，面色惊异之色，道："体气冰寒，莫非是中了鬼谷盟大当家沈醉天的玄冰寒玉掌？"

"不错！"络腮胡看起来十分性急，"黎先生，她还有救吗？"

黎先生闭目不答，专心把脉，半晌站起身来，道："老夫回天乏术，燕坛主，准备后事吧。"

燕坛主闻言仿若遭受重创，面如死灰，说不出话来。我听了又惊又怕，我四肢健全，神志清醒，怎么就准备后事了，该不会真把我活埋了吧。我惶急之下，顿时求生欲爆棚，心底有一个极其强大的意念要撼动躯体，居然真的发出了一丝微弱的气息，被那两名黑衣男子准确无误地捕捉到了。

他们的脸色立刻转悲为喜，一起扑到床前，叫道："疏狂？"

那位黎先生也一个箭步窜到跟前，十指迅疾拂过我身上的多处穴道，一股尖锐入骨的酸痛感顿时蔓延全身，使我忍不住又"嗯"了一声。

燕坛主满脸欣喜若狂。黎先生的脸上也浮现一丝惊讶，他坐到床前，重新握住我的手腕把脉，屏息静气，脸上的神情越来越奇怪，像是看到了一件绝对不可能发生的事情。片刻后，他放开我的手腕道："老夫行医数十年，从未遇过这等怪事！"

那名面色深沉的黑衣人一直没有说话，此刻也颇为急切地问道："黎先生，她究竟怎么样了？"

黎先生站起身，对他说道："宋阁主请放心，容姑娘既然醒了过来，便无大碍，待老夫开几服药，再调养一段日子应该就能恢复了，不过……"

"如何？"燕坛主忙不迭地问道。

黎先生看了我一眼，压低声音道："她的这身武功怕是要废了，此生都将不能练武。"

那两人听了这话，相互看了一眼，脸上的表情不亚于听到"准备后事"

这四个字。

室内静默了半响。燕坛主忽然道："黎先生，你的医术独步天下，请你再想想，还有没有什么药材能够恢复她的武功？只要这世上有的，我们御驰山庄就一定能找到。"

黎先生微微摇头道："容姑娘能拣回这条命，已经是个奇迹了。至于恢复她的武功，老夫实在是无能为力。"

他说完满怀愧疚地叹息了一声，走到书桌前奋笔疾书一番，道："宋阁主，这是药方，每日早晚两服，三个月后，容姑娘的身体当会痊愈，老夫告辞了！"临走前又看了看我，满面疑惑，似乎仍然不敢相信眼前的事实。

宋阁主连忙道："多谢先生，我送您出去。"

燕坛主也上前道谢，三人客套一番，宋阁主送那位黎大夫出去，燕坛主拿着药方吩咐下人去抓药。

恢复平静之后，我在心里将事情大致梳理了一番：这宋、燕二人属于御驰山庄，且级别不低，打伤我的人叫沈醉天，是鬼谷盟的大当家，显然，这两方势力的关系是敌非友。能够被对方的大当家打伤，我在山庄的地位想必不低，没准也是个坛主级别的？至于这两派为何势同水火，御驰山庄的组织架构如何？老大是谁？尚待慢慢探寻。

春寒料峭，傍晚的风里仍透着丝丝寒意，我裹着厚重的披风，趴在小楼的窗口四处张望。这是一座清灰色的庭院，飞檐雕柱，水榭亭台，颇显清幽精致。院里植了许多奇花异草，还有一些经年不凋的雪松龙柏，廊下的几株桃花开得正盛，满树的浅白嫩红，在这满院碧翠中尤为艳丽，有一股说不出的清怡之气。

我按照黎大夫的药方调养，在床上躺了足足半个月，已经快要憋疯了。虽然黎大夫说我的身体需要三个月才会完全恢复，但我自觉身体活动自如，已无大碍，偏偏伺候我的小丫鬟柳暗硬是不让我随意出门，我只好趁她熬药的机会，跑出来透透气。

这半个月来，通过我的旁敲侧击和细心观察，对御驰山庄已经有了大致的了解。——御驰山庄在江湖上拥有较为显赫的名声和地位，是江湖第一大庄，分舵遍布全国。自庄主而下，分设内外两位阁主、四大坛主，并若干舵主。宋阁主名叫宋清歌，是山庄内议阁的阁主，燕坛主叫作燕扶风，位列四大护法。我此刻所住的地方，乃是御驰山庄的姑苏分舵，除了燕、宋二人，我并没见过山庄的其他精英，御驰山庄的庄主姓甚名谁、祖籍何处、年纪多大、妻妾几房等更是一概不知。

尤其惭愧的是，容疏狂的身份也依然是个谜团。

说来也是奇怪，燕、宋二人的身份地位在山庄极高，但对我却颇为尊敬，定期探望。倒是那小丫头柳暗对我极不客气，我每每有什么要求，她一概严词拒绝，均以黎先生的嘱咐为由，不准这样、不准那样，以至于我一时搞不清楚自己的定位。

"容姑娘，你怎么又起来了？"柳暗不知何时站在了门口，手里端着我的药。

我转身看着她，舒展四肢，做了几下伸展运动道："你别这么紧张呀！你看，我的身体已经恢复得很好了——"话音未落，已被她一把搞了手腕，拉回屋里。这丫头年纪轻轻，看起来貌美娇怯，手劲倒是不小，我武功全失，根本不是她的对手。俗话说，人在江湖飘，岂能没有刀。看来没几手功夫，行走江湖真的会很不方便啊。

"容姑娘，你就别再为难我了。少庄主昨夜已经来了！你若是再有什么闪失，大家的日子都不好过。"

她还挺会先发制人的，不过，她口中的少庄主是谁？我连忙问道："少庄主来了？我怎么一点都不知道？他来干什么？"

她将药端到我面前，面无表情地说道："少主来的时候，姑娘睡着了，至于他来干什么，我一个下人怎么会知道？"

听她这语气好像我抢了她夫君，欠下她巨额债款似的，容疏狂的人缘竟然这么差吗？我端过药，一口气喝了下去，继续问道："他现在哪里？"

她又拿出一个白色瓷瓶，倒出两颗碧绿药丸递过来，道："少主昨夜在房里坐了一会儿就走了，留下这瓶药给姑娘服用。现在，他应该是在前厅和宋阁主他们商议事情。"

这药丸香气扑鼻，我接过来吃了，立刻便有一股清凉甘洌之气顺着喉咙直抵胸腔，说不出的舒畅。这少庄主弄来的东西，果然是不一般。

柳暗见我吃了药，道："容姑娘休息片刻，我要去药房看看。"

我忙上床，盖好被子，笑道："你去忙吧，不用管我。"

她走到门口，又转头道："容姑娘，你要是受了风寒，这些天的药就白吃了。"

开玩笑，御驰山庄的少庄主来了，岂有不去瞧瞧的道理？我耳听她的脚步声渐渐走远，才从床上爬起来，轻声轻脚地走下楼去，穿过一道僻静的走廊，一路往前厅寻去。

我刚踏入厅外的走廊，便听到了宋清歌的声音："老燕，你有没有觉得疏狂最近有些奇怪，好像变了一个人似的？"

我吃了一惊，不知是什么地方露了破绽，被他看出端倪。燕扶风说道："她中了沈醉天的玄冰寒玉掌，能捡回一条命已是万幸，眼下又武功全失，她虽嘴上不说，内心肯定是大受刺激的，有些奇怪的反应也属正常……"

宋清歌依然有些疑虑，道："可是她好像对很多事情都不记得了。"

燕扶风的语气有些不太确定，迟疑道："会不会是沈醉天那一掌伤到了她的脑袋，一时失忆了？这种情况江湖上也是有的。"

我听了忍不住暗中称赞：失忆，确实是一个绝妙的借口。

宋清歌似乎被这个理由给说服了，沉默片刻，又道："她若是失忆的话，现在送她去沧州，还合适吗？"

咦，送我去沧州干什么？

那位少主没有说话，燕扶风却突然爆了粗口，道："他娘的，楚天遥这个混蛋，他明知道疏狂跟少主的关系她……"

"我跟疏狂的关系，与大家并无区别！"一个清冷的声音打断了他，语气自带一丝威严。

"大家都知道，她喜欢你——"

"老燕！不要胡说！"宋清歌及时遏止。厅内陷入静默，仿佛有一股诡异的气氛弥漫而出，连外面的我都感觉有些不舒服。

原来容疏狂喜欢这位少庄主！不过听他的语气，倒像是容疏狂的一厢情愿。到目前为止，就数这条信息最有价值，我已经迫不及待要瞧瞧这位少主了。

我抬脚正要走进去，忽听身后有人扯着嗓子叫道："容姑娘，你怎么又跑出来了？"不用回头，也知道是谁了，她这盯人的本领实在高明。

这时，燕扶风已经快步从厅里走了出来，对我说道："疏狂，黎先生嘱咐你要多休息！"

我勉强笑了笑，道："在屋内闷得难受，就出来走走。"

宋清歌随后也走了出来，道："疏狂，你体内寒气未除，不宜多走动。"

在一个没有任何娱乐的房间里躺了半个多月，天天对着屋顶发呆，这感觉委实是生不如死。我忍不住抗议，道："拜托各位，养条狗还要多溜一溜，我一个大活人，又不是囚犯，整天待在屋子里，会闷死的。"

那个没有温度的声音突然说道："从明天起，你不用再待在屋里了。"

少庄主终于从房里走了出来，身姿秀挺，剑眉星眸，冷若冰霜，鼻梁过于挺直，使他的整个轮廓看起来有种孤绝的味道。质地柔滑的黑色长衫被廊下的晚风吹拂着，贴在他的身躯上，可以看出那一身健美强壮的肌肉，散发着一股令人无法逼视的霸气。我忍不住暗赞容疏狂的眼光，这位少庄主果然俊美潇洒，风姿卓然！

他看向柳暗，神色冷漠地吩咐道："你将疏狂的东西收拾一下，我们明天一早启程，记得带上她的药。"

柳暗答应一声，转身出去了。我却禁不住好奇地问了一句，道："我们要去哪里？"话一出口便想起他们刚才的谈话，肯定是去沧州了。

果然，他答道："沧州！"

哇！终于要去闯荡江湖了吗？我不禁有些喜形于色。少庄主诧异地看了我一眼。燕扶风忽然道："疏狂，你真的愿意嫁给楚天遥吗？"

我一下子愣住了，难道是送我去沧州嫁人？这可太奇怪了，倘若容疏狂喜欢的是这位少主，为什么要嫁给楚天遥呢？还是先搞清楚情况再说。

我抬手按住额头,装作头疼,道:"楚天遥,这个名字好熟悉,可是一时偏偏又想不起来了。"

燕扶风看了看我,和宋清歌交换了一下眼色。我继续揉着太阳穴,一边观察他们,道:"最近也不知怎么了,一想事情,脑袋就疼……"

燕扶风的脸上露出一丝愧疚之色,道:"疏狂,是我对不起你!都怪我那天喝多了酒,没有及时看到你发出的信号,否则你也不会被沈醉天打伤。我害你武功全失,成了废人,等你的身体好了,老燕我任你处置!"

原来容疏狂的受伤还有这层因素,不过,武功全失也不代表就是废人啊,真的很有必要给他灌输一套全新的价值观念。于是我清了清嗓子,半是宽慰半是教育地对他说道:"燕坛主不必自责,这世上不会武功的人也有很多,他们一样活得很好,一个人是不是废人,主要是看其精神意志是否坚定,不能全靠武功——"话音未落,顿觉凉风袭体,身边已经多了一个人,左手已经被他握住了。

我惊道:"你干什么?"

这位少主的右手扣住我的腕脉,浓眉微拧,目光清亮地盯着我,另一只手挑开我散落脸颊的发丝,五指抚过我的额头,我正为他过于亲密的举止感到窘迫,不知如何应对,突然脸颊一疼,我忍不住叫道:"你掐我干什么?"

他静默片刻,放开我的手,退后两步,道:"你的言行实在太奇怪了,我不得不谨慎一点。"

这时,宋清歌出声道:"少主放心,属下派了三名影子日夜护卫,绝不可能有人假扮疏狂!"

原来是怀疑我易容!我一阵无语。

宋清歌显得忧心忡忡,又道:"以疏狂现在这个状况,即便将她嫁过去,楚天遥那边的事情只怕也不太好办,请少主三思。"

这个楚天遥到底是谁?我不禁狐疑。

少庄主沉默片刻,忽然道:"你们先下去吧,我和疏狂单独谈谈。"

燕、宋二人齐声告退。院中一时寂静,唯有枝头的鸟儿啾鸣。

这位年轻英俊的少主看了我良久，才问道："你还记得去沧州的目的吗？"

"不是嫁人吗？"我反问他。难道不只是嫁人，其中另有玄机？

他忽然轻叹一声，道："疏狂，你要为林家牺牲，我林少辞可不会领你的情。江湖传言，楚天遥的性情诡异难测，喜怒无常，你现在后悔的话，还来得及。"

我沉默不语，这一连串的信息搞得我有些发蒙，只听见他自称林少辞。

他恳切地看着我，又道："你若是不想去沧州，就安心待在这里休养，剩下的事我自会安排。"

听到"休养"二字，我本能地摇了摇头，开什么玩笑，再修养下去，我怕要得失心疯了。

他见我摇头，神色一变，目光幽怨地盯着我。我被他看得头皮发麻，正要说话。他忽然笑了，或许是我的错觉，竟觉得他的笑容里依稀带有一丝讽刺的意味。我越发感到糊涂，听他刚刚的意思，容疏狂嫁给楚天遥这件事，必定对御驰山庄非常重要，否则也不必用上"牺牲"这样的词，但他却在劝阻我。

我思忖片刻后道："你们送我去沧州，嫁给楚天遥的目的究竟是什么？"

他冷冷地道："偷东西！"

"什么东西？"

"一份名单！"

"什么名单？"

他静默了一会儿，沉声道："是一份谋反名单，汉王朱高煦密谋造反，暗中招纳了许多江湖高手为其卖命，不但如此，就连朝廷里，也有一部分官员被他秘密收买，签了生死血书，这个血书就在楚天遥的手里，也就是你要偷的名单。"

汉王朱高煦？明史确有记载他谋反一事，只是谋反这等秘事，他又是如何知道的？

"这事你是怎么知道的？"我好奇地问道。

"御驰山庄树大招风，汉王的人自然也曾拜访过家父！家父一直称病不出，他们不断施加压力，林家在江浙一带陆续关掉二十几家店铺。一个月前，楚天遥忽然派人前来提亲，而晚词自娘胎里便带来一种怪病，父亲对她极其宠溺，所以……"

　　他停顿片刻，忽然话锋一转，道："疏狂，林家虽对你有养育之恩，但要你代晚词出嫁，实在太自私了，而且此事异常凶险，你现在又武功全失……你若是后悔，我立刻带你回去跟父亲说清楚，想我御驰山庄何曾怕过谁？"他双目炯炯地看着我，眉宇间英气逼人。

　　原来楚天遥本来要娶的人是林晚词，容疏狂为了报恩，代她出嫁。我不禁认真思考起来：显然，楚天遥娶亲是一个幌子，牵制御驰山庄才是他的目的，而容疏狂出嫁也是一个幌子，真实目的是要偷名单，万一失败的话，岂不是性命堪忧？不过，据明史记载，汉王谋反失败了，似乎也没啥可怕的？况且我素来向往快意恩仇的江湖生活，现在古代版007的伟大角色正在等着我，岂能临阵退缩？

　　我主意已定，便道："我不后悔！"

　　他毫不掩饰自己的失望，但并没有再说什么，只是垂下眼帘，露出一个难以言说的笑容。我不想探究这个笑容背后的深意，又问道："不过楚天遥究竟是什么人？这么重要的名单为什么会在他的身上呢？"

　　他静默好半天，在我以为他不会回答的时候，忽然抬起眼眸，面无表情地说道："楚天遥是汉王的谋士，此人是近百年来，江湖中最神秘的一个人，见过他的人少之又少，传闻他面如冠玉，心智高绝，一身武功出神入化，生平未逢敌手，正是因为有了他的协助，汉王才能号令江湖上的诸多奇人异士。"

　　如此神秘，倒是激起了我的好奇心，想要见识一下这个传闻中的人物。

　　于是我道："那我们明天就去沧州吧！"

　　他近乎漠然地看了我片刻，然后一言不发地转身走了。

　　我抬头看向天空，夜色彻底地暗了下来，一弯极浅淡的新月挂于飞檐之上，在院中投下一片婆娑惨淡的光影，似某种未知的玄秘。

第二章
秦楼惊艳

隔日清晨，柳暗收拾好行李，开始伺候我梳妆。我坐在梳妆镜前，端详镜子里面的人——容疏狂无疑有一头绝好的发质，乌滑亮丽，雪肌青瞳，鼻梁秀挺，眉目间透着一股勃勃英气。柳暗将我的长发绾起，在头顶盘结，拿一块幞巾包了。

"这发型怎么像个男的？"我还满心期待她会拿出一个琳琅满目的首饰盒叫我开开眼界呢。

"行走江湖，还是改作男装更为方便。"她说着，又拿了一套灰色男装过来。

我对女扮男装其实一样有着浓厚的兴趣，只是这个颜色似乎……

"这颜色是不是太单调了点……"

她似乎有些吃惊，道："这是你平常最常穿的颜色。"

唉，容疏狂未免也活得太无趣了，正值青春年少，怎么忍心辜负大好韶光？须知容颜若飞电，时景如飘风，如此美好年华，不享受华服美食，难道要留给岁月来摧残？我老老实实地穿戴齐整，下楼到前厅和燕、宋等人一起吃了早餐。饭后，林少辞骑马，燕扶风、宋清歌充当马夫，我和柳暗坐在马车里，一行五人驾车出发。

柳暗年纪不大，却有着超乎年龄的沉稳，一路上都在马车内静坐不语，并不是一个好的旅伴。到了下午，我实在闲不住，掀开车帘准备找燕扶风聊天，谁知他一见我便道："疏狂，你不能吹风，快回车厢里去。"

我将黑色大氅裹紧，戴上风帽，包得严严实实，只露出一双眼睛，道："这样总可以了吧？"

柳暗探出头来，道："容姑娘，你真的不能再受风寒。"

林少辞忽然道："随她吧！"

我和燕扶风闲聊了一会儿，忽听身后马蹄声大作，有人大声叫道："前面的朋友，请让一让！"

我把着车厢，探头朝后一看：只见后面一队人马，清一色装扮，排成两列，并驾齐驱，约有三四十骑，个个体格健壮，拱卫着中间的一辆豪华马车，马车左侧走着一骑栗色骏马，马上人的装扮与众不同，穿了一袭白衣，在这滚滚灰尘的官道上格外醒目。这时，燕扶风熟练地驾驭马车避到路旁，为后面的车队让道。林少辞与宋清歌也都在马上侧目。马车前的二十余骑疾风般驶过，我才看清那白衣男子有着一张极其俊秀的脸庞。

燕扶风奇道："老宋，你看他们是什么来路？"

宋清歌道："江湖上若有这号人物，我绝不会没有印象，看这排场倒像是官场众人……"

林少辞淡淡地道："人不犯我，我不犯人，上路吧。"

江南的气候多变，黄昏时分忽然飘起了细雨。一行人冒雨走了两个时辰，方才到达一个小镇。小镇上只有一家荣福客栈，那块红色招牌早已褪了颜色，斑驳得不成样子。我们进入客栈，只见店内十来张桌子已经坐满了客人，正是路上遇见的那群人，独不见那位白衣公子。这群人吃喝完毕，自觉地分成两队，一队进房休息，另一队走出客栈，两人一组地守住了客栈的四个方位。他们并无人指派，却纪律严明，井然有序，显然是主人平素训导有方。

燕宋二人互看了一眼，面上都有惊讶之色。林少辞始终一脸淡漠。我也有点好奇：不知道那马车里坐的是何方神圣，竟带了这么多护卫出行！

一夜无话。

因为昨夜的雨，道路泥泞不堪，直到日暮时分，我们方才进入无锡城。宋清歌挑了一间看起来相当豪华的客栈住下。

江南自古就是富庶繁华之地，街上颇为热闹。我吃好晚饭，洗了个热水澡，换了身干净衣裳，准备出去逛一逛明朝的夜市，刚打开门，便看到廊下的林少辞，像座冰山似的站在门口，面无表情地问道："要出去吗？"

我干笑一声，道："正要睡觉，特意看看房门关好了没有？"

"是吗？那你休息吧，本想带你去出去逛逛的……"他说着转身欲走。

我连忙一把拉住，赔笑道："天色还早，去逛逛也好。"

他的嘴角隐有笑意："那就走吧。"

出客栈往左一拐，便是一条热闹的大街，沿街的摊位上卖些琳琅满目的小玩意，我兴趣不大，倒是前面那座张灯结彩的红楼很是醒目，里面莺歌笑语不断，撩拨得人心里痒痒的。我料定那是青楼，岂能不去见识一下，当下也不跟林少辞打招呼，抬脚便往里走，等他回过神来，我们已被一群莺莺燕燕围住，脱不开身了。

"原来你还有这个爱好？"他有些意外地看了我一眼，却是坦然落座，显然对这样的场所并不陌生。

"无锡的小曲颇有盛名，不听太可惜了。"我干笑一声，转头对着老鸨道，"劳烦将你们的头牌姑娘请出来，给咱们唱两首小曲吧。"

"文君姑娘今晚身子不舒服，您想要听曲儿，我们秀珠姑娘——"

我佯怒，沉下脸道："怕咱们没银子吗？"

老鸨毫不惊慌，笑道："公子是新来的吧。您有所不知，文君姑娘虽是我们这儿的头牌，但若要论唱曲儿，还真要数秀珠姑娘。"

林少辞忽然道："那么就请秀珠姑娘过来吧。"

我瞪着老鸨的背影，不甘心地哼道："到了青楼，当然得找最好的姑娘。"

林少辞眼睛瞟对面，淡淡地道："只怕那最好的文君姑娘不是身子不舒服，而是被人捷足先登了。"

　　我顺着他的目光一看，只见对面的雅阁珠帘垂地，门前站在两名携带兵器的黑衣男子，身板挺直若一条线，双目炯炯地环视四周，看打扮和路上遇到的那群车队护卫倒是一路的。我好奇心大盛，凑近问道："你说，他们到底是什么人？好大的派头？"

　　他端起茶喝了一口，浅浅地笑道："管他呢，反正不是男人，就是女扮男装的女人。"我一愣，这人整天不说话，开口就能噎死人，一路上都像座冰山，现在倒又俏皮戏谑了起来，真是叫人捉摸不透。

　　这时，老鸨带了一位怀抱琵琶的绿裙姑娘过来，模样极为端正娴静，一双眼睛秀而不媚，若卸去面上的妆容，绝看不出是位风尘女子。

　　她坐定刚一拨弦，还未开口，对面便有人先她一步亮了嗓子："大江东去，浪淘尽——"清亮的歌声，穿透这一片吵闹的沸腾，破空而来。喧嚣的楼内蓦然寂静，人人抬头望着楼上的那间雅阁。

　　我斜眼看林少辞，却见他一脸若有所思，看来也并非完全不好奇的。我正准备调侃他两句，扳回刚刚的一局，忽然眼前一花，两道黑线闪电般射向那间雅阁，紧接着便是刀剑相交的铿然声，两团身影纠缠一片。楼阁的朱漆栏杆蓦然断开，有人陆续掉了下来，满室骚动，人们叫喊着往门口跑，挤成一团。

　　我来不及思考，拉起林少辞就要往外跑，忽见那位秀珠姑娘还傻坐着，连她也一起拉了。

　　"有刺客，快走！"我话没说完，就觉全身一麻，动弹不得了。秀珠面上挂着一丝阴狠的冷笑，她将我与林少辞点了穴道，朝角落里一扔，立刻侧身藏到帘后，抽出一柄雪亮的弯刀伺机而动。

　　我生长于太平盛世，哪见过这种打打杀杀的场面，不禁胆战心慌，转目却见林少辞一脸平静，神色自若，顿觉奇怪：我虽然武功全失，他可是御驰山庄的少主，何以也如此不济被人点了穴道？必定是留有后手。这样一想，顿感心安，开始观战。

此刻，那两名黑衣刺客已被对方制服，雅阁前的珠帘被人撩起，走出一名白衣少年，正是路上遇见的那位。在他身后，又走出一位青衣公子，大约二十六七岁，双目炯炯，虽不见得有多英俊，却自有一种清贵高华的气度。

"说！谁派你们来的？"白衣少年面色如雪，持剑指着一名杀手的下颌。谁知那杀手竟像疯了一般，突然挣脱擒制，朝着他的剑锋猛扑过来。那少年欲留活口，剑锋一偏打在他的脸上。杀手浑不畏死，探手死死抓住那剑锋不放。

就在这一瞬间，安静的阁楼内杀气陡盛！秀珠出手了！她手中那柄薄薄的柳叶弯刀以一种不可思议的速度飞了出去！

然而，这股杀气并不来自她一个人。同时出手的还有一个人——青楼老鸨。她那明显过于肥胖臃肿的身躯，突然之间变得无比灵活，像一尾畅游深海的鱼，以越过浪潮的优雅姿势朝着雅阁扑了过去。

我以为她们的目标必定是那位青衣贵公子，他显然是被保护的那个。但是我错了，他们的目标竟然是那名被人紧紧握住剑锋的白衣少年。就在我开始质疑自己的判断时，林少辞忽然出手了，仿佛海天之间闪过的一道青白电光，直袭那名温润儒雅的高贵公子。

我几乎不敢相信自己的眼睛。难道说，这些杀手是林少辞派来的？

"这里危险，你先回客栈。"林少辞出手的那一瞬间，用闪电般的速度，不容异议地将我丢出了窗外。

在做自由落体的短暂时间里，我又惊又怒：怎么能随随便便把一个大活人扔下楼呢？简直就是谋杀？万一砸到小朋友，后果更是不堪设想……若是砸到一个清秀书生，又该如何？我想应该先爬起来，但是我穴道被点，动弹不得啊！被我压在身下的人也好像受惊过度，眼睁睁地看着我，一句话也没有，连哼都没哼一声，不知道是不是被砸出了脑震荡？

我们瞪眼相互看了半晌，他终于说话了，声音居然很好听，"这位公子，你要是再不起来的话，大家会认为我们有断袖之癖的？"

我抬头一看，周围一圈黑压压的人头，一双双眼睛比舞台的聚光灯还亮，见我抬头看他们，立刻轰然四散开去。我下意识地开玩笑："这帮看热闹的群众，看完就走，既不赞美，也不打赏，太没有看热闹的素养了。"

身下的书生似乎被我这番话语惊到了，怔怔地看着我道："你要是没事的话，请起来说话？"

我苦笑道："这位大哥，你有所不知，我被人点了穴道，动不了啊。"

他的表情像是听到了某个天方夜谭，白皙的脸上泛起一抹轻红，指了指自己的下身，道："是吗？怎么我感觉你的手好像能动呢。"

我的手？我低头一看，我的妈呀！我是摔坏了脑子吗？竟然当街对一个男人……我就说，我落地时好像抓住了什么东西……难道林少辞刚刚那一扔已经将我的穴道解开了？我几乎是跳起来的，似乎还说了一些道歉的场面话，脑子一片混乱，全然不记得说了什么。只记得那个男人脸上的表情很古怪，好像强忍着笑的模样。

"我很好，公子请便！"他说完抬脚就往青楼里走。

我想起双方人马还在里面火拼，此人一副文弱书生模样，进去肯定非死即伤，连忙一个箭步上前，将他拖了回来，拿出江湖好汉的口吻道："这位大哥，此地不宜久留，我们借一步说话。"

当下不由分说，拖着他就跑。不过是跑了一条小巷，累得我气喘吁吁，回头一看，他脸不红气不喘，像个没事人一样，想不服气也不行啊。

"看来不论哪朝哪代，男人的体力注定比女人强！"

"你说什么？"他没听清，凑近点看我。

"没什么？你现在安全了，刚刚那楼上有人打架，你今晚到别处找乐子吧。"

他一副恍然大悟的语气，道："难怪公子会从窗口掉下来，莫非是和人争美不敌？"

这位仁兄也太有想象力了。我按下翻白眼的欲望，草草抱拳，道："我先走了，再见！"

"公子且慢！敢问贵姓？"

"何事？"

"公子相貌堂堂，一表非凡，我想请你喝两杯，不知可否赏光啊？"

我两眼一瞪，道："难道是贪图我的美色？"

他吃惊不小："公子何出此言？"

我冷笑两声，道："你刚才分明是要去寻欢作乐，却没去成，你还知道断袖之癖，显然是有特殊爱好，你见我一表非凡，就想灌醉我，再趁机做点什么，是不是？"

他一脸又吃惊又好笑的表情，试图解释："公子误会了，我……"

"误会？一个男人上青楼还能有什么好事？"

"可是，你好像也是从青楼里出来的？"

咦？这家伙竟反将一军，我当即抢白回去："所以你就认定我和你是一丘之貉，妄图来勾引我？我告诉你，我容疏狂逛青楼那叫风流，你这样的就是下流，知道吗？"

"容疏狂？"他眼中闪过一道异光。

"怕了吧？"哈哈，我就知道这个名字肯定威震江湖，怎么说也是御驰山庄的人啊。

他笑了笑，眼里多了一丝探究的意味："容公子，你真的误会了，我绝无此意。"

居然叫我公子，肯定不是江湖人，否则不会不知道容疏狂的性别，真是对牛弹琴了。

"我还有事，你自个儿慢慢玩吧！"

我不再理他，直奔灯火盛明的繁华大街。想起林少辞那小子把我扔下楼就有气，还敢叫我先回客栈。我在街上闲逛了半天，忽觉腹中饥饿，看见巷口的一个小面摊，当即过去要了碗面条，吃完方才想起没带钱。

休养的这大半个月，就没自己花过一分钱，竟然忘记钱的重要性了。即便想吃霸王餐，也得有一身好本领啊，偏偏我武功全失，也没有办法发信息求救，大概是我站起来又坐下去这个动作引起了老板的怀疑，他笑眯眯地看着我："客官，您的面钱……"

我不等他说出来，便抢先道："老板你的面太好吃了，再来一碗！"

他一脸为难地说："客官，小人一会儿就要收摊了，这碗面钱还望客官……"

他看着我，言外之意非常明显，我正窘迫得不知如何应对，忽然有个东西"咚"的一声落在桌子上，却是一锭银子。有个人走过来，在我的对面坐了下来，竟然是刚刚的那个书生。

"老板，请给这位公子来一碗面条。"他微笑着说道。

我顿时大喜过望，如遇救星，恭维道："想不到兄台你如此慷慨大方，助人为乐，小弟我刚刚多有冒犯，万望见谅。"

他看着我一副前倨后恭的样子，笑而不语。我面不改色，继续道："这样好了，为了表示小弟道歉的诚意，就让兄台你请我喝一杯吧。"

他微微一怔。

我提醒他，道："兄台刚刚不是要请我喝酒吗？"他"哦"了一声，颇有一种哭笑不得的意思。

"那么我们赶紧走吧。"我打铁趁热，拉起他就往街上最气派的酒楼奔去，寻一个可以临窗远眺的位置坐了，挑昂贵的菜点了几样，再要一壶上好花雕酒。他一副满不在乎的样子，八成是个富家公子。

我点好了酒菜，方才有空仔细打量他：一身淡蓝色的长衫，身材消瘦颀长，眉目疏淡，一双细长凤目，笑起来有丝丝细纹，看起来人畜无害。

我打量他的时候，他正望着窗外，似乎也知道我在看他，却不动声色。窗外月影婆娑，他的脸在摇曳的灯火里或明或暗，嘴角微微弯起隐有笑意，像挂了一抹月光般动人。在这稍显嘈杂的夜晚，我与他相对坐着，街上的人声已渐渐低下去，慢慢远了。灯火却还没有灭，依然是流光溢彩，我突然觉得有股莫名的安静从心底涌上来，把红尘喧嚣一一过滤了。

他目光眺望的地方隐约有一座古城。

我心念一动，道："那地方莫非是三国城？"

他点头，忽然轻轻吟道："乱石穿空，惊涛拍岸，卷起千堆雪。江山如画，一时多少豪杰。"

我接口道："遥想公瑾当年，小乔初嫁了，雄姿英发。羽扇纶巾，谈笑间、樯橹灰飞烟灭。"说着端起酒杯一饮而尽，颇有怀古幽情的意味。

"周公瑾真是位了不起的英雄。"

他轻叹道："可惜英年早逝，死的太早了。"

我不以为然地说道："死得正是时候。"

他一怔，道："愿闻高见。"

"所谓'英雄亦到分香处，能共常人较几多'，英雄也有无法战胜的东西，与其垂垂老去，黯然枯萎，不如华丽谢幕，及时退场，何况他的死还省却了吴王在友谊和江山之间的两难选择。"我说完仰头又喝了一杯，忽见他双目炯炯地看着我，眼里大有欣赏之色。

"想不到容公子有如此见地？佩服！为此高论，当浮一大白！"

我立刻面色发烫，端起酒杯掩饰尴尬。这番话当然不是我的高论，若真的要问我对周瑜的印象，我一定会说，他长得够帅！眼下几杯热酒下肚，我已经有些晕乎乎了，趁着还没醉死，赶紧撤吧，但是场面话还是要说的。

"兄台，天色不早，我也该回去休息了，改天由小弟做东，我们再喝个痛快，告辞！"

他倒也识趣："不知容公子住在哪里？我送你！"

我连忙摇手道："不用不用，我认得路。"

"你身体不适，万一路上着凉就不好了，还是用我的马车送你回去吧。"

"你怎知我身体不适？"我虽然喝多了，但脑子还没有完全昏掉。

"你眉间发青，双手冰冷，显然是体内寒气过盛所致。"

我打消了疑虑，笑道："没想到你懂得还挺多……"

我打着饱嗝，起身往楼梯口走去，刚一摸到楼梯的扶手，胃里一阵翻江倒海，"哇"的一声全都吐出来，体内似乎有两股冷热之气上下乱串，忽冷忽热，难受得厉害，竟然两眼一黑，一头栽下去，什么都不晓得了。迷糊间，感觉就像被人塞进了冰窖，瑟瑟发抖，连眉毛头发都结了冰也未可知，仅凭借着混沌之间的本能，探索一点温暖，似溺水的人寻求救命的草。

身体时冷时热，意识浮浮沉沉，周而复始，也不知过了多长时间，整个人似乎飘了起来，莫名地畅快舒坦。蓦地，头顶好像被人猛地拍了一下，重重摔倒在地上，疼得我顾不得淑女形象——"是谁暗算我？"

静谧中有人轻笑了一声。我睁眼迎上一双湛亮深邃的眼眸，眼角、嘴角有遮掩不住的笑意流出。

"你的生命力还真顽强，昏睡三天，醒来的第一句话就是骂人。"

"昏睡三天？"我大惊，几乎要跳起来。

"别乱动！你身中寒毒，又喝过多的酒，我可是费了好大的劲才把你从鬼门关捞回来。"他伸手按住我，我这才发现，身上那套灰色男装，不知何时已换成了白色丝绸春衫，胸口半掩，而这该死的书生就斜卧在我身边，单手支撑着脑袋，一双眼睛毫不忌讳地看着我，啧啧叹道，"真没想到啊，天下竟有你这样的女人。"他这会的神情吊儿郎当，足像是一个寻花问柳的浪荡子，看来是终于露出本色了。

我很大方地让他看个够，笑眯眯地问道："我的身材比那些青楼花魁如何？"

他微一错愕，忽然笑了。我不得不承认，这个下流书生笑起来真的很好看，眼角眉梢飞扬着一股特别的魅力。

他梳理我的发丝，黑瞳深处闪烁着火花，姿态慵懒，意味深长地说道："你知道吗？这世上很少有人能叫我感到惊讶。"

我也笑了，道："别说大话，至少还有一样东西能叫人惊讶，那就是命运。朱元璋在讨饭的时候，绝对想不到自己有一天会当上皇帝。"

他一愣，难以置信地看着我，道："你知道你刚刚在说什么吗？"

天，这可是帝王专制社会！我连忙换上笑脸，伸手去挽他的胳膊："我们一起喝过酒，算是好兄弟了，你肯定不会告发我吧……"

"好兄弟？"他瞄着我的胸口，嗤笑道，"单就你的胸部而论，或许可以。"

有这么损人的吗？不过胡扯蛮缠，一向是我的强项："孔子说过，友谊是不分性别的！所以，我们也可以做兄弟。"

"我只听说过，唯女子与小人为难养也！"

"算了！你让开，我要走了。"

他微笑着站起来，一袭淡蓝色的衣袍直直垂到地上，好像澄澈碧蓝的天幕忽然飘至眼前，有一种宁静而深邃的幽远，而他整个人似乎也在这一瞬间变得莫名的高大与庄严，隐有一种令人不容忽视的王者风范。

我没来由地心头一跳，赶紧起身下床，两脚刚一落地，顿时吃了一惊，这房间好像在微微晃动，一个念头立刻涌上来。

"地震？"不待他回答，我已经一把掀开了那道厚厚的深色帘幕，不禁倒抽一口冷气——眼前是一眼看不到边际的茫茫烟水，澄碧如镜，一弯明月与漫天星斗倒映在水中，湖面上聚拢了淡淡的轻烟薄雾，缥缈轻灵，不似人间。

我这才明白原来自己是在一条船上，而此情此景，真正当得起一句——满城烟水月微茫，人倚兰舟唱。

身上忽然多一件披风，一把温柔的嗓音道："湖上夜凉，披件衣裳吧。"

"这是什么地方？"

"这就是当年范蠡携西施泛舟的地方。"

他挺直身姿，抬头远眺。湖水映着他的身影，淡蓝色的衣衫飘拂，影随波荡，宛如一株寂寞的水仙。我突然想起，直到此刻，尚不知道他的名字。

"你是谁？"

"一介闲人。"

"骗子！"

"昔年范大夫与西子佳人驾舟游湖，你把我当成他，也未尝不可。"他侧转头看我，眼底有股促狭意味。

这家伙占我便宜，我哼道："口气倒是不小，你自比范蠡，我可不屑做西施。"

"哦？"他轻挑眉头。

"打仗复国本就是男人的，女人生来就该让男人疼惜呵护的，而且但凡是个男人，都不应该让自己心爱的女人去干这间谍的勾当。"

他似听到某个奇闻般哈哈大笑了起来，道："我真不敢相信，这句话会出自御驰山庄的庄主容疏狂之口。"

我顿时呆住了！容疏狂竟然是御驰山庄的庄主？这怎么可能？御驰山庄竟会将他们的庄主嫁给楚天遥？这实在是太没道理了。

他饶有兴味地看着我，道："江湖传说，容庄主豪气干云，巾帼不让须眉，看来传闻也多不可信啊，还是说，容庄主因为武功全失，受了刺激？"

等等，他好像对容疏狂知之甚多，看来他绝不是一个简单的书生。

我看向他，问道："你到底是什么人？"

他笑意盈盈地道："在下昔年闯荡江湖的时候，蒙江湖朋友抬爱，送过我一个雅号，叫作艳少！"

艳少？这家伙存心不说实话。

"你怎么知道我武功全失？"

他微笑道："我不但略懂医术，也稍懂武功。你可莫要忘了，你还欠我一次救命之恩。"

"你该不会是想趁机敲诈我吧？我告诉你啊，门都没有！我可不欠你什么，我本来好好的，都是你请我喝酒害的，所以我俩是互不相欠！"

他微微一怔，大笑道："没想到容庄主要赖的本领也是一等一的，实在太有趣了。"

我干笑两声，道："烦请靠岸，我要回去了。"

他满脸笑意，道："船就停在岸边，你随时可以离开啊。"

我转身一看，果然有一条长堤，直抵湖心。我三两步跳上岸，头也不回地挥手道："再见艳少，不用送了。"

他清越的笑声由背后传来："我们会再见面的，你若想回来，船就停在这里，随时恭候。"

我高声叫道："天快亮了，你也该醒醒了。"

第三章
不羡鸳鸯

"你说什么？"得知林少辞已经离开的消息，我难以置信地叫了起来。

"他们昨天就已经走了。"老板加重语气又说了一遍。

我仍旧不死心，再次跟他确认，"你会不会搞错了？我说的是一个高高帅帅的年轻人……"

"高高帅帅的年轻人，姑娘看我符不符合啊？"客栈老板笑得有些不怀好意，语气轻佻起来。

我脸色一沉，道："他可是御驰山庄的少主。"

听到御驰山庄这四个字，老板的神色立刻收敛起来，正色道："他们昨天一大早就走了！姑娘若是不相信，尽可以进去找。"说着往楼上的客房指了指。

看他这样子，应该不至于说谎，只是他们此行的目的是要送我去沧州，为什么忽然不等我就走了？难道是出了什么紧急的事？

我走了大老远的路，直走得两腿发软，脚底起泡，实在又累又渴，便道："老板，来碗茶。"

老板靠在柜台上似笑非笑："看姑娘这身打扮，斗胆问一句，您带钱了吗？"

我这才意识到自己不但没有钱，就连这身衣裳都是别人的，真是屋漏偏逢连夜雨，船迟又遇打头风。

当我拖着疲惫的双腿走在街上时，发现这座城市的设计实在太不人道了，没有公园也就算了，连个供人歇脚的座椅、板凳都没有，而我此刻身无分文，举目无亲，武功全失……上天莫非要将大任于我？

林少辞这小子也太没江湖道义了，不论发生什么十万火急的大事，也该留个人等等我，怎么能拍拍屁股就走了呢？倘若艳少说的是真的，我还是他们的庄主，有这么对待庄主的吗？唉，现在看来，也只有厚着脸皮，再去找艳少借点银子，至少他看起来不像个吝啬的人。我这个念头刚动，眼前就出现一辆马车，有个眉清目秀的青年径直走到我跟前，微笑道："容姑娘，请上车。"

我十分警惕，道："你是谁？"

他表现得毕恭毕敬，道："我是奉命来接您的人。"

我心情很糟，皮笑肉不笑地答复他，道："无论他是谁，请转告他，我没空陪他玩这种无聊的猜谜游戏。"

他微笑道："我可以送您，去任何您想去的地方。"

我灵光一闪，疑惑道："那个艳少派你来的？"

他不置可否地一笑："我奉命办事，其他一概不知，请姑娘上车！"

上车就上车，有马车坐，当然比走路轻松。我倒要看看，你能玩出什么花样。我钻进车厢，道："去蠡湖！"

马车疾驰如风，大约走了半个多时辰，我已经发现路线完全不对。"你确定没走错吗？"我掀开车帘。

"确定。"

"能知道你的名字吗？"所谓吃一堑长一智，摸清对方的底细，知道栽在谁的手里，日后也好报仇雪恨。

"您可以叫我凤鸣。凤凰的凤，鸣叫的鸣。"他在马上微微欠身，风度堪称完美。

"好名字。"我皮笑肉不笑地赞叹一句，"请问，我们这是要去哪里？"

"不知道。"

"不知道？"我感觉有股气沉不住往上冒，冲撞得嗓门都尖了。

他笑道："我只奉命带您走这条路。"

我心头一紧，这潜台词听起来似乎不太妙，难道是仇家？看来唯有跳车逃命了，须得寻个隐秘曲折好藏身的地方。马车驶进一片丛林，我做了好几个深呼吸，再做好断胳膊折腿的心理准备，正要奋勇跳车的前一秒，马车忽然就翻了，我的脑袋结结实实撞在了坚硬的车壁上，疼得我龇牙咧嘴，耳听车外马声悲嘶，劲风穿林，风声中隐隐夹着丝丝锐鸣，好像某种锋利的铁器摩擦空气的声音。

等我从车厢里钻出来，还没来得及看清眼前的形势，立刻觉得身子一轻，耳畔风声大作，碧绿青翠的树林以一种想象不到的速度向后倒退，几乎不能睁眼，整个人就像在云端般眩晕。忽然，四周的一切静止了，有个声音问道："你没事吧？"

"真不敢相信，我刚刚居然在飞。"我轻呼一口气，抬头看清那人，竟是那名白衣少年，顿时热血冲脑，尖叫道："怎么会是你，林少辞呢？你把他怎么样了？"

他似乎被我的过激反应吓了一跳，重复道："你没事吧？"

我像个悍妇一样冲过去抓住他的衣领，嘴巴几乎要咬上他的鼻子："快说，你是不是把他杀了？"

"林少主武功盖世，普天之下，能伤到他的人寥寥无几，更别说杀他了。"

"这么说，他没事？"我退后两步打量他，半信半疑道，"那么他人现在哪里？"

他微微一笑，答非所问道："江湖传说，容姑娘对林少主一往情深，看来果然不假。"

我不理他的调侃，冷着脸道："那天晚上到底发生了什么事？"

"那晚我家主人遭人行刺，幸亏林少主出手相助。"

"出手相助？"我皱眉，"我明明看到他对你家主人出手……"

他微笑道："不！林少主的目标是我家主人背后的文君姑娘。实际上，在整个刺杀计划中，她才是真正致命的棋子。"

我随即明白过来，想必是那个秀珠和老鸨要缠住他，好叫文君姑娘一击必中！"你家主人是什么人？她们为什么要刺杀他？你又是谁？"

"在下风亭榭，有关家主，请恕在下无可奉告。"

"哪三个字？"

"清风的风，楼观亭榭的亭榭。"他顿了顿，又补充一句道："舍妹就是风净漓。"

"风净漓又是谁？"

他神色一变，道："碧玉峰的事，容姑娘完全不记得了？"

我避重就轻道："我最近发生的事太多了，我的记忆也时好时坏，所以……"

他露出了然的神色，不胜惋惜地说道："原来容姑娘失忆是真的。"

我追问道："碧玉峰曾经发生过什么事？"

他不答，反而悠悠说道："倘若记忆令人痛苦，能忘记也未尝不是一种幸福。"

他不说实话，我也懒得跟他周旋，问道："那林少辞呢，他们去哪里了？"

"林少主突然收到密报，昨天一早就启程去济南了。现在由在下奉命护送姑娘上路。"

"奉谁的命？"

"奉我家主人之命。"

"你家主人是谁？为什么要保护我？"我冷冷地看着他，"你不说清楚，我是不会跟你走的。"

他将我从头看到脚，道："容姑娘，你此刻还有更好的选择吗？"

这小子一针见血，直指要害，我无言以对，内心十分崩溃，表面上却不得不强作镇定。

"你即便不相信我，也应该相信这个。"他微笑着，突然又从怀里掏出一个白色瓷瓶向我展示，"这是林少主留下的药，还有一张神医黎秀然的亲笔药方，专治你体内的寒气。"

我无奈地叹了口气，事到如今，也只能相信他了。假如说，我之前答应嫁给楚天遥去偷名单，在某种程度上还带着一种闯荡江湖的游戏心态的话，从现在开始，我终于清晰地认识到，这事它不是游戏，而是一种真实的生活，稍有不慎是掉脑袋的，所以我做出一个虽然不太伟大，却无疑最实际的决定——跑路！

不过，在跑路之前，首先得有路费，很多很多的路费。其次是易容，能变性当然更好。我彻底理解了那些为练武术挥手自宫的江湖人，在这个尔虞我诈、弱肉强食的江湖中，没有武功，或武功低微，根本混不下去。

跟着风亭榭走了两天之后，我简直没有力气活下去。天知道，他发什么神经，一会儿拖着我发疯一样地跑，一会儿休息两三个时辰，像个傻瓜一样在树林里干坐着。放着光明正大的官道不走，专挑那些荆棘难走的山路。一会儿骑马，一会儿坐轿，有一次居然还搭乘了一辆粪车。更夸张的是，当他身穿一袭白衣，坐在臭烘烘的粪桶上时，仍能保持着那副高雅出尘的神情，真是难为他了。

不管怎么样，这对我来说是件好事，因为我终于找到了一个要钱的借口——经过两天惨无人道的生活，我的衣服已经被山里的硬草树枝挂扯得破破烂烂，不成样子，估计拿根绿竹棍，往乞丐堆里一站，他们都得朝我吐口水，把我当帮主了。

到达南京城时，我立刻表明态度："姓风的，不管你有什么计划。我要休息三天，这三天里，我哪里也不去。"说完，我就往床上一躺，感觉全身酸痛，骨头们纷纷闹着要分家。

出乎意料的是，他一反往常的强硬态度，居然同意了："好！"

"还有，我要点银子。"

"多少？"

"你有多少？"

"三百两银票，还有些碎银。"

我坐起来，两眼看着他，尽量表现得楚楚动人地道："要是你不介意的话，就请给我三百两吧！”

假如看过的小说不曾欺我，那么江湖上的豪杰们行侠仗义，扶危济贫，通常都是一掷千金，连眼睛也不眨一下。但是风亭榭的反应跟小说里描写的有所出入，他居然摇了摇头。

“两百。”我改口。

“不行！”

“一百五十两，不能再少了。”

“这是我的银子。”他强调。

我顿时恼羞成怒，吼道：“你没长眼睛吗？我是个女孩子，可你看看我穿的这叫什么？”

他吃惊不小：“据我所知，容姑娘生平最讨厌有人把你当女子。”

我冷笑：“很抱歉给你这样的错觉。要是我没听错的话，你刚才可是叫我姑娘？”

“对不起，是我疏忽了。这是两百的银票。”他递给银子，忍不住又道，“不过，恕我冒昧，做一件衣服，实在用不了这么多银子。”

“谢谢提醒！”我立刻回复他，“但是，我也不会只做一件衣服的。”

他无奈地转身出门，刚走到门口，忽然又道：“我会叫人把裁缝请来，你最好不要出这个客栈。”

“为什么？”

“这里比较安全。”

生气！就因为我不懂武功，必须像个犯人，到哪里都被禁足，什么狗屁规矩。

不过，我的这些怨气，在第二天傍晚，捧着裁缝送来的四套新衣裳时就烟消云散了，果然不论在什么时代，有钱就是好办事啊。

碧绿浅桃亮蓝暗青四色，短衫长裙，裙边绲了些杂花刺绣，虽然简单，倒也素净清雅。当我穿上最后一套桃色衣裙，站在镜子前自我欣赏的时候，忽听有人轻轻吟道：“裙拖六幅湘江水，鬓耸巫山一段云。”

我回头，便见风亭榭倚在门口，两眼亮晶晶地看着我。

我立刻笑成一朵花："谢谢！"

裁缝大娘一见他进来，就起身告辞。我忙道："请稍等，还没给您钱呢。"

她看了风亭榭一眼，笑道："你家相公已经付过了。"

"相公？"我关上门，转身看向风亭榭。

他一脸若无其事："不过是个称呼。"

"我不反对。但是，下一次，你可以称呼我姐姐。"

"我没有姐姐。"

"妹妹也可以。"

"我不缺妹妹。"

"那就叫姑姑阿姨什么的，我都没意见。"

"我只有妹妹。"他加重语气。

我突然来了兴趣，很八卦地问道："那你有没有父母家人？他们是哪里人？你这身武功跟谁学的？你妹妹多大了？漂亮不？嫁人没有？"

他难以置信地瞪着我半晌，然后一言不发就走了。嘁！不愿意说就不说，什么态度？

一个女人一旦穿上漂亮的新衣服，那么她出去逛街的欲望就会特别强烈。要她待着房间里，哪里也不去，简直比杀了她还难受。所以，即便外面真的存在什么潜在的危险，我还是若无其事地出门了。

夫子庙的东西琳琅满目，无所不有，基本上我都认得，且知道它们的用处。但是也有我不认得的，比如这个茶壶模样，却没有盖子的东西。我提着它左看右看，看似眼熟，好像认识，就是想不起来，倒是老板的脸色越来越古怪。

于是，我决定询问老板："请问这是什么东西？干什么用的？"

老板两眼直瞪着我，半天不说话，那神情就像看着一个没事找抽的家伙。我换上自认为甜美的笑容，换上娇滴滴的嗓音准备再问了一遍："老板，请问这东西……"

"这是夜壶！"一个暗哑的嗓音，略带无奈地轻叹道。

我转过头，顿时吃了一惊："艳少？"

他强忍笑意，伸过修长的手，两指轻轻一勾，取走那东西放在摊上。"这是男人用的，我们到别的地方去逛逛吧。"说着，转身欲走。

我醒悟过来，连忙扑上去拖住他的胳膊，道："你怎么来了？"

"听起来，你似乎不太想看见我。"他低转头，笑意盈盈。

"怎么会呢。"我连忙矢口否认，"我想死你了。你都不知道，我这几天过得是什么日子，简直是惨无人道。"

"不会吧？至少你穿了件新衣裳。"

"哎呀，一言难尽。找个地方我跟你慢慢说。前面的酒楼怎么样？"

他停下来看着我："酒楼？看来你真是活得不耐烦了。"

我连忙赔笑道："那么茶馆好了。反正你请客，你说了算。"

我们在茶馆落座，当我夸大其词地说完这两天的遭遇，然后提出要求时，他颇有些惊讶："你为什么要易容？"

"我现在武功全失，仇家又多，为了躲避仇家的追杀，所以要易容逃跑。"

他看着我不说话，两眼闪烁着一股不明所以的微光，不知道相信了没有。我无奈，决定说点心里话换取他的信任："好吧，我是怀疑过你，但我现在相信你是个好人。同理，你也应该相信我。"

他笑了："你怀疑我什么？"

我干笑两声，道："我之前的同伴忽然走了，我怀疑是你捣鬼。不过，我现在已经知道，是他们自己走了，跟你没关系。"

他笑道："据我所知，你现在又有了一个新同伴。"

"你跟踪我？"我有点意外。

"那倒没有，但我曾派人去接你，结果半途出了意外……"

"那个凤鸣是你派来的？"

他笑而不语，算是默认了。我重新打量他一番，眉目疏朗，气质温和儒雅，不像个坏人。何况，眼下除却他，也实在没有其他人选了。幸好容疏狂的长相还不差。我打定主意，当即盯着他，压低嗓门道："说实话，你是不是对我有点那个意思？"

"那个意思是什么意思？"他居然装傻。

"明人不说暗话。"我凑上去，直逼他的双眼，"你是不是喜欢我？"

他一愣，面部微微抽搐，似乎想笑但终于忍住了，然后点点头。

"很好！"我松了一口气，继续问道，"你不会眼睁睁看着自己喜欢的女人被人追杀而袖手旁观，对吧？"

他再次点了点头。我很满意的拍了拍他的肩膀，道："那么，你现在身上有多少银子？"

"这个，应该够付茶钱吧。"他答得有些犹豫。

"我听古人说过，金钱是检验真情的唯一标准。"我停顿了下，含情脉脉地看着他，"你同意这句话吗？"

他认真思索一下，点头道："好像有点道理，不过……"

我迅速打断他："太好了！我们终于达成了共识，你刚刚说过，你喜欢我，而我现在，很需要钱。"我特意加重语气，"是人总得吃喝拉撒对吗？何况我现在还是个病人。"

他笑了，眼睛弯成一道漂亮的月牙状："我明白你的意思了，但我还有几个疑问。"

"你说。"

"你知道江湖上，谁懂易容术吗？"

我一愣："不知道，但是我可以去打听啊。"

"你跟谁打听？"

"这个……"

"你刚刚说你仇家众多，你知道他们都是谁吗？"

"有个叫沈醉天的，他是鬼谷盟的大当家。"

"你知道鬼谷盟的势力有多大吗？"

"这个……"我有些坐不住了。

"鬼谷盟自七年前崛起于江湖，横扫大江南北，无人能敌，唯一能与之抗衡的就是御驰山庄，而你，身为御驰山庄的庄主，却……"他没有继续说下去。

"是啊，我被他们打得武功全失，形同丧家之犬。"我恼怒道，"照你说，我该怎么办？难道坐在这里等死吗？"

他调整了一下坐姿："我有一个提议，不知道你有没有兴趣听听？"

我没好气道："说来听听。"

"你可以请个武艺高强的保镖来保护你。"

我两眼一亮，一拍桌子道："好主意啊兄弟。不过，去哪里请一个'武艺高强'的保镖呢？"

他喝了口茶，悠悠道："远在天边，近在眼前。"

"你？"原来搞了半天是要推销自己，就他这付文弱书生的模样，很难叫人联想到"武艺高强"这四个字。

"你不相信我？"他抬起头，感叹道，"想当年，我闯荡江湖的时候……"

"行了行了。"我连连摇手，"你说过的，朋友们送你一个外号叫艳少嘛！这个名字听起来就像一个采花贼，你下次千万别逢人就说，还自以为风雅呢。"

"采花贼？"他眯起双眼，话锋一转，"容疏狂，你知道上一个跟我这样讲话的人，他有什么下场吗？"

他的面上仍然挂着笑意，可是声音里却忽然有了一股说不出的杀气，双目中透出浓浓威慑之气。

我不由得心头一凛，很没骨气的胆怯起来："他……怎么了？"

他盯着我，冷冷地道："我也没把他怎么样，只是教训了一顿，然后就放他回家了，不过，他的父母、妻子、儿女，没有一个人认得他了。"

我忍不住打了一个哆嗦，一股寒意似小蛇般顺着脊背直往上爬，呆在那说不出话。他静静地看着我半晌，忽然爆发一阵大笑："怎么样？我现在够资格做你的保镖了吧？"

"你……"我隔了半晌才回过神来，"你在开玩笑吗？"

"哈哈……"他伸手揉了揉我的脑袋，得意非凡，"没吓着你吧。"

我兀自有些心惊，呆了半晌，忍不住"哇"的一声，伏在桌子上，痛哭起来。

"这样就吓到了,你的胆子也太小了。"他的语气听起来有些焦急了,"好了好了,你不要再哭了,大家都在看我们了,我以后不吓你就是了……"

听到这里,我立刻抬起头来,道:"你说的,以后不准吓我了。"

"你没哭啊?"

我笑嘻嘻道:"由于你刚刚表现不错,很有威慑力,我就暂且雇用你做我的保镖吧。"

"那么,那个银子……"

"银子?你刚刚吓着我,我没问你要精神损失费,你还敢问我要银子?"

他微微一笑,道:"你误会了,我是说刚刚那笔'检验真情'的银子,你觉得多少比较符合标准?"

"原来你说的是这个啊,"我立刻喜笑开颜。这小子还算有良心,他不提,我都差点忘记了。

"这个,要看你有多少了?假如你只有一两,却愿意全部给我,说明你对我是毫无保留、非常真心的。假如你有一百两,却只给我一两,那么你的真心就等于百分之一。但是,倘若你家的银子多得数不清,有几百几千万两,那么就请你按百分之一来证明你的真心吧。我是不会怪罪于你的,呵呵……"

他怔了片刻,终于忍不住笑起来:"这样看来,只能等我先算清家产,再给你银子了。那至少要等上三个月,你不介意吧?"

我听得两眼发直,这家伙不是吹牛吧?难道我遇到了皇帝老儿?

他见我没反应,便微笑道:"那就这么说定了,我们现在就走吧。"

我忙道:"不行!我今晚必须回去准备一下。"

他端起茶盏,微微皱眉:"你唯一值钱的也就是这条命了,还要准备什么?"

我也端起茶一饮而尽,道:"我还有几件新衣服要拿。"

话音刚落,脸上就飞来一片水。我立刻黑下一张脸,瞪着他。

"不好意思,失礼了!"他放下茶盏,拿出一块白色丝巾擦了擦我脸上的茶水,笑道,"你实在叫我惊讶。"

我一把夺下他的丝巾，道："听好了，我们明天晚上还在这里见，然后一起跑路，为了表示你不会欺骗我，请拿出点诚意。"

　　"诚意？"他一副呆头鹅的模样。

　　我提醒他："就是银子，快拿过来。我要走了。"

　　他摸了半天，只摸出一点勉强够付茶钱的碎银。我冷着脸，不说话。

　　他忽然从怀里掏出一个雪白晶莹的玉剑，约两指宽，三寸长，通体莹白无一丝瑕疵："我身上没带银子，你要是不嫌弃，这柄小剑权且表示点诚意。"

　　"不嫌弃不嫌弃。"我两眼发光，嘴角流涎，忙不迭地接过来揣进怀里，"既然你也表示诚意了，那么我们明天不见不散。"

　　他微笑道："好的。"

　　我立刻起身下楼，扬长而去。快乐的泡泡从心底止不住地往外冒，这家伙实在太好搞定了。哼，风亭榭，你以为我真的没有选择吗？你很快就会知道自己大错特错了。

第四章
夜半无人

"你去哪里了？"我偷偷摸摸溜进房间，正要庆幸没被发现的时候，就听到了一个毫无温度的声音。

"我去方便了一下。"撒谎从不脸红，是我引以为荣的优点之一。

"嚓"的一声，黑暗中亮起一盏灯火，风亭榭脸色难看地看着我："我等了你整整三个时辰，你方便需要这么久吗？"

"等我唱安眠曲吗？你都这么大了，夜也这么深了，孤男寡女共处一室不太好吧？"我边说边解衣带，准备上床睡觉，斜眼瞥见他一脸怒气，心中暗爽不已。臭小子，本姑娘已经另谋了一条光明大道，不需要看你的脸色了。

他站起来，冷冷地道："穿上衣服！我家主人要见你。"

"我困了，有事明天再说。"

我说着往床上一倒，脑袋还没靠到枕头，就被他一把拉了起来。

他的神色前所未有的严肃，语气不容置疑："我家主人要见你！现在！"

我抱怨道："是他要见我，干吗不自己过来？"

他气结："你知道他是谁吗？"

管他是谁，我要为明天的跑路养精蓄锐，不欲旁生枝节："我只知道，睡眠对一个女人的容颜是非常重要的……"话没说完，就觉得胸口一麻，全身不能动弹了。

风亭榭一脸忍无可忍的表情："得罪了，容姑娘。"他将我往肩上一抗，出门也不下楼，纵身往屋顶一跃，几个轻巧提纵，我已经头晕眼花，找不到东南西北了。片刻工夫，他翻进一座深幽的院子，抬手解开我的穴道，用极端冷肃的语气道，"容姑娘，我提醒了，一会儿见到家主，请注意言辞。"

我打量一下这座富丽又不失庄严的庭院，冷笑不语。技不如人，自然无话可说。

虽是春天，夜里仍然很冷。我们在夜色下等了很久，也不见有人来。院子里灯火通明，却静谧得不闻半点杂音。

终于，来了一个细皮嫩肉的男子，只一句话："跟我来吧。"

风亭榭点点头，不也答话。我们刚至后院，就听见一个清朗的声音道："你们总算来了，等得我都睡着了。"一个青衣男子静静立在廊下，目光温和地看着我们，正是那日在无锡青楼遇见的贵公子。

"这位一定就是容姑娘了？"他有一双清明如水的眸子，一种在过于幸福的环境中熏陶出来的眼神，有着天然的宽容与慈悲。他无疑是一个自带贵气的男人，叫人无法忽视。我的满腹怨气忽然之间化解殆尽，甚至产生一种错觉，只要能被他看上一眼，无论多久的等待都是值得的。

风亭榭轻扯了一下我的衣服，低声道："我家主人在跟你说话。"

我回过神来："是，我就是容疏狂。"

"外面冷，我们进去说话。"他微笑着转身，一袭青袖在夜色里划出水一样的流波。

我干咽了一下口水，跟了进去。屋内虽然温暖，到底不及被窝，为了不耽搁太多的睡眠时间，我决定直奔主题。

"请问，两位找我到底要干吗？"说着大刺刺地朝椅子上一坐，逛了一晚上，兼之站得太久，两腿酸得很。风亭榭站在一旁，见我这么随便，面色微变，不住对我使眼色，我只当没看见。

青衣公子倒一脸无所谓，笑道："亭榭，你也坐吧。"

"是！"风亭榭躬身谢礼，在我对面坐了。

"容姑娘，你此行的目的，林少主都对我说了。"他微笑，"我对姑娘的胆识与勇气非常钦佩。"

我干笑道："你们这么晚把我带到这里，不是为了赞美我吧？"

风亭榭面如死灰。青衣公子却笑出了声："容姑娘真不愧是江湖儿女，果然直爽，我就长话短说吧。我希望容姑娘今后的行动直接向风亭榭报告，他会全力配合你。"

"什么意思？"

"那份名单，姑娘若是得手，可以直接交给风亭榭。"

"你们究竟是什么人？"我坐不住了。

"告诉姑娘也无妨，我们是朝廷的人。"

"何以为证？"

"没有！即便有，我也不会出示。"他仍然微笑着，"容姑娘，你须明白，此事若是失败了，就是江湖纷争，与朝廷无关。若是成功了，你也没有任何功劳。"

我不禁冷笑："那我凭什么要将名单交给你？"

"所谓匹夫无罪，怀璧其罪。容姑娘不会不明白这个道理，这份名单无论在谁身上，都是个大麻烦。"

"有了这个大麻烦，至少可以拿回御驰山庄在江浙一带的店铺。"

"在这一点上，林少主无疑比容姑娘要聪明，"他长身而起，微笑道，"容姑娘，请你想想，汉王能做的事，朝廷难道就不能做吗？自古以来，民不与官斗！"

他轻描淡写的语气里，隐含着一股浓浓的威胁。我不由得重新打量起他：高额大眼，挺直鼻梁，一双温和的眼睛里，此刻发出鹰隼般锐利的光芒。他到底是什么人？锦衣卫？不对啊，据说那群人是皇帝直接统领的。而他不但有一群训练有素的铁骑护卫，还有风亭榭这样的一流保镖。

电光石火间，我想起一个人。我后退两步，瞪大双眼，再一次将他从头看到脚，脑子飞速搜索记忆。没错，年龄，地点，气质，都很符合……假如我没猜错的话。这个人就是当朝皇太子，未来的宣宗皇帝——朱瞻基。这个念头使我大吃一惊，激动得颤抖起来。

风亭榭似乎想起了什么，拿出一颗药丸递到我面前："你今天晚上还没有吃药。"我接过药丸吃了，闭目深深吸了一口气，然后抬起头迎着他的目光，努力维持镇定。

"好的，我答应你们。假如我拿到那份名单，立刻交给风亭榭。你可听清楚了，是假如。"

他满意地笑了，道："很好！亭榭会保护你的安全。你若有什么问题，尽管提出来。"

我撩了撩头发，干咳一声："确实有一个问题。"

他轻轻挑眉："你说。"

"敢问公子贵姓？"

此言一出，他与风亭榭都一愣。他似乎从没想过今生会被人问这样一个问题，静默片刻才道："容姑娘若是办好了这件事，自然会知道。"

说到这里，我已知道自己猜得八九不离十。突然之间，我做了一个大胆的决定："我小时候曾经遇到过一位高人，学过一点面相天文方面的知识。"

他侧目："哦？"

我微笑道："有关汉王图谋之事，公子大可以放心。我可以明白告诉公子，他的这件事绝无可能成功。相反，公子相貌非凡，有帝王之相。"

他神色一变。风亭榭整个人忽然窜了出去。

室内静谧。红红的烛光在夜色里摇曳，时间忽然变得异常漫长。他没有说话，只是久久地看着我。

一会儿，风亭榭回来了，对他轻轻摇了摇头："看过了，没人。"

他的脸色稍缓，目光多了一丝复杂的神色，语气变得清冽而冷肃："容姑娘还真是博学。不过，以后这样的话切莫乱说，凭你刚才的这番话，我可以立刻将你治罪。"

"你不会，"我摇头，"因为，你是一个善良的人。"

风亭榭倒抽一口冷气，空气再次陷入沉默。

终于，他笑了。"夜深了，容姑娘身体不适，早些回去休息吧。"他说着转头对风亭榭道，"好好照顾容姑娘。"

风亭榭答应了一声，朝我走了过来。就在这一瞬间，烛光忽然轻轻一闪——风亭榭的长剑铿然出鞘。一道凌厉的寒光贴着我面颊闪过。我下意识地闭上双眼，却听见一声短促的闷哼。

我再次睁开眼，室内的烛火已经灭了，帷幔长帘无风自动，杀气暗涌。无数道剑光点点，寒气凛然，和着庭外投射进来的皎白月光，满眼翔光潋动，已不辨是剑光还是月光。

混乱之中，那个有可能是未来天子的人忽然握住我的手，喝道："走。"我已不能思考，唯有跟着他往外跑，月色下的走廊静默无声，一道雪亮的剑光迎面刺到。我大骇，本能地急退两步，用力过猛，一下子撞倒了他。那道剑光刺到我的眉心忽然停滞了一下，对方轻"咦"一声，剑势急转而下，直取我身下的人。

电光石火之间，刺客的长剑"叮"的一声断裂开来。

一个女子娇叱道："好大的胆子。"刺客也不答话，身子若飞蛾扑火般直缠了上去，迅疾若电，浑不畏死。我定睛一看，只见一黑一白两道身影缠在一起，那气势真可谓是密不透风，水泼不进。

这时，数名护卫蜂拥进院中来。黑衣刺客忽然发出一声短促的尖啸，奋力拍出一掌，身子凌空飞去，几个起落便消失在夜色里。白衣女子纵身而起，紧追不放。

院中一片混乱，紧接着又有两道黑影窜了出来，立刻被护卫团团围住。

风亭榭厉声喝道:"留下活口。"

那两名黑衣人互看一眼,身子忽然一僵,委地不起。风亭榭纵身蹿出,俯身拉下他们的面巾。月光下,只见二人双目圆睁,面目狰狞,嘴角挂着一缕浓黑的血迹,显然是服毒自尽。

我忽然觉得难受,胃里似乎有什么东西要涌将出来,天旋地转,晕乎乎欲倒。

在寂静的夜里,人的感官往往特别敏锐。我躺着静谧幽暗的室内,睁着一双眼呆呆望着窗外,杂乱匆忙的身影交叠投射在窗纸上,像一头头潜伏的怪兽,周遭的一切既陌生又恐怖。

"容疏狂真的可信吗?"寂静中,有人如是问道。这个声音很轻,若在平日,我或许听不见。但此刻,我的心就像被一盆清水洗过,异常平静。

"她确实武功全失,并且失去了部分记忆。"风亭榭停顿了下,"公子为何有此一问?"

"那个刺客似乎认得她。"他沉吟了片刻,忽又笑道,"或许是我多心了,适才也幸亏她挡了一下。"

我一惊,这岂非是说,我是刺客的同伙?刺客怎么可能认得我?我认得的人统共那么几个……不对,我不认识对方,不代表对方不认得容疏狂,她毕竟是御驰山庄的庄主。

"净漓怎么还没回来,不会出什么事吧?"

"这三年来她的武功大有长进,早就蠢蠢欲动了。"风亭榭的语气颇为放心。

他一语未了,我已看见一道白影跃入院中,步履仓促而沉重,听起来并不像风亭榭的语气那么轻松。

外间的两人同时迎了出去,风亭榭失声道:"你怎么了?"

我也忍不住爬起来,走了出去。外面的天空已泛起了灰白色,一弯弦月冷清清挂在空中,借着月华,我得以看清庭院中的女子。一袭白衣,明眸雪肤,是个大美人。她显然是吃了亏,一排贝齿咬着饱满红唇,两道细长的柳眉紧拧，左手握着右臂，即便是痛苦的表情，仍然很美。

"净漓，你的手臂……"

"对方手下留情，没伤到筋骨。"

"是谁伤了你？"

"我连他的影子都没看见。"

"怎么可能？他用什么兵器？"风亭榭的喉咙像突然被人掐住了似的，声音变得尖锐起来。

"他没用兵器，我甚至没有看见他动手，像是一缕轻风吹过来，我就这样了……"她的声音微微的颤抖。

"当今天下，谁有这样的身手？"一直沉默的青衣公子忍不住发问。

"不会超过三个。"风亭榭的瞳孔微微收缩着，似乎惧怕些什么，"最有可能的是楚……"

"容疏狂？你怎么会在这里？"风净漓突然尖叫一声，径直朝我走来，目光中有一种奇怪的气势汹汹的神情。

"净漓，容姑娘是公子的客人。"

风亭榭及时拉住了她，低声在她耳边说了什么。然后，她的面色转为惊讶，狐疑，最后变成一种极为复杂的表情。

风亭榭必定将我失去武功与记忆的事告诉了她。按照他的说法，我和风净漓应该早就认识了，而且曾经在碧玉峰上发生过什么事。从她今日对我的态度来看，应该不是什么好事。

眼下我全身冰冷，又困又累，实在没精力去揣摩这些事："各位，没什么事的话，我就告辞了。"

我说完抬脚就走，平白无故到这里吹了一晚上的风，还差点被误杀，真是受够了。

青衣公子忽然说话了："容姑娘若不介意，就在舍下歇一晚吧？"

我立刻转回来："请给张床。"

他眼底泛起笑意，低声对旁边的人吩咐了两句。我迷迷糊糊盯着一个脚后跟，随他绕了半天，终于一头扑倒在床上。

这一觉睡得昏昏沉沉，不知过了多长时间，醒来时，明月当空，天碧如洗。我蒙了片刻，才想起身在何处，顺着走廊花园一路走过去，竟然没见到一个人影。昨晚的那些人忽然都消失不见了，偌大的庭院空无一人，唯有我空洞的足音叩问冷冷天边月。待我打开大门，抬脚欲出时，终于出现了一个人："容姑娘，风大人说过，他会派人来接你。"

我冷冷地道："他临时有事，不来了，我正要赶去与他会合。"

对方一愣："为何属下没有接到命令？"

我冷笑道："你现在接到了。快去准备一顶轿子，我要出门。"

"这个？"

"耽搁了风大人的事，你有几个脑袋？"我的语气严厉起来。

对方再不犹豫，转身去了。片刻后，两个人抬了一顶小轿过来了。他见我还站在门口，神色明显轻松不少，显然是相信我了。

"容姑娘，您要去哪里？"

"我去哪里需要跟你说吗？"我眼皮也不抬地钻进轿子。

他讨了个没趣，对抬轿的两人喝道："送容姑娘去她要去的地方。"

我乘轿出门，绕了两条街，便找了个借口把他甩了，直奔夫子庙，希望艳少还在等我，不然真的没戏唱了。这年头，找到一个听话的男人多么不容易啊。

这时，冰轮西沉，街头行人稀少，我如红拂夜奔一般，心情忐忑，发足狂奔去寻一个尚不知真名实姓的男子，即便是我这个靠杜撰爱情故事吃饭的人，也觉得不可思议。但事实我正在这样做，可见，生活远比你想象的要精彩离奇。

我到达茶楼时，老板正要打烊，他一脸为难地看着我。

"我是来找人的。"我连忙将艳少的相貌描述一边。

他点点头："记得。他昨晚来过，临走时给了很多赏银。"

赏银？那小子不是说没带银子吗？难道他骗我？

"那他今晚有没有来过？"

他摇头："没有。"

我的心情顿时跌入低谷。骗子，都是骗子，说什么不见不散，不过是我的一厢情愿。一夜之间，我似被全世界背叛遗弃，全然没有去想，他并欠我什么，也没有义务帮我。

屋檐下的一排灯笼渐次熄灭，我一点点被夜色吞没，寒冷与饥饿一齐来袭，前所未有的脆弱，几欲泪下。

老板吹灭最后一盏灯，道："起风了，姑娘还是回去吧。"

我不理他，心底涌起一股自暴自弃的念头，恨不得现在就死了。

"你们年轻人真是固执，昨天那人也在这檐下站了一整晚。"他似自言自语般地叹息一声，转身准备进门。

我连忙问道："他昨晚在这里站了一晚上？"

"是啊。"他关上门。

我愣住：难道他没有骗我？难道我竟然睡了两天？

"喂，老板，开门啊，你把话说清楚点？"我用力拍门。

"你是该把话说清楚。"背后忽然有个人冷冷地道。

我转过身，一眼看到面色如霜的风亭榭。

"你在找谁？"

"这不关你的事。"

"你答应过，你的行动必须……"

"我只答应过一件事，就是把那该死的名单交给你。"我转身就走，走了两步忽觉一阵眩晕，全身直冒虚汗。

"你要去哪里？"

"我去方便。"

"这个借口一点也不高明。"

"不相信你就跟着！"

"容姑娘，事情有变，我们必须立刻启程。拜托你不要闹了好吗？"他的语气忽然软下来，有些哀恳地看着我。

我不为所动，冷冷地道："你武功这么好，又会点穴，还需征求我的意见吗？"

他气结语塞，我冷笑不语。

他沉默片刻，道："容姑娘，这个时候，我们之间不该有任何的隐瞒，你到底在等谁？"

"她在等我！"巷子那头有人淡淡应了一声。声音低沉而浑厚，略带一丝慵懒的倦意，似琴弦泻出的低沉音色，在我听来却无异于天籁。

我猛地回头，一个淡蓝身影站在巷口，清挺消瘦的身材被月光拉出一道细长的影。月华照着他疏朗的容颜，嘴角挂着一抹似有若无的笑意，悠悠地看着我。

我像个受了委屈的孩子见到亲娘，纵身扑过去抱住他，咽呜道："我以为你走了。"

他微微一怔，随即搂住我，笑道："没见到你，我怎么敢走？"隔了半晌，他轻抚我的头发，"好了，有人看着呢。"

我觉得有些难为情，就着他的胳膊擦了擦眼泪，抬起头来，只见风亭榭一脸惊愕地盯着我们，像是见到了什么不可思议的事情。

"容姑娘，这位是？"

我正欲说话，忽觉腰部一紧。

"我是容姑娘的随行大夫，江湖人称艳少。"

"艳少？"风亭榭皱起眉头，"抱歉，请恕风某孤陋寡闻，这个名号真是闻所未闻。"

他点点头，顺口接道："那你确实是孤陋寡闻了。想当年，艳少这两字虽不是名动天下，也算是显赫一时。"说着，轻轻叹息了一声，语气里颇有一种缅怀追忆的感慨意味。

风亭榭一怔，一时语塞。我眼看风亭榭被他唬得搞不清状况，不由得暗暗好笑，若非有前车之鉴，怕是连我也给他骗了。

风亭榭面带狐疑地看向我，征询答案。

我立刻道："没错，他是我请的大夫。"

他沉吟一下，又转向艳少道："那么，请问容姑娘的病情如何？何时才能康复？"

艳少脸色一沉，用一种极严肃的口吻道："她体内寒毒未除，又接二连三受凉，最多再活两个月。"

此言一出，不仅风亭榭大吃一惊，我也吓了一跳。

风亭榭冷笑道："阁下未免言过其实了，阁下的医术难道比黎神医更高明？"

"黎秀然的医术自然不差。但是，她连日奔波，兼之感染风寒，病情只怕比之前更重了。"他冷冷地道，"她的瞳仁发青，唇色乌紫，这都是寒毒深侵的征兆。"

风亭榭闻言盯着我眼睛，忽然神色一变。

我惊叫起来："真的？那我是不是死定了？"

艳少握着我的手，笑道："算你幸运，遇到了我。"

风亭榭这下不敢怠慢，忙道："请教先生的妙方？"

"你放心。我既做了她的随行大夫，自然会负责治好她。"

"既然如此，请先生和容姑娘在此稍后，我去看看马车备好了没有。"风亭榭说着一拱手，转身去了。

我见他去远，拉了艳少就走："趁他不在，我们快逃吧。"

他站在不动，微笑道："逃去哪里？"

我一怔："不是说好的吗？你保护我逃走。"

"有马车坐，为什么要逃走？而且你的身体真的不能再奔波了。"

我一惊："我以为你是骗他的。"

他摇头："我不会拿你的身体开玩笑。"

我愣住了："那我真的只能再活两个月？"

他脱下长衫替我披上，笑道："别担心，有我在，不会让你有事的。"

我呆了半晌，道："你为什么对我这么好？"

他眨了眨眼睛，笑道："你一表非凡，我想结交你这个朋友啊。"

我笑："但我们还是非走不可。"

"为什么？"他的目光幽深地看着我。

"日后再跟你详细说，反正我不能跟他走。"

"等你身体好了，再摆脱他也不迟啊。"

"要摆脱他恐怕不容易，这家伙武功不错，他背后还有一个很强的靠山。"

"那你逃跑岂非更难。"

我瞪着他："你害怕？"

"我怕你的身体吃不消，不妨等到你身体痊愈，再好好计划，"他微笑看着我，忽然又补充一句，"而且你也逃不了。"

我无奈地叹气，心知他说得不错。我若逃走，林少辞或许不会怎么样，但是现在牵扯上朝廷，我根本没有退路。何况，还有一个楚天遥。"好吧，暂且听你的。"

他满意地看着我，含笑不语。

我忽然觉得不能直视那样的目光，不由得低下头，却听到自己的心跳声，一阵紧过一阵。他的长衫上有股淡淡的男性独特的气息，似有安定人心的力量。衣衫微微泛了灰白色，颜色倒别有一种温雅，像将明未明的蓝色夜空。

我们都没有说话，静谧之中我突然想起一件事，抬头问他："你昨天等了我一整晚？"

他一怔，苍白的脸色微微泛红，神色似有些尴尬。

我首次见他脸红，不由得好笑："你真的一直在等我？"

他干咳一声："是的。"

我戏谑道："等我也不是什么丢脸的事，为什么要不好意思啊？"

他忽然抬眸直视我，叹道："我只是没有想到，在我这样的年纪，竟然还会在夜里痴痴等一个女人。"

我有些感动，嘴上却不以为然："男人等女人是天经地义的事。有句话说，男人的一生都在等女人；有一半的时间是在等女人穿衣服——"

我顿住。

他问："另一半呢？"

哈！我就等这句话，立刻道："另一半时间是在等女人脱衣服。"

他笑了起来："胡说八道。"

我也笑："说这句话的，是一个很知名的小说家。"

他也不问那人是谁，只淡淡地道："是吗，但他说的并不准确。你看，我现在可是替你穿衣服呢。"说完，双目灼灼地盯着我。

我面色一红，岔开话题："对了，你刚刚说，在你这样的年纪，你多大了？"

他忽然轻叹一声："我老了。"

我笑嘻嘻道："老了是多大？"

他一笑："你看呢？"

我扶住他的胳膊，仔细端详了一会儿，光滑额头，细长凤目，眼瞳窅黑深邃，似可包容天地万物，嘴角浮起一抹笑意，目光却忽而变得幽深莫测。

"我看你，嗯，像个妖怪。"

他一愣："我像妖怪？"

"是啊，你一会儿像个浪荡戏谑的少年，一会儿像个杀气逼人的武士，现在摇身一变，又成了江湖郎中，你不是妖怪是什么？"

我看着他阴晴不定的脸色，忍不住靠着他大笑起来。他只摇头苦笑。

第五章
晚来同眠

"你们在干什么？"突然有人一声大喝。

我抬头一看，原来是风亭榭回来了。我看见他那张脸就有气，愈发将艳少的胳膊抱紧："你没长眼睛吗？我们正在相互取暖。"

他一把将我拉过去，怒气冲冲道："你可别忘了，你是去嫁人的。"

"多谢提醒！"我冷笑道，"假如我没有记错的话，我并不是嫁给你。"

他的脸色忽然变得苍白，紧抿着唇不说话。我回头招呼艳少上车。马车微微颠簸，我很快就感到困倦，眼皮很重，睁不开。

一觉醒来，神清气爽。我揉了揉眼，才发现自己不是在车厢里，而是一个房间。掀开被子一看，差点惊叫出来，因为身上忽然多了一条胳膊，显然不是我的。

"你醒了。"艳少坐起来，声音沙沙的，愈发显得低哑。

"我们的关系，好像还没好到同睡一张床的份上吧？"我眯起眼看着他，"假如你不给一个合理的解释，我就一脚把你踹下去。"

他笑："那我还是自己下去吧？"

我怒："占了便宜就想溜啊？"

"不知道是谁占了便宜。"他笑道，"你感觉怎么样？"

我扭扭脖子，运动一下，立刻便有一股酸疼的感觉传达全身，暗道不妙。

"你没对我做什么吧？"

"当然做了。"他回答得理所当然。

"什么？"我指着他大怒道，"我把你当朋友，你居然做出这种丧尽天良的事，太缺德了。你卑鄙，下流……"

"我只是帮你驱逐寒气而已，怎么就卑鄙下流了？"

"只是这样？"

他反问："那你想我怎么样？哦？我知道了……"，他做出一副恍然大悟的样子，语气里已带了笑意。

"闭嘴！"我喝道。

"你说什么？"他的神色蓦然变得冷肃清冽，目光似刀刃上泛起的冰冷光泽，莫名的有股肃杀之气。

我猝然一惊，忍不住打了一个寒噤。

他看了我一会儿，面色转柔，道："我去煎碗药来。"

我看着他的背影，心底仍有些发怵。一个人怎么可能有如此迥然不同的面孔？说变就变。若说是装的，那么他的演技未免也太好了。但他完全不像是装出来的，尤其是刚刚那一幕，就好像他是一个受人尊崇、高高在上的王者，绝没有想过，也绝没有人敢对他说出"闭嘴"这两个字。

我知道，那气势绝不是故意做出来的。

外面的天色大亮，空气清新。我打了个哈欠，走到屋外，一眼看到风亭榭。他黑着一张脸，似正要找我，劈头就问："你请的那个大夫呢？"

"煎药去了，怎么？"

"他昨晚没有睡在自己房里。"他说着，两眼直瞪我。

"他昨晚和我睡的。"

他难以置信地看着我，隔了很久才道："容姑娘，你到底知不知道，楚天遥是个什么样的人？他若发现这件事，别说是你我性命难保，只怕就连御驰山庄……"

"他只是为我治病而已。"我打断他。

"只是治病？"他很怀疑的提高声音。

我没好气地说："你不相信的话，明晚也过来一起睡好了。"

他气结而笑："容姑娘，你真叫我惊讶。"

我迅速回他："你不是第一个跟我说这话的人，我就当赞美了！"

"对了，这是哪里？"

"清水镇，我们马上要赶路，你下来吃点东西吧。"

店内的客人寥寥无几，桌上只有白粥馒头。客栈的卫生状况叫人不敢恭维，我没什么胃口，便钻进后院的厨房找艳少。

后院堆了若干杂物，他蹲在一个由砖头搭建的简陋锅灶旁手忙脚乱地扇风，烟灰四下乱飞，药罐被火烤得嘶嘶作响，缕缕热气升起来缭绕在他头顶，侧脸两道淡淡的黑迹，眉头微微拧着，嘴角有股倔强的神情，显然对煎药这种事并不在行。不知道为什么，我心底忽然涌起有一种说不清道不明的感觉。这个人与我素昧平生，连真实姓名也不愿意透露，却愿意在这脏乱的角落为我熬一碗药。

他忽然侧头瞥了我一眼，嗤笑一声道："感动了？"

我实话实说："有点。"

他瞪着我，佯怒道："这可是我第一次煎药。"

我走过去，伸手去抹他脸上的黑灰，笑道："看得出来。"

他下意识地一躲，微微惊讶地看着我，我的五指僵在空中，不由得有些尴尬，同床是为了治病，我现在这个动作确实过于亲昵了。

他忽然又笑了，双眸清亮夺人。

"药好了。"他说着将药倒进碗里递给我，自行进房去梳洗。

我到大堂坐定，待药稍冷，一口气喝了。

风亭榭吃着馒头，道："光喝药是不行的，吃点饭吧。"

我皱眉道："你吃得下去？"

他头也不抬地说："假如你尝过饥饿的滋味，就会知道这世上没有什么东西是不可以吃的。"

我一愣，听他的意思，好像吃过很多苦。

"他说得没错。"艳少适时出现，拿了一个馒头放进我碗里，用命令般的口吻道，"吃完它。"

风亭榭吃惊地看着他，似乎没料到会得到认同。

我拿起馒头咬了一口，直盯着眼前的两个人看。单就相貌而论，风亭榭无疑要比艳少更适合艳少这个称呼。但艳少身上有一种特殊的气质，泰山崩于前而面不改色，能给人安定与力量，仿佛即便是天大的事，只要到了他面前，都不再是事情。两者相比，我当然喜欢后者。那是年轻人所不具备的东西，需要经过岁月的积累与时光的打磨，才能雕琢而出的淡定与从容，没有一丝一毫的戾气，温润如玉。我只管花痴地乱想，忽见他们两个一起抬头盯着我。

艳少轻敲了一下碗口，佯怒道："想什么呢？我们都在等你，快点吃。"

我干笑一声，三两下解决了馒头："走吧。"

一连几日，我醒来时，都能发现床上多了一个人。反正他也没对我做什么，也就无所谓了，只当多了个免费暖床的。风亭榭对此仍然颇有微词，但是由于我的身体情况确实大有起色，他也就不能再说什么了。

唯独一件事，令我万分奇怪，就是艳少的医术。我每天和他睡在同一张床上，可是，我却不知道他究竟是怎样给我治病的，他煎熬的药也是照着黎神医的方子。我每晚喝完之后，就昏昏欲睡，一睁开眼睛，就能见到他躺着我身边，似乎抱着我睡觉就是他治病的方法。但叫人惊奇的是，我的身体居然真的好多了，手脚有了热气，胃口大好，力气似乎也比以前大了许多。

这天早晨，我醒来时，他尚在熟睡。我屏息静气看他，忽然发觉他多了许多皱纹，竟有一丝苍老神色。我触目惊心，没来由地感到心疼。我被自己这个念头吓了一跳。有关他的真实姓名，身世来历，年龄婚姻都是一无所知的情况下，居然动了感情，这可不是好兆头。我忍不住自嘲起来。

"大清早的傻笑什么？"

他不知何时已经醒了，睁着一双眼睛含笑看着我。这双眼睛深邃若大海，自乌黑皎白中隐隐透出一股钢蓝来，端得摄人心魄。

我伸手去摸他的脸，道："奇怪，你突然多了皱纹。"

他脸色一变，定定地看着我，紧抿着唇不说话。我最怕看见他这样，手一哆嗦就滑了下来。他顺势握住我的手，目光转柔，长叹一声道："我老了。"

这是他第二次说自己老，我很想问问他的年龄，但是我不敢。不知道为什么，我忽然变得小心谨慎起来，生怕得罪他。

他的眼睛似乎有看穿人心的力量，忽然微笑道："我吓着你了吗？"

我摇摇头。

他伸手梳理我的头发，柔声道："我有很多年，没有像现在这样感到轻松了。"

我脑子发蒙，不知他为何突然跟我说这些话。

他继续道："所以，你要好好地活着……"他顿住，声音低沉下去，缓缓道，"因为，我不打算放过你。"

这是什么意思？他今天说的话全部莫名其妙，叫人费解。

"好了，我们起床吧。不然，那位风少侠又该唠叨了。"

话音未落，敲门声已然响起，风亭榭隔着门叫道："药已经煎好了，你们还要睡到什么时候？"

语气里的火药味相当明显。我立刻跳下床穿衣服。这位风少侠虽然不像老妈子一样的唠叨，但是那眼神是很犀利的，被他看着就像被人用刀架在脖子上，非常要命。

当晚，我们进入山东地界，宿在一个小镇上。镇子不大，也还算热闹，我吃饱喝足，脚底就发痒，有心溜出去逛一圈，又怕他们俩反对，故而吃完饭早早上床装睡，等待机会开溜。

谁想明明是装睡，一个不小心就真的睡着了。等我醒过来时，皎洁月光穿户而入，街上没有半点灯火，远处的几声狗吠，更衬出夜的宁静。

我发了一会儿呆，忽然想起，今晚艳少竟没来同眠？难道是我已经身体完全好了？不过很无耻地说，枕畔空虚的感觉还真有些不习惯。

我开门出去，刚到他的窗下，就听到一个女人的声音："您犯不着这样做。"

"这是你该说的话吗？"艳少的声音没有任何温度，甚至没有一丝语调的变化，这语气是我从没见过的，有种说不出来的怪异感觉。

室内静默。我贴着墙壁，大气也不敢喘一口。

"是，我多嘴了，只是……"女子的声音忽然哽咽："只是我不明白……您为她这样真的值得吗？"

艳少冷冷地打断她："你只需要管好你自己。"

室内再一次陷入静默。

我忍不住伸手，欲戳开窗纸，手指刚一碰到窗纸，便觉得一股冷气由指尖渗透，辗转入骨，整个手臂一阵冰寒，脱口叫了一声，退后两步。

这时，门忽然开了。"这么晚了，找我有事？"艳少披着一袭白衣站在门口，脸藏着阴影里，看不出什么表情。

我推开他就往里走，在房间里四下一看，只见床上被褥凌乱，一个水桶腾腾冒着热气，却不见半个人影。

他懒洋洋道："找什么呢？"

我回头瞪着他，这才发现他的单衣下面，居然是赤裸的，什么也没穿。

我立刻倒抽一口冷气："你们刚刚在干吗？"

他一笑，语带调侃："我正要洗澡，你想一起吗？"

我两眼冒火："那个女的呢？"

"什么女的？"

"少装蒜，我明明听见有女人的声音。"

他不动声色，淡淡地道："你听错了。"

“休想骗我。”

他眼神幽深地看着我，忽然轻笑了起来：“就算我房间里有女人也很正常啊，你生什么气？”

我怒道：“深更半夜，孤男寡女共处一室，还敢说正常？”

他笑得一脸无辜：“那我跟你还同枕共眠呢，也没发生什么事啊。”

我顿时语塞。他看着我，笑嘻嘻道：“水快冷了，你到底要不要一起洗？”

“无耻！”我骂了一句，气得摔门而出。

他在背后爆发一阵大笑，好像从来没有过的开心。

第二天，我破天荒地起了一个大早，亲自端了洗脸水到艳少的房里去伺候。我想他至少应该说声谢谢，并对昨晚的事稍作解释，可他居然什么都没说，就理所当然地享受了我的服务。在我的旁敲侧击之下，他仍然表示听不懂，似乎我昨晚听到的那个女人的声音，根本就是我的幻觉，恨得我牙痒痒。

经过一整夜的利弊权衡，我很大度地决定原谅他，只要他肯说两句温软话，或是稍微解释一下。毕竟我还要借助他来实施逃跑计划，暂时不宜把关系弄僵。何况我也不是他老婆，没理由干涉他的私人生活。

风亭榭的鼻子比狗还灵，立刻便察觉到有什么不对。他憋了一上午，中午打尖时，终于忍不住了。

“你们俩怎么了？”

我拿着筷子轻敲两下，冷笑道：“看不出来你还这么三八？”

“三八？”这孩子一脸纯洁，显然没听过这个词。

我忽然很好奇，风亭榭看样子也有二十出头了，正是热血沸腾、荷尔蒙分泌旺盛的年纪啊。

“小榭，问你些事，要老实地回答我。”

他的头缩了回去，挺直腰板，正儿八经道：“那要看什么事。”

“私事。”

“那也要看能不能说。”

我气结，挥挥手道：“算了，不说拉倒。”

他想了一会儿，终于道："你问吧，什么事？"

我斜眼道："你保证，你会诚实地回答？"

他点头。

我立刻凑上去："你成婚了没有？"

他显然没料到是这个问题，脸色一红："没有。"

"你有过几个女人？"

他面色一红，漂亮如黑曜石般的眼眸直直盯着我。

我提醒他："诚实回答。"

他沉默半晌，终于低哼了一声："没有。"

"一个也没有？"我大为吃惊，毕竟他长得这么好看，"天啊！这么说你还是雏？"或许是我的声音有点大，周围已有不少目光射了过来。他狠狠地瞪着我，脸色由红转白既而青。我压低声音，继续问道，"那么……"

他忽然烦躁起来："你到底还想问什么？"

我赔笑道："最后一个问题。问完了，我就告诉你昨天晚上发生的事。"

他冷冷地道："我已经不想知道你们之间的事了。"

我无奈："可我突然很想告诉你？"

他脸色绯红，垂头静坐，眼观鼻鼻观心。难得见到他脸红，我本来还想逗逗他，忽然瞥见门口进来的一个人，顿时愣住。

这真是一个可人儿，明眸朱唇，一身雪白素衣，手握长剑，英姿飒爽，看来这就是传说中的江湖女侠了，看得我艳羡不已。这女子刚一进门，角落里立刻有人站了起来，道："馨儿，你终于来了。"

我转头一看，见那人是个年龄四十开外的中年男子，眉目平常，毫无特色，混进人群就找不出来的那种，但是这姑娘称呼他为"陆师叔"，似乎颇为敬重。

"馨儿，你师傅呢？"

"师傅等不及，已经先去济南了，他老人家命我来和师叔会合。"那女子的神色语气颇为焦急，连声问道，"师叔，碧玉峰的情况怎么样？少辞他有没有受伤？"

少辞？难道是林少辞？我吃了一惊，留神细听。风亭榭也是神色一变，微微侧头。

"沈醉天带人打上了碧玉峰，林老先生与晚词小姐相继失踪，林少主目前还没有任何消息。"

"容庄主呢？她回来没有？"

"有人说她已经死了。"

那女子双目圆睁，脱口道："不可能吧？"

"现在江湖上的流言很多，具体情况我也不是很清楚。"那姓陆的男子说着站起身来，"你师傅的性子也忒急了，他绝不是沈醉天的对手，我们必须马上赶去济南。"

沈醉天攻打碧玉峰？林老先生与晚词小姐失踪？这么说碧玉峰就是御驰山庄的总舵，林少辞就是因为这个原因才独自走了？我暗自沉思，风亭榭拍拍我的手，关切地看着我，道："别担心！"

我顿时反应过来，我是容疏狂，是御驰山庄的庄主，面对这种情况，绝不能坐视不理，否则会引起他的怀疑。我清清嗓子，道："听着，不管你是否同意，我必须先回一趟碧玉峰。"

我直视他的双眼，故作大义凛然，本以为他会反对，没想到他竟点头同意了。我只得起身去找艳少，他却不在房里。这个家伙是掉进厕所了吗？关键时刻就找不到人。我在后院找了半天，也没见到半个人影，正要离开，忽然听到后墙下传来一阵咳嗽声。

"请恕属下多嘴。"一个男子的声音，有些谨慎地说："事情已经尽在我们的掌握之中，您真的犯不着这样做。"

咦？这话很耳熟，声音也很耳熟。

咳嗽声愈发剧烈。

"你不懂，凤鸣，等你到了我这个年纪……"艳少的声音忽然顿了顿，又道，"你先回去吧。"

"属下告退。"

空气中隐约有一阵风声，阳光倏忽明暗，院子里重又恢复寂静，通过前堂噪音的衬托，愈发显得安静。他轻轻叹息一声，道："出来吧。"

我走出来，只见他面色异常苍白，一双眼睛里露出温和的微笑。

我看着他："我们不去沧州了，就此分道扬镳。"

他微笑着，什么也没有问，就点了点头。

我瞪大眼："你都不问一下原因？"

他轻叹一声："我已经知道了。"

"你知道？"我一愣，"你怎么知道的？"

"这个江湖上，还能有什么事情，是我所不知道的呢？"他叹息着，笑容略显虚弱，"不过，你放心，林少辞比你想象的要聪明。"

我愣了半晌，道："我很惊讶，你说我们是朋友，可是你居然一点帮忙的意思也没有。"

他面不改色，微笑道："但是，当你说出'分道扬镳'这四个字，我却一点也不感到惊讶。"

他静静地看着我，那目光似能穿透人心："因为你知道事关重大，此去凶险，生死难料，你不愿意我陪你一起去送死。"

我又感动又惊奇，我们不过相识十余天，他对我的了解，竟胜却多年好友，真是一个厉害角色。我道："没错，虽然我不知道你究竟是什么人。但至少我的身体已经完全康复了。我们本是萍水相逢，你并不欠我，我实在没有理由要求你陪我去冒险。"

他一直微笑着："疏狂，你看似精明世故，实则还太天真，这个江湖比你想象的可怕。这一次我不能陪你去，你要小心。"

他说着，忽然又咳嗽起来，急忙用丝帕去捂。

"你怎么了？"我伸手要去扶他，却被他避了过去。

"昨夜受了风寒，你身体刚好，不要传染了你。"他的声音从丝帕后透出来，显得有些沉闷。

"时候不早了，你快些上路吧。"

"那么……"我竟有些不舍，"我们何时再见？"

他微笑："放心，我不会放过你的。"

我出门，风亭榭已等在马车旁："跟你的郎中先生告别了？"

我瞪他一眼："你偷听我们谈话？"

他冷哼："不需要偷听也知道，只是我有些惊讶。"

"你什么时候学会未卜先知的本领了。"

他一脸受辱的神色："他帮你驱逐寒毒，内力消耗过度，这两天已经很明显的体内不支，只是你没看出来。我本以为他对你这样尽心尽力，必然很在乎你，想不到他居然让你独自去冒险。"

"内力消耗过度？"我愣了一下。

他白了我一眼："你这个人有时候聪明过头，有时候又蠢笨无比。要不是他每晚都用内力帮你驱毒，你能好得这么快？你以为沈醉天的'玄冰寒玉掌'是儿戏？连神医黎秀然都说，你的身体需要静修三个月才能康复，他居然只用了短短七天就把你治好了。"

怪不得他忽然苍老了许多？难道他不停咳嗽，并不是感染风寒？

风亭榭忽又皱起眉，近乎自言自语道："奇怪，此人的武功深不可测，但我竟然从没听说过江湖上有'艳少'这个人？"

"喂，他到底是什么人？你是怎么认识他的？"这小子现在跟我讲话越来越不客气了。

我叹口气："我也不知道，我是在逛青楼的时候认识他的。"

"逛青楼？"他一怔，"想不到你还有这个爱好。"

"不说废话了，我们立刻去济南，马车太慢，还是直接骑马吧。"

他有些犹豫："我担心你的身体刚好，万一……"

"没事！不过我要跟你共骑一匹马。"

"为什么？"他一脸惊讶。

"因为我不会骑马啊兄弟。"

他吃惊不已，讷讷道："原来失忆这么可怕。"

风亭榭似乎比我还着急要到济南，一路马不停蹄，吃饭喝水的工夫都在马上，一刻也不肯耽搁。我忍不住表扬他："没想到你这个人外表冷冰冰的，还是有点侠义心肠的。"

他一愣，随即冷冷地道："抱歉，让你误会了。我只负责保护你的安全，其他的事一概不问。"

我笑起来："我知道你还有点良心，不会真的见死不救。"

他严肃道："我绝不参与江湖纷争。"

我反问道："倘若御驰山庄被毁，我为什么还要帮你偷那份名单？"

"这你放心，林少主还至于这么不济。而你，也一定会去偷那份名单。"他不动声色地道，"因为这个时候，御驰山庄更加不会得罪楚天遥。"

我一时语塞，半晌才道："那我们好歹也是合作关系，你就这样袖手旁观？"

他忽然笑了："你真是杞人忧天了。林少主人缘极好，情人众多，而且个个来头不小，她们绝不会袖手旁观的。就像那位柳馨儿姑娘，她不但自己来了，还把她的师傅清玄道长也请来了。"

"林少辞情人众多？"我感觉自己的眼珠子都要掉出来了。

"你就等着瞧好了，"他的笑容愈发诡异，"不出两天，江湖上稍有姿色的女人就会全部集中到济南来，而我担心的是容姑娘你……呵呵，她们可不是靠嘴皮子的功夫就能打发的，你现在武功全失……"

我被他彻底搞蒙了，林少辞那座冰山竟然会是江湖上的大众情人？

风亭榭见我一直没说话，笑道："害怕了？"

"害怕？"我白了他一眼，"该担心的人是你，你的职责可是保护我的安全。"

他笑而不语。我忽然想起一件事，问道："对了，你上次说碧玉峰的事？到底是什么事？"

他神色一变，紧紧闭上了嘴巴。

我循循诱导他，道："你看，我现在失忆了，你不把之前的事情告诉我，到济南万一出什么事情，或是遇上仇家，你也是会有麻烦的。"

我等了片刻，不见他有反应，无奈道："好吧！你不说碧玉峰的事，总可以说说关于我的事情吧。"

他静默一下，道："你的什么事？"

"江湖上有关我的传闻啊，我以前的武功怎么样？用什么兵器？在兵器谱上的排名情况等等，随便说说。"

他忽然笑出声来："兵器谱的排名？亏你想得出来。"

我熟读众多武侠作品，当然知道百晓生的兵器谱。

"有关你的武功，江湖上确实有不少传言……"他停顿了下，似乎在斟酌词句："假如真的有一个武功排行榜的话，以你之前的武功可以排进前五名。"

"我竟然这么厉害？"我探头，两眼直盯着他的侧脸，嘴巴张得合不拢。

他耳根泛红，不知道是害羞还是被笑憋的。"是，你很厉害，"他继续道，"你平常不带兵器，但是据说你最擅长用刀。五年前，在御驰山庄的庄主选举大会上，你以一把裁云刀击败林少主的追风剑，坐上了庄主的位置。"

"咦？庄主都是选举出来的吗？"

"是，御驰山庄成立一百六十三年，每一届庄主都是通过选举产生。"

容疏狂居然这么牛叉！等等，不对啊。

"假如我真的这么厉害？为什么会被沈醉天打伤？"

他皱起眉："这个事情，整个江湖都很震惊。没有人知道，那一晚在姑苏虎丘到底发生了什么事？你难道真的一点也记不起来了？"他说着侧过脸来看我，似乎很期盼我能立刻恢复记忆，以满足他的好奇心。

我瞪他一眼："废话，我要是能记得还问你干吗。"

第六章
急管繁弦

　　风亭榭说得没错。第二天，通往济南的路上忽然多了很多奇怪的江湖人士，装束打扮各有不同，携带的兵器也都稀奇古怪，均是身材窈窕、风姿绰约的女子，有戴斗篷的，有披面纱的，也有女扮男装的……各有不同，却无一例外的都是美人。看到这些美人，我终于明白，林少辞为什么不喜欢容疏狂了。当然，单论相貌容疏狂未必输给她们，可是她的气质过于冷肃，少了一份女子的妩媚与风情。

　　风亭榭见我沉默不语，忽然道："你不会是吃醋了吧。"我差点掉下马，他的想象力还真不是一般的强。他又道，"现在可不是你吃醋的时候，她们都是来帮忙的。"

　　我忍不住敲了一下他的后脑勺："吃你个头啊，你该祈祷这些女人不要自己先打起来。"

　　"放心！林少主对付女人的功夫，比他那柄削铁如泥的追风剑更有名。"他的语气颇有些嘲讽。

"我怎么感觉，你的语气听起来更像吃醋啊，莫非她们当中有你心仪的女人？"

他回头瞪我一眼："胡说什么。"

我大笑："被我说中，恼羞成怒了？说吧，看中哪一个了？我帮你出谋划策，包你抱得美人归……"

他忽然叹息，低低道："我只是替净漓不值……"

"你妹妹？"我一愣，"她也喜欢林少辞？"

他不语。我又道："她不会也到济南来了吧？"

他仍不语。我觉得没趣，便不再废话。

待到晚上住宿时，气氛渐渐不对了。眼看快到济南城，人也聚集得多了，与我们投宿在一家客栈的，就有五个来路不同的女人。

吃晚饭的时候，有个十五六岁，长得娇俏甜美的绿裙少女言语带刺，开始讥笑另一个二十来岁的白衣女子。那女子肤色稍黑，眉目如画，身材修长，颇有一股英气。绿裙少女暗讽她长得黑，还偏偏爱穿白衣服。那白衣女子气得浑身发抖，却强忍着不发作。

风亭樹立刻吩咐店家，将饭菜送到房内去吃。我抱怨道："免费的热闹不瞧，却窝在房内，她们真的打起来，也挨不到咱们。"

他冷笑道："她们不打起来，也有你受的。你可知道那穿绿裙的小姑娘是谁？"

"是谁？"

"她是四川唐门的十三小姐，唐璎珞。武功不怎么样，下毒的功夫可是一等一。"

我一凛，那孩子长的这么可爱，居然是个下毒高手。

"要不然，漠北灵狐派的女魔头玉玲珑会咽得下这口气？"

"真难为她不远千里而来……那么，另外三个都是谁啊？"

"年纪稍大的，是洛阳'飞花阁'的海棠阁主；面蒙黑纱的，是福州'晚晴楼'

的楼阡陌。看上去比较文静的那个，她是'素剑门'的大弟子夏小夕。"

"飞花阁？晚晴楼？"我有些心虚道，"这些名字怎么听着很像是……青楼啊？"

"你还真会联想！"他冷笑一声，"你可知道，这两家近年来网罗了多少武林高手？"

我奇道："她们网罗高手干什么？"

他笑道："倒也不是她们要网罗这些高手，而是这些高手主动投入门下。因为这两家在江湖中以盛产美女闻名。"

"原来如此。"我恍然大悟，自古英雄难过美人关啊！

"我们路上遇见一个头戴斗篷的，还有一个女扮男装的，她们又是谁啊？"

他白了我一眼："女扮男装？那明明就是个大男人？"

我惊道："男人竟然长得那么美？没天理啊。"

他皱了皱眉头："你当他的面可千万别说这种话。据说南宫俊卿生平最恨有人把他当女人。"

难道林少辞不但捕获了女人的芳心，连男人也不放过？

"南宫俊卿是谁？"我瞪大眼睛，问道，"难道他也喜欢林少辞？"

风亭榭忍不住大笑了起来："容疏狂，你的想法未免也太……"

我还是第一次见他如此畅怀大笑，这小子笑起来比板着脸好看多了。他被我看得有些不好意思，咳嗽一声道："南宫俊卿这一次孤身而行，或许路过……至于那个头戴斗篷的，我也不知道。"

我眼珠一转，试探道："你说，有没有可能是你妹妹呢？"

"不可能。"他神色一变，"净漓对他已经死心，绝不会再……"

我期盼他说下去，他却忽然话锋一转道："林老庄主失踪，林少主音讯全无，你不关心他们，倒关心起这些闲事了。明天就到济南了，你还是想想怎么对付沈醉天吧。"

我耸耸肩："车到山前必有路！到济南先把情况摸清楚，再做打算。"

他没好气地说："真怀疑你到底是不是容疏狂？"

我故意长叹一声："反正有人贴身保护，可以高枕无忧，一觉睡到天亮。"

他不再说话，低头吃饭。不一会儿，楼下忽然噼里啪啦一阵乱响，好像是桌椅倒塌折断的声音。我立刻冲到门口，扶着栏杆，探头朝楼下看。

"看什么看？都给我滚回去。"楼下有人娇叱一声，立刻便有一道亮光，直奔我的双眼而来，随即又被什么东西反弹了回去。青白的强光以非常优美的弧线划过半空，落着那名白衣女子的手中。

玉玲珑轻轻"咦"了一声，抬头向上瞥了一眼，似乎没料到自己的飞刀竟落空而回。

风亭榭负手立在我身边，悠然的神情，好像双手肯定就没动过。

"看来你说得没错。"

"嗯？"

"要阻止她们自己先打起来。"

我看了看楼下，客人都走光了，唐璎珞与玉玲珑，一白一绿两道身影缠斗在一起，就像两只翩翩起舞的蝴蝶，姿态妙曼轻盈，煞是好看。美中不足的是，菜肴汤水碗筷什么的也跟着到处乱飞。

这两人打得这么激烈，其他的三个人却是纹丝未动。端正稳重的海棠阁主，一脸冷艳的楼阡陌，以及纤弱温柔的夏小夕，她们各守一方，低着头，沉默优雅的用餐。

我干笑两声："那你下去阻止她们吧。"

他淡淡地道："这好像不关我什么事？"

我反问道："这难道关我的事？"

他看了我一眼，忽然大声道："容姑娘，你可别忘了，你是御驰山庄的庄主。"

这一句话很有分量，楼下的两道身影倏忽分了开来，连一直静默用餐的三个人都是齐刷刷地抬头看了过来。

生平第一次，我被五个美女明亮美丽的眼睛看着，可我却感到有些毛骨悚然。空气好像暂时忘记了流通。我感觉喉咙发干，有些想骂人，但是心底有个声音提醒我，不能失态。

于是，我笑了笑，然后抬起手，用一种看似优雅又别扭的手势，朝大家挥了挥手。

"嗨，大家好！"话一出口，我就听到身后有人闷哼一声。楼下几个女人的眼睛更大了，也更亮了。但是，仍然没有人说话。

我微笑着看向她们，目光是分散式的，必须让她们每个人都感受我亲切温和的关注。然后，轻移莲步，顺着栏杆一步步走向楼梯，我自信已经拿出最好的仪态，必能为室内这股肃杀凝重的气氛，带来和风细雨式的温暖春意，何况我的身后还有风亭榭这样的俊美跟班。

当我一步步走下楼梯，众人的目光也紧随着我的脚一点点下移，我每移动一下，她们的目光就变幻一下，似乎被我震撼了。

我有些飘飘然了，原来被人关注的感觉这么好。当我就要到达地面的那一刻，忽然失去重心，一脚踩空，以狗吃屎的姿势从楼梯跌落下来，和冰冷的地面来个亲密接触。

我脑子一蒙，抬眸就看到一双双纤细美丽的脚。然后，我就无法控制地颤抖起来，双手握拳捶着地面。

风亭榭弯下腰，强忍着笑意，从牙缝里挤出五个字："你在干什么？"

我用一种低得不能再低的声音回答他："我想挖一个地洞钻进去。"

他盯着我看了几秒钟，俊美的脸憋得通红，直红到耳根脖子去。我用眼神告诉他，如果他胆敢笑出来，我发誓我会杀了他。

终于，他忍住笑意，将我扶起来，用一种极其古怪的声音说道："早跟你说过了，这些女侠们都是自愿来帮忙的，不用行这么大的礼。"

我抬起头，意外的发现，这些女侠们竟然没有一丝嘲笑的表情，仍然用刚才的仰慕眼神看着我。

正当我准备赞美她们几句的时候，就听到了一阵无法抑制地大笑。她们每个人都笑得前俯后仰，唐璎珞笑出了眼泪，玉玲珑抱着肚子蹲了下去，夏小夕本来站在，忽然伏在桌子上肩膀直抖，楼阡陌似乎已经喘不过气了。

我觉得自己应该说几句，于是干咳两声，清了清嗓子，道："我代表御驰山庄感谢各位女侠的帮忙——"

我的话立刻被人打断了："笑话！谁说过我们要帮御驰山庄了？"玉玲珑猛地直起身，一脸冷笑。

这个脸变得也太快了。

"那么各位不远千里赶来济南……"

我的话又被打断了："哼！我们来济南游玩不行吗？"唐璎珞昂着头，噘起可爱的小嘴。

我深吸一口气，瞪了风亭榭一眼，真想把他给宰了——是哪个混蛋告诉我，她们是来帮忙的？

"这么说，各位不是来帮林少……"

"我们帮不帮林少主关你什么事？"这一次，众女齐齐喝起来。

我下意识地倒退两步，敢情这些女人是把我当成假想情敌了。天地良心，喜欢林少辞的是容疏狂好不好，我可是阅遍万千美男的方怡。

我想了想，觉得不丢下一个巨大炮弹，是绝不能平息她们这股醋海怒涛的。于是，我挽起风亭榭的胳膊，娇滴滴叫了一声："相公，既然她们不是来帮忙的，那我们上楼继续吃饭吧。"

果然，这句话不亚于平地风雷。她们齐声惊道："相公？"

"各位，她中沈醉天的玄冰寒玉掌，脑子……"风亭榭花容失色，说着就欲挣脱我的魔掌。我立刻狠狠掐了他一把：你小子把我推出来，自己想跑？没门！我们可是一条绳子上的蚂蚱。

我转过身，笑嘻嘻道："忘记给你们介绍了，这位就是我的相公——风亭榭。"

海棠阁主上下打量我们一番，忽然问道："江湖传说容庄主的武功……"

风亭榭继续落井下石："是啊，容庄主如今武功全失……"

"武功全失？"她们齐齐倒抽了一口冷气。

我干笑一声，又狠狠地掐了风亭榭一把，这臭小子逮到机会就把这事大肆宣扬，万一有人来仇家，我岂不是死定了。

众女互看一眼，目光中不约而同地升起了一种相同的神色。玉玲珑忽然走过来，握住我的手："真没想到啊，容庄主一身绝世武功，居然会……"她说不下去，猛然扭过了头，眼睛里隐约泛起了同情的泪光。可是，为什么我感觉她似乎高兴多过同情呢？

唐璎珞甜甜地叫了一声："容姐姐，我真为你难过。"

我在心里冷笑一声：我可没感觉你有半点难过。

海棠又看了看风亭榭，问道："容庄主，这一位真的是你相公？"

其余四人的神色也颇为怀疑，一起望着我们，那目光真比舞台的聚光灯还亮啊。风亭榭张了张口，想解释什么。我觉得不能再让他说话了，于是猛拉一下他的胳膊，他身子一倾，我及时吻住他的唇。

等我从风亭榭的嘴巴上移开，众女都呆了，瞠目结舌看着我们。风亭榭好像也呆住了，脸红得像猴屁股。这样还不能让你们相信，我就自绝于江湖。

海棠阁主到底年纪大一点，见多识广，首先回过神来："啊，祝贺容庄主嫁得如意郎君。"

其余人如梦初醒，也纷纷道："恭喜恭喜。"

我握着风亭榭的手，礼貌地转了一圈："谢谢，谢谢！各位没事的话，我们就上楼吃饭了，再会再会。"说完我拖着呆若木鸡的风亭榭转身上楼。

"哎！容姐姐，那个……"有人开口了。

我转过身，笑靥如花："唐姑娘有事？"

唐璎珞笑得比我更像一朵花："容姐姐，你知道林哥哥在哪里吗？大家都没有他的消息耶！"

"这个好像跟我没关系吧？"我装出为难的样子，学着她的语气说道，"而且我想少辞他现在没有心情，陪姑娘游玩济南城耶。"

唐璎珞的脸色一红。

海棠突然道："容庄主，刚才多有得罪，我们确实是来帮林少主的，还希望容庄主能……"

我立刻打断她，道："这个事情，等我与我家相公吃完饭再说吧。"

我一进房，立刻先发制人，道："嘿嘿，你之前说过的，不过是个称呼而已。"

"这能一样吗？"风亭榭恼怒道，"她们都是江湖中人，传出去的话……"

"传出去就传出去呗，怕什么？"我一屁股坐在床上，撩起裙子查看刚刚跌痛的膝盖。

他忙转过身去，急道："你怎么能这样？"

我眼看膝盖上青了一块，没好气道："谁叫你揭破我的身份。"

"那你也不能当众对我做这种事。"他看上去好像是真的着急了。

我忽然觉得好笑，起身走到他面前，握住他的肩膀，静静地凝视着他，拿出一副深情的口吻说道："放心吧小樹，我会对你负责的。"

他一把打开我的手："不要开玩笑了，别人也就罢了，楚天遥若是知道我们做出这种事，会杀你的。"

我冷笑："你这么怕他干吗？他不就是投靠了一个汉王吗？"

他惊呼道："我看你到现在还没有搞清楚情况，不是他投靠了汉王，而是汉王有了他才敢这么明目张胆。你不知道，他是多么可怕的一个人。"

我无所谓地一挥手："你才是杞人忧天了。我老实告诉你，即便有了楚天遥，汉王谋反也绝不会成功的。"

他忽然看着我："奇怪，你何以这么肯定？"

我神秘一笑："不是说了吗，我学过天文，这是天上的星星告诉我的。"

他苦笑着摇了摇头，朝凳子上一坐："现在你打算怎么办？"

我笑道："当务之急，是先去把掌柜找来。"

他一愣。我叹道："傻子，我们现在是夫妻，却订了两间房，这会露馅的。"

他拧紧了眉毛："难道要我睡地上？"

我很大方地说："为了补偿你，我睡地上，不过棉被得归我。"

"真没见过你这样的女人。"他叹了口气，"你想好要怎么联系上林少主了吗？下面那群女人可不好对付。"

"放心吧。林少辞自己会来找我的。"我耸耸肩，"假如江湖消息传得够快的话。"

他奇道："你沿途留下什么标记了吗？"

我翻了翻眼："我是说'我们成了夫妻'这件事，假如消息传得够快，他应该会主动找我们的。"

他还想说什么，忽然响起一阵敲门声。

唐璎珞甜美的嗓音响起："容姐姐，你吃好吗？我们想跟你说点事。"

我对风亭榭使了个眼色，示意他快去找掌柜退房。

他悄声道："小心她的毒。"

我点点头，过去打开门，哗啦一下全涌了进来，五个人的脸上都笑开了花，招牌不同，各有媚态。

唐璎珞笑嘻嘻道："容姐姐，没打扰到你们吧？"

我拉开座位，道："没有，我们一般半夜才做那种事的，你们请坐吧。"

众女顿时语塞。风亭榭的脸唰地红了："我下楼有点事。"话没说完，人已一溜烟不见了。

众女立刻围了上来。海棠率先发言："容庄主，林少主他究竟在什么地方？有没有受伤？"

她们似乎都对这个消息极为关注，齐刷刷地看着我。

屋内一时静默。我暗暗叫苦，我怎么知道啊？我的消息比你们还封闭了，那个混蛋一言不发就扔下我独自走了，眼里哪里还有我这个庄主？

我只得避重就轻，清清嗓子道："现在不方便透露，到了济南你们自然会知道。沈醉天的耳目众多，我们要小心行事。"

她们轻嘘一口气，显得很是失望。

楼阡陌忽然道："没错！少辞很聪明。现在沈醉天霸占着碧玉峰，他只能隐身暗处……"

唐璎珞哼道："少辞少辞，倒是叫得很亲热。"

楼阡陌冷笑道："那也没有林哥哥来得肉麻。"

我眼看二人就要吵起来，忙道："大家是来帮忙的，不是来吵架的。不知道各位有什么对付沈醉天的方法没有？"

唐璎珞甜美的脸上出现一丝阴狠："我至少有一百种毒叫他生不如死。"

玉玲珑不以为然："那也要能近得了他的身，据说沈醉天的玄冰寒玉掌已经练到第九重，常人难近其身。何况他现在还有逍遥四仙随身保护。"

我一愣："逍遥四仙？"

一直沉默不语的夏小夕道："逍遥四仙乃是西域的四个魔头，自称四仙，武功深不可测，他们已有四十年不曾踏足中原，不知道沈醉天用什么方法，竟然请到了他们？否则，他也不可能这么轻易就打上碧玉峰。"

我皱眉不语。看来对付沈醉天比我想象得还要困难。

海棠忽然问道："容庄主与沈醉天交过手，他的武功真的一点破绽也没有吗？"

我暗自苦笑：我何曾与他交过手？但为了不长他人威风、灭自己士气，我决定说一个谎言。

"我那天喝了点酒，头晕眼花，他忽然出现偷袭，所以……"

唐璎珞惊呼一声："啊？以姐姐的武功，喝点酒绝不至于如此，莫非是中毒了？"

我一怔，这个原因我倒没想过，没准真的是这样。照风亭榭的说法，容疏狂的武功可以排进江湖前五名，怎么也不会被人一掌就打死啊。

楼阡陌难得同意地点了点，道："这也不是没可能。江湖中宵小无耻之辈甚多，专门下毒害人……"

"你说什么？"唐璎珞听出她的言外之意，气得猛拍桌子，厉声呵责。

我吓了一跳，生怕这两人翻脸，殃及我这个鱼池。

海棠劝道："唐家妹子不要生气，楼姑娘没有针对你的意思。我们都是来帮助对付沈醉天的，千万不要自己人先伤了和气。"

"没错没错。"我赶紧点头道，"不如大家先回去休息，等明天到了济南，与少辞会合之后，看看他有什么打算。"

众人一脸惊喜："明天就能见到他？"

我干笑两声："假如不出意外的话。"

海棠道："既然这样，那我们就先回房了，明早等容庄主一起上路。"

我将这五位大神送出去，关上门长出一口气。假如来的都是这几位胡搅蛮缠的主，还是不要来的好，根本就是一群乌合之众！

是夜，风亭榭很晚才回房休息。我迷迷糊糊地问道："你去哪里了？"

"到镇上转了一下。"

我两眼一睁："有什么发现吗？"

"镇上来了两个陌生人，样子很奇怪。"

我一轱辘坐了起来："男的女的？武功如何？"

"男的，轻功很高，我跟踪他们一段路，就被他们甩了。"

"不会吧？你轻功不错的啊。"

他白了我一眼："希望他们是林少主找来的。"

"他认识很多高人吗？"

"我怎么知道？"他苦笑一下，拉过两条板凳，和衣躺了，"快睡吧，夜深了。"

我叫了一声，不见他应答，不一会儿鼾声已起，也不知是真睡还是假睡。

我睁眼瞪着漆黑的空气，忽然很想念艳少，不知道他现在怎么样？咳嗽可曾好一点，有没有像我想念他这样的想念我？怀着对艳少的想念，我又一次进入了梦乡，意识蒙眬中，好像有什么东西托着我飞起来，像是酒后微醺，腾云驾雾般轻飘飘的感觉。缥缈的云雾里有无数帅哥环绕，我摩拳擦掌，正欲辣手摧花，帅哥们忽然都不见了——嗨！原来是梦一场。

我在意念里咒骂一声，却舍不得睁开眼睛，只管磨蹭着温暖的棉被，不想起床。恍惚中，听到有人轻笑了一声，声音很不屑，有浓浓的讥讽意味。

我毫不理会地翻过身去，继续回味，骂道："还不快去打洗脸水来。"

谁知这个家伙的笑声更大了。我咬牙切齿地给予警告："你若再敢发出这种声音，我发誓会把你丢到茅坑里淹死。"

这句话的威力不小。他果然没有声响了，但随即，他爆发了更放肆的大笑。

"找死啊！"我一脚踢掉被子，跳了起来。然后，我就呆住了，用力掐了掐自己的脸，确定不是在做梦？

站在我面前的是一个超级美男子，一个即使在梦里也未必会有的男子，我想老天爷在捏造这张容颜时一定殚精竭虑，耗尽了他对人间的眷念。假如真的有所谓的神祇，我想就是眼前这个人。他穿了一件黑白相间的长袍，一半纯白，一半玄黑，身姿挺拔，五官俊美得雌雄莫辨，可是他脸上的笑容却邪恶得像个撒旦。

"你不是风亭榭。"我呆了半晌，终于憋出这句话。

"显然不是。"他笑得更响了，声音若清风狂啸竹林，语气里有浓浓的嘲讽。

"你是谁？"

他一怔，微微皱起浓眉："看来你还没睡醒，我还是等一会儿再来吧。"

他说着转身欲走。我连忙跨步拦住，瞪大双目直盯着他。

"怎么？"他挑起眉毛。

我立刻将白色单衣的下摆撩起，恭恭敬敬捧到他面前："请给我留个名吧。"

他愣住了："你……"

我满脸献媚地道："帅哥，你是我见过最完美的人，前无古人后无来者，天上地下千秋万载四海列国，唯君而已。"

他呆呆立了一会儿，忽然大喝一声："来人！"

门立刻被人推开了，走进来一个黑衣人躬身待命。

"你确定她真的是容疏狂？"他看着那个黑衣人，冷冷地问道。

"属下从她进入济南地界就跟踪她，绝对错不了。"

啊！这人跟踪我们这么久，为什么风亭榭都没有发现呢？

我猛地回过神来，问道："这是什么地方？你是谁？风亭榭呢？你把他怎么样了？"

美男沉默不语，忽然伸出两指直奔我的眉心，我立刻感到一股玄冰般的寒气迎面扑来，瞬间无法呼吸，好在这股寒气贴面而过，并没过多停留，不然我的脸非冻结成冰不可。"沈醉天！"我获得呼吸之后，想都不想就叫出这三个字。这股寒气我实在是太熟悉了。

"很好！容疏狂，你终于清醒了。"他很不齿的样子，"想不到，你也会使出这些江湖下三烂的勾当。"

"下三烂的勾当？"我皱眉。

"不用演戏了，你当真不认得这里？"

我打量一下房间，也没什么特别的："这是？"

"这里就是碧玉峰。"他冷笑道，"不过已经易主了。"

"啊？"我低呼一声，真不敢相信，我一觉醒来，居然到了碧玉峰上。

"是你半夜把我偷出来，带到这里？"

"偷出来？这样说也未尝不可。"

"你要杀我？"

"林少辞没死之前，你还有用。"

"你要用我威胁他？"

"看来我那一掌还没有完全打坏你的脑子。"他面无表情地说道，"我没空和他玩这种猫捉老鼠的游戏。最好的办法，就是胁迫你，逼他出来。"

"太可惜了。"我无奈地叹息一声。

"可惜？"

"是啊！"我再叹，几欲泪下，"你长得这样美，而我却不得不与你为敌，实在太可惜了。"

他的面色青白变幻几下，忽然笑了："现在何妨让你逞口舌之快。但是你最好祈祷，三日后，林少辞能准时出现，否则……"

我也笑了笑："好啊，不知道在我祈祷的时候，能不能出去逛逛？"

他居然也很大方地同意了，讽刺道："旧地重游，肯定别有滋味。"

第七章
风流王孙

　　御驰山庄建的非常气派，清一色的白墙黑瓦，颇有古朴苍劲的高丽雄风。偌大的山庄见不到几个人影。碧玉峰四面环水，五色溪流环抱，水色澄碧，将御驰山庄围在中间，形成一个碧玉般的一个圆。周围尚有三座山峰，举目望过去满眼碧翠欲流，真正是风景如画，清新怡人。

　　若想从这地方逃出去，必须要有极好的水性，倘若轻功高绝，或许可以从水面飞过来，前提是庄外那些强壮矫健的弓箭手都瞎了眼睛。林少辞究竟要怎么上碧玉峰呢？这会子我不得不替自己担心了。按照风亭榭的说法，容疏狂的武功应该比林少辞高一点，可是连她都败在沈醉天的手下，林少辞肯定不是他的对手。何况还有什么逍遥四仙，他来了岂非等于送死？

　　都说江湖险恶，真是一点不假，可惜我武功尽失，不然尚可一搏。更可惜的是，沈醉天如此心狠手辣，空有一副好皮囊……"为什么美丽的花儿总是带刺，实在是太可惜了。"我对着手里的一朵野玫瑰，喟然长叹。

身后有人轻笑一声，接口道："林少辞三日后若不来，容姑娘这样的花容月貌，只怕也要可惜了。"

我脱口道："真的吗？"

他脸色一沉："我沈醉天像是开玩笑的人吗？"

"谢谢！你是第一个夸奖我相貌的人。"我弯下腰对着碧绿的湖水照了照，沾沾自喜。顾影自怜之间，湖水里忽然出现另一个身姿，俊美的五官若刀削玉琢，好似晶莹冰雪雕刻的旷世奇葩，美到令人自惭。可是，这张脸上挂着我经常见到是一种表情——难以置信。

他一把抓起我的手腕，面若寒霜："容疏狂，你到底是搭错了哪根神经？"

"你才神经。"我挣脱他的手腕，长得帅就可以随便骂人吗？

他微微一怔，似乎不敢相信我能挣脱，随即又紧紧抓住我的手腕。

"疼！快放手。"我忍不住叫了起来。

他疑惑地放开我，冷笑道："你最好祈祷林少辞快来，我的耐心很有限。"

我揉揉手腕，道："你放心，我对林少辞至关重要，他一定会来救我的，顺便铲除你们鬼谷盟。"

他像听到一个奇闻般大笑了起来，道："至关重要？原来容姑娘对自己这么有信心？"

我不甘示弱地笑回去："那是当然。"

林少辞还需要我去偷那么名单，绝不会不管我，再说，就冲着他与容疏狂青梅竹马的情分，他也一定会来救我。

沈醉天冷笑："要是我没记错的话，三年前，容姑娘在这里被他当众拒婚，成为整个江湖的笑料，但凡是个姑娘家，早就羞愤而死了。"我一愣，林少辞当众拒婚？他看着我，继续嘲讽道，"而容姑娘真不愧是女中豪杰，不但没有丝毫羞愤，还越发自信了。佩服佩服。"

这小子果然是一朵有毒的玫瑰，说话都这么恶毒。但是被拒绝的是容疏狂，跟我方怡有什么关系："他拒绝我，另有隐情。你懂什么？"

"原来你还很善于自我安慰。"他又一次大笑起来，"容疏狂，我忍不住要对你感到好奇了。"

我冷笑道："千万别！男女之间的很多灾难都是从好奇开始的。"

他微微一愣："你难道以为我对你……哈哈，容疏狂，你果然很有自信。"

"你既对我这么没自信，还抓我来这里干吗？"我冷着脸道，"你还是早做准备吧，小心一命呜呼，香消玉殒！"

他冷笑不语。

这时，天色已渐渐暗沉下来，碧玉峰上云雾袅绕，我的心底也是疑云密布。风亭榭所说的碧玉峰之事，莫非就是指容疏狂被拒婚这件事？即便是江湖儿女，性格豪爽不拘小节，但容疏狂到底是个女孩子，林少辞也太不尊重人了。嗯，这件事跟风净漓肯定脱不了干系，真的很好奇，凭着被他嘲笑，也要问问清楚。

"喂——"我一转身，才发现沈醉天早已不知去向。

我到山庄找了个小头目样的人，问道："沈醉天呢？"谁知他像块木头，理都不理我，气得我只好自己去找。

山庄的人都在外面的守着，我在庄内转悠了几个地方，没见到半个人影，正准备回去歇着，忽见一个白影掠过夜空，投入左侧一间房内，房中立刻亮起了一盏灯火。

"为什么不杀了容疏狂？"一个冷冽的女子声音道。

"留着她还有用。"沈醉天的声音有些慵懒。

"无论她是死是活，林少辞必然会依约前来，留着她还有什么用？"

"她如今武功全失，杀与不杀有什么区别吗？"

"这跟我们当初的约定可不太相符？"女子的声音里有一根弦蓦然绷紧了。

这女的是谁啊？至于这么恨我吗？

"情况有变。我收到消息，有人警告我，不能动她一根头发。"

"笑话！大名鼎鼎的沈醉天也会受人威胁？"女子冷笑。

"别人的话或许可以不听，这个人的话却不能不听，也不敢不听。"沈醉天居然没有生气，语气甚至有些无奈。

"究竟是谁？"

"楚天遥！"室内静默，气氛忽然变得凝重而沉闷。我一愣：楚天遥？他为什么要保护我？

沈醉天率先打破了沉默："反正你的最终目标是林少辞，犯不着为了一个容疏狂而得罪了楚天遥。"

女子冷笑道："如果容疏狂对楚天遥真的这么重要，你就不怕，他会帮助御驰山庄，对付鬼谷盟？"

沈醉天轻笑一声："这个就不劳风姑娘操心了。"

风姑娘？风净漓，怎么会是她？她不是风亭榭的妹妹吗？那她应该是皇太子的人，为什么要和沈醉天联手置我于死地呢？不管了，直接进去问个明白吧。我的脚刚一移动，忽听沈醉天一声低喝："是谁？"

一股玄寒气体带起一道冰魄光泽，以不可思议的速度袭向我。我大吃一惊，下意识地挥手去挡，只听轰然一声巨响，好似雷霆怒喝一般，大地震动，屋顶无数片瓦块纷纷坠落，沈醉天连退三步，方才稳住身影。我呆住，兀自站在当场，搞不清楚状况。我的手仍然举在半空中，不同的是，我的手腕被另一个人握在手里。

林少辞看着我，一向冰冷的脸上居然挂着一丝温柔的微笑。他的一袭黑衣轻轻飘拂，肌肉在衣底走珠般的流窜着，全身上下，每一寸都充满了强劲的爆发之力。

沈醉天忽然笑起来："容疏狂，看来你的自信不是没有道理的。"他话锋一转，看着林少辞道，"你来得比我想象中快。我很好奇，林少主是从哪里上来的？"

林少辞放开我的手，上前一步，冷冷地道："沈大当家别忘了，御驰山庄是我林家的地盘。我想从哪里上来，就能从哪里上来。"

沈醉天笑了："林少主不会是孤身上峰吧？你的人呢，叫他们都出来吧。"

林少辞也笑了："他们正在外面忙着收拾你的手下呢。"

他话音一落，外面火光冲天而起，杀声大作。沈醉天面色一变，口中忽然发出一声清啸，闪电般掠了出去。

林少辞也没有阻拦，他看着门口的一道纤瘦人影，叫了一声："净漓。"

风净漓美丽的脸上毫无表情，她慢慢举起手中的剑，道："拔剑！"

林少辞苦笑一声："你这是何苦？"

风净漓的长剑铿然出鞘，雪亮剑锋映着她的容颜，冷若寒霜，一字一句道："我叫你拔剑！"

我连忙道："等一下。"

"这里没你说话的余地。"她怒喝一声，长剑卷起寒芒迎面刺来。

林少辞横剑一挡，叫道："你到底想怎么样？"

风净漓冷笑道："有我没她，有她没我，你自己选吧。"

蓦地，半空响起一声刺耳的长笑："现在的小娃娃真是越来越啰唆了，让老夫帮你们一次解决。"话音刚起，一股强大的阴冷劲风破空袭来，那股笑声震得瓦片直响，落叶齐飞。我感觉就像处在一个猛烈龙卷风的正中心，目不能视，口不能言，衣袂翻飞，直欲飞去。

我这个念头刚起，身子果然就飞了起来，直直摔在了屋顶上，震得那些青灰色的瓦块直往下掉。屋顶的视野绝佳。我调整好姿势，低头一看，只见一个瘦得跟竹竿一样的老头双掌闪电般对着林少辞疾挥，形成一个强大的光圈。林少辞手持宝剑，寒芒点点，却只能招架，完全没有还手的能力，节节败退，形势不妙。风净漓持剑站在旁边，一双明眸紧随二人，神色变幻不定。

这老头想必就是逍遥四仙之一了，身手果然十分了得。我眼看林少辞要败，连忙拿起一块瓦片，准备助他一臂之力，来个美女救英雄。可惜被风净漓捷足先登了。这丫头嘴巴说得狠，原来都假装的。她的剑势轻盈灵动，白衣若蝶，与林少辞的黑衣相映成趣，飘忽之间，好看得紧。有了她的加盟，林少辞轻松不少。这厢暂时没什么危险，我转头朝山庄外面一看，忍不住惊叫一声：莫非这就是传说中的鸟人？

但见对面的山峰有数十人飞了过来，他们背后有一对巨大的黑色翅膀，一边飞一边撒下亮晶晶的暗器，被射中的黑衣人无一例外地惨叫身亡。

技术居然已经这么先进了？这真是天将神兵啊，沈醉天，看你还怎么得意？

火光中，沈醉天负手立于庄前，俊美的面上毫无表情，忽然喝道："劈裂弹！"顿时，空中飞起数十颗乒乓球大小的黑弹，还不等我看清楚，就听见接二连三的巨响，一蓬蓬绚丽火光轰然炸开，浓浓的硝烟，刺鼻的火药味道迅速蔓延开来，有不少人被炸落在水中，扑通扑通地响，虽看不见，但那水花想必不会小。

这么猛烈的爆炸中，仍有几个人平安登陆，其中就有燕无双与宋清歌二人。燕扶风的武功显然要比宋清歌好，一出手就死了三个。我在最佳观众席上坐得好好的，忽然觉得脖子一凉，垂目就见一柄寒气森森的宝剑。

"都给我住手！"风净漓清亮的嗓音颇有一股穿透力。

大家都是一怔，目光齐刷刷地看上来。这丫头不是正在帮助林少辞抗敌吗，怎么有空照顾起我来了？我斜眼一看，原来不知从哪里冒出了一个白袍人，大约五十来岁，正在和竹竿老头比拼内力。两人都是满脸汗水，衣服紧紧贴着身上，显然正是关键时刻。

"风净漓，你到底想干什么？"林少辞的声音变得凌厉起来。

沈醉天同时叫道："风姑娘，请你三思而行。"

风净漓的身子微微一抖，语气却极冷酷："林少辞，我最后给你一次机会。你到底是要她，还是要我？"

我怎么越听越糊涂呢，林少辞都拒绝了容疏狂，她还吃什么干醋？真是名副其实的"疯"姑娘。我清了清嗓子，叫道："林少辞，你还在犹豫什么，想害死我吗？赶紧选择这位风姑娘，今晚就洞房吧。"

我话没说完，面上就挨了一巴掌，直打得我眼冒金星。怒啊！活了二十几岁，被人打耳光还是头一遭。这丫头狗咬吕洞宾，真是欠教训，我决定做一回好汉——好汉不吃眼前亏啊！人家的剑就架在我脖子上，我能怎么样呢，只好顺势往下一倒，虽说我是御驰山庄的庄主，但是我现在不会武功，身体又弱，应该没有人会笑话我的。再说了，掉下去摔断骨头也比被人砍头来的好啊。

可是，没有我预想中的骨头断裂，我被人接住了。我一看来人，顿时热泪盈眶，摸着他的脸叫道："相公，你这个妹子好狠的心，差点就要了我的小命。"此言一出，大家哗然。

风亭榭的一张俊脸顿时涨得通红，低声道："什么时候，还有心情开玩笑。"

"就你一个人来了吗? 唐姑娘她们……"我话没说完，就被人拉了过去。

林少辞面色苍白，双唇紧抿，眼底闪烁一丝不明怒火："注意点形象!"

害得我差点丧命，还敢这样跟我讲话? 我一把甩开他，亮开嗓子吼道："你还好意思跟我说形象? 要不是你到处拈花惹草，招蜂惹蝶，搞出这么多风流韵事，我今天会被人拿剑架着脖子吗? 我看该注意形象的人是你。"

众人静默。空气里有一股莫名诡异的气氛。我不知道自己这番话竟有这么大的威力，把他们都镇住了。看来容疏狂还是有点庄主威信的! 我得意扬扬地四下一看，只见两派人马不知道什么时候都涌了进来，并且很有觉悟的自动分成两派。林少辞面如死灰，燕扶风与宋清歌二人木然站在他身后，都似呆住了。

沈醉天的脸上挂着一丝邪恶的笑容，一派轻松，那神情就像一只猫看着将死的老鼠。突然，门外涌进一群女人，她们一见林少辞，立刻蜂拥而至，七嘴八舌的关怀有如潮涌。

我受不了这群女人，拉起风亭榭的小手，道："相公，我们还是去沧州吧。林少主智勇双全，武艺精湛，这点小事用不着我们帮忙。"

风亭榭尚没答话，沈醉天便笑道："恭送容姑娘!"

风净漓忽然飞身拦住："不能走! 容疏狂，今天不把话说清楚，你别想离开。"

风亭榭低喝一声："净漓。"

"哥，你别管! 今天一定要有个了断。"

风净漓说着，利剑如虹，直取我的咽喉，气势凌厉之极。这丫头连她哥的话都不听，真是反了她了。风亭榭横剑招架，三两下将她逼退数丈，怒道："不许胡闹。"

风净漓泫然欲泣，道："哥，你居然帮她?"

我忍不住了："风大小姐，麻烦你搞清楚状况，你的情敌们都在那边——"我指着花丛中间的林少辞，"你先解决她们吧，我都要嫁人了，你还不放过我啊！说起来我才是那个被人拒婚的，我都没有像你这样哀怨，你现在摆出这副面孔给谁看啊？"风净漓的脸一下子红到脖子，全身颤抖。"还有啊，"我继续道，"拜托你有点自尊好不好？人家既然都不要你了，你也犯不着在一棵树上吊死，所谓年华易逝、青春易老啊风姑娘，别死心眼了……"我目光深切诚恳地看着她，自认这番话说得真可谓是语重心长，以德报怨，想那琼瑶女主角也不过如此了。可是，为什么大家都像看火星人一样地看着我。

林少辞的面色越发诡异，像块千年寒冰。

风净漓忽然怒极而笑，道："容疏狂！今日的羞辱，我没齿难忘……"

我深觉委屈，道："这怎么能叫羞辱呢，我是真心为你好……"

"住口！"林少辞忽然一声大喝。

他看向风净漓，朗声说道："风姑娘，等今晚事了，我林少辞任你处置。现在请你放过疏狂。"

风净漓怒极而笑："好好，你们都护着她。我——"

她停了一下，忽然横剑抹向自己的脖子。这一变故，众人都没料到，齐声惊呼。我一惊：不会吧，性子这么烈。当下不及思考，立刻伸手去夺那剑。奇怪的事情就此发生——只听"叮当"一声，风净漓的长剑铿然而飞，她的身子凭空飞出数丈，远远跌落在地上。这一变故，众人又是大吃一惊，齐声叫道："流云出岫指。"

我愣住了，茫然看着自己的右手，心底充满一股巨大的不可思议：我明明是要去夺那剑柄，不知为何，临到跟前，这只手忽然不受我的控制，灵蛇一般插入她的脖颈处，曲指如兰花，中指轻弹剑身，拇指一按她的锁骨，然后，事情就这样了。

林少辞惊道："疏狂，你——"

沈醉天忽然道："容疏狂，你的演技果然是一等一的高明，连我都给你骗了。"

"嗯？"我抬头看他。

他冷笑道："你明明武功俱在，还装什么。"

我武功俱在？难道说我的武功全回来了？这是这么回事？难道是……我蓦然回头，看住风亭榭。他也很震惊，忽然目光一亮，脱口道："艳少！是他，一定是他。"

我激动得全身颤抖，冲动地抱住他哈哈大笑。我的武功又回来了，看你们这帮孙子以后还敢不敢欺负我。我激动得想大叫，背上忽然被人猛拍了一巴掌。

燕扶风大笑道："疏狂，你的武功恢复了，真是太好了，我们今日就彻底铲除鬼谷盟，哈哈哈……"他说着纵声长笑起来。

蓦地，空中传来尖锐的一声，有人阴阳怪气地说道："好大的口气，让老夫看看你有多大的能耐。"三道人影从天而降，身姿清癯，广袖长袍，绿红黄三色若飘飘锦旗，果然有几分仙气，可惜长相让人不敢恭维。一个黄袍老怪身中半空，长袖舒卷若蛟龙，直奔燕扶风而来。

与此同时，沈醉天忽然出手，四周蓦起一股深寒之气，冰魄白雾在清冷的月光下迷漫开去，氤氲袅袅，好像会走路的发丝，一点点向林少辞拥集过去。掌风缓慢而沉稳，周围的空气却有一种说不出来的逼仄与压抑，我感觉胸口像压了一块巨石般难受。

林少辞傲然挺立，如岳临渊，岿然不动。那团白雾在距离他身前三寸的地方，忽然停了下来。

沈醉天面色微变，雪白的额上隐隐露出一根青筋。他的手掌隐约动了动，那团白雾便向前移了移，缓慢的几乎看不出来。

林少辞的瞳孔也微微收紧，突然伸手在身前划了个半圆。于是，那白雾又停滞了下来。

我欣赏不了他们这种便秘式的打法，转头去看燕扶风。

这一看，顿时大吃一惊。燕扶风的上半身几乎赤裸了，衣服被那老怪的掌风劈得一条条，胸口胳膊处有十几道伤口，血珠滚滚往外冒，浸染了那些布条，使他整个人看起来就像一棵披红挂绿的树。但这丝毫没有影响到他的士气，他仍咬牙苦撑着，连哼都不曾哼一声。这才是真正的江湖好汉，铁血男儿。我当助他一臂之力。"喂，那老头，你以大欺小算什么男人。"我大叫一声，对着他的后背就是一掌。

奇怪的事情又一次发生了，这一回换成我斜飞了出去，连对方的衣角都没碰到，就像一只断线的风筝，遥遥跌落在地上，这个屁股痛得我啊，连哼都哼不出来。

风亭榭大惊失色，纵身过来将我扶起来，问道："怎么回事？"

我也傻眼："不知道，我的武功好像又没了，一点力气也使不出来。"

经我这一摔，众人如梦初醒，纷纷抄起家伙加入战团，这场面叫一个混乱啊：楼阡陌的武功就跟她的人一样，冷艳酷烈，夏小夕的剑势比较传统，中规中矩。玉玲珑不愧是灵狐派的，狡猾灵动。柳馨儿人长得挺美，武功却不怎么样，要靠两个长辈护着。海棠阁主的武功最高，游刃有余。但是杀敌最多的，却是武功低微的唐璎珞，靠近她的每一个黑衣人都死的很诡异，很血腥。那白袍人不知道是什么来路，居然跟逍遥四仙之一的竹竿老头火拼了这么久，仍然没有落败的迹象。宋清歌与另外两个家伙死斗，一时之间，也看不出谁更高明。

照这个情形下去，御驰山庄是输定了，逍遥四仙的其余两个没动手呢，即便风亭榭愿意帮忙，也绝不是他们的对手。我暗暗着急，关键时刻我的武功突然没了？一旦那两人动手，大家今晚就要丧命在此了。

蓦地，"砰"的一声响，一股冷冽寒流轰然炸开，白色雾气缭绕，白雾中两道身影疾飞开去。林少辞连退七步，方才站定，青石板上一个个脚印，异常清晰。沈醉天纹丝不动，俊美的面庞雪白如纸，半晌，嘴角流下一丝血迹。他朗声笑道："林家的惊涛掌果然名不虚传，沈某再来领教。"话音刚落，清秀身姿拔地而起，直袭林少辞，迅疾若冷电，手掌开合如光离星灭。林少辞挽起长剑，剑势轻灵缥缈，寒芒点点，翔光潋荡。两人一改之前的温暾缓慢，身形快捷如神光离合，叫人目不暇接。

"照这样下去，要打到什么时候？"绿袍老头终于说话了。

"是啊，我今晚还想睡一觉呢。"红袍老怪仰天打了个哈欠。

"那你看先解决谁呢？"

"你收拾那姓林的，我去帮老三会一会那个穿白衣服的。"

两人说着就要动手。我立刻叫道："两位前辈，你们是世外高人，怎么能学那些街头无赖，两个打一个呢。"他们同时掉头看我，我感觉像被两条毒蛇看着，忍不住朝风亭榭背后缩了缩。

"哈哈，你这女娃娃刚刚那一指有点意思，让我瞧瞧你还有什么本领？"绿袍怪说着鬼爪就探了过来，身子却似没有移动。

风亭榭拖着我急退数丈，举剑直削他手掌。对方袖袍一翻，轻拂他的手腕，他的长剑立刻应声而落。绿袍怪一声长笑，五指如爪，对着我迎面而来。我感觉一股阴凉的风像一张冰冷膜覆上了我的脸，封住我的口鼻眼，似乎就要窒息而亡。电光石火间，眼前忽然出现一道七彩长虹，划破夜空，绚丽灿烂若明媚的晚霞，华美绝伦，连那一轮皎洁的明月也黯然失色。绿袍怪闷哼一声，急退开去，轻"咦"一声，似乎不敢相信有人能伤了他。我定睛一看，林少辞挺身站在我身前，黑色衣背上隐约有一个淡白色的手印。

"风兄，请你立刻带疏狂离开……"他话未说完，身子一僵，一口鲜血喷涌而出。

绿袍怪怪笑一声，欺身又上。沈醉天起手一道寒光，夹攻而至。林少辞长剑挥舞若怒海狂花，却分明已是强弩之末。

我顿时被激起一股血气：不要命了，和他们拼了。

"兵器！兵器？"我急得团团转，双手在身上乱摸，手指忽然触到一个坚硬的东西，摸出来一看，是柄白玉小剑。这时也顾不得什么仪态姿势了，认准那绿袍老怪的后背，连人带剑一起猛扑过去。假如一个人无视死亡，要跟人拼命的话，威力还是蛮惊人的。

那绿袍怪竟被我刺个正着，惨叫一声，袖袍狂风卷残云一般横扫而过，我整个人又一次飞了出去，狠狠地摔着了地上，我感觉脊梁骨已经断了，那长袖仍是阴魂不散，如影随形般追袭而至。

"疏狂——"林少辞的叫声惨烈而惊骇，似乎认定我是没救了。

我也几乎认定我没救了。但，事实不是。那一袭绿袖子贴着我的面颊扫过。我摸摸自己的脸，阿弥陀佛，五官俱在，丝毫无损。唯一损失的，是我手里的玉剑，竟然被那该死的绿袍怪物抢了去。他像看见一件稀世珍宝般翻来覆去的把玩着，脸上有一种奇怪的表情。我知道这是个宝贝，但是你一把年纪了，也好意思抢小朋友的东西。

他忽然举起手中的玉剑，高声叫道："老二，老三，你们快看。"他这一叫，把大家都给镇住了。

"谑浪剑！"黄袍怪惊叫一声。闻言，一直缠斗的竹竿老头与那白衣人也倏忽分了开来，两人的面上都有一种极震撼的神色。

黄袍怪一掌震开燕扶风，飞身接过玉剑看了一会儿，忽然低声吟道："风流有王孙，猎艳少年场。"

竹竿老头讷讷道："难道是艳少重现江湖？"

静默中，我与风亭榭相互看了一眼。他脸上有种很古怪的表情，大概是想起艳少说他孤陋寡闻之事。我也一直以为，这个名号不过是他随口胡诌来骗我，想不到他竟然真的叫艳少。红袍人一直沉默不语，忽然对我鞠了一躬，恭恭敬敬道："小姑娘，请问这柄玉剑，你是从何处得来？"

这时，林少辞已将我扶了起来。我拍了拍屁股上的灰尘，昂首道："这是我一个朋友赠送的，快还给我。"

那四人互看了一眼，都没有说话。四周寂静，一切嘈杂打斗之声此刻已消失得无影无踪。我壮着胆子，又补充了一句："你若不还给我，他一定不会放过你们的。"

红袍人忽然长叹一声道："罢了罢了，艳少既在，你们兄弟四人当永世不入中原。"

绿袍怪乖乖走到我面前，将玉剑双手奉上，然后对沈醉天说道："沈公子，逍遥四仙欠你的人情，留待下次再还。"

沈醉天如神祇般的面上充满惊疑："前辈，这艳少究竟是何妨神圣？难道就因为他，要我功败垂成？"

竹竿老头忽道："沈公子，留得青山在，不怕没柴烧。走吧。"

他说着忽然出手，与那绿袍怪一左一右，架起沈醉天凌空而去。其余二人长袖轻拂，身形扶摇直上，宛若仙鹤般紧随其后，瞬间不见踪影。

第八章
良辰美景

　　春夜静谧，天幕深蓝而幽远，一轮皓月当空，粼粼华光映水，峰峦间云烟缥缈，确是个山灵水秀的清静之地。

　　若非空气中的这股浓郁血腥，我几乎不敢相信刚刚那一幕是真的。本来我绝想不出要怎么处理那些尸体，幸亏有唐璎珞，唐门之毒果然天下无双，腐尸化骨，无坚不摧，直看得我毛骨悚然。

　　这时，风净漓已经不知去向，林少辞伤势较重，昏迷不醒。那个白袍人正在为他把脉，众女围在床前守护着，倒显得我与燕宋二人成了外人。

　　我拉过燕扶风，朝那个白袍人努努嘴，悄声问道："那是谁啊？"

　　燕扶风道："他是南海慕容世家的慕容仪先生，这一次我们能上碧玉峰，多亏了慕容世家的独门秘器——神鸢羽翼。"

　　"就是你们飞过来的那个东西？"

　　"不错。"燕扶风道，"疏狂，那艳少是谁？他……"他一语未毕，身后忽然一阵骚动，众女纷纷询问林少辞的伤势。我们立刻转身进房。

慕容仪沉声道："玄冰寒玉掌的寒气封住经脉，暂时昏迷，好在林少主内力深厚，并无大碍，但最好能请黎神医来一趟。"

宋清歌即道："我立刻派人去请。"

慕容仪欲言又止地看了看我，终于没忍住："容庄主，敢问你是如何认识艳少？"

此言一出，众人都眼睁睁看着我，室内顿时静默下来。"这个……"我尴尬地笑了笑，总不能告诉他们，我是逛青楼时认识他的吧。

他见我面有难色，立刻道："容庄主若不方便……"

我忙道："没什么不方便的，他是我在酒楼认识的。"

他又道："他是何模样？多大年龄？"

我将艳少的相貌描述一下。他沉默不语，众人顿时炸开了锅。

"艳少到底是什么人？"

"这是他的真名吗？"

"江湖中有这样一个人，为什么我们都没有听说过。"

慕容仪长叹一声道："此人行踪飘忽，已有二十年没出现过江湖，你们不知道也属正常。他的真实姓名，江湖无人知晓。只因他喜穿艳色绯衣，相貌清俊，风流倜傥，随行总带有两名绝色少女，故而江湖朋友称他为艳少。"

这么风流，难怪那天要往青楼跑。

唐璎珞睁着一双天真无邪的眼睛，问道："他的武功很高吗？那四个老怪好像非常怕他。"

"他的武功二十年前就已经高不可测，如今只怕是……无人能敌。"

燕扶风一脸错愕，道："奇怪，那为什么江湖中竟没有他的传闻呢？"

慕容仪苦笑道："那是因为，知道内情的人都不愿意提起这件事。"

他沉吟片刻，叹道："如今事情过去了二十多年，艳少既又现江湖，我也没什么好顾忌的了。昔年，家兄就曾败在这位艳少手下。"众人顿时倒抽一口冷气。

燕扶风惊道："二十年前，慕容世家忽然从江湖隐退，难道跟这件事情有关？"

慕容仪叹道："不错。家兄归隐之后的一年，少林主持空见大师忽然来访，他与家兄在密室倾谈整整一夜，第二日清晨离去。一个月后，少林更换主持，空见大师闭关，紧接着武当、峨眉、青城各大派的掌门相继退位。"

"啊，我想起来了。"燕扶风忽然发出一声惊呼，"敝庄的秦庄主正是在那个时候弃庄而去，云游天下，至今音讯全无，莫非也是这个原因？"

慕容仪沉默了一会儿，道："那八成是这样了。据说青城峨眉两派至今仍有明确教规，嘱咐弟子，若是在江湖上遇见一个身穿绯衣，手持玉剑的人，千万避道而行。"他顿了顿，继续道，"家兄一身心高气傲，对此事耿耿于怀，归隐后仍然苦修武学，欲雪前耻，但是艳少忽然从江湖上销声匿迹，家兄曾派人多方打听，得知他最后的踪迹是在西域的雪莲山出现，此后，天下便再无他的任何消息，直到今晚——"他说着，转过身来看着我，沉声道，"谑浪剑再现江湖。"

众人静默。燕扶风忽然道："难道逍遥四仙也曾经败在他的手下？"

慕容仪点头："应该是这样。"

我愣了半响："可是他看上去并不像个坏人啊。"

慕容仪笑了笑，道："艳少行事鬼神莫测，介于正邪之间。确实不能说他是个坏人，但为人未免太过高傲狷狂。"

我真不敢相信这么厉害的人，竟然被我遇到了，我不知是走了哪门子的狗屎运。风亭榭一直静立无语，这时也不由得深深看了我一眼。我忽然想起一件事，忙问道："慕容前辈，艳少到底有多少岁了？听你这么说，他应该是很老的了吧。"

"具体年龄，我也不清楚，传闻他二十年前是一位翩翩少年，如今想来应该有四十来岁吧。"慕容仪停一下，忽然又道，"此人堪称宇内第一奇人，其神秘程度，当今江湖，能与之相提并论的，唯有汉王的谋士楚天遥了。"

"楚天遥如何神秘？"我连忙问道。这个家伙是我要嫁的人，我还得从他那里偷东西，了解一下是很有必要的：知己知彼，方能百战百胜啊。

"江湖传言，楚天遥的性情诡异难测，喜好无常，至今尚未有人见过他的出手，武林中的牛鬼蛇神却已尽归门下，任其差遣。"

我忍不住叹息一声。倘若这家伙真的这么厉害，那我的小命堪忧啊。

这时，燕扶风对众女发表了一通感谢词，劝说她们早去休息。我也跟慕容仪客套几句，请他早些歇着。众人都极疲倦，各自去了，仍有唐璎珞等人不愿离去，燕扶风还待劝说。我道："燕大哥，你的伤势也不轻，早点去休息吧。"

燕扶风无奈去了。我一眼见风亭榭兀自站在，便道："你也去休息吧。"他摇头。

"我也睡不着，我们到外面走走。"他走在我身后一言不发。

我问他："你不去找你妹妹吗？"

他道："你昨夜忽然失踪，我很惭愧。倘若再有什么散失，我无法对家主交代。"这个死心眼的孩子。

我叹道："你放心，朱瞻基是一个非常仁慈善良的人，绝不会怪你的。"

他大惊道："你知道他是……"

我拍拍他的肩膀："你不用紧张，我不会说出去的。倒是你妹妹，我担心她会想不开。"他神色一黯。我继续道，"你若相信我，就尽管去找她。我拿到那份名单，一定交给你。"

他白了我一眼，没好气地说："听你这么说。我若不去找妹妹，倒成了我不相信你。"

我迅速回他："听你这么说，倒是很相信我。"

"牙尖嘴利，见了楚天遥，你可要收敛一点。"

"你这是担心我？还是担心那份名单啊？"

他静默了一会儿，叹道："我确实不放心净漓。等我有她的消息，立刻去沧州找你。"

我点点头。他看我一眼，转身径直下山去了。我在庄外站了一会儿，正欲回去，忽见峰腰有三道身影飞掠而上，不由得大吃一惊。难道是沈醉天去而复返？我骇得心惊肉跳，两腿发软，正欲亮开嗓子叫人。那三人已飞身而至，气势夺人。我忙后退两步，声音哽在喉咙里出不来。那三人忽然一齐上前，躬身参拜。

"朱雀坛坛主萧天羽。"

"玄武坛坛主海无极。"

"外行阁阁主蓝子虚。"

"参见庄主!"

原来是自己人,我长出一口气,身后一阵凉风拂体,却是宋清歌来了。

萧天羽一见他劈头便问:"老宋,少主为何提前上峰?"

海无极也嚷道:"事情尚未谋筹齐全,怎么忽然提前上峰?至少也该等我们三人到齐了。"

宋清歌看了看我,道:"少主突然接到消息,疏狂被沈醉天挟持。"

闻言,三人都不说话了。蓝子虚忽道:"我们在山下遇到你派出去的风影使,是少主受伤?还是燕胡子?"

宋清歌叹道:"少主中了沈醉天一掌,暂时昏迷未醒。"

"什么?少主现在哪里?"海无极叫起来,人立刻往里冲,其余二人紧跟了进去。

"在听涛阁。"宋清歌叫了一声,也要往里走。

我忙道:"宋阁主,请留步!"

"疏狂……"他回过头来。

"请叫我庄主!"我冷冷地打断他。

他一愣,面色通红:"庄主有何吩咐?"

我盯着他,暂时沉默不语。不知为何,我隐隐感觉到,宋清歌对容疏狂似有某种嫌隙,似乎并没有把她放在眼里。我开门见山道:"宋阁主,我受伤之后,很多事情都不大记得了。但是我既然身为御驰山庄的庄主,就要担负起御驰山庄的责任,你说对吗?"

"是!"

"那么,请将山庄的事情对我说说。"

"山庄琐事甚多,不知庄主想知道什么?"

"三年前,碧玉峰到底发生了什么事?"

他沉默一下，道："三年前，林老庄主五十寿诞，江湖各大门派都来贺寿……"

我打断他："长话短说！"

他一愣，立即道："老庄主将您许配给少主，遭到了拒绝。"

"这件事与风净漓何干？"

"她当场大闹寿宴，被您打伤，逐下碧玉峰，少主随即拒婚离去。"

"她与林少辞究竟是何关系？"

"属下不知。"

我沉默一下，道："没事了，你去休息吧。"

他道："属下告退。"

我挥挥手，轻舒一口气。倘若宋清歌所言属实，容疏狂当年曾经打伤风净漓，所以她怀恨在心？但是林少辞为什么要拒婚呢？他为救我，不惜将计划提前，孤身上峰，显然也是喜欢容疏狂的，难道只有兄妹之情？唉，看来能为我解开这些谜团的，唯有林少辞了，希望他早日苏醒，好让我弄个明白。

我紧了紧衣服，抬头见冰轮西沉，东方泛白，天就要亮了。

当清晨的第一缕阳光穿过云雾，照在御驰山庄的上空时，我在碧玉峰召开了一次会议，首次行使作为天下第一庄庄主的权利。

当我装模作样地坐在庄主的位置上，眯起眼睛，收缩瞳孔，故作冷酷地看着站在的宋清歌等人时，心里实在是爽翻了。难怪有那么人为权力疯狂，这东西不但过瘾，而且让人上瘾。据蓝子虚汇报，白虎坛主梅靖易已经护庄身亡，安徽、河南、山西省内有八成分舵，均被鬼谷盟重创，目前正在恢复当中。

宋清歌道："沈醉天偷袭分舵，真正目标却是总舵碧玉峰。少主在无锡收到飞鸽传书，便明白了他的意图，立刻兼程赶回，路上多次遇袭，仍是晚了一步。"

蓝子虚道："眼下，最重要的是寻找老庄主和晚词小姐。"

我点点头，道："一切都由宋阁主去安排吧。还有什么事吗？"

宋清歌沉吟一下，问道："不知庄主准备何时启程去沧州？"

我皱眉道："楚天遥派人来催了吗？"

"那倒没有，只是目前不宜得罪此人。庄主这一路走了一个多月，我担心他会借此生事。"

我暗叹一声，听他的意思，似乎恨不得我现在就走：唉，是福不是祸，是祸躲不过。我万分委屈地说："那么，我今日就启程吧。"

他立刻道："属下马上安排人护送庄主。"

我无奈点头。众人告退。我去看林少辞，只见唐璎珞等人都在。瞧这情形，这里是没我什么事了。我转身出门，迎面遇见了神医黎秀然，他来得真够快的。

他两眼圆睁，惊道："容姑娘，你的身子……"

我笑道："我好了。"

他一把扣住我的手腕，道："请让老朽看看。"

我笑嘻嘻随他去看，这老爷子肯定又要吓一大跳了。

"你的体内有真气流窜。"他抬起头。

"是啊！我的武功恢复了，不过用起来好像不太灵光。"

"这怎么可能？你服过什么药物，或是其他什么……"

"有人用内力帮我治疗，具体是什么功夫，我也不清楚。"

"天下竟有这等奇功？"他难以置信地后退一步。

我很担心他会惊倒，忙伸手扶住，笑道："黎先生，天下的奇事多着呢，您还是快来看看少辞吧。"

众女一见黎秀然，立刻让开。他给林少辞把把脉，然后把众女都哄出门去，关上门捣鼓了好半天，方才满头大汗地出来。

众女立刻围上去询问结果。他喘息道："老夫用金针帮他散了部分寒气，再服些药就没事了，不过——"他面色一沉，拿出大夫的权威，"林少主现在极需静修，不能被人打扰，各位好自为之。"

众女虽不愿意，倒也不敢多话，只得散了。我想着也该去收拾包裹，转身要走。黎秀然忽然低声道："林少主请容姑娘进去。"

欸？这小子醒了？我疑惑地进入房中，只见林少辞靠在床上，俊美容颜苍白如雪,越发显得一双眼瞳眷黑如漆,确实是个美男子,有蛊惑人心的资本。

我坐到床边,微笑道:"感觉怎么样?"

他看着我微笑,苍白而虚弱,忽然道:"沈醉天的这一掌,没有把我也打失忆,真是不公平。"

我不理他的无病呻吟,切入主题道:"你和风净漓之间到底是怎么回事?"

他苦笑一下:"现在说这些,还来得及吗?"

"什么意思?"

"自你决定嫁给楚天遥,我们就没有回头路。"

嘿,听起来深情款款,但我现在最想八卦的是他和风净漓:"说说吧!我想知道。"

他定定地看着我,良久不说话。我以为他不会说了,但他忽然开口了:"四年前,我在华山游历,住在一户药农家里。有一晚,我路过莲花峰,天降暴雨,天地别有一番风景,我在峰上站了一会儿。她不知从哪里冒出来,将我拖下峰去……"他说得很慢,很吃力的样子,"后来我在洛阳又遇见她,她非说我欠她一次救命之恩……"

我揶揄道:"俗话说,最难消受美人恩……"

他苍白面上泛起一丝嫣红,有气无力地瞪着我:"你到底听不听?"

我闭嘴不语。他虚弱地苦笑一声,继续道:"从那以后,她就一直跟着我,惹下许多麻烦……"

"谁叫你天生就具有令女人疯狂的本领呢?"我忍不住语含讥讽。

他居然没有生气:"不,疏狂,其实我很自卑。"

这句话真把我镇住了,堂堂御驰山庄的少主,江湖第一大情圣,居然会自卑?

他苦笑:"小时候,我常常嫉恨你。"

我一怔:"为什么?"

"因为你样样都做到完美,最得父亲的欢心。他那样冷酷严苛,我们都偷懒,只有你不。他命我们蹲马步一天满六个时辰,只有你一人能做到。"

"我们?"

"天羽与无极，他们也是自小跟着父亲，是父亲一手栽培扶持。但是父亲最相信你，也只有你最听他的话。"他说着微微喘息，浓密的睫毛垂在眼睑，轻颤不绝，像一把精美的羽扇。

"这就是你拒婚的原因吗？你嫉妒我？"

"你怎么会这么想——"他说着忽然昏了过去。

我大惊，开门叫道："黎大夫——"

黎秀然立刻进房，一干人紧随其后。

宋清歌站在我身后，压低声音道："庄主，马车备好了。"

我看了看昏迷的林少辞，忍不住叹息，看来他与容疏狂之间的事不是一天两天能说清楚的，只好等日后再说了。

整夜没睡，困乏得厉害，我一上马车就去会周公了。醒来时，发现自己身在床上，很舒服的一张大床，房间里弥漫着一股淡淡的香气，窗外天色尚未黑透，室内已有一盏淡黄的烛火在摇曳。我有一种久违的宁静惬意，虽明知道这地方不对劲，却也不想起床。不知道又是哪位大神搞鬼，我已经见怪不怪，干脆心安理得地享受了再说。

静默之中，有人轻轻敲门："庄主，你醒了吗？"

咦？居然是蓝子虚，这倒有些意外。

"蓝阁主，有事吗？"

"该吃饭了。"

"哦。"我应了一声，"这是什么地方？"

"这是山庄在大明湖的一处庄院。"

"大明湖？"我一边穿鞋子，一边道，"这么说，我们还没有出济南城？"

"是。"他顿了顿，"我们要在济南再逗留两天。"

"为什么？"我打开门。

"楚天遥要亲自迎接庄主。"

"啊——"我十分惊讶，"看来这个人的性情确实诡异难测。"

"庄主先吃饭吧。"

我站在楼上，朝远处一看，只见水波潋荡，柳碧如烟，绿荷起伏如涛，湖面有几叶小舟飘荡，颇显清幽。顿时心情大好："蓝阁主，你去租条船来，我们吃完饭去游个湖。"

他笑道："整个大明湖都属御驰山庄所有，何须去租船，庄主想游湖，吩咐他们就是。"

我当即下楼，三两下解决晚饭，抹抹嘴就往跑，到了湖边，招手叫来一条小船，吩咐道："四处逛逛。"

船尾的艄公二话不说就划起桨。

这时，天色将暗未暗，湖面笼了层淡淡轻雾，三两个文人模样的人泛舟饮酒，唱和吟诗，风流得很，不过大多数是自命风流。

对此良辰美景，我不觉想起清朝刘凤诰咏大明湖的诗句，随轻声吟道："四面荷花三面柳，一城山色半城湖。"

小舟忽然一阵晃荡，我身子一倾，差点掉下湖去，连忙抓住船栏。回头一看，这才发现那艄公全身黑袍，斗笠罩了整张脸，两手不停划桨，船却只在原地打转。

哪有艄公不会划桨的，难道是鬼谷盟的奸细？

我心中一惊，喝道："怎么回事？"

他两手一松，站起身朝我走来，双桨"啪"一声轻响，落入水中。

"你是什么人？"我惊慌地往船头移，心中大骇：我可不会游泳啊。

他站住，忽然伸手揭下斗笠和黑袍，轻叹一声："原来划船也不是一件容易的事。"我顿时呆住，张大嘴巴，说不出话来。艳少一袭月牙白的单薄长衫在晚风里微微飘拂，似山涧飞溅的清泉，又似春夜的一抹月光。

"你这个表情像是看到了妖怪，我有那么可怕吗？"他满眼笑意地将我从船板上拉起来，道："快起来吧，用不着大礼参拜。"

我甩开他的手，拍拍屁股，心底一再提醒自己，这个人很强不能得罪，嘴巴上却不受控制："你本来就是个妖怪，突然冒出来，想吓死我吗？"

他的笑容温暖如昔："我还想给你个惊喜呢，但你好像只有惊，没有喜。"

我冷哼一声："少来这套花言巧语, 骗骗别的女孩子还可以, 休想骗我。"

"看来你听信了我的负面传闻。"他夸大表情, "天地良心, 我何曾骗过女孩子, 一向都是女孩子骗我。我首次讨好一个女孩子, 就落得个狼狈下场。"他故意长叹一声, 眼睛却笑弯了。

我也忍不住笑起来："胡说八道, 你难道是我心里的蛔虫, 连我什么时候想游湖都知道?"

他这次很老实地回答："就在你吃饭的时候, 我正在学划船。"

这一下我要吃惊了："啊? 你难道有千里耳? 还是说你在御驰山庄安插眼线?"

"这是个秘密。"他眨了眨眼, "只要我愿意, 天下就没有我不知道的事。"别人要是这么跟我说话, 我肯定一脚送他去下去。我微微仰头, 再次打量着他。他看着我, 不说话, 弯着嘴角, 浅浅地笑着。在这一刹那间, 我忽然觉得, 为了他的这个微笑, 我已经等待了太久。

"谢谢你!"我为我的身体致谢。

"真稀罕。"他笑。

我瞪着他："你的咳嗽好了?"

他挑挑眉："显然好了。"

我上前, 伸手去揭他头上的蓝色幞巾："那你干吗还戴着这个——"话没说完, 我就呆住了。一头雪白的银丝流瀑般泻下来。

"你的头发——"我睁大眼。

他的目光忽而幽深难名。

"这是怎么回事?"我讷讷近乎自语。

"显然, 我老了。"他轻叹。

"有多老? 四十?"

"你凭空给我多加了三岁。"他面带笑意。

"三十七, 你把这叫作老?"我叫起来, 几乎怀疑他在耍我。

"你不懂，像我这样的人，每一天都感觉像一个甲子那么漫长。"

这句话若是别人说来，我必然认定他矫情造作之辈，但是他说，我就信了。

"天才都是寂寞的。"

他对我的恭维不置可否，微笑道："这世上很少有人能叫我惊讶，疏狂，我不会放过你的。"

这话倒是提醒了我。我正色道："恐怕不行，实话告诉你吧，我就要嫁人了。"

他不动声色："那又如何？"

"所以我们的交往必须到此为止。"我说，"再这样下去，我万一爱上你就麻烦了。"

他一愣，像听到不可思议的奇闻："你难道还没爱上我？"

我眼前发黑，几欲晕倒。这人自信的近乎狂妄，如此理所当然的认定我已经爱上他："是什么让你觉得，我已经爱上了你？"

"是什么让你觉得，你没有爱上我？"他反问。

"拜托大哥，我连你的真实姓名，身世来历都还没搞明白，你何以如此自信？"

"姓名这个很重要吗？"

我一愣：在我的观念中，涉及爱情，这些似乎都是必要的，但也有不排除某些特殊情况，比如一夜缠绵，各奔东西。毕竟像他这样的人物，百年才出一个，所谓机不可失、时不再来。我打定主意，立刻朝他暧昧地眨眨眼："我即将嫁给一个魔鬼，但现在还是自由的，我们或许可以……"我言尽于此，含情脉脉地看着他。

他蹙起眉头："你觉得楚天遥是个魔鬼？"

他显然没明白我话里的重点。

"提他真煞风景了，我们还是说点风花雪月的事吧。"

他点头道："你刚刚吟的那两句诗不错，很切景。"

我暗叹一声：这般不解风情，真是枉负艳少之名，我就差赤裸裸地说出"月夜不寐，愿修燕好"了，他居然还不明白。我朝他靠了靠，伸手去抚他的肩膀："你不是喜欢我吗？"

他一怔："你在勾引我？"

终于上道了，我笑而不语。

他顿时有点哭笑不得："你要在这里自荐枕席？"

我耸耸肩不置可否，这家伙再这么拖下去，我就没兴趣了。

他忽然抱臂啃起指甲，眼底有股促狭神情："你的身体还没有完全康复，万一我们动作太剧烈，掉到湖里去就不好了，不如明天晚上，我们再……"

"明天？"我斜睨他，"你该不是想要骗我吧？"

他按捺不住，笑出声音："就怕你届时反悔。"

"一言为定！"我朗声应道，"现在烦请靠岸，我要回去了。"

他一愣："我不会划船。"

我也一愣："那怎么办？"

"办法倒不是没有，不过——"他忽然走过来，抱着我，垂头在我肩上，嗓音沙哑地说道，"我想你再多陪我一会儿。"

我的心瞬间软下来，柔情就像头顶温馨的月光一般漫过心房，又似立在一个美丽的深渊边缘，心底莫名悸动，一阵阵如水波荡漾。但是，我真的不能再陪他了。

我拿开他的手："不行！我必须回去了。"

他侧头抬睨看我，眼神一暗。

我感觉脸颊发烫，尴尬地笑了笑："我内急，拜托了。"

他的脸上还没什么表情，而我已经感觉到他的胸腔在微微震动了。但是，很难得他竟然没有笑出来。

"傻瓜，怎么不早说。"他轻叹一声，我的身子已然飘起来，等我落下地来，依稀还听到了他那一声叹息的尾音。我简直不敢相信，我从那么宽阔的湖面，一眨眼间就站到了地上。

"哇，你是怎么做到的？"我惊叹。

"你不急了？"他一脸戏谑。

我干笑一声："那么明天见。"说完，转身狂奔而回。

他终于没能忍住，很没风度地哈哈大笑起来。

第九章
翠被生寒

这一夜，我做了一个梦，梦里正和艳少抵死缠绵，忽然听到外面有一大堆麻雀在叽叽喳喳地乱叫，我翻个身继续睡，谁知这个吵闹声越来越响。我的起床气发作，一把掀掉被子，冲出房门，然后我就蒙了。

院子里有一大群女人，在她们身旁的是无数的绫罗绸缎，珠宝首饰，珍奇古玩……这是什么情况？难道御驰山庄还经营农贸市场？

蓝子虚正被这群女人团团围住脱不开身，急得脸红脖子粗，一见到我，立刻挤了出来，快步上楼。

我不待他说话，就问道："这是怎么回事？你要开布庄吗？"

他看了看楼下，似乎兀自心惊："这个，这是——"

"这是在下带来的。"有个人从他的身后探出头来，温雅的微笑，三十来岁，身着青衫，手执羽扇，颇有几分书卷气。

"容姑娘，在下姓云，单名一个景，这些东西是楚先生命我带来的。"

我一时回不过神来，道："哪个楚先生？"

他一愣："楚天遥先生。"

"哦。"我恍然，"他想干什么？"

云景笑道："楚先生将在今晚迎娶容姑娘，但是不知道姑娘喜欢什么样的服装首饰，所以楚先生备下这些，供姑娘挑选。"他指了指楼下，朝我微一颔首。

楚天遥这么大的手笔，我的虚荣心得到了一定程度上的满足。

"你说，他今晚就要迎娶我？"我加重今晚二字。

他点点头："没错。"

他还真会挑日子，我今晚可是要私会艳少来着。"不行不行，今晚不行。"

"楚先生做出的决定，没有人可以更改！"他的态度仍然温文有礼，语气却毫无商榷的余地。

我转头看着蓝子虚，他也正看着我，那眼神似乎是……表示赞同。我对他使个眼色，示意他跟我进房，然后对云景干笑一声："云先生请稍等。"

蓝子虚进来后，我砰地关上房门，道："你去跟他说，婚礼推迟。"

他一脸为难："推迟到何时？"

"只要不是今晚。随便什么时候。"

"请恕属下多嘴。"他有些奇怪地看着我，"这个有区别吗？"

"蓝阁主！"我冷下脸，盯着他。

"庄主，楚天遥从来说一不二。"蓝子虚叹了口气道，"昔日，他派人去山西收服神风寨，他们大寨主已答应归顺，不过是晚了一个时辰，就被他尽数歼灭，无一活口。"

他说着目光沉重地看着我，似乎御驰山庄的命运完全掌握在我的一念之间。这个人竟这么可怕！看来我除了乖乖上轿，别无选择了。

蓝子虚轻叹道："庄主还是去挑礼服吧。"

我万般无奈，只得开门出去。云景一见我，立刻微笑着欠身，那神情仿佛吃定我没辙。

我目光一扫，只见楼下满眼是红，各式各样，当即冷冷地道："为什么不见白色？"

他一怔，随即又笑了，朝楼下一挥手，楼下的布料立刻变幻阵形，红退白进，井然有序。我忍不住有些惊讶，刚刚还乱成一团的人群忽然之间都变成了战场上训练有素的娘子兵了。

我随手指了一匹白色布料："就那个吧。"既然无法拒绝楚天遥，那我干脆玩一回西洋婚礼，气死你。

云景一脸平静，似乎毫不惊讶："请容姑娘挑些首饰。"

"你决定好了。"我没好气地说。

"那么，我就请裁缝上来给姑娘量尺寸了？"他笑得虚假。

"随便。"我进房，甩手关上门。

一群裁缝围着我忙活半天，直到下午，我才得以喘息，可恨那个该死的云景阴魂不散。眼看天色将晚，我急得头发冒烟，他倒好，喝了一整天的茶，连个厕所也不去一趟，逼着我只好出阴招：叫蓝子虚偷偷给他下泻药。

基于上一次"不见不散"的经验，艳少应该会在湖上等我。所以当我满怀期待地跑到大明湖畔，却没见着人，我柔肠寸断，百折千回，憋了一整天的气全泄了。不过一夜露水之约，我何以如此悲凄？

此时暮色苍茫，飞鸟投林，晚风徐来，我隐约有种感觉：此生好景不再有。良久，身后突然有人道："容姑娘。"

我一惊回头，掩饰不住的失望："是你？"

凤鸣微笑，恭敬有礼："家主有事缠身，命我传话，请姑娘准时上轿，他必不负约。"

都什么时候了还玩神秘，难道他还准备打昏新郎抢亲不成？我怒气冲冲地说道："就算有天大的事，也不该冷落佳人。你去告诉他，叫他以后切莫再自称什么艳少了。"

"冷落佳人？"凤鸣扑哧一声笑了出来。

"难道我不够资格称佳人？"我怒目而视。

"不敢！"他正色道，"家主知道容姑娘必然生气，所以……"

他顿了顿，面色微红。

"所以什么？"

"他说今晚一定会让容姑娘尽兴，姑娘只管上轿便是！"

我的脸立刻像火烧，这个混蛋竟然连这种事也跟手下说，实在是可恶至极！我假笑道："麻烦你也转告他一句，即便今晚没有他，我也势必要尽兴的。"难道天下只得你艳少一个男人。本姑娘看上你，那是给你面子。

凤鸣的面色一阵红白交替，道："话已传达，在下告退！"说着，人已不见踪影。

青碧垂柳下，一道身影急步而来："容姑娘，时辰已到。"

我瞥他一眼，两腿甚健，看来蓝子虚下的药还不够分量。

两个小时后，我来到了一处陌生的大宅院。我以为拜堂的时候，应该能偷看到楚天遥，谁知压根没有拜堂这一环节，就直接进了洞房。房间里素净冷清得像死了人，哪里有一点喜气。只有两个小丫头在外面候命，低眉敛目，没一点声响。

我在房子里等了很久，也不见有人来，忍不住局促不安起来。容疏狂若是个绝代尤物，我或许可以对楚天遥施展一下美人计。可是洞房花烛夜，他就这般无礼怠慢，还怎么偷那名单呢？我已经开始焦虑了。我忍不住起身打开房门，问那两个小丫鬟："楚天遥人呢？"

小丫鬟笑得很甜美："汉王送来贺礼，先生正在接待。"

汉王也来了？楚天遥的面子真够大的，我必须去一睹尊容。

"嗯，那个，我想出去……"我好歹个新娘子，找什么借口好呢？

小丫鬟掩住嘴，笑道："夫人可是这里的主人，想去哪里就去哪里！"

夫人？我浑身直起鸡皮疙瘩，不过话说回来，楚天遥的下人们还真是与时俱进啊，新娘子穿白色喜服已经够惊世骇俗了，她们却视若无睹，毫不惊讶。洞房之夜，四处乱走，她们竟也没什么反应。看来楚天遥比我想象中还要厉害，不论我做什么都刺激不到他。我大有挫败之感，正郁闷地在庭院里东张西望，不经意间猛地撞上一个人。

"想什么呢？这么入神。"对方笑着问道。

我一见他，吓出一身冷汗，连忙伸手捂住他的嘴，将他拖到假山后面。

"你疯了，楚天遥很厉害的。"

他毫不惊慌，笑嘻嘻看着我："你今晚很漂亮。"说着伸手就来搂我。

我一把打掉他的爪子："现在没空，我得去看看那个汉王。"

"他已经走了。"

"走了？"我回过头来，"你怎么知道的？"

"我看着他走的。"

"你就这么大摇大摆走进来的？"我惊讶。

"是啊！"他笑，"我们还是先办正事吧。"

提起这个，我顿时火大，一把将他压在石头上："你怎么能把我们约定的事告诉凤鸣呢？"

"有什么不妥吗？"他一脸无辜。

我气结："个人隐私啊，懂不懂？"

他不答，含笑看着我，目光清亮夺人。

我忽然明白过来："你是故意的。"

他微一挑眉，示意不懂。

我窃笑起来，伸手在他的鼻梁轻点："你这个小坏蛋，你是故意挑我的新婚之夜来的，对不对？果然是个好主意，气死那个姓楚的。"

他的面色忽然变幻了几下，好像有些哭笑不得。皎白的月光穿透庭院的扶疏花木，照着他清俊温柔的脸上，一头银丝流瀑般披泻而下，雪白长袍映华生光，真正是惊才绝艳的美男子。我痴痴看了一会儿，禁不住诱惑，俯身去吻他的唇，微凉温软，滋味绝佳。他眸底似有笑意，任我侵犯，只是用力抱紧我。好一会儿，我恋恋不舍地抬起头，兀自有些心醉神迷。

他笑道："我有没有告诉你，你今晚很漂亮？"

我摸着他的脸，道："说了，你今晚也很漂亮。"

他忍不住轻笑出声，将我的手拉到嘴边轻吻一下。我如遭电击，几乎站立不稳。在这一刹那，我意识到，我已经爱上这个人。这震撼无异于窥破天机，我看见了不该看到的东西，及时遮掩，但已经太迟了。我想都不想，脱口说道："我们私奔吧！"

他微微一怔："你终于爱上我了吗？"

我点头："我想是的。"

他愣了一下，似乎比我还震惊，眼底有某种东西急遽涌动，低声笑道："私奔之前不妨先做点别的……"

他的声音低哑，似笔锋落在白纸上的沙沙声，我听得惊心动魄，心底有股情潮轰然炸开，肆意淹没了我，全无理智可言，任由他将我一路抱进房去。

睡梦中，我翻个身，恍惚看到艳少起床穿衣，迷迷糊糊地问道："这就要走了，现在什么时辰？"

他俯身吻我的脸："还早呢，继续睡吧。"

我闭上眼，翻过身去准备继续睡觉。这一觉直睡到日上三竿，起床伸了个懒腰才觉得全身酸痛。

我脸上发烫，忽听一阵脚步声，有女声道："夫人，先生请您去用餐。"

我应声开门，是昨夜的小丫头，正满脸灿笑地望着我。

我试探问道："楚天遥，嗯，他昨夜……怎么样？"不能直接问他有没有来，太没面子了。

"先生和夫人的事，我如何知道？"她说着掩嘴转身，颇有娇羞之态。

我忽然一惊，神智归位，想起昨夜是何等荒唐？幸亏艳少已经离去，不然我要如何解释房间里突然多出来的大活人。我跟她一路穿亭越榭，两眼直盯着她的后脑勺：不晓得这丫头知道多少？反正我必须咬紧牙关，打死也不能承认。

我跨进院子，抬头就见一袭白衣的艳少。第一意识就是转身逃跑，由于动作太过勇猛，我又撞到了一个人。我看着他诧异的脸，立刻捂住他的嘴，低声道："快去把艳少弄走，我不想再看见他。"

凤鸣的表情抑郁像是要吐血身亡，从牙缝里挤出一句话："你怎么还不明白啊。"

我一愣："什么意思？"话没说完，我就被人提了起来。

艳少的目光冷冷地扫过凤鸣："有事等会再说，你先下去。"

凤鸣恭敬地退了出去。

他低头看着我，然后非常无奈的长叹了一口气："原来你不但是天下第一庄的庄主，还是天字第一号的糊涂蛋。"

"你知道凤鸣是谁吗？"他问。

"你的属下啊。"我纳闷。

"你知道他是谁的人吗？"他又问。

"你的人啊。"这不是废话吗！

他忍不住敲我的头，叹道："你难道不知道'凤鸣飞舞'是楚天遥的左右随侍吗？"

"不知道——"我摇头，焰闪寸心之间，倏地瞪大双眼，后退两步。

"难道……你就是楚天遥？"

他轻舒一口气："你总算明白了。"

我的大脑里仿佛爆炸了，完全失去了思考的能力。

他轻叹一声，握着我的手："走吧，饭都凉了。"

我乖乖地坐在饭桌对面，嘴里啃着馒头，眼睛盯着他看。

终于，他放下筷子："你生气了？"

我摇头。

"怪我骗你？"

我再摇头。

"觉得自己很傻？"

我还是摇头。

"那是……饭菜不好吃？"他握住我的手，哀恳地叹息道，"不打算跟我说话了吗？"

我勉强吞下一口馒头，笑道："怎么会呢，我刚刚在想，你就是楚天遥，楚天遥就是你。"

"嗯?"他等待下文。

"那么我嫁给楚天遥,也就等于嫁给了你。"

他皱眉,我不看他,继续道:"那么我们昨晚也就不能算是偷情。"

他眉头更紧:"所以呢?"

我下结论:"所以,这是一件两全其美的大好事,我为什么要生气呢?"

他沉眉看着我良久,目光诡谲难明。第一次我敢于迎视他的眼神,一步不让。终于,他面色转柔,叹道:"我没打算骗你,可我怎么知道,你会忽然失忆,连凤鸣也不知道呢。"

我冷笑:"听起来,倒是我的错。"

他脸色一变,忽然拂袖而起,头也不回地走了出去。旁边的两个丫鬟直吓得瑟瑟发抖。我也瑟瑟发抖,不过,不是因为害怕,而是因为愤怒。好!好!你厉害,姑娘我回御驰山庄去,不伺候你了。

我一路狂奔回庄,他们几个见到我,都跟见了鬼似的,脸上写满了好奇。我在椅子上坐定,接过蓝子虚递上来的茶水,好整以暇地喝上一口,看他满脸疑惑的样子,道:"你们有什么想问的就问吧。"

蓝子虚尚未开口,林少辞突然走了进来。这下轮到我吃惊了:"少辞,你不是在山上养伤吗?"

他略显尴尬。紧跟在他身后出现的黎秀然解释道:"林少主受不了那群女娃娃的唠叨,下山来静修一段日子。"

原来是这样,我了然地点了点头。

林少辞的眼神惊疑不定,道:"你昨晚不是已经成婚……怎么回来了?"

我心中悲痛,却表现得满不在乎:"我突然很想念诸位,就回来看看,你们好像不太欢迎我。"

蓝子虚等人面面相觑。

林少辞拉起我的手,道:"跟我来!"

他拉我来到一处水亭,双目逼视我道:"楚天遥欺负你?"

我干笑一声:"没有的事。"

"那究竟是怎么回事？"

"你干吗这么紧张？"我突然生气，口不择言道，"他不见得能把御驰山庄怎么样？你们怕他，不敢得罪他，就牺牲我，亏你们还自称男人？"

"你明知道我不是这个意思。"

林少辞气结，全身颤抖，几乎站立不住。我连忙扶他在石凳上坐了。

他呆呆地静默了半晌，忽然道："你说得没错，我们确实太自私了。可是这些话，你为什么不早些对父亲说，如今……又何至于到这个地步？"他并未痊愈，咳喘不断。

我有些奇怪："如今怎么了？"

"如今朝廷插手这件事，我们骑虎难下。"他忽然冷笑起来："父亲自诩精明，没想到也会有失策的时候……"语气略带嘲讽，似乎对自己的父亲不以为然。

我在他对面坐下，小心翼翼道："义父原本是有什么打算？"

他看着我，道："他将你嫁给楚天遥，你若能盗得那份名单，他便可以借此胁迫楚天遥。你若失败被杀，他正好名正言顺地继续掌管山庄。谁料他低估了对手，楚天遥比他想象中的厉害，哈哈……"他近乎残忍地笑起来。

我大惊，难道容疏狂是个傀儡庄主，幕后操纵者其实是林父？

"疏狂，我最恨你愚忠。他对你有恩，可是他把你当工具，你却甘心为他利用，连终身大事都要听他的安排……我恨你，恨你当初为什么不跟我走？"

"我当初为什么不跟你走……"我几乎是无意识地重复了这句话，感觉再说下去就要露馅了。

他却因为情绪激动，颤抖得不能自禁，我连忙安慰他："好了好了，先不要说了，我去找黎先生。"

他及时拉住了我，漆黑眸中尽是哀恳："我不想看见他们，你陪我坐一会儿。"

我只得坐下，握着他一双冰冷的手，一时无语。他望着一池碧水，呆呆出神，不知在想些什么。

静默半天。他方才恢复平静，轻轻叹道："疏狂，我们回不去了。"

我愣住。他忽然低头，将脸埋在我的掌心，用一种弱不可闻的声音说道："我只恨，为什么我的心还不死。"

我感觉指缝间有热液流过，不及停留，便倾洒而下。刹那间，我的心中充满悲悯。这是容疏狂生前深爱着的男人，他在我的掌心哭泣，宛如小兽哀鸣，而我却什么也不能做。我一动也不敢动。

隔了半晌，他抬起头，重新恢复他的冷傲神情："疏狂，你实话告诉我，是不是楚天遥他对你做了什么？"

我心中虽觉得万分委屈，这时也不敢再刺激他，当即拍拍他的手，安慰道："没有！我会尽快拿到那份名单，早日摆脱他的。你的伤还没好，不宜吹风，我们进屋去吧。"

他不说话，脸上有种孩子似的赌气神情。我一时没辙，好在黎秀然适时出现救场。

如此，一夜无话。

接连，三日无话。

我心里憋着的那团怒火越烧越旺了，那家伙居然连一句道歉的话都没有，更令我生气的是我竟然还眼巴巴地期望他来跟我解释？！仔细想一想，相识以来，他何曾解释过？那晚被我抓个正着，尚且抵赖到底。真是太可笑了，这个男人连谋反这样大逆不道的事都敢做，还能指望他为我低首归心？切莫高估了自己，男人都是不能相信的，切记切记！

可是，我答应过风亭榭，要将那名单交给他！这份任务还没完成，也不能再在这里无休止地住下去了。要是主动跑回去？也太丢脸了，自尊心无处安放！而且那家伙神出鬼没，鬼知道他还在不在济南？——唉，我觉得自己的头快要裂了。

"想什么这么苦恼？"林少辞皱眉看着我。

"没什么。"我回过神，"你的伤怎么样了？"

他微笑："好多了，再过些日子便能痊愈。"

我突然有些不解："奇怪，同样是中了玄冰寒玉掌，为什么你好得这么快，而我却是武功全失呢？"

他也觉得奇怪："我也很纳闷，没道理沈醉天一掌就能让你武功全失，这中间到底发生了什么事，你还能想起来吗？"

我们俩拧着眉头，相对瞪眼。

我笑道："想不通就别想了，反正我现在没事了。对了，有没有义父和晚词的消息。"

他神色一暗，摇摇头。

我提议道："少辞，等你的伤好了，还是你来做这个庄主吧——"

"不！"他突然站起身，态度坚决地打断我，"我绝不做这个庄主。"

"为什么？你才是最合适的人选啊。"

这一路走来，我也看得出，宋清歌他们更倾向听命于林少辞。

"疏狂，你真狠。"他苦笑，"你把什么都忘了，到头来还——"他没有继续说下去。

我握住他的手，抬眸看着他的眼睛，柔声道："我忘了，那你就告诉我。"

他忽然紧紧抱住我："跟我走，疏狂，我们离开这个地方。"

我感觉无法喘息："去哪里？"

"随便去哪里，只要离开这个江湖。随便去哪里。"

我几乎要被他煽动，但我知道我不能："你放得下这些人吗？你的父亲，妹妹，还有燕大哥他们……"

他身子一僵，慢慢松开我，颓然凄惨地笑了一笑。半晌，才轻轻道："夜深了，你回去休息吧。"

我想了想，道："好的，你也早点休息。"

第十章
佳期如梦

林少辞要我跟他走，风亭榭要我拿到那份名单，楚天遥欺骗我，可笑的是我竟然还找他做保镖，企图逃走，却是送羊入虎口！我越想越恼火，翻来覆去好不容易才睡着。

半梦半醒之间，似有某种强烈的第六感，有一道幽深的目光正看着我。我几乎是直弹起来的，上半身笔直像一条线，还没张口便被人掩住了嘴。我睁大眼，他的白发即便是在黑暗里仍能辨别——那像一道咒语，提醒着我，他也曾温柔如水，一点点渗透，摧毁我自认为冷漠的心墙。

"你——"我说不出话。

他顺势压倒我，吻住我，满头银丝流泻直下，铺天盖地一般，可恨我竟无法抵挡他的热情。我屈膝踢他要害。他闷哼一声，愤怒抬头，我亦毫不畏惧地瞪着他。他那双因怒火而越发明亮的眼眸终于慢慢转为柔和，伸手轻抚我的发，悠悠道："原来你生起气来也这般漂亮。"

我顿时崩溃："你到底想怎么样？"

他轻叹一声，柔声道："好吧！我道歉。"

我一把将他推落，翻身不再理他。这个狂妄自大的家伙，将把道歉说得像恩赐，难道还要我起身跪拜不成？！

"疏狂——"他钻进被子，伸手来搂我。这一声撒娇让我全身一震，转头瞪着他，简直不敢相信自己的耳朵。"我想你了。"他缠过来。

我立刻就败下阵来！这样孤傲狷狂的人，几乎拥有了一切，情绪却这样变幻莫测。但是我并不打算放过他，冷哼道："你那天可不是这样的。"

他的眼神重又变得深沉："我这一生，从没恳求过别人跟我说话。"

"我真荣幸！"

"是吗？我没看出来。"他重重吻我，惩罚一般。

良久，他抬起头来："我们明天回沧州。"

"嗯，为什么？"我回不过神。

"我不能让别人一直抱着我的女人！"他的语气听起来酸气冲天。

我抬手覆住眉眼，忍不住笑出声来："这么急着回去，发生什么大事了吗？"

"你就要跟人跑了，还不是大事吗？"

我瞪大眼："你监视我啊？"

他不答，用力抱紧我，温热的气息浸染了我，我脸色发烫，也顾不得追究了。

清晨睁开眼，那家伙已经不见踪影，唉！神出鬼没，像个幽灵，鬼知道他是怎么进来的。

我呆了一会儿，几乎怀疑是梦，忽然又觉得懊悔：这样便轻易原谅他，真是没用啊。我叹息一声，拉起被子蒙住了脑袋。不一会儿，敲门声响起。

"庄主。"蓝子虚说，"你醒了吗？"

"什么事？"我探出脑袋。

"楚天遥的马车在门外，等候庄主。"

噫，来得这么快！我即刻起床穿衣，洗漱完毕，出门。

蓝子虚等人都在大厅等候，唯独不见林少辞。凤鸣挺身立在厅中，青衫如碧，看到我时表情顿时如释重负，似乎我再不出现的话，他就要被氛围给尴尬死了。

　　"楚天遥呢？"我直接问道。

　　"主人在车里等您。"他一贯的斯文有礼。

　　我看了看众人，道："那么我走了，请代我问候少辞。"

　　蓝子虚点头，意味深长道："庄主保重。"

　　我会意，故作洒脱的挥挥手。他既来接我，我还是赶紧顺着台阶下吧。

　　我刚掀开车帘，就被一只手拉了进去，跌入他的怀里。我下意识地脱口说道："青天白日，放尊重些！"

　　他尚未说话，我已听到车外的凤鸣倒抽了一口冷气。

　　他沉着脸，目光深沉地盯着我，隔了半晌才贴着我的耳朵道："下次人前，不许这样跟我讲话。"

　　我忽然觉得好笑，哼道："自大狂。"

　　他有些无奈瞪着我，顺手梳理我的头发："披头散发，成什么样子。"

　　"反正有人喜欢。"我笑嘻嘻地挪了一下位置。

　　"伶牙俐齿。"他叹了一声。

　　我突然想起风亭树临别时曾对我说过，见到楚天遥要小心一点。不仅是他，几乎所有人都告诫我，他是一个大魔头，喜怒无常，杀人如麻。可现在，他就坐在我身边，笑容温暖而亲切，眼里满溢包容与宠溺，淡定从容，静默如山，看不出有丝毫暴戾与冷酷。

　　"又在胡思乱想什么？"他搂住我的腰，佯怒道。

　　"没什么！"我笑得有些心虚。

　　"不许想他！"他脸色一沉。

　　"哪个他？"我有些茫然。

　　"装傻。"他冷哼，"除了林少辞，还能有谁？"

　　语气里竟满是忌妒。以后谁再跟我说楚天遥是魔鬼，我肯定大嘴巴抽他，他分明是一个完美的丈夫。我看着他，心底忽有一股柔情流水般淌过，一时情难自禁，凑过去吻他的脸。

他微微一愣。我看着他，笑道："傻瓜，我刚刚在想你。"

"想我什么？"

"我在想……"我看着他，"我在想，为什么他们都说你是个杀人不眨眼的魔鬼？"

他的目光忽而变得深沉，问道："那在你眼中，我是一个什么样的人。"

我摸着他的银白发丝，悠悠道："嗯，你是天上的云，变幻莫测，你是大海的水，包容宽阔，你是风，是谜……"我说得顺口，不着边际。

他看着我没有说话，眼睛里有一股莫名的火花闪烁。

我轻拉他的头发，戏谑道："乐傻了？没听过这么精彩的马屁吧？"

他忽然柔声道："你是我的梦。疏狂，我真不敢相信我拥有了你。"

我命令他："低下头来！"

他一怔。

"我叫你低头。"我笑得像个不良少女，"快点，我要奖赏你。"

他依言俯身，这或许是他生平第一次听命于女人。我立刻吻住他的唇，他的脸上泛起一抹淡淡的轻红，像个青涩少年。

我们并没有直接回沧州，而是转道去了乐安，汉王朱高煦的封地。

艳少一到乐安就进了汉王府，每晚深更半夜回来时，我必定已经睡死，天明醒来又不见了他的踪影。

时值大明洪熙年的三月，时间紧迫，我必须尽快得到那份名单。可是，我不知道这份名单究竟被他放在了哪里。照理说，这么重要的名单，他应该随身携带，但我翻遍他的衣物和书房也没找到，也许是放在沧州了吧？

这间谍的工作也不是谁都能干的，尤其是偷自己枕边人的东西，那强烈的负罪、愧疚感真的很要命，潜意识里，我也不想找到那份名单。天下那么多行当，他怎么偏偏就选择了这一行？他那样超凡脱俗的人，不可能看不破这点虚名权势，他究竟为什么要这么做？我得找个机会问一问。

这一天半夜里，我睡得迷迷糊糊，感觉到他在床边坐着。我便继续装睡，等他唤醒我，谁知他忽然轻轻叹息一声，又走了出去。这么晚了，他干什么去？我好奇心起，起身下床悄悄地跟出去，来到一处僻静的院子，一盏微弱的灯光透窗而出。

一个女子声音温柔地说道："我替您宽衣。"

房内静默，半晌，女子又道："您觉得怎么样？"

他没有说话。我站在院子里，幽幽月光倾洒而下，只觉得全身冰冷。我认得这个声音，她是那晚客栈里的女人。

"为了一个容疏狂，您何必……"女子的声音莫名幽怨。

他冷冷地打断她："不要因为她，影响你的情绪，做你该做的事。"

我气得发抖，正要冲进去捉奸在床，忽然身后伸出一只手，悄无声息地搭上我的肩膀，吓得我魂飞魄散，随即身子腾空而起，已被对方快速地提了出去。

我这时也顾不得害怕，只觉得怒火喷薄，一股热气在四肢经脉流窜。那人一直将我提到前厅，方才放开我。我脚一着地，立刻回身给他一个耳光，打完我愣住了："是你——"

凤鸣瞪着我，眼睛发出兽类的光。

我怒道："你想干什么？"

他慢慢恢复了平静，道："请夫人回房休息！"

"你敢管我？"

"不敢！"

"那么让开。"

"主人吩咐过，不许任何人打扰。"

"为何不许人打扰？"

"主人吩咐过，不能让夫人知道。"

他还真是诚实，我怒极而笑："我偏要去打扰，你能怎样？"

他目光一紧："请恕凤鸣无礼！"

我冷笑一声，拔腿就往回走。

他忽然出手点我穴道，我头也没回，不及思考地回手就是一掌。他的身行急退数步，脸上有股莫名惊异的表情。

我一掌挥出，体内热气窜流得愈发急乱，好似山洪暴发，无从控制，忍不住"哇"的一声，吐出一口血来，瞬间无数热气上涌，喉咙里一股血腥涌出，顿时两眼一黑，失去知觉。

意识昏沉中，耳畔依稀有轻歌笑语萦绕，似有若无的香气忽远忽近。我觉得口干舌燥，勉强睁开眼，恍惚看见一抹白影杵在床头。我伸手去拉他衣服，叫道："给我杯水。"

那人一动不动，似乎睡着了。

我无力地垂下手，挣扎着起身，两腿像灌了铅一般，动弹不得，只得长出一口气。

那人蓦地惊醒："疏狂，你醒了？"

我呆呆地看着他的脸："小榭！"

"是我！"

他俯下身，满脸关切道："你感觉怎么样？"

"我想喝水。"

他立刻倒了杯水过来给我喝了。

"我这是怎么回事？"

"你的真气突然恢复，一时不受控制。现在没什么大碍了。"

我打量一下房间，问道："这是什么地方？"

他面色微红："青楼。"

我惊讶，笑道："你什么时候有了这个爱好？"

他瞪着我，苦笑。

我问道："你怎么会在这里？找到你妹妹了吗？"

他点头道："她随她师傅去关外了，我收到林少主的飞鸽传书，就来乐安找你，夜探楚宅，正好看到你与凤鸣动手……"

我想了想，问道："奇怪，我体内的寒气早除，怎么真气现在才恢复呢？"

他面色一变，忽然转过身去。

我疑惑道："怎么了？"

他静默半晌，深吸一口气道："你中毒了。"

我愣住："什么时候的事？我为何没有感觉……"

"你的真气一直没有恢复，除了玄冰寒玉掌的寒气之外，有一部分原因是中毒，而毒性被玄冰寒玉掌的寒气克制住，暂时没有发作，现在寒气一除，真气恢复，毒性也就跟着发作了……"

难道在受伤之前就中毒了？我发蒙，小心问道："这是风姑娘告诉你的？"

他面如死灰，道："是净漓下的毒。"

我脑子一热，很想骂人，忽又觉得莫名悲凉："这毒有没有解药？"

他摇头，眼中有滢光欲滴。

"是什么毒？"

"不知道，是她师傅给她的。"他握着我的手，蹲下身去，"疏狂，我对不起你。"

室内寂静，不断有莺歌燕语飘进来，越发衬得这一方密室如死般寂静。隔了良久，我问："我还能活多久？"

"不知道！"他的声音如刺在喉。

我长出一口气，笑道："那我可要趁早享受，来，扶我起来，到外面走走。"

他看着我，一动不动。

我又道："扶我起来。"

他站起身，我握住他的胳膊，忽觉指尖尽是温热黏糊液体，低头一看，只见雪白衣衫上渗出一大片血迹。

我大吃一惊，立刻放开手："你受伤了？"

他不答，面上毫无表情。

我追问。"这究竟是怎么回事？是谁伤了你？"

"是我！"门外有人冷冷地道。

垂帘无风自动，一连串叮咚脆响不觉，凤鸣慢慢走了进来，他每走一步，室内的杀气就涨一分。

风亭榭静立不动。床沿上斜放着他的宝剑，漆黑的鞘，雪白的柄。

他忽然道："那日在南京，刺杀我家主人的就是你？"

"是！"凤鸣直言不讳。

我一惊，随即恍然大悟。是了，除了那混蛋，还有谁胆敢行刺皇太子。

"很好！"风亭榭伸手抓住剑柄，冷冷地道："今日不是你死，就是我亡！"

"那你今日是死定了！"

一名女子曳着艳丽衣袍恍若彩蝶翩然入室，艳胜桃李，冷若冰霜，一双明眸不看风亭榭，却紧紧盯着我。我亦回看她，莹白肌肤，黛眉朱唇，果然是个绝色女子。室内气氛忽然变得凝滞而逼仄，一触即发。

风亭榭长笑一声："风某何幸，竟劳名震天下的'凤鸣飞舞'同时出手。"

"废话少说。"

女子修长白皙的指间绿光陡起，冷电般直奔风亭榭的双眼。

风亭榭长剑出鞘，横剑一档，一束绿光忽而分成无数星点，满室疾飞。其中一点朝我的眉心迅疾而来。风亭榭与凤鸣同时惊呼，飞身拦截。电光石火间，我伸指一夹，绿光疾闪而没，定睛一看，原来是一枚细若发丝的碧绿银针。

风亭榭看着我，忽然转身道："避免伤及无辜，我们换个地方。"

凤鸣点头。

飞舞冷冷地道："何必这么麻烦！"

凤鸣沉声道："小心伤到夫人！"

"我看她好得很！"飞舞看着我，冷笑道，"姓风的找借口想溜，你也相信？"

我问凤鸣："你为何要杀他？"

凤鸣面无表情："奉命行事！"

我叫起来："他为什么要这么做？"

"夜探求真阁者，死！"

"容我求情！"

风亭榭忽道："疏狂，我风亭榭岂是怕死之辈！"

我狠狠瞪他一眼：这一根筋的家伙，好汉不吃眼前亏啊。我对凤鸣道："他是因为我才闯进去的，你放过他，我去跟艳少解释，他必定不会怪你……"

"容疏狂，你也把自己估得太高。"飞舞用鼻子冷笑一声，"主人令下，绝无更改。"

我不理她，只看着凤鸣，问道："是这样吗？"

他直视我的眼睛："是！"

"好！"我点头，撑起身体，决然道："要杀他，必须先杀了我。"

"疏狂！这事跟你无关！"

风亭榭说着，身体忽然离弦之箭一般急窜而出，白影像一道冷电掠空而去。

凤鸣飞舞联袂而起，紧追不放。我急得全身冒汗，一下子摔在地上，挣扎着站起来，跌跌撞撞往三人消失的方向找过去。也不知道过了多少时辰，我方才在一条僻静小巷发现一枚银针，再往前走几步，是一小滩血迹，一路滴落到巷尾，墙角露出白色衣襟的一角。

"小谢！"我惨叫一声，奔过去。

"疏狂！"一双白皙修长的手拦腰抱住我。

我抬头看着他，冷冷地说："放开我。"

他柔声道："跟我回去。"

我奋力挣扎，不知是我忽然充满力气，还是他没有用力，被我挣脱开来，直奔到巷角——我呆呆看了半天，方才尖叫出声。

他适时抱住我，轻叹一声："我最不想让你看到这一幕。"

我全然不记得自己是怎样回去的，满脑子都刻着风亭榭的脸。

那张脸曾经是那样的俊美，漆黑的眼，秀挺的鼻，嫣红的唇，像一件艺术品。如今，它破碎了，化成无数的碎片在我的眼前乱飞。我不能相信这是真的。那个可爱的小榭，动辄脸红的小榭，他真的死了。我整夜整夜地做噩梦，楚天遥守着我，什么话也不说。我不能原谅他。他是个魔鬼，杀人不眨眼的魔鬼。

"三天了，好歹吃点东西。"他的语气近乎哀恳，"你就算是想骂我打我，也得有力气对吗？"

我木然不语。

他静默了一会儿，忽然笑道："你看，你的武功完全恢复了，你又是练武的奇才，再过几年，一定可以打败我，到时候你就把我杀了给他报仇，好不好？"

我简直难以置信，到现在他居然还有心情说这种话。我看着他的笑容，感到一种前所未有的恐怖："他们说得没错，你是魔鬼。"

他目光一变，紧紧抿住唇。

我叫道："我要回去，我要回御驰山庄，永远不想再看到你。"

他任由我挣扎着下床，待我打开门，忽然开口道："那份名单呢？你不想要了？"

我彻底呆住，震惊回头："你知道？"

他走过来，轻叹道："我说过，这个天下，没有我楚天遥不知道的事。"

"那你为什么还要娶我？"我说，"为什么不杀了我？"

"因为我舍不得。"他伸手抚我的发。

"你是魔鬼。"我的声音轻不可闻，近乎自语，"魔鬼。"

"对，你呢？"他看着我，柔声反问。

我愣住，没错，他对我总算尚有几分情意。隔了好半天，我问道："你为什么要帮汉王？"

"帮？"他笑了。"你认为我是在帮他？"

"难道不是？"

他长叹一声："疏狂，你还不了解我。我只不过觉得这是一件很有趣，很有挑战的事情。"

我不能置信地瞪大眼：有趣？挑战？他助汉王谋反，只是因为一己喜好。老天，这个人真的是一个疯子。

"你真是疯了。"

"那就来阻止我。"他微笑，"乖乖吃饭，然后才有力气找名单。"

"你——"我全身发抖，忽然声嘶力竭，"你杀了风亭榭，就是为了让我没有退路。"

"不！"他摇头，"疏狂，这件事跟你无关。"

"那你为什么——"

他打断我，冷冷地道："进过求真阁的人，没有谁能继续活在这世上。"

我忽然冷笑："你以为，我不知道那名单里的名字吗？"

"哦？"他挑眉。

我盯着他，一字一句道："至少有一个！"

"说说看。"他面无表情。

"张辅。"

他的目光瞬间变得深不可测，静静地看着我半晌，才道："你累了，休息吧！"

据明史记载，汉王谋反，派人往京城找的内应就是张辅。

第二卷

第一章
人在江湖

　　四月初，院子里的各色奇卉开得如火如荼，清香浓郁，满枝粉红嫩白的花瓣上有若干小飞虫栖闹。我坐在院子里，拿丫鬟们绣花的银针去射那些小虫，一射一个准，听不见那些虫子的哀鸣，但见银光纷坠如雨似霰。开始觉得真乃神技，久了便觉寻常无聊。这点功夫对于楚天遥来说，是名副其实的雕虫小技。

　　三月中旬，我收到过林少辞的飞鸽传书，说要来乐安见我，被我拒绝了。假如小榭说得没错，我中了天下奇毒，无药可解，随时可能死去，就让我一个人安安静静地死去吧。或许在我的潜意识里，也是怕他重蹈小榭的命运。楚天遥是个魔鬼，什么事都做得出来。

　　我已有一个月没见到他的人影了，倒是凤鸣来探望过几次，每次都是欲言又止，话到嘴边化作一声叹息。有一天，他突然对我说："您这是折磨自己，也折磨主人。"

　　我懒得理他。

他又说："您这个样子，主人很难过，他为了您做出了很大的牺牲……"

我冷笑："他杀人也是为了我？"

他面不改色道："夫人是江湖中人，应该最清楚江湖上的规矩。风亭榭的死，是因为他私闯求真阁。这个规矩一旦破了，求真阁还怎么立足江湖？"

我道："我不管什么江湖规矩，我只知道他是个杀人犯？"

他吃惊地看着我，似乎惊诧于我近乎愚蠢的天真，道："哪个江湖人的手上没有沾过鲜血？两个月前，夫人在姑苏杀了鬼谷盟十三条人命，他们又向谁去讨说法？"

我顿时语塞。

他继续道："我与风亭榭各为其主，即便我不杀他，他难道就会放过我吗？行走江湖的人，谁不是刀口舔血，不想被人杀，就得杀人。"

我无言以对。

"人在江湖，身不由己"，这八个字早已经是陈词滥调中的陈词滥调，或许只有亲身经历过，才知道除此之外，没有更好的表达。

我想着凤鸣的话，出了一会儿神，然后起身将地上的银针一枚枚捡起来，抬头看着后院的一座阁楼，慢慢走过去。求真阁！我倒要看看，你究竟藏有什么秘密，能令进去过的人非死不可？我一步步走上去，手里捏着一把银针，心底也不是毫不紧张的。但是很奇怪，我没有遇到任何障碍，不但没有机关暗器，连个人影也没有。

我推开阁楼的门，仿若走进了一个大型书坊。房间四壁的数十个书柜，上面密密麻麻地排列着无数本册子，书柜封条上写着江湖各派的名称，御驰山庄赫然在目。我抽出来，直接翻到历届庄主那一卷，找到容疏狂的名字，定睛一看。

容疏狂，女，生年父母不详，幼年由林千易收养，教习武功。十三岁，随林千易赴东海梦槐岛，贺岛主柳梦槐八十寿诞，得其赏识，以裁云刀法和流云出岫指相授。十七岁，崂山落雁台，与崂山七鬼一战，十招歼七人于裁云刀下，遂名动江湖。二十岁，御驰山庄庄主选举大会，击败二十名候选者，出任御驰山庄庄主。

我呆了半晌，接着朝后翻，急欲找到林少辞的资料，册纸被我翻的唰唰直响。突然，一缕细锐的声音破空而来。是一种极细小的暗器以极快的速度摩擦空气的声音。我一惊，挥袖如流云，将三枚暗器尽数接下，转过身就看到久未露面的飞舞。她那张冰霜般的脸上溢满了欣喜，那是一种发自内心的喜悦，连带着声音也温柔舒缓起来。

"私闯求真阁，你死定了。"

"是吗？"我不动声色，轻舒衣袖，抖落银针。

她冷笑道："容疏狂，你如此大胆，到底凭仗着什么？"

"你的胆子也不小啊。"我看着她，淡淡地道："你对你家主人的夫人竟敢直呼其名。"

她笑道："只怕从现在开始，你就什么也不是了。"

我也笑道："这个恐怕不是由你说算的。"

她神色一变，目露凶狠，道："擅入求真阁者死！这是主人定下的规矩，我杀了你名正言顺。"

我冷笑道："规矩是用来打破的。你想杀我，也要看看自己有没有这个本事？"

"那就试试看！"

她轻笑一声，身子忽然急退开去，双手连扬，漫天碧针飞蝗般狂袭而至。我尚不及动作，眼前忽有一道白光当头泻下，无数银针好似遇无形的铜墙铁壁一般纷纷坠地。

艳少垂头闭目，满头银丝披垂而下，遮住苍白脸颊，极疲惫的样子。我心头一悸：一个月不见，他竟消瘦了许多？

飞舞跃入阁中，急道："主人，她——"

她一语未毕，面上就挨了一巴掌。我顿时傻了眼，我甚至没有看到他抬手。

飞舞愣了一下，忽然大声道："您订下的规矩，没有人能更改！"

"我自会处理。"楚天遥的声音没有任何温度。

"这不公平！"她叫起来，"您做的这些，她根本不在乎，我替您不值！"

艳少低声呵斥道："出去！"

她顿时面如死灰，红唇微微颤抖，停了片刻，终于一甩头，扭身出去了。

房内静默。好半天，他方才抬起头，漆黑双瞳冷电般盯着我，似要在我身上灼出两个洞来。我不知道他究竟想怎样，心底也禁不住有些发寒。终于，他轻轻叹息一声："疏狂，我该拿你怎么办？"

我觉得有一股酸气直冲鼻头，忙极力控制住，我不能再被他迷惑，这是杀人不眨眼的魔鬼！

他走过来，揽住我的腰，轻抚我的头发，低声叫我的名字："疏狂，我们讲和吧！"

我再也控制不住，热泪轰然来袭。

他摸我的脸："你瘦了。"

这个混蛋竟然抢我的台词。

"我想去大明湖住一段日子，陪我好吗？"

我就着他的衣服擦干眼泪，瞪着他道："我进过求真阁，死路一条，鬼魂陪你去吗？"

他气结，然后点了点头道："死罪可免，活罪难逃。"

他放开我，拣起地上的册子，道："这里记载着江湖各派的秘密，有些秘密一旦泄露，后果不堪设想。所以我必须重重地惩罚你，就罚你永远不许离开我！"

他看着我，补充一句："直到我死！"

我哼道："放心，你绝不会死的。"

他一愣："嗯？"

我没好气道："祸害遗千年！"

他静静地看着我，忽然笑了："承你吉言！"

我眼皮一跳，莫名有些心惊，脱口道："我不许你死！"

他不动声色："为什么？"

我不敢看他的眼，嘴里却道："因为我要亲手杀了你！"

他握住我的手，应道："好！"

我的泪又一次涌出，纵身搂住他，他的身体微微一震，用力抱住我。

我不知道楚天遥为什么突然跟我说起死这个字，也许他已经得知我身中奇毒，毕竟他是无所不晓的。我只恨自己的意志如此薄弱，他说两句动听的话，我就心软了。倘若他果真对我尚存一些情意，或许可以皆由我的死去平息这场谋反，也算对得起小榭了。

或许，我高估了自己，不过有机会总得去尝试一下。又或许，我没有自己想象的那么伟大，假如命运一定要我在风亭榭与楚天遥之间做出一个选择，我难道真的就能将刀刺进楚天遥的胸膛？我知道，我势必下不了手！

故事里女杀手爱上间谍头子，最后落得一个死亡的凄凉收梢。以前一直觉得这样的故事有些不可思议，原来却是真的，人性复杂，命运多舛，我也不过是一个平凡女子。

爱情总是如此，毫无逻辑可言。在这样一个兵荒马乱的年月里，倘若一定要挑一个人去爱，最合适的，当然是林少辞，可我偏偏爱上楚天遥。人生的许多事，由不得我们自己做主，譬如何时生，几时死。我身中剧毒，不知将会在哪一天死去，更加贪慕这滚滚红尘，和他所给予的温暖，哪怕只是昙花一现。

我不知道他这些天去了哪里？是否又杀了什么人？但他近来非常明显的消瘦了，眼角的细纹渐深，好像极其容易疲倦。这一刻，他枕着我的膝盖沉睡，呼吸平稳，面色苍白，眉宇间带着一种孩子似的满足，看得我莫名心疼。这个男人长了一张清俊文秀的脸，却是一个杀人不眨眼的恶魔。我忍不住深深叹息。

"好好的，叹什么气？"他不知何时已经醒来，睁着一双漆黑的眼睛，含笑看着我。

我微笑，顺手理他的头发，这头流瀑般的白发提醒我，这是我欠他的。

"你睡着的时候，比较可爱。"

"你还不是一样。"他的语气近乎赌气。我愣了一下，他紧着说道，"你醒时，像一只牙齿锋利的小老虎。"

我佯怒地哼了一声，道："我比老虎要凶残得多，你最好小心一点，不要再被我抓住什么把柄……"

他的嘴角慢慢地弯起一道漂亮的弧线，眉梢眼角都是笑意。

我摸摸他的脸，戏谑道："傻子，被骂还这么高兴？"

他握住我的手，笑道："你刚刚说'再'，我什么时候被你抓住过把柄吗？"

我冷笑道："你自己心里明白。"

他忽然低低叹息一声，道："这种感觉真好！"

我有些不解。

他笑出声来，道："你吃醋了，不是吗？"

我脸色微微发烫："你想得美啊。"

他嬉笑着伸手搂住我的腰："傻瓜！不是你想的那样。"

我将他推开一点，拿出审讯犯人的口吻道："老实交代，你们那晚都干了些什么？"

他解释道："我身体有些不舒服，她帮我扎针。"

说完他便低下头，轻吻我的嘴唇，前所未有的温柔。忽然之间，我觉得一切都不重要了，什么汉王谋反，什么江湖恩怨，统统都抛到九霄云外。我只想好好活着，与我心爱的人执手终老。

良久，他放开我，忽然提高嗓音道："凤鸣，找最近的客栈投宿。"

凤鸣打马疾驰。

我的脸顿时像火烧，不敢看他。

他谑笑道："真难得，你也会害羞。"

"害羞？"我抬头瞪着他，"我这是期待。"

他又惊又笑："没见你这么直接的女人。"

"还有更直接的呢。"

我主动吻了上去，车内气氛立刻升温！幸好马车适时停住，否则我怕是不能自控。

是夜，他沉静睡去。我起身去找凤鸣。他正在楼下喝酒，清秀的面上有几分冷峭，他很像艳桃，连喝酒的姿势都像足七分，抑或是在模仿。

他看见我，起身道："夫人！"

"坐吧。"我开门见山说道，"艳少究竟怎么了？"

他面色微变："您为什么问这个？"

"他身体不舒服，怎么回事？"

他沉默一下："您何不直接去问主人？"

我一怔："是很严重的病？"

他看着我，目光闪烁，忽然问道："您很爱主人？"

"废话！"我瞪着他，"他到底怎么了？"

他仰头喝下杯中酒，一口气道："没什么！练武之人，免不了要有些病痛。"

我还欲再问。

"夜深了，您何不早些歇着。"他飞快说道，"属下告退！"说着头也不回地上楼去。

我一愣，有些疑惑是否自己眼花，他的眼睛里恍若有水光？我悄悄回房，刚躺回床上，就被一只手拦腰抱住。

"老实交代，刚刚干吗去了？"他目光灼灼道。

"刺探消息去了！"我笑。

"刺探到什么了？"

"对手非常狡猾，一无所获。"

他轻笑一声："那你让我独守空房，是否该有所表示？"

我吃惊："还来？"

他戏谑道："你还有力气到处乱跑，不是吗？"

我不及抗议，便被封住了唇。他的吻轻柔而深情，似品一盏甘醇绵厚的梨花白，我似身在温软云层之上，月光柔和宁谧，无数星辰聚积的瑰丽光芒在我的体里轰然绽开。

日暮，大明湖畔柳绿花红，夕阳未沉，冰轮已升。澄碧的湖水中倒映着一个淡白色的身影，清俊挺拔，影随波荡，扑朔迷离。我看着他的身影，眼眶里渐渐蓄了泪。相处日久，我越无法自拔，我爱上一个人，没有喜悦，只有悲怆，如云端寂寞的孤鸿。

"过来。"他转身朝我伸出手，温柔的微笑。

我用力眨眨眼，笑道："你不是有很多事要忙吗？"

他握住我的手，笑道："你就是我要忙的事。"

"少来这一套！没准又是帮朱高煦干什么见不得人的勾搭。"

"江湖人说我楚天遥狂傲，我看这两个字应该送给你才对。你左一个朱元璋，又一个朱高煦，还不够惊世骇俗吗？"他带些宠溺的微笑。

我一阵心酸：他最近越发的纵容宠溺我，似乎已知我时日无多了。

我岔开话题，道："你前一阵跑到哪里鬼混了？"

"找一样东西。"他淡淡地道，"不过很可惜，没找到。"

"咦？"我瞪大眼，"这天下竟然还有你找不到的东西？"

话一出口，我才惊觉这句话简直近乎讽刺，谁知他并没有生气，只是微微苦笑一下，轻叹道："是啊，我以前也觉得自己是无所不能的。"

我搂住他的腰，道："我才不稀罕你的无所不能呢，我只想能永远跟你在一起。"

他没有说话。我抬头看着他，柔声道："你不要管汉王的事了，我们就在这里住下，哪里也不去，好吗？"

他低下头，微笑道："你还想着那份名单？"

我暗叹一声：这人太精明了，我根本不是他的对手。

"其实有没有那份名单，对我来说并不重要，我想取他们的性命易如反掌。"

"可我不喜欢你杀人。"

他目光渐深，轻叹道："疏狂，你要明白，江湖上有很多事情是身不由己的。"

"希望有一天，我们能远离江湖。"

"只怕不是那么容易。"

他的声音忽然一变，朗声道："朋友既然来了，何必藏头露尾？"

话音未落，水波中忽然出现三道刺眼的白光，本来平静的湖水蓦地化作数丈雪亮银白的水柱，冲天而起，和这股银波同时而来的，是三道凌厉的剑光。

银白的水光混夹着宝剑的森冷的寒芒，在天边的绚丽晚霞映照之下，显得异常美丽，美丽且致命——无数水珠漫天盖地般向我们兜头罩下，锋利的寒气迎面而至，来势迅猛之极，直叫人避无可避。我下意识地一闭眼，不及思考，身体似有一种本能反应，甩袖翻腕闪电般去擒那剑锋，五指以不可思议的速度顺着对方的胳膊一路急上，瞬间点中那人的眉心。来人的长剑应声而落，身躯"扑通"一声跌入水中，水上浮起一片红色血迹。

艳少没动，在他身后，有人横空刺出一剑，刹那间只听得宝剑铮铮鸣响，龙吟不绝。万顷碧波之上，三道身影宛若雄鹰翱翔般翩翩飞舞，忽上忽下，纠缠一片。半刻功夫，有两人惨叫落水，凤鸣收剑回身，飞掠上岸隐身不见踪影。

我兀自呆住，不敢相信，自己刚刚杀了一个人。他似知我心思，用力握了握我的手。

我回过神来，问道："他们是什么人？为什么要杀我们？"

"他们是要杀我。"他笑了笑，"看来那位皇太子终于沉不住气了。"

"是他派来的人？"

"显然是的。"

"谁叫你杀了风亭榭？活该他要找你报仇。"

"你啊，还是太天真了。"他长叹一声，"对于朱瞻基来说，风亭榭这样的侍卫死一百个也不足惜。无论我杀不杀风亭榭，他都一样要杀掉我。"

我惊呼道："我想起来了。"

他问："想起什么？"

"那一晚在南京，你明明可以刺杀他，为何不出手？"

他看着我，笑道："因为你！"

我一呆。

他微笑道："留着他，御驰山庄便无路可退，你也就不得不来偷名单，不是吗？"

"原来你一早就设计我？"我叫起来。

他含笑看我，忽道："我很纳闷，你怎么知道名单里有张辅的名字？"

我一怔，当日气得口不择言，现在要怎么圆谎？总不能告诉他，我是从明史上看来的吧。

"这个……当然是朱瞻基告诉我的。"

"说谎！"

"真的！"

他皱起眉头，道："疏狂，你难道不知道自己每次说谎都会脸红吗？"

"啊！"我真的吃惊了，"一直以来，我都以说谎从不脸红而自豪的。"

他沉脸瞪着我，静默半晌，终于笑出来。

我伸手去挽他的胳膊："好吧！我答应你，一定会告诉你这件事，但不是现在。"

他点了点头，道："起风了，回去吧。"

这时夕阳落尽，夜幕已垂，湖面上聚了一层薄雾，御驰山庄的别院就在烟柳深处。

他忽然问我："想回去看看？"

"不想！"

"口是心非！"

"你不是罚我永远不许离开你吗！"

他轻叹道："想去就去吧。"

我大喜："那我现在就去！"

"不行！至少先陪我吃完晚饭。"

我嬉笑道："荣幸之至！"

我吃完饭就直奔御驰山庄的别院，蓝子虚等人都在。他们见到我，脸上都有一种奇怪的神情。

我虽有些诧异，但懒得过问，直奔主题地问道："林少辞呢？"

蓝子虚道："少主不在！"

我一愣："他去哪里了？伤好了吗？"

他奇怪地看着我："少主的伤半个月前就已痊愈。至于他的去向，庄主不知道吗？"

"我知道还用问你吗？"

"少主是收到您的飞鸽传书，然后才离开的！"他的疑惑里已经掺杂了一丝不妙。

"这么说，他伤一好就走了？"

"是！"

"你不知道他去了哪里？"

"属下不知！"

"你难道就没问问他？"我的嗓门有点高了。

蓝子虚苦笑道："少主向来喜欢四处游历，行踪飘忽不定，属下确实不曾过问。"

这就奇怪了！难道说，我拒绝他来乐安看我，他想不开离家出走？我还没那么大的魅力吧，而且他也不是小孩子了，眼下父亲和妹妹下落不明，还有心情出去游历？

"有没有林……"差点说漏嘴，我立刻干咳两声，"有没有义父和晚词的消息？"

蓝子虚摇头道："没有！"

我继续追问："有没有发生过什么其他的事？"

他沉吟道："朝廷派人来过两次，催逼那份名单……庄主若有机会，还请尽快下手。"

我白了他一眼，没好气地说道："我连那份名单的影子都还没看见呢。"

蓝子虚沉默一下，忽然道："暗偷不行，不如明抢！"

我一惊："怎么说？"

"楚天遥此刻就在大明湖，倘若能将他一举擒下——"

我不动声色道："他的武功，当今天下已无敌手。"

"倘若我与青龙、朱雀、玄武三位坛主联手，或许勉强可以与之一较高下。不过——"他看着我，"这件事的成败，关键在于庄主。"

"在于我？"我皱眉。

他有些谨慎地说："据属下多日旁观……楚天遥似对庄主情意匪浅。庄主若是能在他的饮食中下些软骨散之类的……虽然这招有些卑鄙，但为了御驰山庄……"

我打断他："这一招确实很卑鄙！"

他神色一正，大义凛然道："属下这么做也是为了大局着想。何况楚天遥助纣为虐，意图谋反，这等大逆不道的行为，人人得而诛之！"

我沉吟不语。

他试探道："庄主，您不会是对他动了真情吧？"

我瞥了他一眼。

他面色微变，忽然长叹一声道："林老庄主若在，必定也很赞同此计。"

竟敢拿林千易来压我？看来容疏狂这个庄主做得很窝囊啊。

我点点头道："此计甚妙！但不急于一时。"

他面露喜色："那么庄主准备何时行事？"

"时机成熟，我自会通知你。"我问道，"对了，你跟京城的官员熟吗？"

"御驰山庄在京城经营一些生意，跟他们有些往来？不知庄主为何问这个？"

"了解一下山庄的经营情况，他们中有没有人收过我们的贿赂？"

他满脸狐疑，道："基本上都收过。"

"把名单给我。"

"这个……"

"快去！"

他转身去了。不一会儿，就拿了三张纸出来。

我吃了一惊："这么多？"

他苦笑一下，道："本朝重农抑商，生意难做，上下都得打点。"

我收起名单，起身说道："天色不早，未免楚天遥起疑，我也该回去了。"

他起身相送，我走到门口，忽然又想起一件事，问道："对了，黎大夫还在吗？"

他一愣，道："还在！"

"他现在哪里？"

"在后院的客房，庄主要找他，属下这就带您过去！"

"我自己去就行了。"

我说着转身朝后院走去，刚过水榭，就看见一道黑影疾闪而过。我吃了一惊：居然敢夜窥御驰山庄，太目中无人了，待要追过去，忽听有人叫了声："容姑娘，这是要往哪里去？"

黎秀然满脸笑容的迎上来："姑娘气色大好，想必武功已经恢复。"

我笑道："托先生的福。"

他谦虚道："不敢！"

我心知这时肯定追不到那人，只好作罢，道："黎先生，我最近身体不大舒服，想请先生看一看。"

"姑娘请到房内坐下，待老朽先把把脉。"

我进房坐定，他垂目把脉。半晌，他抬头道："容姑娘的身体很好，并无大碍啊。"

"真的没有问题？"我十分意外。

"老朽自认医术尚可。"

"我绝不是怀疑您的医术，"我连忙解释道，"只是在我中玄冰寒玉掌之前，已经中了一种奇毒。"

他吃惊不已，问道："是何奇毒？"

我摇头道："不知道，据说此毒没有解药。"

他笑了笑，道："根据老朽数十年的行医经验，天下绝无解不了的毒，不过是解药尚没被人发现罢了，请让老朽再看看。"

他查看一下我的眼睛，再次握住我的脉搏，又检查了一次，肯定地说道："容姑娘脉象稳健有力，确无中毒的迹象。"

我不禁颇为疑惑：风亭榭曾说我所中之毒天下无解，莫非连神医黎秀然也看不出来？

我仍有些不确定，却不能追问他，免得他误以为我怀疑他的医术，只好客套一番，告辞而出。

回去的路上，自己想想也觉得好笑。这么权威的大夫都说我没有中毒了，我却一个劲地怀疑人家，好像巴不得自己中毒一样。

第二章
浮生长恨

　　我回去时，艳少已经睡着了。这家伙最近很嗜睡，我不敢惊醒他，悄悄出门到后院的竹林站定，只见月挂梢头，花影扶疏，夜色宁谧。我拣起一颗小石子，朝林中投去，一只不知名的鸟儿扑簌簌腾空惊起。我飞身探手抓在掌心，借着月光一看，是只颇可爱的小鸟。可惜了。

　　我直奔书房，点亮烛火，铺开宣纸，拿出蓝子虚提供的名单，找到那些个看着不顺眼的名字，忙活起来。不就是要名单吗，我现在就写给你！反正谁也没见过那份名单，谁也不晓得它长什么样子。

　　约莫一个时辰，我就制作出一份鲜血淋淋的名单，拿起来就着灯光一看，嗯，很像那么回事，不枉我累得腰酸胳膊痛，幸亏我之前练过一点书法，否则这么多种笔迹真是要了我的命。我刚把名单收好，就听见艳少叫我的名字，连忙开门出去。

　　他站在门口，笑意盈盈道："原来你还这么好学？"

我挥手灭了烛火，干笑道："嘿嘿，我可是饱览群书。"

"是吗？"他轻应一声，揽着我往回走，"还以为你今晚不回来了呢！"

我坏笑道："我怎么舍得让你独守深闺，寂寞难耐呢。"

他笑，忽然咳嗽起来。

我逗他："不用这么激动吧。"

他止住咳嗽，抬眸瞪我一眼，苍白的面上浮起一丝嫣红，清澈的瞳中隐隐透出一股深紫色，在皎白的月光映照下，莫名妖艳。

我痴痴看着他："你的眼睛……"

他面色微变，随即调皮地眨了眨眼："我的眼睛怎么了？"

我双手捧着他的脸，皱眉仔细去看，那抹深紫色又不见了，清亮眼眸黑白分明。

"可能是我眼花了，"我笑道，"不过，你今天晚上可真是美丽啊，面带桃花，明眸璀璨。"

他闭上双眼，脸上颇有一种无奈的神情："快回房吧，夜凉了。"

我挽着他的手，笑嘻嘻回房休息。一夜无话。

第二天，我本想找机会叫蓝子虚来拿名单，结果艳少要我陪他到街上去逛逛。

他领着我一路买了很多琐碎的东西，还亲手挑选了若干上等的胭脂水粉，头饰珠宝。这个人平日里手不沾尘，今天不知道是搭错了哪根筋。我满腹疑问，他却只是笑而不答。

待到中午吃饭的时候，我终于忍不住了。

"你到底在搞什么鬼？"

他悠闲地喝着茶。

我敲敲桌子，佯怒道："你再不说，我就不陪你逛了。"

他握住我的手，孩子气地说："这么多的东西，你要我一个人拿啊？"

"你买的东西，当然是你拿。"

"可这都是买给你的啊。"

"少来，我可没要这些玩意。"

"先吃饭吧。"他拿起筷子，"吃完饭，还有很多东西要买呢。"

"我——"

"你真的很烦啊！"他伸手按下我的头，轻喝道，"快吃饭！"

我沾了一鼻子的米粒，气得埋头猛吃。片刻后，就把桌子上的菜一扫而光，顺手把他的酒也抢过来，一饮而尽，然后睁圆两眼直瞪着他。

"我吃饱了，走吧！"

"我还没吃呢。"

"嘴巴长在你身上，谁叫你不吃的。"

"悍妇！"他嘀咕一声。

"你说什么？"我两手叉腰。

"我说你脸上沾了一粒米。"

我连忙擦掉，道："别以为我没听见，晚上跟你算账。"

他笑着下楼，我连忙拿起东西跟上去，一路穿街越巷，来到一家门面很大的衣馆。他挑了一匹艳红布料，吩咐老板裁剪两件喜服。

我奇道："这是干什么？"

他淡淡地道："拜堂用的！"

"谁要成亲？"我一惊，忽然灵光一闪，"难道……你要娶飞舞？"

他笑着拥我出门："你怎么会扯到她身上，是我们俩拜堂！"

我皱眉："我们不已经是夫妻了吗？"

他佯怒："你还说——竟敢在新婚之夜跟人偷情。"

我立刻赔笑："最后还不是栽在你手里了！你这么厉害……"

"少拍马屁！"他冷哼，"我问你，你现在把我当艳少，还是楚天遥？"

"这个有区别吗？"

"当然！"

"两个都是你啊！"

"回答问题！"他加重语气。

"嗯。以前呢，我是喜欢艳少多一点，现在嘛……"我故意沉吟。

"快说！"

"根本就是一个人！"

他停住脚步，怒目瞪着我。

我无奈，万分委屈地说："无论你是艳少，还是楚天遥，我都喜欢行了吧。"

"这还差不多！"他重重哼一声，面露微笑。

暴君！我转念一想，不对啊！这个家伙可从来没有对我表白过。不行，得问个明白。

我快走两步追上他，问道："那你呢？"

"什么？"

我涎着脸，笑嘻嘻问道："你是从什么时候喜欢我的？"

他反问："我有说过我喜欢你吗？"

"啊？"我叫起来，"你太过分了！"

他笑："这样就生气了？"

我抓住他的胳膊，喝道："快说！"

"嗯！这个……"他学我的语气，"好像是从你掉到我身上开始的。那一刻，我在想……"

"想什么？"

他一本正经道："我在想，原来我楚天遥的魅力这么大，居然能令一个女子如此奋不顾身的投怀送抱。"

我抚额惨叫，这个自大狂！

他微笑："我贪图你的美色，不是吗？"

我白他一眼："所以你打一开始就在算计我？"

他乐不可支。

我长叹："天知道，我一直当你是个败家子，而且你那么好骗。"

"哦，"他也故作恍然，"所以是你从一开始就在算计我！"

我嬉笑一声："这又有什么关系。如今我嫁了你，你娶了我，这叫作双赢。"

"双赢？"他笑出声，"你哪来这么多稀奇古怪的词语。"

"嘿嘿……天机不可泄露。"

洪熙元年四月十二，大明湖畔，楚宅。整个院子张灯结彩，下人们都换了新衣，就连凤鸣也换了一身鲜亮的珊瑚色，一派喜庆气氛。除了新郎新娘是旧的，其他东西基本上都是全新的。

我与艳少将一套礼仪行毕，进房坐定。他一直痴痴地看着我，我亦痴痴望着他，颇有一种尽在不言中的意味。红烛映照下，他艳红的衣，银白的发，漆黑的瞳，三种颜色均纯粹到极致，有股近乎妖异的感觉。我竟恍惚生出一种不祥之感，但这个念头立刻被我过滤了。这一刻，想这个实在是种罪过。

我微笑道："红色很衬你，果然不负艳少之名！"

他兀自傻看着我，讷讷地唤我的名字，叫得我莫名心疼。

我握住他的手，柔声道："我在这里。"

他微笑，语气略带感叹："世间有你这样一个人，我竟没有早点认识。"

我笑："现在也不迟！"

他不语，只是定定地看着我。终于，我被他看得不好意思起来，低下头去。

他忽然道："疏狂，我其实一直有些害怕。"

"害怕？"我震惊抬头。

他点点头，轻叹道："我害怕你会突然恢复记忆，然后发现我并不是你最爱的人。"

我呆住。我从来不知道艳少也会缺乏自信，原来他是这样的爱我，以至于不能够承受失去。

我低头亲吻他的手："傻瓜，你就是我最爱的人。"

他反握我的手，苍白的面上泛起红潮，忽然近乎自嘲地笑了笑。

我问："傻笑什么？"

他轻叹："我突然想起你在蠡湖那一晚所说的话，如今看来，倒像是一道谶语。"

我一愣。他温柔地看着我，道："我的前半生恃才傲物，放浪形骸，本以为把一切的红尘情爱都堪破了。没有想到这次甫出江湖，就迎头遇上了你，像是命中注定。"

他笑了笑："疏狂，你能理解这种心情吗？

我感觉有泪盈睫，将落未落，用力一点头，热泪倾洒。他抬手拭去我的泪珠。我笑了笑："你放心！我的记忆是永远都不会恢复的。因为——"我抬起头，看着他的双眼，轻轻道，"我根本就不是容疏狂！"

他微微挑眉，没有过激的表情。

我小心翼翼道："我说出来，你不要被吓到！"

他展眉一笑，眉间重新焕发出那种不可一世的飞扬神色："活至今日，我尚未惧怕过何事！"

于是，我将事情始末细细告知于他。他听完面无表情，目光深邃而缥缈，捉摸不定。室内静默。良久，他才轻轻呼出一口气，笑道："果然够吓人的！不过，终于了却我一桩心事。"

"嗯？"我不明所以。

他微笑道："方怡不会爱上林少辞，不是吗？"

我惊叹道："老天！你只关心这个？"

他反问道："那我应该关心什么？"

"你难道不想知道些历史大事？"

"眼下我最关心的是你！"

"啊？"我喜形于色，脱口道，"那你不帮汉王了？"

"洞房花烛夜，我的兴趣仅限于你！"他说着，一把抱起我，闪入红绡帐中，横卧鸳鸯锦被之上。红烛摇曳满室春光，分外香艳。

第三天下午，我终于忍不住告诉他，整个大明王朝只有二百七十六的历史，汉王谋反必将失败！朱瞻基将登基称帝，年号宣德，史称明宣宗。

他依然没有任何表情，端坐亭中，白衣胜雪，宛然出世风采。

我摇一下他的肩膀，道："你到底听见没有？"

他转头看我，目光幽深不明，问道："你呢？"

"我？"我不解。

他微笑道："你是御驰山庄的庄主，我是汉王的谋士，他谋反势在必行，我们是敌非友。我想知道，你是怎么想的？"

我愣住了。

他站起身，道："疏狂，倘若我一定要扭转乾坤，你会怎么样？"

我想了想，道："朱瞻基是个还不错的皇帝。"

他沉默了一会儿，忽然道："那我们各尽其力！"

我有些生气，道："明史已有定论，我就不信你能只手翻天？"

他轻叹一声，低低道："那要看天意，如果我避过此劫……"说着忽然住口。

"什么意思？"我一时没明白，他说的此劫是指什么。

"没什么，有些感慨罢了。"他笑了笑，道，"我要去休息一下，三个时辰之后，再叫醒我。"

"我陪你！"我伸手去挽他！

"不用！"他笑着拒绝，"你若觉得无聊，不妨叫凤鸣陪你四处走走。"

我突然想起那份名单的事，当即点头道："好吧！"

等他走后，我立刻发出讯号，通知蓝子虚名单到手，命他今晚子夜来取。希望老天保佑，这份名单能暂时蒙混过关，好叫朱瞻基不要紧迫盯人，为御驰山庄争取点时间——他若发现名单是假的，也只能怪汉王太狡猾，可不能怪我不尽心。

我想了想，又把那名单拿出来看看，确定没有什么漏洞，越发觉得自己是个天才。可谓一切具备，只欠东风了——得想个法子让艳少一觉睡到天亮，不要误了我的妙计才好！眼看天色将晚，我晃悠到厨房，却见凤鸣正在灶上忙活。我殷勤道："我来帮你吧！"

"不用！"他的语气冷硬，看都不看我一下。这小子最近对我的态度越来越奇怪了。

我干笑道："我以为你的手只是用来拿剑的？"

"夫人请回避，厨房油污甚多。"

我讨了个没趣，只好灰溜溜的走人了。唉，实在不行的话，今晚只好竭尽所能的折腾他了。谁知事情比我想象得要顺利，他从下午到深夜一直没醒过，面色略显苍白，额上沁出一层细密的汗珠。

我不敢惊动他，悄悄下床，轻装出门。夜黑风急，我直奔约定地点，来人却不是蓝子虚，而是一名黑衣人，头发花白，面蒙黑巾，看来年纪不小了。

"你是谁？"

"北镇抚司指挥使左旺纯。"他亮出一块银牌，一闪即收。

"名单直接交给我，无须蓝子虚过手。"

哼！嚣张什么啊！我不欲多留，也不想跟他废话，当即将那份密封好的名单抛给他。他正欲抬手去接，眼前忽然白光一闪，四周森寒劲风拂体，名单已被另一个人抢在手中。

来人翩然一个回身站定，冷冷地道："容疏狂，你好大的胆子！"

我看清来人，顿时大吃一惊。月光下，凤鸣脸若玄铁，目光锋利如刀，冷笑道："容疏狂，你敢背叛主人？"

这小子真是不分青红皂白，关键时刻坏我的好事。我忙道："这件事回去再说，你先把名单给他！"

"做梦！"他从牙缝里蹦出两个字，忽然身动如电，朝左旺纯刺出一剑，快若星离光灭，冷冽深寒之极。

左旺纯也不是吃素的，两人你来我往，招招致命，速度越来越快，四周丛林涌动，落叶纷纷。我万般无奈，只得先夺下凤鸣手中的名单。

我一招出手，凤鸣急退数丈，怒道："容疏狂，你真当我不敢杀你？"

"凤鸣，你听我说——"

"说这么多干吗！"左旺纯冷哼一声，"我们联手先解决了这小子。"

这家伙居然火上浇油！果然，凤鸣怒极而笑，挺身出剑，锋利寒芒直逼肌肤。我既不能帮他对付凤鸣，又不能直说这名单是假的，一时真不知如何时好。看左旺纯一副拼命三郎的架势，想必今晚交不了差，朱瞻基肯定也会要了他的小命。可他要对付凤鸣谈何容易？不过片刻工夫，他已相形见绌，渐渐不敌。

他一边招架，一边叫道："容庄主，你为何袖手旁观？你难道忘记……"

话没说完，忽然闷哼一声，肩膀中了凤鸣一剑。

不行！不能再这么打下去了。我飞身截住凤鸣的剑势，使出流云出岫指捏住他的剑锋，对左旺纯喝道："快走！"

"那名单……"这傻鸟眼看性命不保，还想着名单。

"我自有办法！"

他立刻飞身而起，离弦之箭般掠过湖面，渡水遁去。逃跑的武功倒是一等一的。

我回过头，忽觉面上一凉——凤鸣的剑尖直指眉心。我惊叫道："喂！你还来真的？"

他冷冷地道："主人为你身中奇毒，你竟恩将仇报……"

"身中奇毒？"我大惊，"这是怎么回事？"

他冷笑："若非主人替你疗伤，你此刻早已命丧黄泉！"

"怎么说？"

"你进过求真阁，还装什么蒜？"

我糊涂了："这跟求真阁有什么关系？"

他忽然收起剑，冷笑道："你身中剧毒，主人为了救你，不得不将毒转吸到自己身上。有关毒药的来源、毒性、涉及人物等全都记载在风净漓的档案里，你会不知道？"

我愣住，原来风亭榭没有骗我，只是他不知道，这毒已经转到了艳少身上。"那么，他的头发……不是因为沈醉天的……"我感觉自己的声音在颤抖。

凤鸣冷哼一声："沈醉天算什么东西，他的玄冰寒玉掌对主人根本不值一提。真正厉害的是你身上的剧毒，为了控制此毒蔓延，主人一夜白头。"

我又是一呆。难怪他最近容易疲惫？难怪他越发纵容我？原来时日不多的人是他！我感觉身体控制不住地发抖，脚底有股冷气直往上冒，挡也挡不住："这毒当真无解？"

他看着我不答，忽然说道："现在你已经都知道了，立刻自刎吧！"

我一愣。

他转身不看我，冷冷地道："你是主人心爱之人，我不想亲手杀你，更不想他知道真相后难过，所以请你自刎向主人谢罪！"

"名单是假的，蠢蛋！"

我抛下一句话，飞身而回。

刚进院门，就见艳少一袭白衣坐在庭中，微笑着看向我，月光下的容颜，温润如玉。这一瞬间，我忽然异常镇定。我走向他，步伐稳定的连我自己都感到惊讶。

他淡淡地道："我醒来没看见你。"

我轻声道："我出去办点事。"

他抬手倒了一盏茶："不累的话，陪我坐一会儿。"

我坐下："你不问问我去了哪里？办什么事？"

他微笑："就你那点小计俩，还想瞒我？"

我也笑："我又忘记了，你是无所不知的。"

他不语，嘴角一直挂着浅浅的笑，心情很好的样子。

院中桃花开的正盛，清香靡靡，偶然一阵夜风袭过，粉色花瓣纷坠似霰，有几瓣残红翩跹落在他的发上，那一小抹浅嫩的红衬着满头流瀑般的白，静美以致令人心惊。

他低声吟道："林花谢了春红，太匆匆……"

我像被人当胸灌了一壶烈酒，胸口灼热至疼痛，呼吸维艰。

终于，我忍不住道："那毒真的没有解吗？"

他面若冰封镜湖，淡淡地道："尚有机会。"

我惊喜交加："这是什么毒？解药在哪里？我们立刻去找。"

他微笑道："目前只知道此毒来自白莲教，具体是什么毒，尚不清楚。我已命飞舞出关追查，想必很快会有消息。"

我震惊，道："难道风净漓的师傅是白莲教的人？"

他微微蹙眉："嗯。很可能就是昔日的白莲教主——唐赛儿。"

我大吃一惊。据悉白莲教主唐赛儿，在永乐年间起兵造反，兵败后遁入空门，不知所踪，永乐帝拘系天下十万女尼都没有找到她。

他握住我的手，柔声道："别担心！你不是说过祸害遗千年吗，我没么容易死？"

我嗫嚅道："风亭榭说……这毒无解。"

他不语，忽然道："他胆敢夜探求真阁，想必也是对风净漓的师傅起了怀疑。"顿了顿又道，"不过，风净漓本人也不知道此毒的厉害。"

我一愣："风亭榭亲口告诉我，毒是她下的。"

他轻叹："毒确实是她下的，但毒临时被人调包了。"

"什么人这么狠毒？要至容疏狂于死地？"

"她挡了别人的道，自然有人要她死！"

"风净漓不过是别人的一颗棋子，沈醉天或许与白莲教有什么瓜葛也说不定。"

我睁大眼："难道你也不知道沈醉天的来历？"

他轻叹："傻瓜，我或许天分比别人高些，但并不是神。"

他饮了口茶，继续道："七年前，鬼谷盟一夜之间崛起江湖，来势汹汹，显然是蓄谋已久，倘若真是白莲教改头换面，卷土重来，那么这个天下就更热闹了。"

听他的语气竟似乎充满期待，这个唯恐天下不乱的家伙，叫我又好气又好笑："你自己命悬一线，还有心情看热闹？"

他微笑道："或许我应该早点告诉你。被你关心的感觉很好。"

我有点哭笑不得，放柔声音恳求他，"我们先去找解药好不好？"

"不！疏狂，我现在只想跟你在一起，哪里也不去。"

瞬间有一股柔情在我心底炸裂开来，我本能地要跟他确认这一点："我真有这么重要吗？"

　　他回望着我，给予肯定的回答："比你想象得还要重要！"

　　我走过去，温柔俯身在他的腿上。四周静谧，花落无言。

　　第二天，凤鸣见到我极为尴尬，道了歉就要走人。

　　我连忙叫住他，道："你去把黎秀然请来。"

　　他站着不动："没用。"

　　"什么？"

　　"我已经找过他。"

　　我一愣："什么时候？"

　　他面不改色："就在你和蓝子虚商量妙计的时候。"

　　"原来那天的黑衣人是你。"我恍然大悟，"那他怎么说？"

　　"他闻所未闻！"

　　我一呆，假如此毒连黎秀然也束手无策，就绝非艳少说得这么轻松："艳少的身体到底怎么样了？"

　　"不知道。"

　　"距离毒发还有多少日子？"

　　"不知道。"

　　我叫起来："你天天在他身边？怎么什么都不知道？"

　　他面无表情："主人不想让人知道的事，谁也不会知道。"

　　我沉默顷刻，问道："飞舞那边有什么消息？"

　　"不知道。"

　　我无奈："那你究竟知道些什么？"

　　他不答。

　　"难道就这样干等着？"

　　他还是不答。

　　"你倒是说句话啊？"

他忽然转头盯着我，反问道："你有什么想法？"

我拉他坐下，压低声音道："我想亲自出关，去找解药。"

看着他面露惊讶，我冷笑道："我的武功不比你差吧？"

"非关武功。"他微微牵起嘴角，道："主人不会同意。"

"所以得想个办法骗过他，你去告诉他，御驰山庄出事了，这样我才有理由离开——"

他站起身，冷冷地打断我："我绝不欺骗主人！"

我也站起来，道："正因为如此，你的话，他才深信不疑。"见他沉默，我试图进一步说服他，"你也不想他有事，对不对？"

他微微皱眉。

"都什么时候了，你还这么死脑筋……"

他忽然道："谎言很快就会揭穿。"

我胸有成竹，道："这你不用担心，等谎言揭穿的时候，我已经在关外了。"

他静默一下，抬脚就往外走。

我立刻叫道："喂，事情还没说完，你去哪里？"

他头也不回道："有事禀告主人。"

我轻舒一口气，这小子的脾气跟他的主人还真不是一般的像，做事都这么神经兮兮的。

我到厨房忙活出一碗汤，估计时间差不多了，方才端起来往书房去，一进门，就见艳少坐在书桌前，凤鸣面无表情地站在一边。

他见了我，立刻道："疏狂，你来得正好，御驰山庄有事。"

"咦？"我故作惊讶地放下碗，"出了什么事？"

"他们发现了林千易的踪迹。"

"是真的吗？"

我瞥了凤鸣一眼，真看不出来这小子还是个撒谎高手。这个谎言编得合情合理，容疏狂身为御驰山庄的庄主，又深受林千易的养育之恩，绝不可能袖手旁观。我立刻道："那我必须马上回去，和他们商议一下。"

他点了点头，道："凤鸣，你陪疏狂走一趟。"

我和凤鸣出了书房，走出院子。

我忍不住夸赞他，道："想不到你撒谎还挺有一套的……"

他冷声道："我没有说谎。"

我吃了一惊，停步问道："什么意思？"

"我到书房时，正好遇到御驰山庄的人来传口讯。"

我怔住了："这么说，这个消息是真的？"

他点了点头。

我傻眼了：还真是屋漏偏逢连夜雨！事情都赶到一起了。

"那我不回御驰山庄了。现在回去，他们一定会要我去找林千易。"

"他们派人来传口讯，应该就是这个意思。"

"那我还怎么去找解药。"

他沉默不语。

我真的着急了，对他道："你别像个木头，赶紧帮忙想个办法啊？"

"没有办法。"

看来指望不上他了。我无奈道："这样吧，我不回御驰山庄，直接出关。你就说我去找林千易了。"

凤鸣尚未答话，已有一个声音道："不行！"

艳少不知何时已站在身后，微笑道："疏狂，你心里想什么，我都知道。"

我见已被他识破，也就不再兜圈子了，直接道："那你应该立刻随我出关，去找解药。"

他微笑着摇头："现在不是我们出关的时候，你还是先回御驰山庄一趟。"

我赌气道："林千易的生死，关我什么事？我又不是真的容——"

"不！"他打断我，加重语气道，"此刻，你是御驰山庄的庄主，江湖人的目光都在看着你。"

他忽然轻叹一声："我当然不希望你离开，但我们身在江湖，就有一些不得不去做的事情。"

我微微一愣，随即明白过来。

是的。我是方怡，不是容疏狂，但我的灵魂不能脱离她的肉体而独立存在，她的身份、地位、社会关系就是对我的约束，她的形象、口碑、声誉都将直接影响在我的身上。

我苦笑道："长恨此身非我有！"

他微笑："你很聪明。"

我走过去，握着他的手："我舍不得离开你。"

"我会派人协助你。"

"可是你的身体——"

"放心。"他低头，温柔道，"不见到你，我不敢死。"

我心头一热，落下泪来。他转身不看我，道："速去速回。"

第三章
冲冠一怒

　　我踏入御驰山庄的别院大厅,就见宋清歌、蓝子虚等人都在,显然对林千易的消息非常重视。蓝子虚一见我,便道:"山西分舵传来消息,发现沈醉天的踪迹,随行一人极有可能就是林老庄主。"

　　"沈醉天现在何处?"

　　"两天前已经由临汾出发,即将进入太原。"

　　"那四个老怪还跟他在一起吗?"想起那四个老怪,我还是心有余悸。

　　"暂未发现逍遥四仙的身影。"

　　"那我们即刻出发,去太原救义父,让沿途的兄弟们配合行事。"

　　宋清歌问道:"庄主要亲自去太原?"

　　"事关义父生死,我绝不能坐视不理。"我故意说得大义凛然。

　　"那份名单怎么办?朝廷方面盯得很紧,眼下已是四月中旬,时间紧迫……"

四月中旬？我突然感到脑袋里像有一道闪电劈过，连忙打断他，道："等一下！"他们都是一愣，吃惊地看着我。室内静默。

我沉思半刻，忍不住笑了起来。他们几个全都面面相觑。我又思忖了半晌，终于成竹在胸，对蓝子虚道："你去告诉左旺纯，一个月后，我一定交出名单，请他稍安毋躁！"说完，又吩咐燕扶风，"燕大哥，你随我去太原！其余人按兵不动。"

宋清歌道："沈醉天武功了得，庄主此行不可托大，不如由属下和三位坛主……"

"不必！"我打断他，"有燕大哥就行了，你们还有更重要的事情要做。"

他奇道："更重要的事？"

我点点头。他待要再问，蓝子虚抢先问道："请恕属下多嘴，庄主此去太原，凶险难料，如何能保证一个月后交出名单？"

我微笑道："届时我自有办法。燕大哥，你去打点一下，我们今晚就出发。"

燕扶风应声去了。

宋清歌道："庄主，那件更重要的事是？"

其余三人也是一脸疑惑。我看着他们，道："当然是朝廷要的那份名单，此事我已经有了计划，但眼下还不宜多说。只要我们能办好这件事，朝廷将永远不会再找御驰山庄的麻烦。"

宋清歌拧紧眉毛，待要追问。我伸手阻止他，用一种前所未有的严肃语气说道："这半个月内，不论发生任何事，你们在座的四个人，绝对不可以离开济南半步。我到时会给你们消息，一旦收到我的飞鸽传书，你们必须立刻按照我的意思执行，如有违抗，驱逐出庄！"

他们四人闻言面色丕变，互看一眼，半天没有说话。我沉下脸，语气尽量威严地说道："你们都听明白了吗？"

宋清歌率先回过神来，颔首道："是！"

其余三人也齐声道："属下明白！"

我想了想，又道："对了，有少辞的消息吗？"

四人神色一黯。蓝子虚摇了摇头。

我暗自叹息：这小子到底去了哪里？现在正是需要他的时候。

宋清歌忽然道："庄主要去太原，楚天遥那边……"

"已经安排妥当了。"

他面色微变，欲言又止，道："那么庄主跟楚天遥……你们之间……"

"我们没事！"

"可是……"

"疏狂，都准备好了！"燕扶风带着包袱风风火火地闯进来，"随时可以出发。"

"好！"我点点头，场面话还是要说的，"山庄的事就有劳各位了！"

四人齐声道："庄主保重！"

当晚，我们由济南出发，经河北边界直奔太原，接连两日，马不停蹄。进入太原城时，天色已晚，街上华灯盛放，别有一番风情。

明朝初期，朱元璋扩建太原城，为九边重镇之一，用来阻止彪悍的蒙古骑兵入侵，更曾派遣大将蓝玉率十五万大军深入北方，征讨北元，想要肃清沙漠。我们刚进城，便遇到接应的分舵兄弟，据悉林千易已安全回到分舵会堂。我大吃一惊，燕扶风也颇为惊骇，我们随即打马直奔分舵。

临进门的一刹那，我忽然有些胆怯，莫名有些害怕面对林千易。他是容疏狂的养父兼严师，只怕不是那么容易应付的。千万不能露出马脚，所谓言多必失，我须谨慎。

一身灰袍的中年男子，正在厅堂的太师椅上闭目静坐，听到脚步声亦不曾抬头。燕扶风恭敬地站在一旁，不敢出声。那句义父，我一时叫不出口，只得和燕扶风一起在旁边站在。

据林少辞的说法，林千易应该是一个权力欲很强的人，可是他看起来不像，五十三岁的人，看上去只有四十来岁，身材消瘦，面容清癯白净，年轻时想必也是个美男子。静默良久，他方才轻舒一口气，慢慢睁开双眼，看着我们点了点头，没有说话。这是一双很犀利的眼睛，看得我心头一紧，满肚子的疑问到了嘴边又咽了下去。

"疏狂，听说你中毒了，没事吧？"他的声音很温和，给人的感觉却很疏离。

我连忙答道："没事了！"

燕扶风吃惊地看着我，脱口道："你中毒了？什么时候的事？"

我正要说话，林千易忽然咳嗽两声，道："这段日子辛苦你了，楚天遥那边的情况如何？"我一时不知如何作答。林千易继续问道，"他近日调集各路高手前往济南，想干什么？"

艳少调集高手去济南？我对此毫不知情，老实答道："不知道。"

林千易看着我，微微皱眉，道："那份名单呢？"

我回道："名单还没找到。"

他目光锐利地盯着我，冷冷地道："是没找到，还是找到又被人抢了回去？"

我暗暗吃惊。他失踪了两个月，音讯全无，但对于我的事却好像了如指掌，真是一个很厉害的角色。不过，你再厉害，恐怕也不知道那份名单是伪造的吧。我心里得意，却丝毫不敢大意，恭敬地答道："是找到了，又被他们抢了回去。"

他貌似随意地继续问道："那楚天遥没对你怎么样吧？"

此话一出，燕扶风忽然神色一变，奇怪地看了我一眼。

我感觉莫名有些发寒，正不知如何回答，他又问道："楚天遥是一个什么样的人？"

楚天遥是个什么样的人？我认真地想了想，他很复杂，有许多面，时而温柔，时而冷酷，我也不知道哪一个才是真正的他。我从没见过他召见属下，除了凤鸣飞舞，我就只见过一个云景，他几乎足不出户，却无所不知。林千易看着我，脸色阴沉如冬日欲雪天。我避重就轻道："他很神秘，比江湖传说的还要可怕，对我诸多堤防。"

他那双鹰隼锋利的眼睛盯着我，忽然道："你明天就回济南去，尽快拿到名单。名单到手后，暂时不用交给朝廷！"

我有些意外，问道："为什么？"

"照我说的去做。"他的语气蓦地冷硬起来，顿一顿，又补充道，"南京的那个人羽翼未丰，不至于太过明目张胆，目前的损失，御驰山庄也还能承受。"

我点点头，不再多问，心底却是疑云暗涌：他失踪的这段日子到底发生了什么事？为何态度转变的如此之快？

他沉默片刻，道："夜深了，你去休息吧。"

我只得应声告退。回房正欲推门，眼前忽然闪过一个灰影，我迅疾伸手一探，却是一只灰鸽。从鸽腿上抽出纸条，打开一看，是艳少的来信，笔迹隽秀而见筋骨——一切照林千易所说行事，不可轻举妄动。

我捏着纸条躺在床上，翻来覆去想了半天，也想不通他这两句话究竟是什么意思，还有林千易，他究竟是怎么从沈醉天的手里逃脱的？不过，他既安然无恙，我首要任务还是出关寻解药，岂能就此回济南？一想到解药，我顿时心急如焚，抬脚踢掉棉被，起床收拾行李。容疏狂或许是个很听话的人，我方怡可不是，管你什么御驰山庄、鬼谷盟，我得要出关去找解药。

我背上行李，奔到马厩，挑一匹毛色纯黑的骏马，悄悄牵了出来，一抬头，就看见了燕扶风。他静静地看着我，不说话。我内心一紧，故意装作若无其事地打招呼："燕坛主，这么晚还不睡？"

他不答反问："你要去哪里？"

我面不改色，道："睡不着，正准备牵马出去溜一圈。"

"林老庄主要你回济南。"

"我知道。"我故作轻松道，"不是明天吗！你也一起回去吗？"

他看了我一会儿，忽然道："疏狂，你偷名单的事败露，楚天遥为什么会让你安然离开呢？"

我佯怒道："你这是在怀疑我吗？"

"楚天遥一向心狠手辣，却再三对你留情，不得不叫人感到奇怪。"

我顿时头大，一向粗枝大叶的燕扶风忽然有了这样的疑问，自然是因为林千易晚上的那句话，他确实很擅长拿捏人心。我决定先发制人，于是沉下脸来，拿出庄主的威严，道："燕坛主，我还是不是御驰山庄的庄主？"

"当然是。"

"那你为何无故怀疑我？"

"属下不敢！只是咱们身处险境，不得不谨慎行事。"

"这个不用你来提醒！"我哼了一声，为了取信于他，我只得将原本的计划提前，于是从怀里取出一封早就写好的信，"我这里有一封信，事关御驰山庄的存亡，要交给宋清歌去执行，你……"

他不等我说完，便道："老宋正在赶来太原的路上。"

"你说什么？"我大吃一惊，"我离开济南时分明吩咐过他们原地待命。"

"老庄主前两日已经飞鸽传书，命他和天羽、无极快马赶来太原，算起来他们应该快到了。"

我顿时气得浑身发抖。林少辞说得果然没错，容疏狂不过是个傀儡庄主，他们真正听命的人是林千易。他叫我回济南，暗地里却把他们调来太原，显然是有事不想让我知道。既然这样，我也不屑于做这个庄主，再去管他们的死活。"好！很好！"我怒极而笑，将那封信重新揣进怀里，冷冷看着他，一字一句道，"从现在开始，我不再是御驰山庄的庄主。你我就此分道扬镳，两不相干。"

他大吃一惊道："疏狂，你这是什么意思？"

我不再看他，翻身上马，绝尘而去。这群蠢货，害我浪费了许多时间和精力，以后你们爱怎么玩就怎么玩吧，我没空陪你们了！我一路披星戴月，打马疾驰，直奔北方。假如路线没错，我将经忻州，达朔州，然后出关。

约莫过了三个时辰，天上的群星渐暗，夜黑如墨，眼前忽然出现一座山峰，也不知是什么地方。我停下来，放马在山下吃草，找一块干净的石头坐着，满腔怒火仍不能平息，实在替容疏狂不值，林千易不顾她的意愿和幸福，利用她，架空她，就凭着他对容疏狂的养育之恩？呵！这个投资还真是稳赚不赔！

我平复一下情绪，心想算了，目前最重要的是找解药救艳少！以我这个地理白痴，想要出关恐怕有些困难，为确保万无一失，明天得花钱雇个向导。我叹了口气，站起来牵马欲走，忽听不远处马蹄急响，正朝这里疾奔而来我一惊，立刻找一棵枝叶茂盛的树，跃上去藏好。

两匹快马率先到达山下，后面的四匹紧随其后，马上的人全部黑巾蒙面。其中一人道："马还在这里，人肯定走不远。"另一人长刀出鞘，低喝一声，让大家小心。六人翻身落马，动作干净利落，整齐划一，看起来均是一流高手。

我吃了一惊，这几人来意不善，分明是冲我来的，可他们怎么会知道我在这里？我离开时，除了燕扶风并无外人知道，难道……我不敢想下去，禁不住打了一个哆嗦，树叶簌簌作响。

蓦地，一道寒光直奔我的藏身之处飞过来。

我连忙挥袖扫掉，翩然落地，喝问："你们是什么人？"

六人均不答话，一起飞身扑过来，招招致命，出手刁钻古怪之极。

我不敢大意，一双手不像是我自己的，挥舞得停不下来，忽然手指触到一把冰凉的刀锋，几乎本能地曲指急弹，对方闷哼一声，弯刀脱手而落。我顺势抄起，兵器在手，威力大增。

一阵厮杀，六人死了四个，另外两人挂彩，却兀自不退，凶悍得很。我应付起来也颇觉吃力，横刀逼退两人，喝道："你们究竟是什么人，为何杀我？"

他们仍不答话，只顾拼命。

"你们既自寻死路，就怪不得我了。"

我冷笑一声，飞身而起，奋力挥刀横斩，顿时杀气暴涨，平地生狂风，落叶逐风舞。两人顿时萎地不起，双目圆睁，片刻后，"咔嚓"两声轻响，两颗脑袋从肩膀上滚落下来，鲜血倾流而出。

我忍不住惊叫一声，退后两步，想不到这裁云刀法竟如此霸道？

此刻夜寒风冷，我在山上傻坐着，鼻端仍能闻到一股浓郁的血腥味，一阵阵反胃，几欲呕吐。记忆顺风而来，林少辞的话在耳边回响——

"他将你嫁给楚天遥，你若能盗得那份名单，他便可以借此胁迫楚天遥。你若失败被杀，他正好名正言顺地继续掌管山庄。谁料他低估了对手，楚天遥比他想象中的厉害，哈哈……"

"一切照林千易所说行事，不可轻举妄动。"艳少忽然传这句话给我，难道他已经料到此事? 我将事情仔细想了一遍, 越发觉得心寒。假如这六人真是御驰山庄的人, 那么林千易就实在太可怕。不能再耽搁了, 必须立刻出关。

那马受了惊吓, 早已跑得不见踪影, 我只好顺山路往北方走。

我一路翻山越岭, 直到东方泛白, 才见到一个小镇。黎明的镇上悄无声息, 街上只有两只野狗晃悠。我拍开一家客栈的门, 上床倒头就睡。梦里有许多支离破碎的脸, 和无数的断肢残腿纠缠着我, 我撒腿狂奔, 却总也甩脱不了, 惊骇的叫声哽在喉咙里出不来, 最后全身汗湿的醒过来。

外面天光熹微, 人声稀少, 分不清是破晓, 还是黄昏。我长长出了一口气, 仰头重新倒下去, 头尚未靠到枕头, 立刻又弹了起来。

静谧中, 有人嗤笑了一声。

我惊叫道: "是你, 你想干什么? "

沈醉天轻轻放下茶杯, 俊美如神祇般的脸上挂着一抹优雅的微笑, 高贵而泰然: "我想跟容姑娘谈一笔交易。"

我冷笑道: "我跟你能有什么交易可谈? "

他悠闲地喝着茶, 笑道: "容姑娘大概还不知道吧。御驰山庄已经通告江湖, 你被逆贼楚天遥迷惑, 背叛御驰山庄, 不再是他们的庄主了。"

我一愣, 随即有股怒火直冲脑门, 气得七窍生烟。林千易竟然如此卑鄙。

沈醉天笑道: "容姑娘不必动怒, 江湖本就是尔虞我诈。"

我努力控制情绪, 平复心情, 冷笑道: "动怒? 姑奶奶我压根就不稀罕这个庄主。"

他微微一怔, 似乎完全出乎意料地说道: "这么说来, 容姑娘和楚天遥是真心相爱? "

"是又如何? "

"是的话, 这笔交易就好办了。"

"自说自话! "我冷哼一声, 起床穿鞋。

"这笔交易容姑娘一定会有兴趣。"

"是吗？"我穿上外衣，"说来听听？"

"有关汉王所图之事，沈某或可助一臂之力，前提是楚天遥必须说服汉王答应我的条件。"

我冷冷地道："这与我何干？你直接去找他们谈呗。"

"实不相瞒。"他叹息一声道，"我确实派人找过楚先生，但遭到了拒绝。而汉王又只听楚先生的。"

"他既然拒绝了，就没人能说服他。"

"我相信容姑娘一定可以。"

"你高估我了。"我拿起行李。

"容姑娘这是拒绝我了？"他的声音里有了一丝不寻常的味道。

我停下来，转身看着他，十分不解，"沈醉天，你一会儿攻打碧玉峰，一会儿又想帮汉王谋反，你到底想要干什么？"

他的脸上仍挂着微笑，俊秀容颜堪比神祇，却给人一种莫名阴冷诡异的感觉："容姑娘，我劝你还是考虑一下，因为这笔交易关系着一条人命。"

"什么意思？"我皱起眉头。

"我实话跟你说了吧。"他站起身，冷冷地道，"今日这笔交易若是谈不成，只怕姑娘就要命丧于此了！"

我怒极而笑："沈醉天，你何以如此自信？"

"容姑娘不妨一试？"

我暗运内力，顿觉全身酥软，一点力气也提不起来："你对我做了什么？"

他微笑道："对付姑娘，沈某确实没有十分的把握。这是最普通的酥软香，只是分量有点多。"

我想了想，道："即便我今天答应了你，日后若是反悔，你又能如何？"

他点头道："这是实话，但是只要有一线机会，沈某都不愿意放弃。"

我坐下来，道："说说你的条件。"

他在我对面坐了，微笑道："沈某相助汉王，大事若成，沈某要求拜相封侯。"

我冷笑道："大事若成，拜相封侯自是理所当然，只怕你没有这个能力。"

他会心一笑，道："容姑娘能这样想，真是太好了。"

"不过据我所知，此事绝不会成功，明史上也绝不会有'沈醉天'这三个字。"

他微微错愕，随即嗤笑道："容姑娘好像有未卜先知的本领，不过，明史没有'沈醉天'这三个字也是正常的，因为——"他话锋一转，道："沈醉天并非我的本名。"

我好奇道："是吗，那你到底是谁？"

他冷冷地道："我是谁并不重要。重要的是这笔交易，容姑娘是否答应？"

我沉默不语。汉王谋反一事，明史早有定论，艳少固执的要扭转乾坤，现在沈醉天也异想天开的要插上一脚。我倒要看看你们能折腾出一个什么结果？"好！我会和楚天遥说这件事，但是，不保证一定成功。"

他大笑起身，道："沈某先谢过姑娘了。"

我冷笑道："我既然答应了你的条件，你是否也该表示一下诚意？"

他微微一愣："诚意？"

我提醒他："关于林千易，你没有什么要说的吗？"

"哦，这件事……"他无所谓地笑了笑，"林千易以为是他自己逃脱的，实际上，是我故意放走了他。"

"为什么？"

"因为我突然发现，放了他的好处比关着他要多。"他看着我，悠悠笑道，"若非是他，容姑娘又怎么会答应这笔交易呢？"

我忍不住给他泼冷水："八字还没一撇，你高兴得太早了。"

他一笑置之，道："时候不早了，我们启程吧！"

我一愣，道："启程去哪里？"

"御驰山庄悬赏万两黄金，对姑娘下了追杀令。此刻，姑娘最好早日回到楚先生身边。沈某愿沿途护送，顺便静候姑娘的佳音。"

我顿时全身冰冷。这么说来，昨晚那六人真是御驰山庄的人。林千易果然够狠，至于沈醉天，我重新打量了一下他，他当然也不是什么善类，先是和风净漓密谋打伤容疏狂，随后放走林千易，现在又要助汉王谋反……他的真正目的何在？你既然想要利用我，我何妨也利用一下你。我主意一定，便笑道："那么就劳驾沈公子了。但是，我们不回济南。"

他微微一怔，道："不回济南，去哪里？"

"我有点事，必须出关一趟。"

"出关？"

"不错！"

他皱眉道："容姑娘，现在要你这颗脑袋的人，不仅仅是御驰山庄而已，万两黄金足以令很多人疯狂。"

"你要害怕的话，就慢慢等我的消息吧！"

我背起包袱，转身去开门，门刚一打开，立刻有一股凌厉的杀气扑面而来，数支利箭凌空射来，劲道刚猛之极。我待要挥袖去挡，双臂却一点力气也使不出来。电光石火间，沈醉天抱着我急退，衣袖轻甩，两扇门砰地关上，数支利箭一起钉在了门板上。

我瞪大眼，沈醉天俊美的容颜近在咫尺，星眸中笑意满溢，似乎在说，怎么样我说得没错吧。

我恼羞成怒，喝道："快放手！"

他不但没有放开，反而一个俯身将我压在地上。一瞬间，无数的短箭从窗口屋顶四面八方射进来，明亮深寒的一片白芒，好似突如其来的狂风暴雨般激烈迅猛。沈醉天躺着地上没有动，只是伸出两只手，将那些投射进来的短箭尽数接下。

我看着他的手，很是惊诧。我从不知道，一个人的手可以灵活到如此地步。

他将手中的箭反掷回去，紧接着就听到院内一片短促而凄惨的叫声。

片刻后，四周重归寂静。

我惊魂稍定，轻轻出了一口气："现在可以起来了吧？"

他看着我，忽然伸手摸了摸我的脸："原来你害怕的时候，还是有些女人味的。"

我吓了一跳，警惕道："你想干什么？"

他俯下头，温热的气息直喷在我的脸上，轻佻的低笑出声："你说呢？"

我连忙偏过头，叫道："你不要乱来啊！我可是有夫之妇！"

我话没说完，他已经大笑着站起身。我抚胸喘息，瞪着他不语。

他笑道："你还不起来，莫非是很期待我——"

"闭嘴！"我轻喝一声，爬起来拍拍屁股，"我已经答应了你的条件，快把酥软香的解药拿出来。"

他像听到奇闻般看着我，道："酥软香是最普通的迷香，时辰一到自然失效。"

"那要到什么时候？"

他耸耸肩，表示不知道。

我怒道："你好歹也是鬼谷盟的大当家，居然用这么下三烂的手段。"

他一脸鄙夷地反唇相讥道："我也没想到这么普通的手段居然能迷倒你这样的老江湖，看来爱情确实是会令人昏头的……"

我无言以对，容疏狂是老江湖，我方怡又怎么会知道这些江湖手段。

他不再理我，径自出门，道："你再不走，只怕就走不了。"

我连忙跟了出去。

第四章
山重水复

　　一天之内，我们遇刺七次，杀害人命十三条。这些江湖死士伪装成商人旅客，马夫，伙计进行刺杀，其中居然还有一个倭寇。看来万两黄金的魔力确实很令人疯狂。幸亏有沈醉天同行，否则以我的江湖经验早就死过七八回了。

　　第二天晚上，我们踏上阳曲县的地界，投宿凤翔客栈。

　　晚饭的时候，沈醉天终于问道："你到底出关干什么？"

　　我吞下一口饭，道："找人要解药。"

　　他继续追问："什么解药？找谁要？"

　　我一口菜送到嘴边又停了下来。这个王八蛋还敢跟我装蒜，他串通风净漓给容疏狂下的毒，现在居然一脸无辜。"你自己做的事情，还装什么蒜？"

　　他皱眉道："你在说什么？"

　　我放下筷子，冷笑道："那日在姑苏虎丘，要不是你叫风净漓给我下毒，我又怎么会轻易给你打伤？"

他闻言一滞："你中毒了？"

我懒得理他，低头继续吃饭。

他一把夺下我的碗，盯着我冷笑道："容疏狂，我提醒你，不要跟我玩什么花样。"

我大怒，正要发火，忽然灵光一闪，于是改口道："这么说，你不知道我中毒的事？"

他微微一愣，哼道："我沈醉天岂是敢做不敢当的人。"

我一愣，假如沈醉天根本不知道我中毒的事，那么林千易是怎么知道的？知道这件事的人寥寥无几，风亭榭已经死了。照那晚的情况看，燕扶风也是毫不知情。

"什么人这么狠毒？要至容疏狂于死地？"

"她挡了别人的道，自然有人要她死！"

容疏狂挡了谁的道？林千易？他发现我不再乖乖听话，不再受控制，所以找个借口来追杀我？莫非艳少要我一切照林千易所说行事，不可轻举妄动，是这个意思？艳少说，毒被人临时调包了。那么这个调包的人又是谁？宋清歌？我把事情从头到尾的想了想，似乎也不太像，他充其量是怀疑我性情大变，并没有其他迹象。

那么就剩下一个人：柳暗！她不过是一个丫头，却完全不把我这个庄主放在眼里，难道说她背后的靠山是林千易，所以才有恃无恐？我推理出一个结果，不由得大为激动，猛地一拍桌子，脱口叫道："是她，一定是她！"

沈醉天正在倒酒，被我这一拍，酒水洒了一桌子，看着我道："谁啊？"

我不理他，慢慢恢复平静，越想越觉得林千易可怕。难怪林少辞叫我跟他走，或许他早就看出自己的父亲居心叵测？我重新拿起筷子，立刻又放了下来。不对啊！艳少说，这毒来自白莲教。难道林千易是白莲教的人？难道他和唐赛儿之间会有什么关系？他将宋清歌等人调来太原，莫非还有别的原因？

沈醉天看着我，眉头越皱越紧，曲指敲了敲桌子："你到底在想什么？"

"没什么。"

他怀疑的提高嗓音："没什么？"

"快吃吧！"我随手端起杯子，仰头喝下去，到了喉咙又一口呛了出来，剧烈咳嗽起来，"这么辣——"话没说完，我就愣住了，只见沈醉天一张英俊的脸上满是水珠，外加几粒米饭。

"对不起啊！"我连忙拉着衣袖替他擦脸，却被他一把打开了。

他站起来，擦了擦脸，像看怪物一样看着我："吃没吃相，坐没坐相。容疏狂，我真看不出来，你有哪一点像个女人，楚天遥竟会被你迷得晕头转向。"

我不过是呛了口酒，至于讲得这么恶毒吗？我故意长叹一声，慢悠悠道："或许是因为我在床上比较像一个女人。"

他难以置信地看了我半晌，然后走了出去，抛下一句话道："晚上别睡得像头猪。"

夜里，我躺在床上，开始想念艳少，思念潮水般涌来，我想爬起来狂奔回去，毕竟关外这么大，鬼知道风净漓和她师傅究竟在哪里？就算找到了她们，也未必能拿到解药？我应该好好和他守在一起的，不错过一分一秒的相处时光。想到这里，我冲动之下立刻起床穿衣，直奔下楼，到后院的马厩去牵马。

真牵出了马，我又犹豫了——眼看就到关外了，怎能就此放弃？事关艳少生死，哪怕只有一点点的希望，也该努力一搏，岂能半途而废？我徘徊良久，最后终于仰天长叹一声，转身回到后院，拴好马，垂头丧气地上楼。

"不是要走吗？怎么又回来？"沈醉天站在楼梯口，目光阴沉地望着我，脸色比关外的月光还要冷。

我没心情和他斗嘴，叹道："睡吧，明天早点上路。"

他忽然一把攥紧我的胳膊，寒气逼人的目光冷冷地盯着我，咬牙切齿道："别耍花招。"

我点头道："放心吧。"

他仍不放手，逼问道："你到底想干什么？"

"想睡觉啊老兄。"

他疑惑着松开手，我正要回房，忽觉腰间一紧，下一秒，人就到屋顶上。我尚没反应过来，便觉一阵夜风卷过，空气中有衣袂摩擦的细碎之声。

有人叫道："臭丫头，快出来受死。"

这个杀手够猖狂的，这么明目张胆地跟我叫板。我迷香已解，怕你不成。我待要跳下去解决他，沈醉天将我的头一按，轻喝道："别动！"他话音未落，便听得一缕暗器破空的鸣声，随即是一阵叮叮当当的脆响。

一个熟悉的声音冷哼道："崆峒老怪，我不想跟你纠缠，你别欺人太甚。"

我一听这声音顿时欣喜若狂：风净漓，我正要找你，你就主动送上门来了，真是天助我也！

清冷的月光下，逼仄的小巷里有两道身影正打得难解难分。一个胡须花白的老头，身材矮胖，像个陀螺一样随着风净漓的剑光翻滚。风净漓剑式精妙轻灵，每一招都含了三个必杀后着，却怎么也刺不到那老头。两人你来我往，一时难分胜负。

风净漓久斗不下，显得很着急，怒道："臭老怪，你为何一再纠缠我？"

老头怪笑一声，道："嘿嘿，急着去找你的小情郎吗？他已经死了。"

风净漓急退数步站定，颤声道："真的？"

老怪冷笑道："落在天池三圣的手里，他还能有活路吗？"

我吃了一惊，她的小情郎，说的肯定是林少辞，天池三圣又是什么人？

风净漓闻言奋力刺出一剑，咬牙道："他死了，我就要你陪葬。"

她受了刺激，出手不遗余力，完全是一副拼命的架势。那崆峒老怪掌风稳健，细密绵长，两手挥舞得滴水不透。我看了一会儿，觉得风净漓要败，立刻拣了两颗石头弹向那老怪——风净漓若是死了，我找谁要解药去。

那老怪闪身避过我的石子，肩膀顿时被风净漓的长剑划出一道血痕。他急退数丈，怒喝道："什么人？竟敢暗中偷袭？"

我自屋顶纵身掠下，笑道："你一把年纪了，欺负人家小姑娘，也不害臊。"

风净漓见到我十分意外，道："容疏狂？"

崆峒老怪一听，两只绿豆般的眼睛盯着我看了会，语气竟比风净漓还意外，"你就是容疏狂？"

对于他的这种眼神，我深感冒犯，冷着脸道："没错，有何指教？"

他不答话，只是将我重新打量了一番，忽然飞身而起，凌空翻了两番，就不见踪影了。

这倒出于我的意料：看来容疏狂还是有点名头的。我转过身，看向风净漓，开门见山地说道："风姑娘，请将解药交出来。"

风净漓面色微变，却并不辩解，忽然扭头就走。

我连忙拦住她，道："不交出解药，我不能让你离开！"

她面如寒霜，冷冷地道："容疏狂，你杀了我哥哥，居然还敢妄想解药？"

"我何时杀你哥哥？"

"虽不是你亲手所杀，但他却为你而死。"

风亭榭的死，我确有一些责任，但此时此刻，我绝不能示弱："他究竟是为谁而死，你我都心知肚明。你非要把这个罪名加在我头上，我也无话可说。但是，你今日不交出解药，就别想离开。"

"容疏狂，我现在没空跟你纠缠，快让开，否则我就不客气了。"

"那就动手吧！"事关艳少，我的耐心也是很有限的。

我说着迅疾出手，伸指点她胸前大穴。她立刻横剑削我手掌，我翻腕去夺她的剑。她似乎很着急离开，每一招夺命之后就想掠走。可惜我也下定决心，拼了命也要留下她，绝无可能让她逃脱。

终于，她一剑刺出，叫道："解药在林少辞身上。"

我一惊而退，问道："怎么回事？"

她面色绯红，微微轻喘地看着我，眸中竟是怨毒之色："天池三圣打伤了我师傅，他乘机抢走了解药。"

"你把话说清楚点。"

"这半个多月，他一路追踪我们，说你中了我的毒，非让我们交出解药。可我当日不过是下了点普通迷药而已。如今你身手矫健，还装什么中毒？"她说着面露鄙夷之色。

她不知道自己的迷药被人调包，我也懒得跟她解释。

"少辞现在哪里？"

"崆峒老怪说他被天池三圣所擒，我正要去救……找他。"她忽然改口，一字之差，意思却绝不相同，故意语气凶狠地补充道，"他抢我师傅的东西，我一定要拿回来了。"她那点心思，路人皆知，还遮遮掩掩的。

我又问道："天池三圣是什么人？"

这时，沈醉天从屋顶掠下，接口道："天池三圣乃是昔日的江湖高人，十八年前，他们忽然退出江湖，隐居漠北天池山，江湖人称天池三圣。"他看着风净漓，问道，"他们已有多年不问江湖中事，为什么要打伤你师傅？你师傅又是什么人？"

我也好奇地看着她。假如艳少猜的没错，她师傅很可能是白莲教主唐赛儿。

风净漓冷笑道："师傅就是师傅。她老人家的名讳，我也不知道。"

她说完疑惑地看了看我们，问道："御驰山庄与鬼谷盟势同水火，你们怎么会在一起？"

沈醉天微微一笑，道："天下没有永远的朋友，自然也没有永远的敌人。我与容姑娘此刻是友非敌。"

"容疏狂，我改日再和你算账。"她忽然丢下一句话，转身就走。

我忙追上去，叫道："我和你一起去。"

沈醉天道："容疏狂，合我们三人之力，也未必是天池三圣的对手。"

我道："既然解药在少辞身上，少不得要试一试。"

他问："你到底中了什么毒？"

我不能告诉他中毒的是艳少，只得搪塞道："剧毒。"

他奇道："你看起来很好，确实不像中毒。"

我怒道："你又不是我，怎么知道我很好。"

他不说话了。

一路上，风净漓一言不发，飞身如电。我们跟着她走了半天，也不知道她究竟要往哪里去。

沈醉天道："风姑娘，那崆峒老怪为何纠缠你？"

"我怎么知道？"她的语气很冲，"我追着天池三圣入关，刚到朔州，就被他缠上了。"

沈醉天闻言沉默不语，俊颜如铁。

约莫一个时辰，我们来到一个叫杏花镇的地方，风净漓忽然停住，不走了。此时夜色清明，天幕上几颗星辰闪烁，好似一双双深邃莫测的眼睛俯视人间。

我问道："天池三圣在这里？"

她不理我，绕着小镇走了一圈，什么也没发现，又回到了原地。

沈醉天忽然道："风姑娘，天池三圣为什么要打伤你师傅？你师傅究竟是什么人？"

她怒气冲冲道："跟你说了不知道。"

沈醉天脸色一变，似乎想发火，终于忍了下来。我待要说话，忽听一阵劲急的马蹄声，朝这里疾奔而来。我们三人一愣，随即不约而同地飞身掠上屋顶，伏下身子暗中窥视。

夜色下有七匹快马宛如离弦之箭般飞入长街，马上的人均是短装打扮，为首两人赫然竟是宋清歌与萧天羽，其余五人皆是白袍裹身，白巾遮面。

宋清歌忽然勒马不前，问道："你确定他们是在这里？"

身后一人道："错不了！天字组的风影使亲眼看见他们三个进了这个镇子。"

我听得莫名火大，宋清歌竟亲自带人来追杀我？

"分头搜查！"宋清歌一挥手，六人分成两对，各自打马而去。

沈醉天侧头看我，我知他的意思，作了一个无奈的表情。风净漓不明所以，睁着一双大眼冷冷看着街上。

片刻后，六人纷纷回来，均道：没有发现。宋清歌沉默不语。蓦地，东南方向一声轻响，幽蓝的夜幕下，升起一蓬烟火，红蓝青紫交替闪烁，煞是好看。

宋清歌喝道："他们往东去了，快追！"

瞬间，一队人马走得无影无踪。

我顿时有些摸不着头脑。看来，他们要找的人不是我，而另有其人。

"奇怪，他们这是要追谁？"

沈醉天忽然道："莫非是天池三圣？他们得到消息，赶去救林少辞？"

他话没说完，风净漓已纵身窜了出去。我与沈醉天立刻紧随其后，追着月光下的一缕尘烟，奔行了大半个时辰。但是轻功再好，终究比不得骏马，他们渐渐失去踪迹。

这时，天色泛白，东方隐隐透出一丝亮光，苍茫的雾霭中隐约有个村庄。我们都有些累了，尤其是风净漓，整夜奔波不曾合眼，神态极为困乏凄楚，显然是很挂念林少辞。我忽然有些理解她，世间由来痴情苦，她不过是爱上一个不爱她的人。

我劝慰她道："宋清歌既然已经赶过去，林少辞想必没什么危险。我们不如先休息一下。"

沈醉天点头，率先朝最近的一户农家走过去。风净漓冷冷地看着我，不置可否。我看得出她敌意很深，笑了笑道："我既然嫁给了楚天遥，自然不会再和林少辞有什么瓜葛。以前的事不过是一场误会。"

"误会？"她冷笑道，"我哥哥因你被楚天遥所杀，你敢说这是一场误会？"

"因为我？"我苦笑，"他身为皇太子的侍卫，即便没有我，楚天遥就不会杀他吗？"

"你怎么知道他是——"她吃惊地看着我，忽然住口。

我正欲卖弄一下，脑中忽然灵光一闪——这件事或许可以托付风净漓去办，她是风亭榭的妹妹，最合适不过。我思忖一会儿，上前一步，盯着她的眼睛，问道："风姑娘，你可知你哥哥生前最大的愿望是什么？"

她冷冷地道："与你何干？"

我忽略她的态度，循循善诱道："他希望能阻止汉王谋反，保太子顺利登基。"

她沉默不答。

我继续道："假如我告诉，我可以帮他完成这个愿望，你相信吗？"

她不明所以，冷笑道："你到底想说什么？"

我诚恳地看着她，道："风姑娘，你若相信我，眼下我有一件非常重要的事想拜托你。"

"什么事?"

我走到她身边,压低声音将事情说了。

她听完呆若木鸡,瞪着一双眼睛看我,"容疏狂,你这是大逆不道,要诛九族的……"

我表现得异常严肃:"这事千真万确!而且十万火急,一旦耽搁,后果将不堪设想。"

她仍是满脸惊骇,久久回不过神。

我握住她的肩膀,沉声道:"这是你哥哥生前未完的遗愿。"

她冷笑道:"我怎么能相信你?我怎么知道这是不是一个陷阱?"

我苦笑道:"风姑娘,你是个明白人,我不妨坦白地告诉你,我爱楚天遥,只想和他归隐江湖,过安稳日子,我不愿他再参与谋反这件事,最好的办法,就是彻底断了汉王的念想。"

"那你跟林少辞……"

"绝无可能!"我斩钉截铁道,"此刻我已非御驰山庄的庄主,我们之间再无瓜葛。"

她再次沉默。

我继续道:"这一次我若能见到他,会跟他把话说清楚。"我从怀里拿出那封信,道,"你若相信我,就拿着这封信去见太子。你若不相信我,我也无可奈何,只有看天意了。"

她转头看着我,目光闪烁,仍是将信将疑。

我长叹一声,道:"算了,一切就看天意吧!"说完作势要撕掉那封信。

她忽然一把按住我的手,双眸清亮地盯着我,道:"好!我就相信你一次。"

我心底紧绷的一根弦终于松开了。

她将信收进怀里,又道:"但我必须先确定林少辞平安无事。"

我点了点头,眼见天色渐亮,金乌将出。

我们在一户农家找到沈醉天。

他道："我已发出讯号，命人追查他们的行踪，不用担心。"

我与风净漓互看一眼，稍觉欣慰。三人吃过早饭，留下两锭银子，起身上路。

晌午时分，鬼谷盟便有消息传来：宋清歌等人出现在离此百里的草坪镇，暂未发现林少辞与天池三圣。我们立刻在集市上购了三匹骏马，直奔草坪镇。途中，每隔半个时辰，便收到一次讯息。如此庞大而迅捷的情报系统，委实叫人惊讶，看来鬼谷盟实力相当雄厚，沈醉天并非浪得虚名。

第三次情报说：宋清歌与天池三圣动手，两死五伤，天池三圣逃脱。我们快马加鞭，不敢稍作停留。午后收到最新消息说：林少辞出现，追踪天池三圣往阳曲县去了。这真让人哭笑不得。我们从阳曲县跑出来找他，结果他们反倒跑回了阳曲县，这是要和我们玩躲猫猫吗？

沈醉天的一张俊脸全黑了，盯着我道："容疏狂，我为你鞍前马后，你可别让我失望。"

我无奈苦笑。风净漓沉默地策马急行。

我们赶到阳曲县时，天色已晚。整条街上一片狼藉，像被暴风席卷过，连只野狗也没有，家家户户没有一点灯光，唯有凄清的晚风斜来，天地间一派肃杀之气。看这个情形，显然是刚刚经历过一场激战。

沈醉天忽然拿出两颗霹雳弹，交给我们，沉声道："我们分头找找看，有情况就放霹雳弹。"

我与风净漓接了霹雳弹，我往左，她向右。我绕到镇后转了一圈，没什么发现，正要回去，忽觉一股凌厉的杀气袭来，当即一惊而起，身在半空，反手拍出一掌，借着掌风的反弹力道飞掠出数丈，谁知那股杀气仍是紧迫逼人，如影随形般追袭不放。我当即甩手抛出霹雳弹。一道灰影急闪，霹雳弹不及炸开便被人一把抄在手里。

一个黑巾蒙面的灰衣人，瘦高身材，招呼也不打一声，上来就动手，掌风逼仄得我喘不过气。我连换八种身形，仍然摆脱不得，随即不退反进，右手闪电般去擒他的腕脉，左手横切他的脖子，喝道："什么人？"

他也不答话，抬手拍出一掌，劲道刚猛之急，有如寒冬风雪扑面，锋利如刀。我急退避过，这才看清楚他手里的兵器，细长微弯，寒光逼人，似剑非剑，似钩非钩。他的招式极为古怪，像牛皮糖一般有股黏性，粘上就甩不掉。

他的功力极深，掌风配合着兵器，好似怒海狂涛般一阵紧过一阵，我几乎给他逼得喘不过气，勉强支撑了一会儿，便觉得内力不继，不是敌手，心里暗暗着急。

莫非此人是天池三圣之一？否则谁有这样高深的武功？我越是着急越是慌乱，忽觉手臂一痛，被他的兵器划出一道血口，血珠滚滚而出，来不及回神，一股雄浑的掌风又贴面而至。眼看这只手掌就要击中我的天灵盖，忽然头皮一凉，有什么东西贴着我的头皮穿过。那灰衣人的手掌一收，急退数步，身子微微一顿，猛然拔地而起，几个起落，消失在苍茫的夜色下。

我回头一看，只见林少辞的持剑而立，黑色长衫飘拂，俊朗容颜如玉，漆黑眸中竟是关切之意，急急问道："疏狂，你没事吧？"

我顿时松了一口气，伸手一摸头发，缕缕发丝掉落，好在脑袋尚在："没事！"

他蹲下身子，撕了一块衣角帮我包扎伤口，问道："刚刚那个人是谁？"

"不是天池三圣吗？"

"不是！"

难道又是一个为万两黄金而来的杀手？我突然想起风净漓，惊呼道："啊，风姑娘？快去看看他们。"

他按住我，仔细系好布条，道："我已见过风净漓，她说有重要的事，先走了。"

我会意：看来她还是相信了我的话。

"沈醉天呢？他在哪里？"

"沈醉天也来了吗？"他微微皱眉，"我没看见他。"

"去看看。"

我们奔回刚才的街上，街道仍是一片混乱，空荡荡不见一个人影。沈醉天已不知去了哪里？奇怪，他不是要随我去济南，等候艳少的答复吗，怎么忽然一声不响就走了？我皱眉不解。

林少辞忽然抱住我，叫了一声："疏狂。"

我吓了一跳，道："怎么了？"

他不答，只是紧紧搂着我，我感觉胳膊隐隐作痛，隔了一会儿，他仍没有松开的意思。我不得不挣脱开来，正欲问他解药的事。突然，他身子一软，俯身吐出一口血来。

我大吃一惊："你受伤了？"

他用力握着我的手，强笑道："小伤，不碍事。"

"怎么回事？"

"解药被天池三圣抢走了。"

我心里立刻升起一股不祥的预感："他们为什么要抢解药？"

"不知道。"他微微摇头，"自从我拿了解药，他们就一路追我入关，在朔州终于被他们得手，我只好又一路追着他们，准备再抢回来，疏狂你的毒……"

他说不下去，微微喘息，看我的眸中隐有莹光微转。

唉，他还不知道我的毒已被艳少化解。我连忙扶他在街边的屋檐下坐了，他垂头闭目，静坐调息。我纵然心急如焚，此刻也万万不敢打扰他。

大约过了两个时辰，他额头沁出汗珠，脸上渐渐有了一丝血色，周身似有一股真气流窜。终于，他睁开双眼，温柔地看着我，微笑起来，神情里带着一种单纯的孩子似的满足。

我轻声问道："我中毒的事，你是怎么知道？"

"风亭榭告诉我的，我收到他的飞鸽传书，本想在出关前去乐安看看你……"他苦笑一下，没有往下说。我想到自己曾拒绝他的探望，既感动又觉羞愧，一时无语。他见我不说话，握住我的手，温柔道，"你放心。无论生死，我都陪你。"

他以为中毒的是我，可惜我却不能告诉他实情。江湖上那些自命正义的家伙本就对艳少恨之入骨，若是知他中毒，只怕……

他看着我，继续道："疏狂，你知道吗，其实我一直庆幸你的失忆，这样，我们或许可以重新来过。"他的眼睛看着我，又好像没有看我，眼神里充满一种梦幻般的奇异的神采，似乎在他眼前的人不是我，而是一段甜蜜回忆，抑或美好时光。

我用力握一下他的手，柔声道："别说傻话了！我们赶紧去追天池三圣，把解药抢回来。"

他不理我，脸上兀自带着一种奇异的微笑，自语般呢喃道："倘若能和你一起死去，又何尝不是一件幸福的事呢？"

我看着他的神情，忽然一阵感动。如果我真的是容疏狂，一定马上嫁给他，和他远走高飞。可惜我不是，我只有深爱一个人的能力，而我爱的那个人，他中了天下奇毒……

我觉得心中刺痛，禁不住落下泪来。他抬手擦我的泪，忽然低头吻我。我一惊，难以置信地睁大眼。然后，我就看到了艳少！

第五章
柳暗花明

他静静地站在夜风里，一袭单薄春衫，月光照着他清俊的容颜，苍白胜雪。

"楚天遥？"林少辞微微一愣，立刻反应过来。

艳少没有理会林少辞，他一双深不见底的眼睛看着我，面无表情地吐出两个字："过来！"

我立刻乖乖走过去。

林少辞忽然拉住我，傲然道："疏狂嫁给你并非本意，现在我要带她走。"

艳少的目光微变，深邃的眸中寒芒渐盛。我感觉心惊肉跳，顿时有种不祥的预感，连忙赔笑道："刚刚是个误会，你千万不要生气。"

林少辞的手掌蓦地收紧，道："误会？"

我回头看着他，认真道："是的，我们之间有误会。"

他震惊地看着我，失声道："那么江湖传闻都是真的，你爱他？"

我肯定地回答他："是的！"

他全身一震，漆黑的眼瞳里有一种光芒陡盛，清亮到令人不敢直视。我慢慢扳开他紧握的五指，将手腕从他的掌心里一点点抽离出来。他的脸色一点点变白，仿佛我抽出的不是我的手腕，而是他的血液。他踉跄着连退两步，几乎站立不住。我心中虽觉不忍，却也只得选择转身。

"疏狂？"他的声音凄厉而悲怆。我侧头看见他伸在半空里的手，五指修长苍白，指节弯曲，微微颤抖着，像要在这片空蒙之中攫紧些什么。

艳少忽然叹息一声，深深看了我一眼，道："我在马车里等你。"

我鼻子一酸，深深吸了口气，转身看向林少辞，将昔日对艳少说过的话，平静的重述了一遍。从头到尾，他都是面无血色，目光茫然，似穿透空间，望着一个遥远未知的所在，也不知到底相信了没有。

我握了握他的手，轻轻道："我走了。"

他兀自不答。我无奈，转身走向马车，心底忽然感到一阵前所未有的轻松。

我知道自己刚刚的话很残忍，但是我不得不说。与其让他觉得容疏狂移情别恋，不如告诉他真相——终其一生，容疏狂只爱过他一个男人，此情不渝，真正将他们分开的不是猜忌或误会，也不是岁月，而是死亡。这是所有人都无法避开的课题。然而，这对一双有情人来说，未尝不是最好的结局。

长痛不如短痛，这个梦他迟早是要醒的。

马车驶出一段距离，我探出头去看，只见他仍自站在凄冷的长街上，月光拉长那一抹细瘦孤单的影子，好似一道破空而来的凄厉剑痕，拷问苍茫寰宇。我感觉眼窝再次发热。

艳少正在查看我胳膊上的伤口，这时忽然抬头道："心疼了？"

我摇摇头，眼泪便掉下来："其实林少辞才是这世上最幸福的人。此后不论物转星移，沧海桑田，容疏狂对他的这份情，都将天地不改，日月不换。他难道还不够幸福吗？"

他静默一会儿，握住我的手道："看着我。"

我依言抬头。

他盯着我的眼，柔声道："你对我没信心？"

我说："不！我只是害怕。"

他问："怕什么？"

"未来，我怕未来。"我道，"倘若朝夕相对，天长日久的年月一定要毁掉爱情，我情愿像容疏狂那样死去。"

他愣了一下，然后将我的头轻轻靠在他的胸口，柔声道："傻瓜，我何尝不怕呢？"我一震。他叹息一声，"疏狂，我已经老了，而你还有很长的路要走，或许有一天……"

我立刻捂住他的嘴巴，道："别乱说，我不允许！"

他看着我，微笑不语。我重新靠在他的胸口，听着他平稳有力的心跳声，情绪慢慢平静下来："对了，你怎么来了？"

他哼了一声："才放你出去几天，就敢不听话？我再不来，你不知道又要做出什么事来？"

我委屈地说："我还不是为了找解药。"

"啊!"我跳起来，一头撞在车顶，叫道："解药被天池三圣抢去了。"

他伸手揉我的头，有些恼怒喝道："胳膊受伤，不要乱动。"

"可是解药……"

"既有解药，我必能找到，快坐下。"

我见他胸有成竹，也稍安心，当即坐下捧着他的脸，细细看了一会儿，五指拂过他俊逸的眉眼，秀挺的鼻，和似笑非笑的唇。

他轻吻我的手指，忽然道："我该重重罚你。"

我抬眸道："我犯了哪一条？"

他的目光幽深莫测："三从四德，你都犯了。"我惊讶。他冷哼一声，"所谓出嫁从夫，你对我的话置之不理，这是其一，深更半夜，和别的男人搂搂抱抱。你自己说，该怎么罚？"

我笑起来："嗯，就罚我生生世世为你做牛做马，生儿育女，洗衣做饭……"

他低头吻住我的滔滔不绝，我热烈回应，正难舍难分之际，他忽然放开我道："不行！"

"嗯？"我意犹未尽地看着他。

他咬牙切齿道："我还是很生气，得回去教训一下林少辞这小子。"

我忍不住笑出声，对着他胡乱亲吻一番，忽然又想起一件事，抬头问道："林千易说你调集高手往济南，为什么？"

他低声道："那你让宋清歌他们都留在济南，又是什么意思呢？"

这家伙果然是只老狐狸，嗅觉这么灵敏。

"别提那几个混蛋了，我快被他们气吐血了。"

"既然如此，我们现在就去太原，教训一下这几个混蛋。"我一愣，他一脸严肃地反问："他们胆敢惹你生气，不应该好好教训一顿吗？"

我笑起来，摇头道："不！我们先去找解药。"

他握着我的手，满眼是笑："放心，解药已经到了。"他话音刚落，便听到车外有衣袂凌空之声，马车忽然停住，平稳得好似压根就没有行驶过。

"漠北天池三圣拜见楚先生！"

我一把掀开车帘，只见皎洁月华下，三名胡须花白的男子垂头躬立，青灰色的衣襟在夜风飘扬，颇有几分出世风采。

艳少淡淡地道："三位辛苦了！"

中间一人上前半步，双手捧出一个小小的红色锦盒，头也不抬地恭敬说道："幸不辱命！"

凤鸣接过锦盒，转交给楚天遥。他接过盒子随手放下，微笑道："劳三位奔波，楚某多谢了。"

"随时恭候差遣！"三人齐声说完，身子忽然平地退后三丈，鞠了一躬，然后联袂凌空而去。

我看得瞠目结舌，怪不得天池三圣忽然由东转西，转道曲阳县，原来是因为艳少前来曲阳县找我。早知我们是殊途同归，又何必费这么多周折。

我转头怒目而视。他笑而不语。我没好气道："还不快服解药？"

他笑道："不急！"

我一愣："为什么？"

他拉着我的手，笑嘻嘻道："药是不能乱吃的！"

我伸手去拿盒子，正欲打开锁看看。他忽然按住我的手，轻轻摇了摇头。

我奇道："怎么？"

他瞳孔渐深，低声道："要解此毒，我至少得静修三日，在这之前，我们可以先干点别的事。"

我感觉两颊发烫，道："别的什么事？"

他亲吻我的脸，戏谑道："你说呢？"

我明知故问的拖长声音："比如——"

他接口道："比如沈醉天为什么会和你在一起？"

我一把推开他，恼道："就这事？"

他笑出声来："那你想什么事？"

我干咳两声，把沈醉天的意思对他说了。他皱眉不语，半晌摇了摇头。

我想到沈醉天毕竟帮我躲过几次追杀，便决定帮他说几句，道："其实他这个要求也不算过分，你如果一定要做这件事的话，他或许可以帮上忙……"

他打断我，道："第一，我楚天遥的事，无须不相干的人帮忙。第二，他不该胁迫你。第三，他来路不明，意图不善。"

"意图不善？"

"此人年纪轻轻，却心机深重，只怕比林千易更难对付。"

"七年前，鬼谷盟自长白山崛起，扫荡辽东三省，黑白两道无不闻风丧胆，随后欲图中原，首当其冲的便是御驰山庄，他攻打碧玉峰未果，掳走林千易，现在忽然又放他回去，转而想助汉王谋反……"他笑了笑，顿住。

我看着他，静候下文。他温柔抚摸我的头发，笑道："他的胃口很大，只怕用意不在称霸江湖，而是称霸天下！"

我大吃一惊："可能吗？"

他做了一个不置可否的表情。

当夜宿在一间清幽雅致的庭院里，经过多日的奔波，终于得以和艳少团聚。缠绵之后，我在满满的幸福中睡去。不知过了几时，恍惚觉得有股寒气袭体，下意识地拉了拉薄被，却觉脸颊一凉，立刻睁开双眼。锦绣棉被之上，赫然有一张漂亮的脸蛋，一双黑白分明的眼睛里发出深寒的幽光。

我瞥了瞥脸上的匕首，努力镇定下来，问道："你想干什么？"

飞舞冷笑不答，迅疾出手点了我胸前几处穴道，雪亮刀锋贴着我的脸，慢慢下滑。

我喉头发紧，道："你到底想干什么？"

她忽然一把掀掉锦被，冷笑道："容疏狂，让我看看你究竟有什么魔力？"说着手腕一抖，匕首割开我的衣衫，冰凉的刀锋顺着锁骨，一直划到胸口。

我汗毛倒竖，忍不住叫道："你疯了吗？"

她瞳孔微缩，两眼一寸寸扫过我的身体。我被她看得毛骨悚然。她鉴赏完毕，目光重新锁住我的脸，咬牙切齿道："容疏狂，你也不过是个普通女人，为什么可以令主人如此对你？"她轻轻道，"我从八岁起就跟着他了，整整十六年，你知道那是多么漫长的岁月吗？"

她的声音轻柔得像羽毛飘落水面，极不正常。我很想安慰她两句，缓解一下气氛，却什么也说不出来。她继续道："你知道魔琊山有多少女人为他着迷吗？可他从没正眼看过她们中的任何一个。"

我嘲讽地笑了笑，但我估计那看起来更像是哭。

她居然也对我笑了笑："你知道魔琊山又有多少男人为我着迷吗？我也从不正眼瞧他们。我陪了他整整十六年，你才认识他多久？三个月？我不明白，他爱上的人为什么不是我？"

她的脸色开始变得越来越古怪。我不能动弹，唯有祈祷她千万不要发疯，嫉妒的力量是很强大的。

"我们本来可以一直厮守下去，一切都是因为你！"

她手腕一抖，我顿觉胸口一阵刺痛，不禁脱口骂道："你这个疯子！"

她举起匕首，对着我的脸迅疾刺下！我下意识地闭上双眼，忽觉白光一闪，"铛"的一声。飞舞的匕首应声而落，皓白的手腕被另一只手死死握住，停着我的鼻尖上方。

凤鸣面色寒霜，一字一句道："你真的疯了。"

飞舞猛地甩开他的手，退后两步，低吼道："我看疯的是你们！我们出山的目的是什么？是为了她吗？"

凤鸣冷冷地道："滚出去！"

她一呆，静默片刻，忽然笑起来，道："你居然这样跟我讲话？怎么？你也爱上她了吗？"

凤鸣脸色一变。

她走上前，盯着凤鸣的眼："被我说中了吧？从小到大，他喜欢什么你就喜欢什么……"

"啪"的一声，凤鸣抬手给了她一个耳光，那声音响得连我都感到吃惊，他一贯斯文克制，我从未见过他如此震怒。

飞舞满脸难以置信，嘴唇剧烈颤抖，猛地转身跑了出去。

室内静默。我闭目不敢说话，只期盼他赶快出去，我现在这个样子，实在不宜见异性！良久，忽觉胸口一凉。我睁眼一看，立刻又紧紧闭上。他居然在帮我处理伤口。

"不……不用了……你还是先帮我……"我很想让他帮我解开穴道，却忽然结巴起来。

"主人正在静修，三日之内不能打扰！"他语气平静地解释道。

过了一会儿，他拉起被子将我盖好，走出去，轻轻关上了门。我仍不敢喘息。半晌，门外隐约传来一声轻微的喘息，似紧张之后的放松之音，但没有脚步声，说明他仍守在门外。我也在心底长出了一口气，感觉脸烧得厉害，很想叫他帮我解开穴道，又怕尴尬，只好继续躺着。

这一夜，我睡意全无，睁眼到天明。

不知道飞舞用的什么点穴手法，我运气冲了几次都无法解开，直到凤鸣前来唤我吃早饭。

我无奈道："我的穴道被点了。"

他一愣，清秀面上升起一片红晕，然后伸手在我胸口推拿一阵子。我方才觉得身子一松，吐出一口郁气，刚一坐起来，随即又倒下去，他连忙伸手托住我的背。

我尴尬地道了声谢谢，他像触电一般放开了我，道："我去将饭菜端进来。"

我赶紧叫住他，说："我不饿，艳少在哪里？"

"西厢房。"

"我去看看他。"我起身下床。

"此刻不宜打扰，夫人还是先吃饭吧。"

"我只是看看——"

"稍后或许会有一场恶战，请夫人保存体力！"

我吃了一惊，问道："怎么回事？"

他面无表情地说道："林千易带了人，正赶往这里。"

"为了杀我？"

"还有主人。"

"他们有这么大的胆子？"

"主人中毒一事已经不是秘密。"

我又是一惊，"是谁泄露出去的？"

"目前最有可能的人，就是夫人你。"

"我？"我不禁瞠目结舌。

"我暂时想不出其他人选，"他停顿一下，补充道，"夫人或许是无心，但江湖险恶。"

"会不会是天池三圣？"

"他们只负责配合飞舞取得锦盒，并不知锦盒之中所装之物。"

难道真的是林千易这只老狐狸从我的话中揣摩出了端倪？

"他们来了多少人？"

"十七个。除了蓝子虚和林少辞，御驰山庄的高手全部出马，据悉其中有两个神秘高手。"

"我们的人呢？"

"都在济南。"

"你有什么对策？"

"拼死一搏！"

我心底发寒，想了想道："有什么毒药、迷香之类的吗？"

他微微皱眉："来的都是老江湖，这些对他们不管用。"

"那还是先吃饭吧！吃饱了才有力气打架。"

他转身出去，不一会儿端了早餐进来，随手还带了一柄漆黑弯刀。

"这是什么？"

"这是夫人的裁云刀！"

"你从哪里弄来的？"

"夫人在姑苏虎丘失落，主人前些日子派人寻回。"

我接过弯刀细看，纯黑鹿皮刀鞘，艳丽刀柄，朴实全无雕饰。我轻轻抽出两寸，顿觉一股冷洌寒气扑面，刀锋脆薄坚韧，弯如弦月，果然是柄利器。我点点头，道："很好！工欲善其事，必先利其器。今晚我们就大开杀戒！"

他看着我，忽然展眉一笑。

我放下刀，想了想，问道："飞舞她现在哪里？"

他神色微变，飞快道："不知道！"

我静默，低头吃饭，却食不知味。艳少要三天才能恢复，这期间不能受任何打扰，而今天不过是第一天，我们武功再高，如何能敌十七人？即便现在调人前来，如何来得及？或许可以在他们到来之前，各个击破？又或将他们全部引到某个密室关起来，拼死守住出口，撑过三天？问题是这里有密室吗？我思忖一会，对凤鸣说了我的意思。他摇了摇头。

我终于沉不住气了，叫道："真的一点办法也没有？天池三圣呢？叫他们来帮忙啊！"

他平静地说："天池三圣已被他们杀了。崆峒老怪拼着最后一口气来传消息，也已经死了。"

我大脑蓦然空白，隔了一会儿才回过神来，近乎绝望地问道："那么是一点办法也没有了？"

他静静地看着我，忽然道："别怕！有主人在，一切自会逢凶化吉。"

我怕什么？我什么都不怕，就怕艳少出事。这孩子莫非真把他的主人当成神了。我无奈道："你先去守护艳少，让我冷静一下，再想想办法！"

他看了看我，终于转身出去。

室内瞬间静默。时间分秒流逝，在混沌的意识空间里，我似乎能感觉到有一股庞大的杀气正向这里迅速蔓延。第一次，我感到恐惧，空前绝后的恐惧。外面的日光一寸寸照进来，我的心里仍是漆黑一片。我坐在椅子上，看着窗棂上金子般的阳光，调皮的跳跃着，那样一片明晃晃的近乎刺眼，叫人绝望。

这时，门外忽然出现一道影子，一道白色的影子，他慢慢地走进来。我仰起头，呆呆地望着他，面上想笑，心里想哭。他走到我面前，用一把清朗如五月晴空般的嗓音道："有什么我能为你效劳的地方吗？"

我一把握住他的手，惊喜交加："你愿意帮我？"

他轻挑眉头，道："我们是友非敌，朋友有难，帮忙乃是理所当然之事。"

我一愣，慢慢松开他的手，迟疑了一会儿，终于道："可是那笔交易并未成功。"

他毫不介意道："意料之中！"

"那你还装模作样的跟我谈什么交易？"

他的嘴角绽放一朵明媚的笑容，老实道："这件事倘若真的这么好办，那么楚天遥也就不是楚天遥了。"

我认真地看着他，道："他不愿意做的事，没人能强迫他。"

他微笑看着我，忽然捉住我的手，拇指轻轻摩擦我的掌心，魅惑道："连你也不能吗？"

我打掉他的手："不能！我也绝不会强迫他做他不愿意做的事。"

他漆黑的目光一闪，随即长身而起，笑道："越困难的事，我沈醉天越喜欢。这一次，我就当帮你一个忙好了。"

我站起来，看着他的眼睛："请恕我小人之心，但你究竟想从我这里得到什么呢？"

他戏谑道："难道我沈醉天就不能偶尔帮一帮朋友？"

我心头一块巨石落地，长出一口气，用力拍拍他的肩膀，道："沈醉天，今后你若有差遣，我容疏狂一定万死不辞。"

他微微一怔，忍不住大笑起来。

我连忙补充一句："只要不违背我的原则。"

他再一次大笑出声："好！我记下了。"

第六章
一剑光寒

林千易等人是在午时三刻来的。他一袭灰袍立在正中，如同一道笔直的分割线，分开左黑右白各八人，个个体格健悍，目露精光，看得出都是一流高手。他们来的时候，我和沈醉天正在喝酒。一种产自关外的烈酒，喝到嘴里就像含了一把烈火，经由喉咙，一路灼热的烧到胸口，这种感觉使人血脉偾张。酒是沈醉天带来的。他说，喝酒是一件讲究天时地利的事，在今时今日，就应该喝这种酒。我举杯表示赞同。

四月春末，阳光清朗而柔和，热烈而泰然。沈醉天忽然问我："容姑娘，你觉得林千易是一个什么样的人？"

我喝下杯中的酒，微笑道："卑鄙小人！"

他一本正经地点点头："那我就放心了。"

我笑道："你之前有什么不放心的？"

他一饮而尽，道："他身为你的义父，对你恩深情重，我担心你能否全力一搏？"

我自嘲道："你见过江湖败类讲道义恩情的吗？"

他忍不住笑起来。

"古训有云，出嫁从夫。我既然已经嫁了人，自然是听我丈夫的。"我说着转头盯着林千易，冷冷地道，"谁要是敢动我丈夫一根头发，我绝对不会放过他。"

沈醉天的笑声更大了。林千易的脸色难看，阴沉的目光紧紧盯着我。我毫不畏惧与他对视，既然已经撕破脸，我又不是容疏狂，你还跟我装什么大爷？但他转看向了沈醉天，笑道："沈大当家的什么时候投靠楚天遥了？"

我怒！这老狐狸想挑拨离间啊。

沈醉天哈哈一笑，道："沈某不才，却有点怜香惜玉之心。如今佳人有难，怎么忍心袖手旁观呢？"

林千易神色微变，沉默不语。两人相互看着对方，眼神里都有一种奇怪的表情。林千易皱眉道："沈公子做事真是出人意表啊。"

沈醉天面不改色，微笑道："彼此彼此！"

林千易的脸色青红交替，眸中杀气陡起。我听了半天，不知道这两人在要什么花枪。林千易忽然朗声道："今日御驰山庄要清理门户，若有人胆敢从中作梗，就是和我们御驰山庄为敌，一律杀无赦！"

他话音刚落，身后立刻便有两道黑影闪电般飞出，两柄利剑带起一股冷凛寒光迎面袭来。我冷笑一声，迅疾挥袖卷住剑身，弯肘击中那人的胸口。右手发力，酒杯奋力射出，深深嵌入右侧之人的额头。一人胸骨俱碎，吐血而亡，另一人眉溅血光，死不瞑目。一连串的动作均在眨眼之间完成。两人同时倒地，连惨叫都没来得及发出。

我回身站定，拂了拂衣角，目光扫过眼前一张张震惊的脸，最后停着林千易的面上，故意哀怨地说："义父，从小到大我什么都听你的，只要你说一声，我立刻就可以将庄主的位置还给你，你又何必处心积虑……"

"住口！"林千易怒喝一声，脸上有一种被鱼刺卡住喉咙的表情。"天羽无极，将这个忘恩负义的丫头拿下！"

萧天羽和海无极闻言互看一眼，微一踌躇便抬脚上前。忽然，有人叫道："慢着！"我侧头一看，原来是燕扶风。他走过来，满脸恳切地看着我，劝道，"疏狂，老庄主一向疼爱你，这一切都是因为楚天遥，只要你杀了他，表明态度，我相信老庄主他一定会原谅你的。"他说完，转头看着林千易。

林千易面无表情，目光幽深闪烁，半晌方才道："好！只要你杀了楚天遥，我就既往不咎。"

我拿起裁云刀，一寸寸抽刀出鞘，一字一句地回答他："白日做梦！"

燕扶风顿时面如死灰。林千易左右一瞥，冷冷地道："你们都听到了，还愣着干什么？"话音未落，左右各出三人，六道人影倏忽飞至，招式简洁凶狠。我横刀于眉，迎身而上，血光宛如雨点般倾洒而落，一颗脑袋滴溜溜在半空划过一道优美弧线。另外五人似闻了血腥而发狂的猛兽一般，怒吼着扑了上来。

我挥刀如练，杀气酷烈而决绝，纵横肆意。庭中精心育植的绿树红花，在几人交织的凌厉杀气下纷落如雨。沈醉天仍然没动。我当胸斩出一刀，逼退他们，侧头朝西厢房瞥了一眼，燕宋萧海四人已经跟凤鸣动了手，飞舞还没出现。

顷刻间，数道劲风拂体，五人的利刃又至。我不敢分神，急舞刀光如白练，浑然肃杀的一片静默中，接连发出两三短促的惨叫，周身杀气稍弱，随即又有三道白影加入进来。我胳膊上的伤口已然裂开，渐感吃力。

蓦地，天地之间顿起一股寒气，宛如从酷热盛夏瞬间坠入冰雪严冬，而四周的杀气却由原来的十分减至三分。沈醉天终于出手了。我与他周旋在一片巨大而细密的刀光剑影里，飞身如电，忽左忽右，指东击西，围攻的黑白两色身影一个个倒下去。

林千易忽然喝道："都退下！"

众人应声而退。我的胸口灼灼疼痛，两臂酸麻，却兀自强忍着，不敢外露一丝倦意。十七人此刻只剩下九个。宋萧海四人各自挂彩，面上均有痛楚之色，其余二人也都受伤。威胁最大的是林千易，和他身后的两个白巾蒙面的白衣人，想必就是神秘高手了。

沈醉天的脸上仍然挂着笑容，一袭白衣溅血如花，不知是他自己的，还是别人的。我转头去看凤鸣，顿时大吃一惊——他背靠廊柱，半个身子鲜血淋漓，长剑已然折断，苍白的脸上一道血痕自左眉划过额头，触目惊心。我纵身掠到西厢廊下扶住他："你怎么样？"

他抬眸，满不在乎地摇摇头。

林千易一挥手，左侧的白衣人身动如电，起手一道幽蓝冷光，直取沈醉天。他转身看着我，冷笑道："容疏狂，我养育栽培了你二十五年，今日……"

我毫不留情地打断他："这个时候还惺惺作态，你不累吗？"

他忽然暴怒，袖袍无风自动，身子倏地飘至跟前，雄浑的掌风无声无息地拍过来。我胸口一窒，不能呼吸，急忙飞掠避开，谁料那掌风似有强大的黏性，像影子般追袭着我——原来那日在曲阳县的蒙面人是他，难怪一见林少辞便避开了。我空前地惊骇，凌空反手斩出强弩之末的一刀，顿时那股掌风稍弱，我乘机落地转身。

他的灰色袖袍翻舞若狂涛骇浪，一股强劲的掌风袭得我站立不稳，目不能视，嘴里觉出一股腥甜之味。与此同时，依稀有一声尖锐的鸣响直奔我的后脑，夹杂着两声凄厉的惊叫。紧接着，便听得一声雷霆震怒般的巨大轰响，周遭石土齐飞，大地晃动。

漫天灰尘之中，有一双温暖的大手揽住我将要倒下的腰身。我睁目一看，顿时吓得魂飞魄散，张口欲言。他抢先道："不要说话！"我随即便感到一股暖流自腰间流窜全身，不敢说话，只呆呆看着他。他面带微笑，目光温暖而泰然，三千银发披垂而下，映着一张俊朗的容颜越发苍白。他带着我回到廊下站定，抬头看着院子里的人，目光倏地变得深沉锐利，如一道冷电扫过。

我顺着他的目光一看，只见林千易靠着一堆废墟上喘息，面如死灰。沈醉天躺在地上，嘴角挂着一抹血迹，虚弱的脸上居然还挂着笑，其余几人均被震晕。唯有那两个白衣人静立不动，面巾罩着他们的脸，看不到表情，目光却是异常的精锐凶悍。

短暂的静默之后。

艳少看着林千易，淡淡地道："原来你是白莲教的人，这倒叫我有些意外。"

闻言，众人都是一呆。

林千易是白莲教的人？一时之间，燕宋等人的目光都集中在林千易的身上，唯有沈醉天一脸坦然，似乎早已知情。

林千易在众人惊骇的目光中站起来，慢条斯理地整了整衣衫，看了看沉默不语的两名白衣人，忽然笑了："楚天遥，你中了本教的剧毒'红莲之心'，还有力气再战吗？"

这话岂非等于承认了身份？我的脑海似有电光闪过，往日的一些蛛丝马迹纷纷浮现。林千易既是白莲教的人，自然对我所中的毒了如指掌，我安然无恙，难怪他要起疑心？难怪他胆敢率众前来？我怒道："你真卑鄙了，竟然乘人之危……"

他冷笑道："臭丫头，你以为他如今还有能力保护你吗？"

艳少拉着我，浅浅地笑道："你何不试试看？"

林千易面色一变，尚未有所表示，那两名白衣人突然一起发难，星驰电掣般飞扑而至，充盈的杀气恍如江河决堤，直泻而下，一发不可收拾。

我感觉周身似被无数细密的利针刺中，一口气堵在胸腔上不来。艳少的满头银发猎猎迎风，他的掌心发力，我的身子忽然平地飞起，安然落入房内，同时落地的还有凤鸣。两名白衣人的身子到他身前三尺的位置，忽然停滞在半空。那一股充沛凄绝的杀气似被无形的物质暂时冻结。

恰在此刻，一柄状似弯钩般的利剑，伴随一道深寒的白光刺向他的胸口。我的惊叫尚未破喉，便听一声轻响——利剑已然穿过林千易的左肩，将他牢牢钉在白色残壁上，而那一剑留下的绚丽白光仍然没有消散。

艳少垂在袖袍下的左手恍惚动了一动。光离星灭的一瞬间，四周的杀气陡然大盛，酷虐而决绝。两名白衣人的手中一齐射出四柄锐利匕首，凌厉而肃杀的气势俨然修罗重生，不可抑止，亦绝无法抑止。

我的心猝然紧缩起来，周遭的一切天旋地转，身体不由自主地往后一倒，随即被一双手托住。

凤鸣的声音焦灼而惊骇："夫人！"

我紧闭双眼，隔了半晌才敢慢慢睁开。只见廊下的两株艳丽桃花，绿叶与花瓣簌簌飘落，周遭宁谧。疾风卷雪般的肃杀之后，天地忽然安静如幽蓝天幕下的闲云。

艳少站在桃花树下，转过身来，对我微微一笑。我惊魂未定地走过去，说不出话来。他握着我的手，了然于心地微笑，道："没事了！"

我如梦初醒，四下一看。两名白衣人仰面躺在地上，胸口各插着一柄匕首，鲜血侵染白衣，溅血如花，美丽而狰狞。

他揽我转身，道："别看。"

我的泪夺眶而出，颤声道："你的身体……"

"放心！即便我身中剧毒，对付他们还是易如反掌。"

他说着衣袖轻抬，发出一股力道，林千易闷哼落地，握着肩膀站了起来，面如白纸。"念在你对疏狂的养育之恩，留你一命，去吧！"林千易愣了一下，立刻转身从一堆废墟中步履跟跄地去了，燕宋等人也相继离去。

静默中忽然传来一阵大笑："楚先生果然气度非凡，佩服佩服！"沈醉天倚墙而立，周身十数道伤口，血染长衫，衬着他那张俊美绝伦的脸，莫名妖艳。

艳少静静地看着他一会儿，然后笑了，道："沈醉天，不论你是谁，我楚天遥今日都欠你一份情。"

沈醉天哈哈一笑，道："不敢当！沈某是帮容姑娘，并非帮楚先生。"

艳少微笑道："疏狂是我妻子，帮她就是帮我。"

沈醉天微微一怔，随即笑道："那么沈某今日这几刀，算是没白挨！哈哈！"

艳少淡淡地道："沈公子何不先去处理一下伤口。"

"后会有期！"沈醉天微一抱拳，纵身凌空而去。看这架势，似乎只伤到皮肉，没受什么内伤。

我本以为他会借此提出要求，想不到他竟就此走了。这家伙的心思还真叫人难测。忽然，艳少垂头在我肩上，浓眉蹙起如同隐约的山峰，一双漆黑瞳仁赫然显出一抹诡异的深紫色。

我顿时如坠冰窟，全身冷寒。他微微侧头，示意我扶他进去。我连忙将他扶进房中，他闭目静坐。

凤鸣身受重伤，仍然持剑守护一旁，神色凝重。一时之间，室内寂静，只听三人的微弱呼吸声此起彼伏。我待要劝凤鸣去休息一下，忽然一眼瞥见那个红色锦盒安然置于桌上，那枚精巧的铜锁竟然没有打开。

我猛地转过头，惊骇得瞪着凤鸣。他奇怪地看了我一下，然后顺着我目光一看，顿时脸色巨变。我更是震惊，用眼神询问他：难道你也不知道？他呆了半晌，方才摇摇头。我不敢打扰艳少调息，当即示意他跟我出去。

"这是怎么回事？艳少没有服解药？"我一出院子，立刻问道。

"不知道！"

"是那锁打不开？还是解药有问题？"我思绪紊乱，急切道，"他为什么不服解药？"

凤鸣似乎比我惊恐，目光闪烁，面色变幻不定。我被他搞得更加慌乱，阵阵发寒，脑海有个声音命令我冷静冷静，但就是冷静不下来。

"飞舞！"凤鸣忽然抓住我的肩膀，叫道，"是飞舞，问题一定出在她身上。"

我一呆，随即明白过来，颤抖道："她在哪里？我去找她。"

"你守着主人，我去！"他说着便飞快闪身，不见踪影。

我折身快步回房，轻轻推开门一看，顿时惊得魂飞魄散。但见房内空空荡荡，哪里还有艳少的影子。我在门口呆立片刻，忽然镇定下来。即便艳少中毒，也绝没有人能将他无声无息地带走。沈醉天去而复返的可能性很小，他也不敢，那么只能是飞舞。

我仔细打量一下四周，然后将目光重新锁定这间屋子，进房里里外外的搜查一遍，没有任何发现，出门飞快绕着院子前后转了一圈，仍是没有发现。心再一次沉下去。

这时，红日将沉，暮色从四面八方罩下来，春末的晚风阵阵吹过来，吹起庭院里浓郁的血腥气味，我忍不住靠在残墙下，弯腰干呕起来。

一只大手无声无息地抚上我的背。我身子一僵，猛地回头，全部的情绪瞬间凝固在脸上："怎么是你？"

林少辞的嘴角牵起一抹嘲讽的笑容，道："不用担心，我不是来纠缠你的。"

我尴尬道："我不是这个意思。"

他静静地看了我一会儿，然后恢复他一贯的冷傲表情，淡淡地道："谢谢你放过他！这一次我决定回去面对现实，他毕竟是我的父亲。"

我满脑混杂，不知道该说什么。

他又看了我一会儿，忽然道："他往西去了。"

我瞪大眼，看着他。他微微牵起嘴角，道："我是说楚天遥——"

我不待他说完，便抬脚朝西飞奔，依稀听到背后的一声叹息。

我迎着残阳一路向西，冰凉夜风掠过耳畔，体内仿佛有某种重要的东西正在逐渐流失。沉沉夜幕下，长风吹劲草，天地辽阔悲壮，凄清新月如钩，漠漠荒原之上不见半个人影。

忽然之间，天昏地暗，漫漫荒凉与绝望席天幕地而来。不知过了多少时辰，一辆青黑色的马车从皎洁月光下缓缓驶来。马车驶到跟前停住，凤鸣跃下车来，脸色苍白地笑了一下。

我全身僵硬，不能移动半步："他……"

青黑色车帘掀起一角，一把低哑稍显无力的嗓音道："我没事。"

我紧绷的神经骤然松弛，眼前一黑，什么都不知道了。

不知过了多久，我在一丝淡淡的墨香中醒来，静默片刻，随即跃起开门，抬眸便见到站在门外的凤鸣。我一把抓住他问道："艳少呢？"

他轻轻道："主人正在静息，夫人内伤未愈，不要激动。"

我急道："快带我去。"

他朝房内一侧头，道："就在房里。"

我一愣，轻轻走回房里。原来屋内有两间房，被一扇素雅梅花屏风隔开。屏风后面，艳少闭目静坐，满头白发披拂如镜，额上渗出一层细密的汗珠，面上有一股异彩流动不绝，周而复始。我呆呆看着他良久，直到凤鸣轻拍我的肩膀，方才醒悟过来。我轻轻带上门，低声道："到底是怎么回事？"

"主人已服下解药，再过十二个时辰，便能恢复。"

"飞舞呢？"

"她已被主人遣回魔琊山。"

我尚未说话，他忽又道："对不起。"

我一愣："什么？"

他面色微红，道："将主人中毒一事透露出去的人，是飞舞。"

我吃惊不小，脱口道："为什么？"

他静默不语。我有些明白，但仍然不敢相信："她想借刀杀人？"

他神色黯然，苦笑道："她自幼偏执孤傲，眼里除了主人，便再无旁人。这次不知怎么犯起糊涂，请夫人不要怪她。"

我叫起来："我当然怪她！她怎么能拿艳少的性命冒险？"

他轻叹一声："她是算准了不会出事，主人神功盖世……"

"他就算是神仙，她也不能这样做！"我怒不可遏，"你知道我这些天是怎么过的吗？你们两个倒挺放心的啊，他神功盖世怎么还会中毒……"

"那还不是因为你！"他一句话说得我无言以对。

我错愕之下，忽见他左臂缠着一块白布，顿觉刚刚的话有些过分。他也觉察到自己的失言，沉默不语。忽然，他苦笑道："或许我是过于放心了。二十年来，我从不知世间有什么事是他所办不到的，即便群山在他眼前崩裂，他也绝不会皱一下眉头，我太习惯这种感觉了……"

我拍拍他的肩膀，叹道："我看着艳少，你去休息一下吧。"

我重新回到房里，透过屏风看着艳少的影子，心绪渐渐安静下来。神经一松弛，才觉出全身的疼痛，胳膊和胸口的伤都已裂开，血迹凝成黑色。

林干易这武功真邪门，像万能胶一样粘上就躲不掉。他既是白莲教的人，那么他企图控制御驰山庄便不无道理了。永乐年间，唐赛儿造反失败，她的手下想必都藏身江湖，企图东山再起吧。

不知道风净漓此刻是否已经见到朱瞻基？我起身翻了翻日历，马上就是五月了，希望事情顺利，不要再生枝节。待艳少毒解，我便设法拐他退出江湖，不问是非，过逍遥快活的日子去。世上有些事情很奇怪，常常不按常理来，话说我梳洗得干干净净，打扮得漂漂亮亮，不敢合眼地守在艳少床前，想着他睁眼看见我时，该是多么的感动。

　　谁知道，我不过是打了一个盹，再张开眼睛时，已经在床上了。艳少已经醒了，正躺在我的身边，眨着一双浓密眼睫，笑盈盈地看向我，倒像一直守着我的人是他。我目不转睛地看着他，千言万语哽住喉咙倾吐不出，有劫后余生之感。他似知我心意，伸手捏了捏我的脸，笑道："傻了？"

　　我握住他的手，亲吻他修长美丽的手指，大颗的泪珠滚落在他掌心。他的手掌微微一颤，随即低头吻我的面颊，一双漆黑眸中尽是怜爱之意。

　　我心头悸动，不能自禁，眼泪一再落下。

　　他忽然伸手按着我胸口轻轻推拿，柔声道："伤势未愈，不要激动。"

　　我感觉有一股暖流渗透周身，说不出的舒畅适意，片刻后便有极强烈的困乏之意，迷迷糊糊地睡了过去。醒来时，天色熹微，室内一支残烛将灭未灭。艳少闭目躺在身侧，呼吸匀净，白色单衣的微微领口松开，精悍的胸肌在红烛映照下泛出诱惑的光泽。

　　我痴痴看了他一会儿，伸手替他拉好被子，悄无声息地爬起来，准备亲自去做早饭。说起来很惭愧，身为人妻竟从没为丈夫做过一次饭。我正要弯腰穿鞋，忽然被一只大手捞了回去，一把慵懒沙哑的声音贴着耳朵道："再睡一会儿。"

　　我回身吻一下他的脸，笑道："我去做饭。"

　　他微笑："饿了？"

　　他摩挲我掌心的老茧，戏谑道："舞刀弄剑的手，也会做饭？"

　　我笑嘻嘻地臭屁道："我会得还多着呢。"

　　他倏忽起身，笑道："好，让我看看你的手艺。"

　　我连忙道："你先躺着，做好我来叫你。"

　　他不理我，只管下床穿衣。找九余，俩人携手到灶房忙活一阵，我按照自己往日的饮食习惯，整出了四菜一汤，和热腾腾的米饭。

他起身掸了掸身上的灰草，叹道："我本以为煎药已经很难了，原来做饭更不容易。"

我忽地想起那日在客栈，撞见他为我煎药沾了一脸的灰，心里愈加感动。

当我们端了饭菜出来，正遇着凤鸣打水洗脸，他目瞪口呆，一盆水全洒在了身上。

我笑道："快洗洗吃饭了。"

艳少不知是饿了，还是我的手艺真的很好，总之是非常捧场，倒是我自己没吃多少，看着他便觉得心里胃里都是满满的。

饭后，凤鸣拿了一大沓的信件出来，准备汇报工作，艳少正在喝茶，头也不抬便淡淡地道："稍后再说。"

凤鸣微微一怔，随即退了出去。我坐在对面，偏头痴痴看他。他放下茶，握住我的手，笑着提议："出去走走？"

我摇头。

他沉吟一下，坏笑："嗯，那么我们继续上床……"

我笑出来，反握他的手，道："你怎么知道解药不在盒子里？你都没有开锁。"

他微笑道："飞舞一向好大喜功，得到解药，怎么会让天池三圣送来？"

我白了他一眼，没好气地说："你倒是挺了解她的！"

他笑道："我已经谴她回魔琊山思过了。"

我突然意识到自己从不曾参与他的过去，赌气道："我也要去魔琊山。"

他一愣，柔声道："那里冷清得很，我怕你待不住。"

我笑："跟你在一起，我不怕。"

他揉揉我的头，爽快道："好，等这里事了，我们就回去。"

我瞪着他，故意装傻，道："事情不都已经结束了吗？你的毒也解了……"

他站起来，笑道："明天就回济南了，真的不想出去逛逛？"

我拉住他："那还不如继续上床——"

他笑着将我揽回床上，春天的阳光慢悠悠地在窗棂桌椅梁柱上踽踽独行，然后一点点爬上我们的身体。我懒洋洋地靠在他胸口，把玩他一头银白柔韧的发丝，问道："你怎么知道林千易是白莲教的人？"

他低声道："飞舞出关后，证实风净漓的师傅确是唐赛儿。她被天池三圣所伤，立刻支走风净漓，随即联络了两名护教法师。"

我一愣："护教法师？就是那两个蒙面白衣人？"

他"嗯"了一声，继续道："林千易命宋清歌等人追杀天池三圣，除了唐赛儿的原因，也是要借此重掌御驰山庄。控制了御驰山庄，确实是白莲教最好的掩护——"

我低呼道："对了，沈醉天说，林千易是他故意放走的。"

他笑道："沈醉天意不在江湖，白莲教的存在对他有利无害，放走林千易倒也不难理解。"

我诧异道："他果真意在天下？"

他沉吟道："鬼谷盟一夜之间崛起北方，行事神秘，组织严谨，沈醉天年纪轻轻便能号令群雄，除了本身的武功与智慧外，背后必定有雄厚的财力支持，我派人调查过他的资金来源，矛头直指北元……"

我大吃一惊："难道他是蒙古人？"

他微微一笑，未置可否。我皱眉，仔细想了想，并非没有这个可能。他若能收服中原群雄，日后挥兵南下自然事半功倍，他搅浑江湖的这池水，想要浑水摸鱼……但是他的长相那么妖艳，毫无北方人的粗犷霸气……

"小心想破了脑袋！"艳少抚上我的眉头轻按一下，佯怒道："这个时候，想别的男人是不是太过分了。"

我笑出声来，俯身亲吻他，摸索他。

他捉住我的手，笑道："伤口尚未愈合。"

我无奈躺回去，他却顺势在我身上探索起来，指尖有股强大的灼热力量，好似电流一般袭击而来。我忍不住叫出声来，道："这是什么邪功？"

他目光深沉，哑着嗓音道："家父所创的销魂功，感觉如何？"

我无力倒在他怀里，哭笑不得道："不会吧，他把这个也传授给你？"

他轻笑道："他藏在书房，我偷偷瞧来的。"

我忍不住笑出声来："你这个坏孩子，好的不学，专学坏的。"

他瞪着我，哼道："讨了便宜还卖乖。"

我全身只剩下笑的力气，窝在他胸口睡死过去。醒来天色已晚，身畔不见人影，抬头一看，他正在坐在书桌前看一堆信件，烛光下的侧脸英挺如刀削，嘴角忽然微微勾起，侧头对我一笑，漆黑双眸澄澈如秋泓。我心头一窒，无法呼吸。

他柔声问："饿吗？"

我点头，又摇头。

他丢下书信，笑着走过来："不会说话了？"

我拉住他的手，老实道："本来是饿了，但你刚刚那一笑，倾国倾城。我忽然又不饿了。"

他大笑，掀开薄被将我拉起来，往前厅去吃晚饭。

第七章
事了拂衣

洪熙元年四月，暮春时节，风和日丽，碧蓝高远的天幕上飘荡着几缕轻烟似的浮云。这样的好天气，我不愿闷在马车里，便改作男装，三人打马而行。我心中有事，一路故意拖拖拉拉，途中遇到的大小景点都要拉着艳少去闲逛半天。他兴致勃勃陪我，接到的几封飞鸽传书也不加理会，只交给凤鸣去打理。

直到第三日黄昏方才到达晋城，青莲寺是当地颇有名气的佛教寺庙。艳少知我心意，吃好晚饭便道："走吧，乘着月色去聆听佛音。"

我抬头看看窗外，树梢上果然挂着一弯新月，天碧如洗。当即和他携手出门朝青莲寺行去。途中行人纷纷侧目，我自觉并无不妥，抬眸意询艳少，却见他目不斜视，嘴角隐有笑意，只是用力握一下我的手。

我恍然大悟，故意打趣他道："原来他们把你当作我的娈童了。"

他微微一笑，拇指忽然在我掌心轻轻一点，我顿时觉得半个身子一麻，不由自主往他身上倒过去，他顺势搂住，笑而不语。我干脆整个身子挂在他胳膊上，省点体力。他是一个沉默寡言的人，与他相处的日子越久，反而越不了解他，不知道他究竟在想什么。他相助汉王谋反，可是这几日汉王连连催他回去，他却毫不理会。他似乎看透了我的心思，仍旧事事顺着我，搞得我颇有些愧疚。可谁叫他要谋反呢？他若是干别的事，我必定全力支持。

他忽然道："疏狂，你还记得我们在大明湖说过的话吗？"

我一愣："什么话？"

他微笑道："有关汉王一事，我们说过要各尽其力。现在，你已不是御驰山庄的庄主，有什么想法？"

我故作委屈的长叹一声，道："还能有什么想法，除非你不帮汉王。"

他侧头看我："江湖人士认定你个是助纣为虐的坏蛋，你一点也不在乎吗？"

我笑道："再坏也坏不过你，你都不在乎，我怕什么。"

他静默了一会儿，忽然轻叹道："我担心你这一片盛情会惹来麻烦。"

我心头一跳，猛地明白过来，原来他早就知道了，他知道我让风净漓带信去南京。他是千年狐狸，我这点道行实在太浅了。

我停步望着他，柔声道："我们不管这件事了，好吗？"他垂目看我，目光晦涩难明。我们沉默地对视着，四周宁静，月光清幽皎洁，隐约听到远处传来一两声钟鸣。

忽然，他将我拥进怀里退后两步。我尚未反应过来，只觉一阵凉风拂体，两道人影恍如离弦之箭般掠过，转瞬不见，身法之快，实属罕见。

我吃惊道："好厉害的轻功，是什么人？"

艳少淡淡地道："管他呢。"

我笑道："反正有你在，谁也不敢欺负我。"

他冷哼一声："马屁精！"顿了顿，叹息道："你兵行险招，只怕日后会有大麻烦。"

"我也知道这一招险得很，但实在是出于无奈。"

我也忍不住叹息，没办法，我始终觉得亏欠小谢。

他苦笑道："疏狂，你终究还是不相信我，其实我并非……"说着忽然住口，眉头微蹙。我屏息凝神，隐约听到一阵兵刃相交的打斗之声。他道，"去看看。"

我见他刚刚还一副事不关己的模样，忽然之间变得如此好奇，不由得问道："怎么？"

他道："听声音，似乎有人使用本门剑法。"

我微微惊讶："这样也能听出来？"

他不答，脚不点地，身行如风，片刻已经望见一座巍峨古寺，周围树木参天，葱郁浓密，正是青莲寺。月光下，两名身材娇小的女子合斗一名青衣少年，三道人影宛如幻电般飞舞，寺前站着两个眉毛花白的灰衣老僧，四只眼睛死死盯着寺前缠斗的三人。

艳少挽着我在一棵树荫下站定，那三人斗得正酣，两名老僧专心观战，竟无一人发觉。我不曾见过艳少使剑，细看了一会儿，才发现那青衣少年的身形剑法与凤鸣有些相似之处，每一式都含有许多变化，诡谲灵幻，连绵不绝。

那两名少女赤手空拳，玉掌纤纤，招招致命。她们久斗不下，不免露出焦急神色，掌风越发凌厉。青年少年身法诡异，游刃有余，可是要想冲突出去，却也非易事。三人越斗越慢，都用上了内家功力。二女的掌风缜密沉稳，每一招都隐有风雷之声。我这些日子得艳少指点，对武学了解渐深，知道能使出这种掌风的人，自身必须具有极深厚的内功，而这两名少女看上去不过二十出头，居然练成如此沉厚的掌力。

这时，眼看那少年渐渐不敌，我抬头看着艳少，他清俊的容颜宛如冰封镜湖，没有丝毫表情。忽听一声轻响，少年的长剑折断，身子飞起，远远跌落在石阶上。一名女子乘胜追击，抬脚踩住少年的脖子，喝道："把东西交出来。"

这少年大约十六七岁，生得细皮嫩肉，脸被那女子踩得变了形状，唯有一对眼睛滴溜溜乱转，杀猪般叫道："两位大师救命啊，这小娘子要杀人抢劫啦。"

女子闻言更怒，脚下用力，冷笑道："快交出来！"说着蹲下身子，伸手朝他身上摸去。

少年又叫道："非礼啊，大师，佛门净地，你们怎么能让她如此胡来……"

可随他怎么叫，那两名老僧都是充耳不闻。女子反手一掌打在他的脸上，在他身上仔细搜查，只搜出一些胭脂香粉等女孩子用的东西，气得一把掐住他的脖子，道："东西藏哪里了？快说！"

少年嬉皮笑脸道："我的身子都被你摸遍了，你看还能藏在哪里？"

那女子气得面色发青，甩手"噼里啪啦"打了他几个耳光，直打得他两颊红肿，但那少年兀自笑嘻嘻地东拉西扯，死不认账。

那女子没辙，冷笑道："杜杜鸟，你的嘴既然这么硬，我只好将你带回去，交给我们君主发落了。"

闻言，那叫杜杜鸟的少年面色丕变，一反适才的嬉皮笑脸，急忙道："湘灵姑娘，你说的那件东西，我是真的不知道……"

"不知道你跑什么？你以为躲进了青莲寺，我们就奈何不了你吗？"另一名女子冷冷插话道。

杜杜鸟赔笑道："我的姑奶奶，七海连环岛的拘魂使者前来追杀我，我能不跑吗？我就是有一百个胆子，也不敢偷你们七海连环岛的东西啊。"

那女子冷冷地道："我劝你趁早将东西交出来，可以少吃一点苦头！"

杜杜鸟哭丧着脸，叫道："天地良心，要是我拿了那东西，叫我不得好死，断子绝孙……"

话没说完，忽然惨叫一声，右臂已被那名叫湘灵的女子抬脚踢得脱臼。

她冷笑道："留着这些鬼话去跟我家君主说吧。"说着回头招呼同伴，"沁雪，我们走！"

两个女子一左一右夹着他，起身要走。一直不语的老僧忽然道："且慢！"

湘灵道："圆行，你窝藏我们七海连环岛追杀的人，本来是必死无疑，但我家君主看在真如大师的面子上，不与你们计较。你若是不识好歹，休怪我们不留情面。"

圆行低眉道："七海连环岛威慑南海，盛名远播，贫僧固然不敢得罪，不过……"

沁雪接口道："如何？"

圆行道："这位杜公子，贫僧同样不敢得罪。"

二女本来极为狂傲，闻言不仅一呆。

沁雪喝道："你说什么？"

圆行面不改色道："杜公子既在青莲寺，贫僧便不敢让两位擅自带走，贫僧斗胆请两位女施主多留片刻。"

湘灵目露杀机："为什么？"

圆行道："真如师叔已经去请这位杜公子的家人，相信马上就要到了，七海连环岛与杜公子有什么恩怨，尽可以当面弄个清楚……"

他话语未毕，湘灵已经仰头大笑起来，一把将杜杜鸟丢到地上，道："好好！我倒要看看这个小贼的家人是什么样的厉害角色？"

沁雪秀眉微挑，低声道："君主吩咐过，抓住这小子就立刻回去，不要节外生枝。"

湘灵冷笑道："咱们七海连环岛不过才归隐南海十年，就有人敢把咱们不放在眼里，今日若是君主亲临，只怕也要教训一下这目中无人的家伙，现在就等他片刻又何妨？"

沁雪闻言便不再说话。

杜杜鸟躺在地上，一双贼兮兮的眼睛四下乱转，忽然看到我们，忍不住"咦"了一声。

湘灵喝道："什么人？"

我见行藏已露，便问艳少："七海连环岛很厉害吗？我怎么从没听说过？"

他握着我的手，缓步而出，微笑道："我也没听说过。"

湘灵怒火中烧，厉声道："你们就是这小贼的家人吗？"

杜杜鸟抢先道："我姐姐是个绝世大美人，怎么可能是两个穷书生？"

他似乎很怕被带去见那个君主，又道："我姐姐长得比你美一百倍，武功比你好一千倍，你赶紧把我放了，我到时候可以让她饶你们不死……"

湘灵回身给他一巴掌，冷笑道："臭小子，你不用使激将法，我今天横竖是要会会她的。"这一巴掌下手极重，他的整张脸都变了形状，鼻血流了满

< 207 >

襟，仍是笑嘻嘻的，满不在乎。

艳少微微蹙眉，终究没有发作。

沁雪上前两步，道："两位既与此事无关，请速离此地。"

我道："听说青莲寺是佛教圣地，我们特来游览。"

她冷冷地道："深更半夜，两位真是雅兴不浅啊。"

我反问道："七海连环岛连这个也要管吗？"

她脸色一沉，道："我看你们不是武林中人，才好言相劝，你可不要不识好歹。"

艳少捏一下我的手，道："多谢姑娘好意，小容，我们走吧。"

我们转身走出几步，忽觉一缕凉风过顶，一道纤弱的白色身影落在寺前，徐徐转过身来，秀发如云，雪肤明眸，果然是个大美人。

"泓玉姐姐，快救我。"杜杜鸟一见她便叫起来。

谁知这位泓玉美人正眼也不瞧他，冷笑道："你偷了这两位姑娘什么东西，赶紧还给人家，否则我是再不会管你的。"

湘灵原是怒不可遏，听了这句话，一下子倒不好发作了。我当即拖着艳少的手站定，继续看热闹。

沁雪道："杜杜鸟，你若把东西交出来，一切尚有缓和的余地。"

杜杜鸟哭丧着脸道："泓玉姐姐，我真的没见过那东西。"

泓玉道："你没偷人家的东西，人家为什么要追杀你？"

"这里有误会，可是这两位姑娘不听我的解释，一上来就动手，蛮横凶恶得很……"

"你没偷东西，这些是从哪里来的？"湘灵冷笑一声，将适才从他身上搜出来的两串珍珠甩手丢到他的脸上。

杜杜鸟叫起来："不是跟你说了吗，这是一位姑娘送给我的。"

"放屁！落绯姐姐的东西会送给你？"湘灵说着猛地一抬脚朝他踢了过去。

泓玉起手拍向她的左腿，动作迅速之极，口中说道："姑娘把话说清楚再动手也不迟。"

湘灵急忙收腿，"霍"地一拳直打她的面门，怒道："姑奶奶没空再听你们的废话。"

泓玉身形微晃，避过那一拳，顺手将杜杜鸟拖起，后退了三步，皱眉道："果然蛮横得很！"

湘灵似料不到她竟能躲过这一拳，微微一怔，立刻欺身而上，闪电般攻出了七八掌，泓玉拉着杜杜鸟左闪右避，身法灵动美妙。

湘灵连她的衣角都没碰到，不由得更怒，掌风越发凌厉，连绵不绝，几乎不给人喘息的功夫。泓玉手里拖着一个人，身法稍滞，好几次都差点给她打中，忽然一个转身将杜杜鸟丢了出去，反手"刷"的一声抽出宝剑，剑走偏锋朝她的下颌刺去，出招角度刁钻古怪之极。湘灵的掌法本是近身相搏，若不退避开，这张俏脸势必要毁了，连忙急退开去。泓玉似乎早知她有此一招，剑势急转直下，"嘶"的一声，已将湘灵的裙角钩下了一块。

艳少点头道："这才有两分梵刹剑法的味道。"

这时，沁雪见湘灵吃亏，连忙挥掌相助，三人剑光掌影斗得难解难分。泓玉的剑法和杜杜鸟刚才使得一模一样，威力却大大增加。这套剑法湘灵二人适才领教过，变化路数均知道个大概，一时尚能应付。

我看了艳少一眼，他不待我开口，便微笑道："这套剑法极为易懂好学，但要想练得精妙却不容易，需要配合内功心法同时修炼。杜杜鸟依葫芦画瓢学了招式，并未得其中精要。这泓玉倒有几分根基……嗯，这一招她们接不住，要败。"他话音一落，湘灵与沁雪齐声惊叫，一起跌飞出去。

泓玉收剑站定，掠了掠耳边的发丝，还未说话。旁边的杜杜鸟已经站起身来，拍掌大笑道："哈哈……我姐姐的功夫厉害吧！你们七海连环岛虽然纵横南海，到了中原，只怕就要……"笑声未完，忽然没了声息。

寺塔上，一道白影轻轻掠下，悠悠笑道："就要怎样？"

众人都吃了一惊，唯有湘灵二人面露喜色，叫道："天策师兄！"

我瞪大眼一看，只见来人手执玄黑铁扇，相貌英俊，约莫三十来岁，脸上有一股狂傲神情，与他的两个师妹如出一辙。他将一个包裹朝圆行跟前一扔，里面滚出一颗血淋漓的人头。

圆行一看顿时倒退三步，面如死灰，失声道："真如主持！"

泓玉霍然抬头，怒道："他不过给我报个信，你竟然杀了他？"

天策微笑道："这只是一个小小的教训。我家君主对他网开一面，他居然恩将仇报。"

他说完，对湘灵道："你们速将这姓杜的小子带回去，这里交给我来处理。"

湘灵沁雪应声上前抓人。

泓玉宝剑一抖，冷笑道："要带人得先问过我手中的剑。"

天策笑应一声"好"，手中铁扇已朝她的手腕疾点过去，这一招极之迅疾，泓玉险些给他点中，花容微微变色，当即舞起宝剑，团团青光护住周身。天策一柄铁扇或开或合，或切或刺，招招变幻莫测，诡谲异常。

二女纵身去抓杜杜鸟，圆行忽然提掌迅疾拍来，另一名老僧的掌风紧随而至。二女早已对他们不满，下手毒辣凶恶之极，毫不留情。

这时场面上剑光扇影，拳来脚往，看得我眼花缭乱，目眩神驰。忽觉手腕一紧，耳边有个声音道："走！"我的身子顿时腾空而起，头顶月光陡盛，青莲寺的兵刃相接与娇叱之声渐渐远去。

我忙问道："怎么回事？"

他的唇贴着我的耳朵，道："你看前面。"

我顺着他手指方向一看，只见夜色下一个身影腋下夹着一个人，顺着河岸朝北纵身如飞，半人高的芦苇在他脚下只微微轻颤，再看他腋下的人，赫然竟是杜杜鸟。我大吃一惊："怎么突然冒出这么多高手？他是什么时候抓走杜杜鸟的？"

他哼道："你一看见美男就两眼发直，哪里还看得见别的事？"

我一愣："美男？你说那个天策啊？他哪里算得上什么美男，我真没看他，何况他根本没有你好看……"

他嗤笑一声："你没看怎么知道没我好看？"

我抬头不见前面的身影，忙道："那个人不见了。"

他朝左前方的农家小院微一下巴，笑道："他进那里去了，跑不了。"

我道："他们抓他，八成也是为了那东西，我们去看看究竟是什么宝贝？"

他拉着我从后院进去，屋子破旧不堪，微弱灯光透窗而出，一个男子声音道："搜过了，东西不在这小子身上。"

一个略显低沉的女声道："解开他的穴道问问。"

屋内静默，片刻后，只听杜杜鸟呻吟几声，叫道："你们是什么人？"

艳少带着我轻如飞燕般掠上屋旁的一颗古树，视线正好可以看到屋内的情形。一个中年农妇站在屋内，眉目普通，身材瘦小，眼睛不大却莫名威严，周身有一股非凡气度。她冷冷盯着杜杜鸟，道："三日前，你在聊城得到的那个东西，现在何处？"

杜杜鸟道："你说的什么东西，我不知道。"

那农妇面无表情，忽然朝旁边斜瞥一眼。杜杜鸟的衣襟立刻被一只大手攥住，先前那个男声喝道："臭小子，说实话！"

杜杜鸟道："我真不知——"

蓦地，青光一闪，一道血线已然顺着他的侧脸流了下来。那人晃动手里的匕首，冷冷地道："我不想听到'不知道'这三个字，从现在开始，我问，你答，有一句不实，我就割下你一只耳朵。两句不实，我就砍下一只腿，三句不实，我就要你的命。你听明白了吗？"

男子说到这里转过脸来盯着他，大约四十来岁，面色赤红，一道疤痕由左眉越过鼻梁直至右耳，丑陋狰狞之极，狭长的眼睛宛如刀锋般冷锐。

杜杜鸟吓得两腿直哆嗦，忙不迭地点头道："那东西……我藏在明玉坊了。"

"明玉坊是什么地方？在哪里？"

"在聊城，是一家青楼。"

"那东西你究竟是从哪里得来的？"

"是一个姑娘给我的。"

"她叫什么名字？哪门哪派？"

"我不知——"他正要说不知道，忽然想起不能说这三个字，连忙住嘴。

男子与那农妇对望一看，那农妇不动声色道："继续说！"

"三天前，我听说孟家庄的孟老头，要娶明玉坊的头牌玉儿姑娘去做十七房小妾，就想着去给那个老色鬼捣捣乱……谁知那天有许多赣鲁一带的绿林人物前去祝贺，我一直找不到机会下手，就搞了些迷药，想等晚上再去。结果，晚上等我去的时候，正好看见他们十几个大男人欺负一个弱女子，我虽不敢自命英雄，却也懂得怜香惜玉……"

闻言，那农妇"扑哧"一声笑了出来。

我见他一副乳臭未干却自命风流的模样，也不禁感到好笑。

杜杜鸟面不改色，继续道："我用迷药熏昏了几个人，把那女子救出来。然后，她就将那个包裹塞给我保管，说三日后找我取回，说完就走了。后来孟家庄的人追过来，我也顾不上去找她……不然，我一定会将那包裹完完整整地交还给她，我堂堂一个男子汉，路见不平拔刀相助乃是分内之事，岂能为此受她的恩惠，叫江湖朋友笑话……"

眼见他越说越离谱，那男子厉声喝道："那包裹里到底是些什么东西？"

杜杜鸟身子一抖，忙道："就是些女孩子用的胭脂水粉，和一些首饰珠宝……还有一个墨绿色的铁盒子。"

农妇微微动容，沉声道："盒子里面是什么？"

"那盒子根本打不开。我也很好奇，准备等天亮去城里找个开锁匠，谁知道还不到天亮，孟家庄的人就追来了。我便逃到明玉坊将东西藏了起来……后来，不单单是孟家庄的人追杀我，就连远在南海的七海连环岛也来追杀我，现在你们也来了……"

他抬头看着那农妇，道："你们到底是什么人？就是死也让我做个明白鬼吧。"

农妇微笑道："你若没有说谎，自然不用死。"

他连忙道："我要有半句谎话，叫我不得好死，断子绝孙。"

他的誓言张口就来，还发的毫无创意，我忍不住笑了笑。

"那女子长的什么模样？多大年纪？"

"圆脸，大眼睛，大约二十出头，身材高挑，很漂亮。"

农妇沉吟片刻，看着那疤面男子，似乎在询问什么。那男子对她微微摇头。两人静默一下，那男子道："你带我们去找那铁盒，要是让我发现你有半句谎话。"手中匕首抵住他的咽喉，意思不言而喻。

三人当即出门上马，连夜疾驰而去。

这时，月至中天，夜色正浓。我看着他们的背影，问艳少："现在怎么办？"

他抱着我掠下地来，道："折腾了一晚上，回去好好睡一觉吧。"

我奇道："你不担心他们抢先一步，把那盒子取走吗？"

他淡淡地道："那盒子本来就是别人的。"

我笑道："你难道一点也不好奇？"

他忽然放慢身形，缓步笑道："不急，反正我们要经过聊城，到时候去瞧瞧便是。"

我隐约听到一阵衣袂凌空之声，也不由得笑起来，道："反正他们这一路也不会顺利，说不定还是我们先到聊城呢。"

我刚说完，便见到左前方有几道身影相继飞掠而过，正是七海连环岛的三人。

第八章
当时年少

　　我们回去的时候，凤鸣还坐在大堂里等候，一见我们就起身道："有情况！刚才收到云景的飞鸽传书，三日前，一直隐居南海的七海连环岛忽然重出江湖，来意不明。"

　　我拉开凳子坐下来，倒了杯茶递给艳少。他接过喝了一口，道："我已经知道了。"

　　凤鸣微微一愣。我便将晚上遇到的事情说了，然后倒一杯茶来喝，看着他笑嘻嘻道："凤鸣，你有福了。"

　　"怎么说？"

　　"你那个同门师妹可是一个大美女呢。"

　　他脸色微红，看向艳少，终于忍不住问道："他们怎么会本门武功？"

　　艳少转动指尖的瓷杯，沉吟道："当年，我确实曾经将梵刹剑法传给一个人，泓玉的剑法或许是她传授的。"

我道："是谁？男的女的？"

他道："女的。"

我笑道："一定是个美女。"

他笑看我一眼，沉思一会儿才道："那是很多年前的事了，永乐帝发动靖难之变，世道大乱，流寇四起，南方有不少豪富世家迁入镇铘山避祸，我听闻中原武林高人辈出，便想下山见识一番。谁知我一路东来，遇到的尽是些绿林强盗……"

我笑嘻嘻地道："我知道了，一定是你遇到一个美貌的女强盗，她看中了你，想抢你回去做压寨相公……"

他微笑道："她恰恰是被强盗打劫的那个。"

我酸溜溜地道："那一定是你英雄救美了，很懂得怜香惜玉嘛！"

他点头笑道："不全对，但也差不多。"

我待要说话，忽然瞥见凤鸣面上隐有笑意，不想让他看了笑话，于是闭嘴。

艳少道："她叫雷攸乐，是一个镖师的女儿，她父亲保的一趟镖被蜀中的绿林强盗劫了，镖毁人亡。于是，她孤身往峨眉山拜师学艺，意图报仇。那一天，恰逢我与峨眉掌门切磋剑法，她眼见峨眉掌门败在梵刹剑法之下，就转求拜我为师……"

他喝了一口茶，续道："这种事我本来是绝不管的，但她父亲敢保那趟镖却令我有些佩服，我便将剑法传给了她。"

凤鸣奇道："那趟镖保的是什么？"

"是一个人。"

"咦？"我忍不住好奇道，"是什么人？"

"他是翰林学士黄子澄的儿子，黄子澄乃是建文帝的重臣，永乐帝登基后下令灭其三族，家眷全部没入教坊为妓，他的一个儿子改姓出逃。"

我惊叹道："这个姓雷的确实够大胆的。"

艳少笑道："好在雷攸乐并不笨，学了三个月，剑法略有小成，她便下山报仇，我们约好在嵩山见面，谁知两个月后，她回来时又带了一个女子。"

我醋意爆发，皱眉道："你艳福不浅！这次又是谁？"

他嗤笑一声，道："她报完仇，便去救黄子澄被没入教坊的妹妹，谁知她已自杀身亡，却遇到另一个流落风尘的官宦小姐梁冰，就把她带了回来。我见她们无处可去，只好暂时带在身边。昔年江湖朋友送我艳少之名，绝大部分原因是因为她们俩。"

我想象他当年带着两名美貌少女，纵横江湖、意气风发的情景，心里一阵阵泛酸，却听凤鸣问道："后来呢？"

他看着凤鸣，微笑道："后来我就回去了，路过西域雪莲山的时候，顺道拜访了一下逍遥四仙，下山的时候遇到襁褓中的你，就将你一起带回去了。"

我哼道："人家凤鸣问的是那两个姑娘，你不要顾左右而言他。"

"我回去的时候，就和她们分了手，我也不知道她们后来怎么样了。"

"你不是说她们无处可去吗？怎么反而把人家扔下不管了。"

"我既不是她们的父母长辈，也不是她们的丈夫，为什么要管她们呢？"他看着我，一双眸子忽然充满笑意："除非，你是想我将她们娶回来做老婆？"

我瞪着他，道："你后来再没见过她们？"

他故意曲解我的意思，笑道："雷攸乐那性子是绝对不会让自己吃亏的，你就不用担心她了。"

我也笑起来，道："我一点也不担心她，倒是挺担心她那个漂亮的女弟子，今晚那两个人身手不弱，我看你的梵刹剑法也未必赢得了他们，何况还有七海连环岛的人。"

他微笑站起身，道："没错，所以你明天可不可再赖床，必须早起赶路了。"

我哼道："那得看我的心情。"

他握住我的手，笑嘻嘻道："你的心情不好？"

我假笑道："假如你也传两套什么剑法给我，我的心情或许会好一点。"

他笑意渐深："哦，你想学什么？"

我假意思考一下，道："乾坤大挪移，凌波微步，六脉神剑，落英神剑掌，随便教两样就行。"

他蹙眉笑道："闻所未闻。"

我道："那随你教什么，要既容易学，威力又大的。"

他微微沉吟："倒有一样符合你的要求，不过嘛……"他凑到我耳边，压低声音道，"等晚上再告诉你。"

夜里，他果真与我说起一套剑法，乃是他昔年领教过中原峨眉、青城、点苍等八大派的剑法之后所独创的一门剑术，尚没有名字。共有十一招，每一招又有九项变化，奇正相生相克，共有九十九式。我问："它的威力如何？"

他道："自我创出这套剑法以来，已有多年不曾与人交手。这套剑法的威力尚未可知。"

我道："比梵刹剑法如何？"

他笑道："自然是强些，不过这些年来，我每日在镇铘山流云城中静坐，越发觉得天下没有绝对不败的剑法，只是破解之道尚未被人悟出罢了。"他的武功已臻化境，对这世界却仍存有敬畏之心。他的自信并非夜郎自大。他话锋一转，又道，"但是，家父曾经说过，这套剑法在此后百年内将无争锋者。"

我激动起来，摸出他昔日赠予我的玉剑，道："那快教我吧。"

他笑出声来："武学高低的关键不在拳脚之上，而是在这儿。"说着敲了敲我的头，"你的悟性够吗？"

我笑道："师傅领进门，修行在个人。你只管教，我学不会绝不赖你。"

于是，他便将这套剑法的口诀心法说与我听，说着随手拿起玉剑比画，一柄白玉小剑宛如玉龙般飞舞，他淡蓝色的长袍在一团白光之间或隐或现，起初尚可瞥见一丝半缕的蓝，后来但觉满室白光滚滚，炽烈耀目，我自认眼力不差，可他的身形剑法完全瞧不清楚。我痴痴看了一会儿，忽觉面上一凉，玉剑已贴上脸颊。

他拿剑拍拍我的脸，笑道："我已倾囊相授，你可看清楚了？"

我老实摇摇头，道："一式也没看清楚，你再舞一遍。"

他嗤笑一声："我就是舞十遍也没有用，还是先上床，我再细细说给你听。"说着拉我上床。

我不依，笑嘻嘻道："但是你舞得很好看，赏心悦目啊。"

他的手腕忽然急转而下，立刻便有一道裂帛般的轻响，我的外衣自颈口到脚面直接撕裂开来，比剪刀裁得还整齐。

我吃了一惊："啊，没有剑锋也这么厉害？"

他笑道："武功到了我这样的境界，兵器本就不重要。"

"好好的衣裳被你割破了，得赔我一件新的。"

"我的剑法还抵不过一件衣裳吗？"

"我是剑法也要，衣裳也要。"

他低头解开我的发髻梳理，道："贪心鬼，快睡觉吧。"

我依言上床，一夜无话。

隔日早起上路，途中艳少将那剑法的精要部分详细说与我听，我听得一知半解，倒是凤鸣受益匪浅。他笑骂我孺子不可教。

中午打尖时，忽然接到一封飞鸽传书，艳少看后微微蹙眉，将信笺递给我。我一愣：因为事关谋反的立场等问题，我一直克制自己，不理会他们的讯息往来，他也从不曾与我说起这些事。

他微笑道："这封信与汉王无关，你绝想不到昨晚那两人是谁。"

我接过一看，禁不住低呼出声，叫道："唐赛儿？那个农妇居然是白莲教主唐赛儿？"

我意识里认定白莲教主必定是一个美艳女子，坐在多人抬着的华美大轿里，神秘莫测，万万没想到竟然是一个再普通不过的农妇？

"那铁盒里究竟是什么东西？竟然能叫唐赛儿亲自出马。"

我吃惊地看着他。

他夹一块菜放进我碗里，笑道："好奇心太盛，小心惹祸上身。"

我道："那个泓玉和杜杜鸟有可能是你的徒孙，你不管她们了？"

他笑而不语，吃过午饭，他忽然命凤鸣快马先行。

我奇道："你还有什么事吗？为什么不一起走？"

他反问："你不是要游览观光吗？"

我顿时语塞，他一定是故意的。

他含笑道："你伤势刚好，快马奔波伤口易裂。"原来他一路顺着我，还有这层意思。我又惭愧又感动，一时说不出话来。他又道，"放心，那东西飞不掉的。"

我想了想，道："倘若汉王谋反失败，你会怎么样？"

他放下茶杯看住我，微笑道："你觉得朱瞻基会相信你吗？"

我轻声道："我只是尽人事，听天命。"

他沉默一会儿，忽然道："我很抱歉。"我抬头看着他。他苦笑道，"我是指风亭榭的事。因为那件事，你不再相信我。"

"我没有——"

"你有。"他打断我，目光倏忽变得犀利，"你纵然不说，但我知道你有，那日在阳曲县，你急于跟林少辞划清立场，说到底，还是怕我对他不利。"

我呆住，这世上有一个人看我如此之深，宛如明镜般雪亮通透，我在他面前赫然竟是赤裸透明的。从头到尾，我所做的每一件事情都瞒不过他，他什么都知道。窗外吹进阵阵和煦的春风，我却忽然感到寒冷。他的脸沐浴在阳光里，一头银丝闪着冰魄的光泽，眼瞳深邃而明亮，嘴角却牵起一抹苦笑。

"我让你感到害怕了？"

我低头不看他。他握住我的手，轻轻叹息："我只是习惯性地要掌握局势，并非不信任你。"我不语。他继续道，"其实，当我知道你让风净漓去南京，也是有些生气的。"

我微微动容。

他看向我，轻轻道："难道我在你心中的分量，比不上一个风亭榭？"

我急忙辩解："这不一样，我爱你和我反对你参与谋反，两者之间并不矛盾。"

他点头道："这我知道。我自知相助汉王，在你看来相当荒唐，但仍然希望你能站在我这边，我是不是太自私了？"

"那我们不管这件事，成吗？"

他看着我，目光柔和但坚定："我这一生从不曾做过半途而废的事。"

我忍不住要生气，道："这叫什么狗屁理由？你干脆说你想做皇帝，我还觉得可信一点。"

他瞪着我，忽然大笑不止。

我吓了一跳："你不会真有这个想法吧？"

"那可是一件吃力不讨好的差事，我是真的疯了，才会想去当什么皇帝。只是我此番出山，筹备谋划了许久……"他曲起手指，敲了敲桌子上的那封飞鸽传书又道，"这看似普通的一封信，你可知道这背后有多少人在奔波卖命？单单这个情报网的花费就是你无法想象的，眼下正是事情成败的关键时刻，要我撒手不管，实在有些不甘心啊……"

从昨夜到现在不过十来个时辰，就查出了唐赛儿的身份，我相信他绝非夸大其词。

我无奈叹道："反正你势必要逆天而行就对了。"

他冷笑："谁是天？这世上有一条法则叫：成者为王败者寇，燕王夺了江山就是王，建文帝失了江山，就是丧家之犬，唐赛儿若造反成功，天下就姓唐了。"

我反问："天下本无主，有德者居之，你认为汉王是有德之人吗？"

他嗤笑一声，道："何谓德？永乐帝好大喜功，动辄兴兵北伐，大征税赋，苦的还不是黎民百姓。"

我气结："既然道理你都知道，何苦还要相助汉王？"

他微笑道："即便我不助他，他举兵也是势在必行。"

我脑子发昏，站起来嚷道："算了算了，说了这半天等于没说，不要浪费口水了。快走吧。"说着，径自下楼吩咐小二牵马。

一会儿，他结账出门，笑嘻嘻地看着我。

我将马缰丢给他，瞪眼道："很得意吗？"

他笑道："你很久没跟我发脾气了。"

我哭笑不得："你喜欢我跟你生气？"

他笑着上马，道："那倒不是，但你气急败坏的时候也很可爱。"

我沉脸回复他："你却是沉默的时候比较可爱。"

他大笑，纵马前行。快到河北境内时，途中不时有行色匆匆的江湖人士快马经过。日暮进入一个叫南川镇的地方，我正犹豫要不要在这里投宿，忽然瞥见一家客栈的角落里画在一朵奇怪的梅花模样的图案，却只有三个花瓣，嫣红一抹刻在淡青砖墙上，即便是在苍茫暮色里仍然颇为醒目。

我示意艳少看。他微微蹙起眉头，沉声道："凤鸣遇到劲敌了。"

我吃了一惊："怎么回事？"

"这是我们的联络标记，几片花瓣代表几名敌人。他的笔法潦草仓促，看来走得很急。"

"会不会有危险？"

他笑笑，道："暂时应该没有。连夜赶路，你可吃得消？"

我立刻翻身上马。

"不急的，今晚定能遇上。几拨人马过去了，显然有什么事要发生。"

"那三人会是谁呢？武功高过凤鸣的，江湖上屈指可数啊。"

他淡淡一笑，道："江湖中还是有不少高人隐士的。我们昨夜遇到的那个疤脸男子，武功就不在凤鸣之下，七海连环岛的那个天策，身手也不弱。"

"那七海连环岛的君主岂非更强？"

"正好可以试试你新学的剑法。"

"我只会第一式，而且还不熟练。"

他哼一声："没出息。"

我笑道："我是怕丢你的脸。"

他叹息一声，道："其实容疏狂的武功在你身上也只发挥了百分之五十。一来，你没有她的临敌经验，二来，你不够凶狠。三则，你临敌容易胆怯。"他说着侧头看我，含笑道，"你唯一全然无惧，足够凶狠的一次，就是面对林千易的那一次。"

我细细一想，确实如此。虽然看别人刀光剑影很过瘾，但是真的轮到我自己上场，总是很没底气，潜意识里害怕那些雪亮刀剑，既怕伤人，更怕被伤。

"要怎么克服呢？"

他微笑着，柔声道："这是正常的，经历多了就习惯了。"顿了顿，又道："其实我并不希望你有所改变，但是江湖险恶，世事难料……"他没有继续说下去。我侧目看他。"这种心理是不是很矛盾？"他自嘲道，"圣人说四十不惑，我最近却越发感觉困惑。"

我策马迎风，觉得胸口一股暖流涌动，说不出话来。

他看着前方，神色空蒙而悠远，缓缓道："我年轻的时候，一心要参悟天下武学，想要什么，不要什么，白纸黑字，清清楚楚。后来觉得浮生如梦，即便天下无敌，也不过百年——"

他忽然停下，轻轻"咦"了一声。我微微一怔，随即听得身后一阵马蹄轻响。我侧过身，尚没看清楚马上的人是男是女，那两匹马就像一阵旋风般飞掠了过去。"天下竟有如此神马？"我不禁瞠目结舌。

"那是大宛的汗血宝马，据说只有五匹，这两人居然骑了两匹？"艳少的语气略有惊异。

我下意识的反应便是："难道也是冲着那个铁盒来的？"

他沉吟不语。身后忽然又来了三匹快马，马上的人黑色短装打扮，人未至，喝声已到："快闪开！"

我勒马退了两步，待那三骑奔到跟前，将马鞭一甩直取当先那人的左腿。马受惊长嘶立起，马上的人吃了一惊，身形一晃已掠下马来。其余两人齐齐勒马，手中的马鞭横扫过来，嘴里骂道："臭小子，找死吗？"

我挥鞭缠住他们的马鞭，手臂发力，二人立刻跌下马来。当先那人是个三十来岁的壮年汉子，身子刚一落地便跃起，呼的一掌斜拍了过来。艳少手臂一伸，那人顿时惊叫一声，平地退出数步，满脸惊疑。

艳少微笑道："我们有件事想请教……"

他一语未毕，三人忽然一起发难，六只手掌对着艳少奋力击去。艳少衣袖轻拂，三人便齐齐跌了出去，倒在地上，动弹不得。

我道："我们没有恶意，只要你们乖乖回答我的问题，我保证不会为难你们。"

三人不答，面色由青转红，额头青筋隐跳，显然是在运力解穴。我和艳少笑看一眼，静默不语。过了片刻，三人面露惊骇之色，其中一个老大模样的人道："在下秦虎，我们兄弟江湖人称秦岭三杰，敢问两位高姓大名？是哪条道上的朋友？"

我随口胡诌，学着他的话道："小弟苏容，这位是家兄。江湖人称黑白双煞。"

闻言，三人都是一怔，随即连道久仰。我暗暗好笑，这名字我尚是首次听到，你到哪里久仰去？

秦虎道："不知两位想知道什么？"

"三位这是要去哪里啊？"

"离此不远的桃花林！"

"去干什么？"

"应孟老庄主之约，前去桃花林帮忙对付一个强敌。"

"是什么人？"

"我们只知道对方武功很高，孟老庄主约了不少高手相助，怕事情泄露，所以约定到桃花林详谈。"

我看了看艳少。他微笑着点点头。我转头对他们道："我们想跟你去看看热闹。"

那人面色微变。

"不方便吗？"

他为难道："孟庄主只约了我们三人……"

"你现在有两条路，一是我杀了你们，再到桃花林去瞧热闹；二呢，你带我们去瞧热闹。我可是一点也不想杀人。"

那人面如死灰，迟疑道："那么要委屈一下两位，可否暂时充作我兄弟三人的……随从？"

我应道："好！就这样办。"

我话音一落，艳少便曲指一弹，一股劲道拂过三人的肩膀。三人目瞪口呆，看住艳少说不出话来。

我催促道："快点带路！"

三人如梦初醒，翻身上马，带我们往桃花林去。

我们走了大约两炷香的功夫，鼻端已然闻到一股浓郁的清香，再走一会儿出了树林，绕过一座小山，眼前豁然一亮。但见皎洁月下，数千株桃花灼灼盛放，浅红粉白缀于枝头，四周树木葱翠，轻烟薄雾弥漫在枝叶之间，一阵轻风吹来，清甜香气充盈胸腔，说不出舒畅。

当下将马拴在几株桃花树下，徒步而行。我握住艳少的手，一路分花拂柳，好似穿行在画卷之中。行了片刻，便瞧见前面有一个篱笆修筑的庄院，里面透出一缕灯光，渐有人声。

秦氏道："那是孟庄主的爱妾桃花夫人的庄院，这位夫人酷爱桃花，故而孟庄主特意为她种植了这座桃花林。"

我道："这位孟庄主真是风流成性，不知桃花夫人是他的第几个爱妾啊？"

"第九个，孟庄主财大气粗，为人慷慨大方，寻欢买笑更是一掷千金……"他说着露出艳羡的表情。

说话间，已步出桃花林，篱笆院前的两名男子一见我们，便发出一声短促的呼哨。院中闪出一个身材肥硕的老者，抱拳叫道："秦老弟，别来无恙。"

秦氏兄弟叫了声孟庄主，迎了上去寒暄。

庭院里正在大排庭宴，早已坐了七八个人。我们被安排在一个不起眼的角落。孟庄主忙着给大伙儿介绍引见，什么中州双侠，玄都道长，金刀无敌门之类，我是闻所未闻，悄声询问艳少。他摇头表示没有听过。

众人客套几句，各自归位。

那玄都道人的神色最是傲慢，开口便问道："孟庄主，你那对头究竟是什么人？"

孟庄主放下酒杯，恨恨道："说起来，这个臭丫头还有些来头，她是御驰山庄的人。"

闻言，众人一齐动容，我更是大吃一惊。艳少也微觉诧异地看着我。我望着他，一双清澈眸中映出我的脸，顿时又是一惊，忍不住低呼了一声。所幸众人七嘴八舌询问孟庄主详情，并未在意我。

艳少道："怎么？"

我伸指在脸上一比，悄声道："我不过是改了男装，容疏狂是御驰山庄的庄主，这些人如何不认得我？"

艳少示意不解。

这时，那孟庄主对众人义愤填膺的讲述事情经过。

"事情发生在老夫前几日纳妾的晚上。老夫要娶的本是明玉坊的玉儿姑娘，进了洞房才发现，玉儿姑娘竟然被掉了包，变成了那个小贱人……"

玄都道长哈哈一笑道："佳人主动投怀送抱，孟兄应该高兴才是，莫非是她长得太丑？"

孟庄主道："要说长相，她倒有几分姿色，老夫看她相貌尚可，就是娶错了倒也无妨，没想到那贱人身手相当了得，幸好当时有几位江湖朋友在场，本来可以擒住那贱人，不知道又从哪里冒出一个乳臭未干的小子，用了迷药把大家都熏得四肢发软，竟让那贱人逃脱了。"这番话和杜杜鸟所言倒是吻合的。忽然，他脸色一变，露出咬牙切齿的表情，道，"最最可恨的是，那贱人当晚居然去而复返，杀了老夫的两个儿子不说，还烧了房子，毁了老夫几十年来辛苦收藏的八箱古董。"说到此处，他那肥胖的身躯激动得直哆嗦。

听他这言外之意，房子和古董竟比儿子的命还要紧！真正是少见的极品，莫非他儿子的数量比八箱古董还多，死一两个根本不在乎。

这时，秦虎问道："孟庄主如何得知她是御驰山庄的人？"

孟庄主喝了口酒水，控制一下情绪，继续道："老夫在明玉坊打听出来的。老鸨说，那日玉儿寻死觅活的闹着不肯上轿，忽然来了一个姑娘要为她赎身。老鸨怕老夫追究，不敢放人，那姑娘自称是御驰山庄的人，一切后果由她承担，自作主张地把人放走了，自己上了轿子……"

玄都道长冷笑道："御驰山庄有什么了不起？前些日子在太原还不是给人打得落花流水。孟庄主，那贱人现在何处？我们大家一起去教训教训她。"

我不禁好笑，御驰山庄即便受了重创，对付你们几个还是绰绰有余。

孟庄主起身抱拳一周，道："多谢兄弟们给老夫面子，前来相助！老夫约她今夜子时，在桃花林外的山丘上见。"

玄都道长猛地一拍桌子，大声道："好！今晚子时，我们就去教训这个贱人。"

孟庄主又发表一通感谢词，然后众人放怀大吃，直等酒足饭饱，好大开杀戒。那副神情好像对方已是他们的囊中之物。我与艳少互看一眼，也低头喝了一点酒水。只不知道他们口中的那个贱人到底是谁？

一会儿，月移中天，大家纷纷拿好兵器，孟庄主领头穿过桃花林，前往约会地点。我与艳少尾随一行人来到山上，只见皎月当空，夜色苍茫，桃花林沐浴在月光下，清艳无俦。

众人等了片刻，不见有人来。

玄都道长已经极不耐烦，冷笑道："莫非那贱人得到消息，知道我们在此，吓得不敢来了？"

孟庄主道："我约了众位前来，消息并不曾泄露……"

艳少忽然对我一笑，低声道："来了。"

我凝神细听一会儿，不远处隐有一缕衣袂掠空之声，随即便见一道绿影自桃花林间穿梭而过，花瓣被劲风激荡得漫天飞舞。

众人站在那山丘之上，齐齐往下注目。那女子宛如花神重生般飞掠而上，人尚未至跟前，一道雪亮的剑光好似闪电一般，向着山丘上的众人劈了过来，大家惊呼而退。那女子咯咯娇笑，翩然落地。

我在众人背后，看不到她的面目，只见到一袭水绿罗裙曳地，悦耳的女声笑道："老色鬼，这些就是你约来的高手？把名字报上来我听听！"

我一听这声音顿时愣住，连忙移步细看，果然是她——柳暗，昔日在苏州伺候我的丫鬟，后来在无锡城，林少辞因为碧玉峰一事先行离去，她也跟着不知所踪，想不到竟会在这里出现。

这时，孟庄主将众人的名号都一一报了。

柳暗听了，冷笑道："我还当是什么了不得的大人物。可惜这些名字，我一个都没有听过。"

我暗自点头，她都没听过，看来是真正的无名之辈

她话音一落，玄都道长便"唰"地抽出宝剑刺了过去，骂道："好狂妄的小贱人"

众人也均是满脸怒容，纷纷斥骂。

柳暗轻轻一扭身，避开玄都的剑，笑道："火气这么大，你修得哪门子的道啊？"

玄都气得面色发紫，刷刷接连刺了七八剑，柳暗举剑招架，身如行云。

艳少忽然道："这些人都不是她的对手。"

我拉起他的手，道："那我们先回避一下。"

他微一点头，我们当即悄悄下山，退入桃花林之中。回望山上，那老道步法凌乱，已经招架不住，露出狼狈之态。过了一会儿，只听柳暗一阵娇笑，叫道："你们还是一起上吧，省得我浪费时间。"

随即便听众人的喝骂之声，和兵刃相接之声。

艳少忽然道："这件事有点奇怪。"

我道："怎么？"

他蹙眉道："按照杜杜鸟的说法，是孟庄主要抢柳暗的包袱。他为何对这件事字未提呢？"

"或许那铁盒是柳暗从孟家偷出来的古董？"

"如果是从孟家偷出来的，跟七海连环岛又有什么关系呢？"

我又仔细回想了一下，道："那晚在青莲寺，她们在杜杜鸟身上搜出的胭脂水粉，湘灵好像说是她'落绯姐姐'的东西……"

艳少沉吟道："前提是确实有这么一个包袱……"

我灵光一闪，道："我知道了，这个包袱虽然是柳暗给杜杜鸟的，可是包袱里面的东西却是七海连环岛的。莫非是柳暗偷了七海连环岛的东西？"

艳少不语，嘴角忽然牵出一抹玩味般的笑意："而且这个东西，连白莲

教主唐赛儿都很感兴趣，究竟会是什么呢？"

这个家伙终于也好奇的事情了。

忽然，山丘上传来一声孟庄主洪亮的叫骂声，紧接着，便是接二连三的惨叫，然后，天地回归静谧，随风而来恍惚有一丝血腥之气，立刻又被桃花林的浓郁炽烈的香气所掩盖，好像什么也没有发生过。

柳暗顺着山丘掠身直下，捏唇发出一声呼哨，立刻便有一匹白马奔出林来。她飞身上马，绝尘而去。我连忙到树边，解开缰绳牵出马。假如那包袱是她的，我们跟着她准没错。况且容疏狂中毒一事，我怀疑与她有关，正好乘机弄个明白。

柳暗一路披星戴月，纵马直入河北境内，清晨时分，住进了一家破旧的客栈。

我们下马在街边摊上吃早点。我盯着客栈的大门，问艳少："你懂易容术吗？"

他知我不愿与柳暗正面接触，便向着老板的油锅一努嘴，笑道："那边的锅灰抹两把。"

我瞪着他，无奈叹了口气，道："你这么大名鼎鼎的人，偏偏没几个人认识。"

他谑笑道："敌人太多，不低调不行啊。"

我不理他，道："不晓得凤鸣现在怎么样了？"

他道："今晚务必赶到聊城。"

我点点头。这时，客栈里走出一个青衣毡帽的少年，向左一拐，没入一个小巷之中。

艳少忽然道："她出来了。"

我一愣。他道："刚刚那个人，是柳暗。"

我连忙扔下吃了一半的烧饼，快步跟了上去。

她一路急步而行，七拐八弯走了好一会儿，来到一座青灰色的墙下，飞身掠了进去。我正要翻墙入室，忽然听到艳少叫了我一声。

我回头，顿时吓了一跳。只见他脸上戴着一个漆黑面具，只露一双清亮的眼睛，要不是这身衣服，我绝不敢认他。他又拿了一个白色面具递给我，笑道："刚刚买的，这样才不负黑白双煞的名号。"

我嗤笑一声，接过戴上，笑道："她进去了。"

他握着我的手，轻轻跃入院中。院中站在两个黑衣大汉，见到我们尚未有任何表情，便被艳少弹指射出的劲风点了穴道。他轻功高绝，揽住我好似一缕鬼魅般掠至墙壁站定，悄然无半点声响。

一个男子声音道："柳姑娘的事都已经办妥了？"

柳暗笑道："孟家庄那群脓包那不是手到擒来。你这里最近有什么动静？"

那男子道："唐赛儿应该快到聊城了，七海连环岛的人也已经过去了，鬼谷盟方面，暂时没有什么动静。"

柳暗哼了一声："沈醉天还真沉得住气。"

男子道："何不让天字组的影子一起出动？"

柳暗冷冷地道："我自有道理。"

我顿时大吃一惊：据我所知，天字组的影子在御驰山庄是直接听命于两位阁主的，连四大坛主都无权对他们发号施令。难道说柳暗在山庄的地位等同于两大阁主，或者更高？又听她道："七海连环岛已经对那少年下了追杀令，沈醉天没有理由不相信。或许已经在暗中活动了，你多加派些人手。"

男子答应了一声，又恭维道："姑娘这一招可谓是天衣无缝，一切皆在意料之中。"

柳暗冷笑一声，道："好戏才刚开始，你就等着瞧吧。"

男子笑道："我们地字组的兄弟常年在外，不比柳姑娘身在总坛，见多识广。"

柳暗道："碧玉峰一战，梅坛主死于沈醉天之手，白虎坛这个位置差不多也该填补上了……"

"真的吗？"男子的声音有克制不住的喜悦。

柳暗笑道："李香主为山庄效力多年，若是办好这次的差事……"她没有继续说下去，意思却不言而喻。

那男子连声应道："属下定然全力以赴，万死不辞。"

室内陷入一阵静默。艳少凝眸看我，露出不解之意。我更加惊讶，听她的口吻，俨然就当自个儿是庄主了。

隔了一会儿，她又道："我暂时不宜露面。聊城那边，你亲自带两个兄弟去盯紧了，有什么情况立刻回报。"那男子满口答应。"我该走了。"

她话音刚落，艳少已拉着我飞鸟般掠出院墙。

我脚一落地，便道："那两个护卫会泄露我们的……"

"我的点穴手法岂是谁都能解的？他们即便知道，也是十个时辰之后的事了。"

"那两个护卫没准以为是无常鬼干的。"我摘下面具，笑道："不过，哪有黑白无常大白天就出来走动的，小心吓着小朋友，先摘下来吧。"

他依言摘下面具，我们回到适才的地方，牵了马直奔聊城。我将事情细细想了想，道："柳暗这么做，难道是林千易的意思？"

他反问道："为什么不是林少辞？"

"林少辞为什么要这么做？"

"林千易更没有理由这么做。这件事牵连着七海连环岛、白莲教、鬼谷盟，目前尚看不出来谁才是最后的目标。但是，很显然，孟家庄那伙人是棋子，杜杜鸟也是棋子，只怕七海连环岛也是一颗棋。"

他说着侧头看我，双眸清亮逼人："林千易是白莲教的人。他为什么要这么做？何况，太原一战，他的武功已废，对鬼谷盟应该是避之唯恐不及，没理由主动去招惹他们。"

我静候下文。他笑了笑，道："现在，御驰山庄主动出击，这倒很像是林少辞的作风。他自知沈醉天绝不会放过这个大好机会，必定会卷土重来，所以抢先一步。"

我似懂非懂，疑惑道："那个铁盒子就是诱饵？"

他微一挑眉，做出讳莫如深的表情，"一切尚是猜测。"

第九章
纵酒狂歌

许多年后，人们说起聊城那一场惊心动魄的大战。他们说，那一晚在聊城的星空下，几乎聚集整个武林中顶级的高手，除了南海七海连环岛、白莲教、御驰山庄、鬼谷盟的高手之外，还有三名武功高绝的神秘人。他们还说，那一晚的大战影响了后来数百年的武林格局。经过那一战，白莲教就此销声匿迹，鬼谷盟答应十年之内，不再问鼎中原。七海连环岛的君主乘兴而来，败兴而归，立誓在他有生之年，绝不踏入中原一步。这是后话。

彼时，当我与艳少马不停蹄赶往聊城的同时，有另一个人乘坐着八匹骏马拉着豪华马车兼程赶来。正是这个人，一手策划了这场大战，使得经受重创、奄奄一息的御驰山庄获得喘息之机，并在不久的将来重新掌握着天下武林的命脉。这个人的名字，将在许多年后，成为江湖的一个传奇。

遗憾的是，我并没有机会亲眼看见那一场轰动天下的大战。当天下高手都聚集在聊城的时候，我却不得不离开。然而，此时的我自己并不知道这一切。

据记载，明清两代是聊城历史上的辉煌时期。一般来说，辉煌的地方，娱乐业都相当发达。明玉坊作为娱乐业蓬勃发展的象征，在聊城可谓是无人不知，无人不晓。

我们按照凤鸣沿途留下的联络标记，找到他的时候，他正坐在明玉坊的雅阁里喝酒，任由那两名漂亮的欢场女子在旁边无聊的剥瓜果。他一见我们便禀退了那两名女子，神色肃穆道："怪事迭出。"

艳少不动声色道："怎么个怪法？"

他道："杜杜鸟突然被人劫走，对方武功高绝，一眨眼就不见踪影。"

艳少问道："有无交手？"

凤鸣点点头，道："我尽全力，只能过三十招，三十招后必败，但他们志在夺人，没有过多纠缠。"

我不禁动容。艳少沉吟道："当今江湖，谁有这样的身手？"

凤鸣道："看武功路数，不似中原门派，极其诡异，尤其是轻功身法，倒像是来自……"他的语气有一丝迟疑，看住艳少，沉声道："曜灵城。"

艳少目光一紧，神色变得凝重起来。我从没见过他这样慎重的表情，不禁一愣。他静默一下，又问道："唐赛儿呢？"

凤鸣道："他们在路上和七海连环岛的人交过两次手，此刻，双方都在明玉坊中。"

我问道："七海连环岛的君主露面了没有？"

他摇了摇头，道："没有"

"泓玉姑娘呢？你见过她没有？"

"路上见过，杜杜鸟被劫后，就没见到她了。"

他说着自怀中掏出一封信，双手递给艳少，道："申时接到汉王密函。"

艳少接过一看，忽然笑道："这件事真是越来越有趣了。"

我忍不住问道："汉王说什么？"

"他也要这个铁盒子，而且志在必得。"

凤鸣道："这个铁盒子究竟是什么东西？"

艳少微微摇头，沉吟不语。我撩开雅阁的珠帘，楼上楼下打量一番，叹道："这里最少有三十个房间，杜杜鸟到底会将那个盒子藏在哪里呢？"

室内的两人仍然沉默不语。

凤鸣忽然道："抓走杜杜鸟的人，目的应该也是这个铁盒。这样一来，我们就必须对付三路高手。"

我道："恐怕不只是三家，还有鬼谷盟呢。"

凤鸣一愣："暂时没有发现鬼谷盟的人。"

我道："沈醉天这小子肯定已经来了，只是躲着不出来。"

我刚一说完，就听见一声清朗的笑声，震得锦绣珠帘脆响不绝。一个白衣少年出现在门口，白色珠帘衬托得他一张俊美绝伦的容颜璀璨生光，一双晶亮的眼睛望着我，微笑道："容姑娘真是沈某的知己啊。"

我笑嘻嘻地回敬他道："沈公子真是越发的俊秀风流了。"

他似笑非笑地看着我，道："容姑娘也越发动人了。"

艳少忽然低咳了一声。沈醉天立刻看向他，问候道："楚先生的身体应该已经没事了吧？"

艳少不动声色，微笑道："托福。"

沈醉天哈哈一笑，眼光扫过桌上，忽然双掌一击，道："来人！"

一个青衣婢女，低首垂目道："公子有何如何？"

沈醉天道："去跟凤姐说一声，准备一桌上好的酒菜送到折桂轩，顺便让琴操姑娘过去焚香抚琴，我要招待两位贵宾。"

婢女应声去了。

我看着他，调侃道："你的口气听起来好像是这里的老板？"

他看着我，微笑道："正是。"

这下我是真的吃了一惊。

他一笑，转向艳少道："楚先生，请赏光，移步折桂轩。"

艳少也不推辞，起身微笑道："好！"

折桂轩位于三楼，视野极佳，正好可以总览楼下的大厅与雅阁。里面布置的清幽雅绝，人尚未至，便听得里面琴声悠扬，清香萦怀。轩名折桂，天下文人岂有不趋之若鹜的，真是用心良苦。我不禁微笑。

沈醉天道："容姑娘笑什么？"

我道："经营青楼对沈公子这样的人来说，真是再合适不过了。"

他一愣："哦，怎么说？"

我端正神色，道："沈公子绝代风华，若是登台一呼，只怕全城的人都要为之疯狂。即便是贩卖公子的画像，想必也有不菲的收入啊。"

我看着他渐渐黑下去的俊脸，微笑道："这天下还有比沈公子更合适的人选吗？"

他定定地看着我一会儿，忽然笑道："这个建议好极了，不知到时候，容姑娘会不会也买一张沈某的画像回去收藏啊？"

我被他这么一问，倒是无言以对的。艳少恍若未闻。凤鸣却忍不住嘴角含笑，仿佛很乐意见我吃瘪，吃里爬外的东西。我干咳一声，岔开话题："不过，我看你这明玉坊怕是要保不住了。"

他一笑，道："那也没什么，反正我这个老板，也只做三天。"

我奇道："只做三天？为什么？"

他微笑道："因为我只花了三天的钱。"

"你花钱包下了明玉坊？"我明白过来，有些吃惊，"就为了那个铁盒子？"

"容姑娘对这东西也感兴趣？"他对着我说话，眼睛却看着艳少。

"是啊，我简直好奇死了，那东西在哪儿？"

他像看白痴一样看着我，道："我要是知道那东西在哪儿，还需要包下整个明玉坊吗？"

老娘跟这小子说话就没占过上风，难怪这混蛋一路上都没露面，原来他一早把地方包下来，以逸待劳了："你既然包下明玉坊，难道没有搜查过？"

"确实找过，但是没找到。"

"杜杜鸟不是你派人捉走的？"

"可以说是，也可以说不是。"

"这话怎么说？"

"他是沈某的义父抓走的，所以可以说是，也可以说不是。"

艳少的神色忽然一变，道："你师出曜灵城？"

沈醉天坦言道："不错。"

艳少点头道："难怪。"

沈醉天直视他的眼睛，道："明人不说暗话，对于这样东西，沈某是势在必得。所以，不得不请教一下，楚先生此行的目的……"

艳少轻轻叹息一声："只怕要让沈公子失望了。"

沈醉天闻言面色一变，闭唇不语。一股诡异的气氛滋生蔓延，室内静默，唯有琴声悠扬婉转。

我忍不住道："到底那盒子里的是什么东西？"

沈醉天似乎吃惊不小，看了看我，又转头看艳少，问道："这么说，楚先生不知道那盒子里的东西？"

艳少道："不知道。"

他的脸上顿时有了一种说不出来的表情，道："那么，楚先生何必趟这趟浑水？"

艳少淡淡地道："汉王志在必得。"

沈醉天不说话了。室内重新陷入寂静。我这两天连夜赶路，不曾好好吃一顿，这时逮着机会，只管埋头猛吃。

沈醉天苦笑一声，道："沈某实在不愿意与楚先生为敌。其实汉王的事，沈某本可以略尽薄力，不知楚先生何故总是拒绝在下的好意？"

艳少不动声色，平静道："因为我是一个汉人。"

沈醉天愣了一下，随即大笑道："我本以为楚先生乃绝世高人，必定见识不凡，想不到竟也这等狭隘……"

我气不过他讽刺艳少，道："你有没有点风度啊？我相公只是不跟你合作而已，怎么就狭隘了？"

他气结瞪着我，目光冷锐如刀锋。

我故意道："看什么看，没见过美女啊？"

他冷笑道："没见过饭量如牛的美女。"

凤鸣"扑哧"一声笑了出来。

我立刻瞪着他，怒道："你到底是哪头的？"

艳少忽然道："敢问沈公子，被你们抓去的那个少年，现在何处？"

"他的嘴巴很紧，怎么拷问都不开口，或许楚先生有什么方法能令他开口。"

"沈公子误会了，此人与我有点渊源，还望公子手下留情。"

沈醉天一愣，道："难怪他有恃无恐了，原来……"

楼下忽然起了一阵骚动，惊叫四起，清脆的瓷盘碎裂声宛如珠玉落盘一般此起彼伏。他立刻闪身出门，我连忙跟出去看热闹，只见楼下的男男女女全部挤在角落里，大厅正中站在一个手持利剑的白衣女子，正是泓玉。她脆生叫道："谁是这里的老板，快出来。"

一个风情万种的女人走了楼来，笑道："姑娘，我们这里只做男人的生意。"

泓玉冷冷地道："我不是来跟你做生意的，我是来找人的。"

那女人伸手朝大厅四周作势，道："那么就请姑娘在这里找找吧。不过，姑娘这样子横冲直撞，打碎了我们这么多上好的东西，我们还怎么做生意啊。"

泓玉不理她的抱怨，冷笑道："他就藏在这里，你识相点，最好把他交出来，不要逼我动手。"

这时，我忽然看见楼下人群里有一张脸对着楼上不停的使眼色，我不由得一愣，侧头向身后两旁看了看。沈醉天不知何时已经不见踪影，艳少兀自坐在室内沉思，对外面的动静恍如不闻。然后，我确定那个人是在对我使眼色。可是，等我回过头时，他突然不见了。我连忙四下一看，依稀瞥见有一道人影急闪出门去，当下来不及跟艳少打声招呼，便快步追了出去。

其时，夜色清明，街道上灯火通明，行人纷纷。那人穿着一袭淡青色的长衫，不疾不徐地走在人群中，不时回头望一眼，似乎故意引我去追。我大感奇怪，一路紧追不放，倒要看看你究竟搞什么鬼？谁知那人七拐八拐的绕了半天的路，居然又绕回到了明玉坊后街的一条小巷子里。我见这里行人稀少，当即纵身截住他的去路，冷冷地道："你引我来此，想干什么？"

那人毫不惊慌，抬起头笑吟吟道："奉命请容庄主去见一个人。"

我一愣："什么人？"

那人笑道："容庄主去了就知道了。"

我冷冷地回复他道："第一，我不再是容庄主。第二，我不是什么人想见就能见到的。"

那人面色微窘，忽然亮出一把匕首。

我冷笑道："怎么？要动手吗？"

那人一笑，翻腕将匕首对准自己的胸口，道："在下若不能请到容姑娘，便是死路一条，请容姑娘成全。"

我诧异到几乎失笑，道："你用自己的性命威胁我？"

那人指着左侧的一座寂静的青灰色的小楼，正色道："容姑娘只需要走进那座阁楼，在下的这条命就算保住了。"

我沉吟一下道："好！我等你死了，就进去。"

那人毫不迟疑，匕首当胸急刺。我连忙挥袖扫落他的匕首，即便如此，胸口已然见血。我不禁怀疑他的脑子坏掉了。当下一言不发，过去一脚揣开大门，走了进去。

院中寂静幽绝，有一种经年沉积的腐败气息，似乎不常住人。青石砖铺就的小径上冒出一层碧油油的青草，在夜风里招摇。屋檐下挂了两盏红色的灯笼，在这个荒芜的院子里显得极为突兀且诡异。屋子大门洞开着，一个清挺秀挑的身影背对着门，负手而立，黑亮的长发松散的束于脑后，月牙白的丝质宽大长衫直垂到地面。四名少女静立两旁，低首垂目，仿佛根本没有看见我这么一个大活人站在门口。

我走进去开门见山道："我来了！有话直说吧。"

那人缓缓转过身来，月牙白的长衫映着月华的光芒，隐隐如水波潋荡。我看清楚他的脸，不由得倒抽了一口冷气。我见过这张脸，这是一张叫人无法忘记的脸："你是——"

这张美丽到妖媚的脸上毫无表情，声音里却有一种说不出的慵懒："七海连环岛的君主，南宫俊卿。"

嗬！大神们终于纷纷浮出水面了。但是，他找我干什么？容疏狂跟他很熟悉吗？"找我什么事？"

"受人之托，带一个口讯给姑娘。"

我冷笑道："带个口讯而已，何必搞得这么神神秘秘。"

他面无表情，淡淡地道："我喜欢！"

我气结，提高嗓门："有人差点丧命，就因为你喜欢？"

这时，左侧一个黄衣少女忽然抬起头，微笑道："即便为了我家君主赏心悦目，亦可血溅如花。"

我瞠目结舌，江湖上怎么全都是一群疯子，不可思议。"那口讯是什么？"

他淡淡地道："沈醉天即将攻打碧玉峰。"

我差点怀疑自己的耳朵，道："你说什么？"

他站着一幅海棠吐艳的精美屏风前面，不动声色地看着我。那漠然的表情，仿若死了亲娘老子都不会动容。

我冷笑道："沈醉天就在明玉坊中，我刚刚才见过他。"嘴上不信，心里却忍不住犯嘀咕：这实在是一个攻打碧玉峰的绝佳机会。

他淡淡地道："此刻，他已经在前往碧玉峰的路上了。十三匹快马，一炷香之前离开了聊城。"

我静默片刻，道："我已不是御驰山庄的庄主，此事与我无关。"

"或许，他认为容姑娘是一个念旧的人。"

我冷笑道："可惜我没有发现自己有这个优点。"

"我只是传个口讯，如何决定还在于容姑娘自己。"他说着微微侧过身子，去看那幅屏风，不再看我。

这个传口讯的人到底是谁？竟将沈醉天的行踪掌握得一清二楚，还能令南宫俊卿这样的人为其传话？如此神通广大，当世只有一个人，那就是艳少，或许艳少也未必能办到？我抬头看住南宫俊卿，他仍然看着那幅屏风，面上有一丝隐约的陶醉。我忽然心中一动，直觉就是屏风后面有人！

室内静默，一阵清风穿堂而过。我隐约闻到了一丝淡淡的香气，似兰似麝，非兰非麝，只淡淡一缕便令人沉醉。这一下，我几乎确定屏风后面有人，而且是个女人。于是，我问道："托你带这个口讯的人是谁？"

他不语，只是微微侧过近乎完美的侧面，仿佛多看我一眼就会死去似的。

我加重语气，道："你不说出他的名字，我是不会管这件事的。"

他沉默一下，方才道："柳暗。"

我愣住了，脱口道："怎么会是她？"

他缓缓道："据柳姑娘说，林少主回庄之后，终日借酒浇愁，萎靡不正。此番沈醉天有备而来，而御驰山庄的绝大部分高手都重伤未愈，她希望容姑娘能顾念旧情……"

我打断他，问道："她自己为什么不来见我？"

他似乎不习惯被人打断讲话，微微蹙起眉峰，冷冷地道："她在回碧玉峰的途中。"

我想了一想，笑道："她这么厉害，还需要我帮忙吗？没有其他事的话，我也该回去了。"说着，故意仰天打了一个哈欠。

他终于正眼看我，道："容姑娘打算袖手旁观？"

我反问道："这跟你有关系吗？"

他脸色一变，目光忽而变得阴暗难明，道："落绯，送客。"

一个容色秀丽的黄衣少女应声出列，道："容姑娘，请。"

她就是落绯！我的脑中忽然闪过一道光，定定看住她。

她冷冷地道："容姑娘，我家君主请你出去。"

我慢慢转身出门，脑子却在快速转动。七海连环岛的人追杀杜杜鸟，是因为那个包袱——包袱又是柳暗给杜杜鸟的——里面的东西，却是这个落绯的——现在，七海连环岛的君主，竟然替柳暗来传口讯。七海连环岛果然是一个棋子？还是说，他们联手来设局？按照艳少的推测，这个局的目的是为了保住御驰山庄。现在，沈醉天带人去攻打碧玉峰。那这个局岂非不攻自破了？

南宫俊卿的话是否可信？沈醉天是否真的去了碧玉峰？林少辞是不是真的有危险？我拿不定主意，便决定回去问问艳少，看他有什么建议。

此时，小巷中空荡无人。我快走几步，忽觉身后凉风拂体，回头见是艳少，忙挽着他的手臂，笑道："你来得正好，我遇到一件奇怪的事。"

他含笑看着我，静默不语。我待要将刚才的事告诉他，忽又想起明玉坊的事，改口问道："里面怎么样了？那个泓玉——"我话没说完，他突然将我压在墙壁上，低头吻住我的唇。我大脑一热：怎么突然这么热情？

他的吻逐渐加深，两只手顺着我的腰一路抚摸上来。我隐约觉得有些不对，忽然全身一麻，胸前四处穴道被封。半晌，他意犹未尽的抬起头，一双眼眸清亮澄明，轻佻的摸摸我的脸，魅惑道："感觉好吗？"

我一听这声音立刻识破他的身份，怒道："是你，你这个混蛋，你竟敢——"

他抬手点住我的哑穴，抬头望着明玉坊神秘一笑，道："楚天遥，借夫人一用。"

他抱着我飞身掠起，上了后院的一匹骏马，纵马如飞。我一边运气解穴，一边在心里咒骂这个混蛋。他紧紧搂住我的腰，大笑道："别白费力气了。"我气得火冒三丈，发誓获得自由的第一件事就是砍下这混蛋的十个爪子。

他一路疾驰，骑的又是汗血宝马。我只觉得一阵阵的劲风扑面而来，简直无法呼吸。他拉过披风罩在我的头上，这样不知过了多少时辰，终于感觉马速慢了下来。又过了一会儿，他揭开披风，将我抱下马。

我目光四下一转，发现已身在济南城中。

其时，夜幕幽蓝广袤，一弯弦月垂挂如钩，城中灯火寂寥，唯有娱乐场所依然声色犬马，热闹非凡。我不禁纳闷，他不直接去碧玉峰，来这里干什么？

但我很快就知道了原因——林少辞正在花街买醉。当我看到他的时候，我简直不敢相信，眼前这个人就是那个冷冽如冰山的林少辞。他穿了一件亮珊瑚色的长衫，衣衫半解，长发凌乱，很享受的被一群美女簇拥着高声谈笑。怀里的女子不知说了什么，他仰头发出一阵大笑，笑容明澈如五月的晴空，清朗的声音宛如水波一般流淌在空气里，似乎看得见那声波的滟滟色彩。

直至此时，我终于明白那些江湖女子为什么为他痴迷了。这一刻，他看起来充满了一股邪恶的魅力，一种介于男人与男孩之间的诱惑，既纯真又浪荡，既温柔又不羁。原来这小子在我面前装出一副冷酷高深的样子，背后竟然这样风流快活。柳暗一定是眼睛长到屁股上了，才会认为他是在借酒浇愁，他看起来不知道有多快乐呢，不但没有萎靡，精力充沛更胜从前了。

我看着沈醉天，他这时已经卸下易容，俊美的脸上挂着一丝恶谑的笑，调侃道："看到老情人左拥右抱，感觉一定很不好受吧？"

我口不能言，只能瞪着他。他摸摸我的脸，语气极其轻佻："你不说话的时候，勉强可以算作一个美人。"

我怒目而视。他一手托在下巴，含笑看着我，端坐不动。我仍是一头雾水。御驰山庄经过太原一战，宋清歌和燕海萧三人都受伤不轻，眼下唯有林少辞和蓝子虚尚可一战。他既带了高手前来，应该速战速决才对呀！

沈醉天倒了一杯酒，微笑道："你是不是想问我，为什么还不动手？"

我不看他。他仰头喝下杯中酒，自问自答道："碧玉峰四面环水，地势险要，此刻必定防备森严，想要攻上去并非易事。否则，她也不会这么放心地离开济南。"他说着，脸上忽然露出一丝怨恨的神色。我更加疑惑。林少辞就在眼前，这个她是指谁？林千易？不可能啊，他武功已废，应该没什么威胁。

他沉默不语，似乎在回想些什么，愣了半晌，忽然冷笑一声，道："她以为你来济南，就一定能牵绊住我。哼！我沈醉天岂能两次让一个女人玩弄于鼓掌之中？"

女人？难道是柳暗？我吃惊之余忍不住想笑：原来他已经被人玩弄过一次了，哈哈哈！

他好像对这件事极不能释怀，冷冷地道："你笑什么？"

我尽量讥讽地看着他。他忽然也笑了，道："不过，还是要感谢她的提醒，正好抓你来要挟林少辞。故技重施，有时候也很有效。"

我这才明白，他的用意原来在此。难得他对我的魅力如此有信心，我应该好好谢谢他才是。

这时，远处忽然隐隐传来一阵马蹄声。沈醉天禁不住露出微笑。林少辞依旧美女在抱，醉生梦死。

我一边运功解穴，一边着急。

沈醉天站起身，伸手解开我的哑穴，微笑道："走吧，过去会会你的老情人。"他搂着我的腰，在众人诡异的目光下走向林少辞……不得不说一下的是，这个姿势相当的暧昧，因为我此时穿着男装。但是，林少辞仿佛根本没有看到我们，女子的袖袍和发丝遮去了他的大半个身子。呵呵，他已知我并非容疏狂，沈醉天这一招只怕不管用了。

"林少主……"沈醉天意味深长地开口了。

"你来了。"林少辞没有看他，只是淡淡说了一句，"我一直在等你。"

沈醉天微笑道："其他人呢？叫他们都出来吧。"

林少辞自女子如缎的黑发间抬起头，目光迷离的望着沈醉天，嗓音沙哑地说道："他们还没有来，沈公子不介意多等一会儿吧？"

这眼神，这语气，若不是有那群碍眼的女人充作背景，我几乎怀疑他们有非同一般的关系。

沈醉天握住我的肩，在对面坐了下来，微笑道："最好一起来，免得我四处去找他们。"

林少辞不动声色，道："沈公子舍得放弃那东西了？"

沈醉天一笑，坦然道："那东西我是势在必得，即使明知道是个陷阱，也毫不犹豫。此刻，我义父已经亲自到达聊城，我在不在，并无区别。况且，有楚天遥在，那东西也未必能得手，但是攻打碧玉峰的机会却不常有……对于能看得到的利益，我一向都不愿意错过。"

"沈公子挟持容疏狂，就不怕楚天遥动怒吗？"

"怕固然是怕！但为了那东西，也管不得这么多了。"

"倘若那东西真的被楚天遥得到的话，"他看了我一眼，笑道，"那就要看他有多爱容疏狂了？"

原来他抓我还有这层意思，这个混蛋真不是一般的阴险狡诈啊。

林少辞不语，面上却露出一抹讥讽的表情。

沈醉天道："敢问林少主，那东西贵庄究竟是何处得来？"

林少辞淡淡一笑，道："这话问错人了，那是七海连环岛的东西——"

"这事骗得了别人，却骗不了我，"沈醉天冷冷截断他的话，"咱们不妨打开天窗说亮话，当日在太原，如果不是为了这东西，沈某绝不会轻易就让你父亲离开……"

我暗自吃惊，究竟是什么东西，值得他放走林千易？

沈醉天冷笑一声，继续道："如今你们出尔反尔，不守信诺，引出七海连环岛和白莲教来抢这东西，最后的目的无非是要对付我鬼谷盟……但是，你们未免也太小看我沈醉天了。"他冷哼两声，站起身来傲然道，"今晚之后，江湖上将再不会御驰山庄这四个字。"

林少辞并不动怒，只是微微一笑。忽然，有一个清脆的声音接口道："沈公子好大的口气啊。"我一听这声音便知是柳暗到了。

沈醉天哈哈一笑，道："怎么？就你一个人来吗？"

"我一个人就足够了。"柳暗的语气相当轻松。

沈醉天怒极而笑，加重语气："你一个人就足够了？"

柳暗笑道："看热闹只需要带两只眼睛，我一个人当然是足够了。"

沈醉天目光一紧："看热闹？"

一袭水绿色的长裙曳地而过，柳暗看了看我，又看了看沈醉天，深深叹息一声，道："沈醉天，你自命绝顶聪明，可惜你的一切举动都不出我家小姐的预料。"

闻言，沈醉天俊美如神祇般的脸上忽然变得煞白。他一字一句道："你说什么？"

柳暗微笑道："小姐早就料到你必定会乘机攻打碧玉峰，早就料到你会挟持容疏狂，所以……"她顿了顿，笑意渐深，"你不妨看看外面，这些人还是不是你的人？"她话音一落，就听砰然一声巨响，倚艳楼的两扇大门凭空飞起，直撞穿楼上的朱红栏杆，楼面顿时坍塌一大片。随着那一声轰响，无数道弓箭从四面八方冒出锐利玄黑的簇。

沈醉天微微动容，却仍然临变不乱。

这时，大门处涌进十几个人，当先领头那人手执羽扇，淡青长衫，面上挂着一抹温雅文秀的微笑，赫然竟是云景。

沈醉天伸手按住我的肩膀，冷然道："阁下是什么人？"

云景微笑道："在下云景，三个时辰前，接到楚先生的口谕，三堂七会十三省的兄弟将不惜一切代价，全力劫杀鬼谷盟。"

沈醉天面如死灰，扭头对柳暗道："原来如此，原来她打的是这个算盘。"

柳暗点头道："不错。当你挟持容疏狂离开聊城的时候，晚词小姐已经和楚天遥先生达成共识。这一仗，御驰山庄不费一兵一卒，自有他人代劳。"

我恍然大悟。原来这一切都是林晚词的计谋，原来柳暗是她的人。

第十章
飞扬跋扈

气氛沉重而窒闷，数十支利箭已然在弦，只待云景一声令下，但是他不敢。沈醉天握着我的手腕，拇指轻轻摩挲我的手背，手掌之间厚实的茧，一粒粒微微凸起，使我产生了一种奇异的感觉。

林少辞握着酒杯，低头看着杯中的酒，他的侧脸沐浴在淡白的月光里，恍惚有一种怅然的表情。我不知道，他对于这件事究竟知道多少。但柳暗自从进门，就没有正眼看过他，似乎并没有把这个少主放在眼里。昔日，我还是庄主的时候，她对我亦是不假辞色，或许在她眼里，除了林晚词，就再也看不见旁人吧。假如真的是这样，那么容疏狂中毒一事，就得另当别论。机会难得，我必须得问清楚。

"柳姑娘，我有一事请教。"

她看着我，面无表情地吐出两个字："你说。"

"当日在姑苏，我忽然中毒，你知道是怎么回事吗？"

她的眼神蓦然变了，笑容凝固在脸上，道："你真的失忆了？"

我颇有些哭笑不得，整个江湖都知道的事，敢情她以为我是装的。

她冷冷地道："毒是我给你的。"此言一出，林少辞微微变色。我料不到她如此坦诚，也不禁愣住。谁知她继续道："不过，将毒倒进杯子里，喝下去的人，却是容姑娘自己。"

我大为意外，且难以相信，道："我为什么要给自己下毒？"

她不理我，径自道："当日楚天遥派人提亲，鬼谷盟屡屡骚扰，老庄主万般无奈，只得让你代替晚词小姐出嫁，我陪嫁随行，协助你取得那份名单。那时，你正在姑苏与鬼谷盟交锋，接到消息后的第三天晚上，忽然服毒……"

我忍不住道："我难道脑子坏掉了？"

她冷然一笑，道："你脑子没有坏，心却死了。你心里喜欢的人是少主，却不得不嫁给楚天遥。"

我不由得静默，细细思量容疏狂当时的心情，的确有这个可能。她这一生都为报答林千易的恩情而活着，可是他却从来没有为她考虑过。

柳暗继续道："你感到心灰意冷，但你对老庄主一向是言听计从，忠心不二。老庄主要你偷那份名单，你绝不会撒手不管……最后促使你下决心服毒自杀的人，是风净漓。"

我更加不解："什么意思？"

她的眼睛里多了一抹讥诮的意味："那一晚风净漓夜访凤翔客栈之后，你神色恍惚的呆坐了半天，忽然问我要了'红莲之心'，然后将我支开……可是，我当时并没有离开，我亲眼看见你将毒倒进那杯被风净漓下了药的杯子里，然后喝了下去。我猜想你因为看见她，受了刺激……"

我蹙眉："受刺激？"

她冷冷地道："没错，少主为她对你拒婚，你心里一直嫉恨她，而你一旦嫁给楚天遥，只会让她称心如意……"

我反问道："我若是死了，岂非更让她称心如意？"

她笑道："这就是你的高明之处了，她夜访凤翔客栈之后，你突然中毒而死，就为这个嫌疑，少主这一生都不可能娶风净漓为妻。而你宁死不嫁楚天遥，借此向少主表白心迹，少主只有更加忘不了你……"

她言谈之间提及林少辞，浑然不知避讳，仿佛根本没将他看在眼里。而我耳听她将容疏狂说得如此不堪，顿起莫名的反感，忍不住喝止她："这一切都不过是你的猜测。"

"没错！这一切确实是我的猜测，真相究竟是怎么回事，只有你自己心里最清楚。"她说着意味深长地看了我一眼，似乎对我的失忆仍然抱有怀疑。

我忽视她的嘲讽，去看林少辞。他正好也在看我，双眸幽深若寒潭，忧伤得足以将人溺死。我不禁对他苦笑了一下。或许，我们都无法得知容疏狂的真实意图了，真相确如柳暗所说，只有容疏狂自己知道，但她却再也不会开口说话了。

短暂的沉默中，沈醉天轻声笑道："问完了吗？问完我们也该走了。"他抬头看了看外面的天空，低低叹一声，"天色不早了。"

他的语气太过家常，在这种场合听起来有一些滑稽。

我随口应道："好啊，只要你走得了。"

"沈大当家的，我劝你最好是留下来。"云景上前两步，温和地微笑道。

沈醉天环视一周，冷冷地道："凭这几支弓箭，就想留住我沈醉天，你不妨回头看看。"

闻言，云景尚未有反应，柳暗却忽然惊叫了一声，我也不禁吃了一惊。

四周的弓箭手均已被人点了穴道。而云景的身后，不知何时竟多了一个人，一个极其诡异的白衣蒙面人，身材枯瘦矮小，脸上只露出两只眼睛，赫然是深褐色的，眼珠就像两个褐色玻璃球，发出慑人的异光。他站在云景身后，宛如他的影子一般悄然无息。屋内的几个都算是当今江湖上的一流高手。可是，谁也不知道，这个白衣人究竟是什么时候站在这里的，究竟站了多久？

云景的额头顿时渗出一层细密的汗珠，执着扇柄的手背隐有青筋暴动。

此刻，林少辞身边的美女们已经走得无影无踪了，他独自一人斜倚在软榻上，神色懒散地盯着杯中的酒，依旧是一副事不关己的模样。

沈醉天冷冷地看着柳暗，目光锋锐逼人，一字一句道："我说过，这个世界上，没有人能欺骗我沈醉天两次。"

柳暗仍然在笑，但那笑容明显有些底气不足。

"她以为和楚天遥联手，我就束手无策了吗。你去告诉她，我很生气——"

"后果很严重！"我嘴巴一溜就蹦出这句话，几乎同时感觉手腕一麻，好像要断裂般的疼。

沈醉天盯着我的脸，从牙缝里挤出声音："容疏狂，我对你再三容忍，是因为我不愿意得罪楚天遥。你最好是安分一点，不要试图激怒我。"

识时务者为俊杰，我立刻闭嘴。

林少辞忽然道："沈公子，你与其用容疏狂威胁楚天遥，不如用我威胁林晚词。"林少辞起身走过来，意味深长道，"沈公子若真的不想被人欺骗两次，不妨考虑一下我的提议。"

沈醉天面不改色，瞳孔却微微收缩了一下。

我料不到林少辞有此一举，连忙朝他猛使眼色，但是他看都不看我一眼。

沈醉天点点头，道："这个提议很好，多谢你的提醒。"他说着忽然挥手弹出一道黑线，随即空中爆出一声劲响，无数烟雾弥散而起。几乎是同一时间，三道人影恍如急电般窜出，浓烟中响起两声短促的闷哼，肃杀之气肆意横流。

林少辞没有动，他一双窨黑清亮的眼睛冷冷地看住沈醉天，道："放了她，我跟你走。"

沈醉天五指紧扣我的手腕，微笑道："你们两个，一起跟我走。"

他话音未落，林少辞的追风剑已然刺出，雪亮的剑锋宛如一道冷电，劈开浓烟，直取沈醉天的咽喉。沈醉天微笑静立，清澈的目光悠悠望向前方，仿佛根本没有看到这一剑。就在这道剑光即将吻上他的脖颈时，林少辞的剑尖忽然斜荡开去。

我看得清清楚楚，知道是一根手指分毫不差地弹开他的剑锋。这只手似乎凭空从天地间钻出来的，另一个白衣人幽灵般冒了出来。

林少辞一击不中，不退反进，剑舞似怒海狂花，烈烈青光耀目。白衣人身法怪异，宛如鬼魅，但见一道白光绕圈游走，那剑却总也刺不到他。我心中焦急，几乎按捺不住。这时，浓烟已经消散稀薄，一道绿影忽然掠空而去。

沈醉天轻喝一声："别管她。"

我定睛一看，云景静立不动，额头一点血痕宛如朱砂般猩红，面上依旧带着那一抹温淡的笑，分明有些僵硬了。我不由微微心惊。看来沈醉天这一次是动真格的，要和楚天遥撕破脸了。

忽然，铿然一声鸣响，林少辞的长剑已经斜飞出去，钉在了室内朱红楼柱上，剑身震颤不绝，桃红色的剑穗摇曳出滟滟色泽。两名白衣人一左一右挟持着他。沈醉天发出一声清啸，外面立刻传来骏马长嘶之声。

月色下的济南城祥和宁谧，人们都在熟睡，我与林少辞却被扔进一辆漆黑的马车，一路颠簸着驰向一个未知的所在。车内一团漆黑，车颠得人要散架，我的头不时"砰砰"撞在车厢壁上，疼得我差点失去淑女风度。林少辞却是一声不吭。我忍不住骂他："我说你是蠢啊，还是活得不耐烦了，有你这么救人的吗？"

他仍不作声。我忍不住踢了他一脚。

他身子一震，脱口道："你——"

我忙提高声音骂道："我什么我，你实在是太笨了，居然主动帮那个混蛋对付自己的妹妹……"

他忽然握住我的手，我也大吃一惊——原来他也根本没有受制。

沈醉天敲了敲车厢，大笑道："老情人见面不叙旧情，反倒吵起架来了，有一句怎么说来着：不是冤家不聚头，哈哈……"

我当即回复他："你懂什么，那句话应该叫打是亲骂是爱，我们这是恩爱的表现。"

闻言，林少辞的手微微一僵。 我见他这样，也不由得面上发烫，当下干咳两声，提高嗓音道："喂，姓沈的，你到底要带我们去哪里？"

沈醉天哈哈一笑，道："到了。"

马车忽然停住，有人掀开厚重的暗青色车帘，将我们眼睛蒙上，拖了出来。走了一会儿，忽听有人叫了一声："小侯爷。"

沈醉天应了一声，问道："义父呢？"

"城主正在偏室调息。"

"怎么？"沈醉天的声音微露讶异。

"昨夜与楚天遥交手，受了点伤。"

"楚天遥的武功竟然已经到了如此地步？"沈醉天的语气由震惊转为疑惑，喃喃近乎自语。

"义父伤得怎么样？"

"属下不知。"对方停顿了一下，补充道，"属下当时不曾在场，据秦师兄说，城主是在夺铁盒时，被楚天遥的真气伤到左臂的曲池穴。"

"这么说，那个盒子被楚天遥夺走了？"

"是！"

"白莲教和七海连环岛的人呢？"

"唐赛儿重伤，随行的五名护教法师三死两残。"

"三死两残，这不像是义父的作风啊？"沈醉天语带笑意。

"是七海连环岛的南宫俊卿所为。"

"南宫俊卿……"沈醉天重复这个名字，自言自语道，"他在这件事里到底扮演一个什么样的角色呢？"

这时，有人低低咳嗽了一声。

沈醉天立刻道："把这两人带到隔壁房间，好好看守。"

有人应声将我们带走，没走几步差点摔一跤，身后有人一把将我提起扔出去，然后砰然一声关上了房门。

"义父，你的伤……"沈醉天的声音在隔壁响起。

"没有大碍了，不必担心。"一个苍老却浑厚的声音打断了沈醉天的问候，然后是一阵淅淅索索的喝水声。忽然，那人长长地叹了口气，道："我看王爷的大事，三年五载怕是难成了。"说完又忍不住叹息了一声，在静谧的室内听来，极其悠长，有一种虚空无力之感。

"因为楚天遥吗？"

"他确实是一个劲敌。"那人似乎又想叹息，却终于忍住了。

"除了他，中原武林也委实不可小觑。御驰山庄的那个丫头，就绝对不是一个简单的角色。"

"林晚词？"沈醉天每次提起这个名字，似乎都有些不大对劲，不知道究竟和她有什么仇恨？

那人忽然笑道："你费尽心机，都不能令楚天遥同意和你合作。那林丫头三言两语就说服了他。额森，我认识楚天遥二十年了，他不是一个轻易能被说服的人。"

沈醉天沉默不语，过了一会儿，也叹息道："我一直不愿意承认，自己曾栽在一个女人手里。"

"不要小看女人，额森，尤其是美丽的女人。"

沈醉天苦笑道："当日，您命逍遥四仙助我攻上碧玉峰，制服林千易等人，我见她一介弱女子，本无意加害，谁知她竟然主动要求跟我走，更想不到，我居然会被她说动，中途改变计划放走林千易……唉，我早就应该想到，她的目的绝不简单……"

"哈哈，自古英雄难过美人关，你栽在那丫头手里，绝不冤枉……"那人说着一阵大笑。

这一下，沈醉天也笑了："她固然美绝人寰，但我绝不会对她动丝毫念头。"

那人似乎有些意外："哦，为什么？"

"我不喜欢心机深沉、玩弄权术的女人，不论她有多美。"

那人笑道："额森，你对女人还缺乏了解。这个世上，任何一个女人，无论她多么精明能干、出类拔萃，她仍然渴望得到一个男人的认同。一旦她遇上一个比她更强大的男人，她就会对他死心塌地，忠心不二。额森，你要学会征服这种女人。"

沈醉天轻笑两声，绕回原来的话题："朱高煦谋反势在必行，明廷一场内乱不可避免，中原武林已不足为惧，这正是我们举兵南下的大好机会，义父何以认为此事难成？"

那人叹道："你只看到别人的内乱，难道没看到自己本身的问题吗？"

"阿鲁台还不老实吗？"沈醉天的声音略显波动。

那人冷笑道："他什么时候老实过，他被明廷打怕了，爪子就朝内伸，成事不足败事有余！"

沈醉天闻言沉默不语。室内静了好一会儿。那人忽道："对了，听说你抓了御驰山庄的少主回来？"

沈醉天笑应一声，道："还有楚天遥的夫人容……"

那人颇为惊讶地打断了他，道："楚天遥娶妻了？"

沈醉天道："没错，怎么？"

那人静默半晌，忽然大笑起来，声音苍劲雄浑，震得我耳膜生疼，这才知道曜灵城主内力精湛，非比寻常，难怪艳少听到"曜灵城"三字会微微色变，此人的武功应不在他之下。"他狂傲不可一世，自视天下无人可堪与比肩，竟也会娶妻？"他笑声一收，道："如此说来，这个女人或许会是他的一个弱点。"

沈醉天嗤笑一声，道："孩儿也是看准了这一点，只要她在咱们的手上，那东西就飞不了。"

两人心照不宣的齐声笑了起来。我暗自心惊：艳少果然没有料错，沈醉天意在天下，不在江湖。只是，这曜灵城是什么来头，为何要相助北元？阿鲁台又是什么人？我努力思索记忆，却一无所获。

这时，忽听一阵轻微脚步声，有一个恭敬的声音道："回禀城主，楚天遥派人送来拜帖。"

沈醉天惊叹一声，道："我刚回来，屁股还没坐热，他的拜帖就来了，真不愧是楚天遥啊。"口吻颇为无奈。

曜灵城主不语，想必正在看那拜帖。过了片刻才道："他就在外面。"

沈醉天失声道："这么快？"

曜灵城主没有说话，室内有一种莫名其妙的、叫人心里没底的安静。

终于，沈醉天问道："义父，对付楚天遥，您有几分把握。"

曜灵城主的声音苍老而平静："若是在二十年前，对付他，我尚有五层胜算。但是经过昨晚，我是一分把握也没有。"他顿一下，又笑道，"这二十年来，他的武功进步神速，可我也没有闲着。昨夜我虽为他的真气受伤，但他也没有讨到便宜，真动起手来，他未必就能赢我。"他虽为艳少所伤，但这一番说得还算客观清醒，既不抬高他人，亦不贬低自己，俨然大家风范。

沈醉天道："容疏狂在我们手中，他必然有所顾忌。我担心的是，他即便愿意交出铁盒来换容疏狂，事后若是反悔，我们……"

曜灵城主哈哈一笑，道："楚天遥不是这样的人。"

沈醉天不以为然，道："江湖传闻他喜怒无常，性情乖戾。况且他现在相助的是汉王，汉王岂肯就此罢休？"

闻言，曜灵城主沉默不语，大概不无疑惑之意。隔了一会儿，才笑道："那东西在没有亲眼所见之前，都是不可信的。此刻，楚天遥就在门外，咱们再不出去，倒显得怕了他，哈哈哈……"

随即便是一阵朝外去的脚步声。

沈醉天快步进房，吩咐看守之人道："把他们两个带到尚武堂——"

我连忙叫道："等一下。"

他冷笑一声："怎么？"

我干咳一声，道："我内急，要去方便一下。"

他沉默一下，走过来拉下我脸上的黑布。我重新得见光明，不禁长出一口气，却见他眯起一双漂亮的眼睛看着我，带着邪恶的微笑，道："我陪你去。"

我干笑两声，道："这个不太好吧。"

他拉起我的手，微笑道："这地方你不熟，别迷路了。"

我笑道："我忽然又不急了。"

他倏忽捏住我的下巴，凑近脸来，挑眉冷冷地道："我警告你，别耍花……"话没说完，我已吐了他一脸口水。他一把掐住我的脖子，咬牙切齿道，"容疏狂——"

我被他勒得喘不过气，心里却感到无比畅快。他娘的，总算出了一口气。

他定定看了我，目光亮到令人惊怕。静默半晌，他的手掌一松，五指顺势摩挲着我的脖子："我忽然很想知道,你究竟是怎么取悦楚天遥,令他离不开你。"

他说着一把撕裂我的外衣,低头咬我的唇,粗暴之极。我尝到一丝腥甜血气,惊觉事情搞得有点大,一股内力提到中途尚没出手,他忽然停住,精美五官近在咫尺,温热鼻息喷在我的脸上,一双漆黑眼瞳闪烁着莫名火花。

门口守卫的人倒在墙上,已然气绝。

林少辞的左手贴着沈醉天的后背,冷冷地道:"放开她。"

沈醉天嗤笑一声,道:"不放,你待如何?"

林少辞道:"这枚流星镖上有剧毒。"

沈醉天浑不在意,兀自笑道:"我和你打赌,在你的流星镖还发出之前,你就会先倒下去。"

他的话没说完,一道白影幽灵般袭向林少辞。林少辞迅疾一掌拍着沈醉天的背上,身子倏地倒窜出去,白影紧缠不放。

沈醉天冷笑一声,伸手拔下后背的流星镖,道:"区区一枚流星镖……"

我乘机出手,以流云出岫指闪电般点住他胸前膻中鸠尾两处穴道,顺便给他两个耳光。

他吃了一惊,随即大笑道:"原来你们俩早就私通好了,好手段,好默契啊。"

我忽略他的语病,伸手撕裂他的衣服,露出一件玄黑背心。沈醉天冷笑不语。我点头道:"行啊,原来穿了一件刀枪不入的软盔甲,难怪牛气冲天。这衣服还真是不错……"

他兀自强笑道:"你喜欢的话,可以送给你。"

我笑道:"确实很不错,但是我从不穿别人穿过的旧衣服。"

这时,林少辞身边又多了两名白袍人,他手无寸铁,以一敌三,已露败迹。我连忙捏着沈醉天的下巴,叫道:"快叫你的人住手。"

闻言,那三个白袍人齐齐盯着我,六只褐色眼珠透出的气息宛如孤魂野鬼般诡异。虽是青天白日,我也不禁有些发寒。

沈醉天斜瞥我一眼,道:"你逃不掉的。"

我笑起来，道："我为什么要逃啊？只要控制了你，还怕他们不听话吗，再说在这里吃香喝辣，又有人伺候，不知道有多快活呢。"

他也笑了，道："那你不如改嫁于我，包管你天天吃香喝辣，逍遥快活。"

我抬手打了他一记耳光，冷笑道："这话你有胆跟我相公说？"

他问道："你穴道早解，为何现在才动手？"

我道："因为我也想知道，我和那个东西，到底哪一个更重要？"

他微笑道："那你应该让我继续点住你的穴道……"

我点头道："是该这样。"我从他的手里拿过那枚闪着幽兰寒光的流星镖，在他的手腕内侧轻轻一刺，麦金色的手腕上立刻冒出一点猩红的血，转眼就变成了紫黑色。

他面色微微一变。

我微笑看着他，道："你现在中毒了，要乖乖听话，我才会考虑将解药给你。听明白了吗？小侯爷！"

他黑曜石般的眼瞳前所未有地明亮起来，一张英俊的脸庞越发有股狂野惑人雌雄莫辨的美。我摸了摸他的脸，学着他的语气，啧啧赞道："你不说话的时候，实在是个俊美绝伦天下无双的美男子。"随即我话锋一转，沉脸道，"带我去尚武堂！"

"我不是来这里喝茶的，疏狂现在哪里？"

我人还没到尚武堂，就听到艳少略显沙哑的声音，像寒冬屋檐下的冰凌，有一股清冽深冷的意味。

"容疏狂在此，只要楚先生交出那个铁盒，沈某立刻放人。"沈醉天带着我们适时步入大厅。我的脸上仍象征性的蒙着那块黑布，但因为天气晴朗，屋内采光良好，我隐约可以看见一些影影绰绰的身影，艳少的身形最熟悉也最易辨认，清瘦挺拔、玉树临风，他只是静静站立亦有说不出的蕴藉风流。

另有一名身材高大、体格健硕的男子坐在主人的位置，必是那位曜灵城主了。

从我进入大厅的那一刹那，就有一种强烈的感觉，会对我如此关注的，当然只能是艳少了。只听他冷冷地道："那个铁盒，我昨夜已经派人快马送递给汉王，此刻，应该已经到他手里了。"

一时，满堂寂静，如同山中坟茔。沈醉天不语，他几乎什么都想到了，就是没想到这个结果。终于，他冷笑一声道："楚先生将铁盒交给汉王，是料定容姑娘一定安然无恙吗？"

"你不会，也不敢。她若是少了一根头发，你会有什么样的下场，我不敢想象，但我保证，那将是你这一生中做过最后悔的事情。"艳少的语速缓慢而沉静，不带一丝感情。

沈醉天尚不及说话，曜灵城主已经放声大笑起来，声音如夜枭般刺耳。忽然，他笑声一顿，冷冷地说道："楚天遥，你未免也太目中无人了。"

艳少淡然道："城主武功卓绝，楚某不敢轻视。不过，我这个人不喜欢被人威胁，更加不喜欢有人随随便便就带走我的女人。所以，尽管对付城主没有绝对的胜算，此战亦不可避免。"

曜灵城主仰头爆发一阵大笑，连声称好，不知是惊是怒。

沈醉天忽然道："楚先生此举只怕不仅是为了容疏狂吧？"

艳少淡淡地道，"你杀了云景，这笔账也要一起算。"

沈醉天讥笑一声，道："楚先生难道不是为御驰山庄出头？区区一个云景也值得阁下如此兴师问罪？阁下既然已跟林晚词联手，又何必遮遮掩掩？"

艳少静默不语。我却不由得暗暗替他担心，谁知他的废话还没完。

"楚先生向来清标孤傲，想不到为了那东西，竟也会……"

我忍不住咳嗽了一声，随即感到全身一寒，像被一束冷电扫过。然后，艳少笑出声来，语气极其平静："沈醉天，不管你是什么人，有什么背景，未来的十年内，我都不想再听到你的名字。"

曜灵城主再次大笑出声，道："我昔年读过你们汉人的一首诗，有两句叫作'纵酒狂歌空度日，飞扬跋扈为谁雄？'，这'为谁雄'三个字我真想借来问问你，这天下可有你楚天遥看得上眼的人吗？"

艳少冷冷地道："城主认识我也不是一两天了，应该知道我这个人一向随心所欲惯了，不喜羁绊约束，只专注于我感兴趣的事。"

曜灵城主语气一变，冷冷地道："楚天遥，你是一个很厉害的对手，不到万不得已，我相信这个江湖上绝没有人愿意与你为敌。所以，我希望……"

艳少打断他，淡然道："你放心，我若不幸身亡，镇铹山绝对不会找曜灵城的麻烦，在座诸位均是见证。"

我闻言，大脑一阵空白，自打我认识他以来，从不曾见他如此说过这样的话，曜灵城主竟然如此厉害吗？

"很好！"曜灵城主苍老的声音短促而有力。

艳少不语，气氛却倏然变得耐人寻味。

堂上很静很静，异乎寻常的静，寂静中慢慢有了细微的风，窸窸窣窣的像春蚕吞食桑叶。风速轻缓温柔，似晚来的潮汐，一浪一浪轻轻拍打着沉默的岸。如果用音乐做比喻的话，这便是一曲委婉深情的乐曲，缓慢悠扬，轻盈若蜻蜓点水，浮光掠影般挥洒而过。紧接着，风声渐高，隐约有了金石之音，宛如一出冷峻肃杀的广陵散，金戈铁马，朔风怒雪，愁云惨淡万里凝，霜重鼓寒声不起，肃肃杀气酷烈而肆意。

堂上诸人鸦雀无声，连大气都不敢呼一口，抑或是不能。这股酷烈暴虐的气息令人不由自主地升起切肤寒意，我感到胸口窒闷，呼吸维艰，很想扯下黑布看上一眼，然而这股真气委实太过强大，竟叫手脚不听使唤，身体与理智彼此叛逆到一种剑拔弩张的地步。

几个短促的，不成调的音符，匆忙聚或散，听不出曲调。到后来竟是细若游丝的一线，似乎随时有断裂的可能，叫人的心不由自主提到嗓子眼里。蓦地，"哧"的一巨响，仿佛一个硕大的封闭罐体忽然泄露，气流突泻如江河直下，但随即又被一个更巨大的东西所承载包容，这一声响便立刻戛然而止。一曲终了，天地寂静。

第三卷

第一章
倚天照海

　　我的心脏仿佛也随着那一声响停止了跳动，冷汗透湿衣裳，涔涔直下，黑色面巾紧紧吸在脸上，封住了我的口鼻，好像要挑战什么。静谧中，林少辞无限感叹的声音，轻若耳语："真是精彩绝伦。"

　　我一把扯下面巾，瞪着他问道："你怎么把布摘下来了？"

　　他看着我，奇道："没有人强迫你，你为什么非要戴这玩意？"

　　这种场合下，我也没法跟他，只好不再理他，转过头两眼直盯着沈醉天的后脑勺。

　　林少辞嗤笑一声，道："别担心，他好得很……"

　　我立刻抬起头，迎上艳少锋锐的目光，一双眼瞳窅黑深邃，隐有潜流暗涌。我有一种不妙的感觉……这似乎是盛怒的迹象。我连忙走到他跟前，握住他的手道："你……"

　　他伸手按住我的嘴，拇指轻抚触我的唇，凝眸不语。我当即赔笑道：

"不小心摔了一跤……"

　　他脸色微变，定定瞪着我。我亦蹙眉回望他，说一种只有我们才听得懂的语言。终于，他无奈地笑了笑，轻叹道："下次走路小心点。"

　　我如释重负，握紧他的手，转头去看旁边一动不动的曜灵城主。这一看不由得愣住，这位城主竟然是一个褐发碧眼，浓髯高鼻的外国人。

　　此刻，他的脸上有一种极其奇怪的表情，目光茫然而空洞，仿佛一个人所有的记忆在这一瞬间被岁月尽数掠空了。他不无悲哀地叹息了一声，悠长而沉重："天下竟有如此精妙的剑法，我今日也算是开了眼界，不枉此行。"他那一把苍老浑厚的声音，此刻听起来竟恍惚有一种悲喜交集的味道。

　　"这等剑法，百年之内无出其右者。"他看着艳少，忍不住又长叹了一声，颇有一股意兴萧索的意味。

　　学武之人说出这番话，是有些悲哀的吧？我看着艳少，他毫无欣色，嘴角似乎隐有讥诮之色。我微微一怔随即明白过来，他一早堪破这世间没有绝对不败的剑法，虽坦然，却不免怅然。

　　曜灵城主又道："请教这套剑法的名字？"

　　"这套剑法尚没有名字。"艳少忽然看着我，道，"疏狂，不如你来取个名字？"

　　我有些吃惊地看着他，正要推辞，转念想起他的灵慧聪绝，简直通透洞明到令人惊惧的地步，我私心里倒宁愿他蠢笨些的好，当下便道："老子曾说过，绝学无忧。我看就叫'无忧剑法'好了。"

　　"绝学无忧。"他低声重复了一遍，沉吟片刻，抬起神光内敛的眼眸看住我，点头道，"好！就叫无忧剑法。"

　　曜灵城主沉默着打量我们，这时忽然说了一句很无厘头的话。他说："见识过这套剑法，我确实可以无忧了。"

　　我一愣："为什么？"

　　他道："这二十多年来，我日思夜想的无非是能在武学上有所超越。如今他既然创出这套剑法，超越二字便难于登天，我索性也不用去想了，岂非就是无忧了吗。"

他说着大笑起来，极其豪放张扬，一扫适才的低沉阴郁。艳少亦面泛笑意。外面日光明媚，和煦的轻风送来阵阵春意。这两个刚刚还针锋相对的死敌，忽然之间心平气和地谈笑起来，颇叫人有些无所适才。

我干笑道："看来我这个名字还真是取对了。"

艳少握住我的手，含笑不语。曜灵城主的笑声渐渐弱下去，面色由红转白，额头青筋暴跳，高大的身躯隐约晃了晃，好似一柄空空的剑鞘斜倚在虚无的人生边缘。沈醉天箭一般窜上前，似乎想去扶他，但终究没有，只是叫了一声："义父！"

曜灵城主没有应他，注目艳少道："适才那一招，你的真气若偏左一点，我便……你为什么没有……"

艳少不动声色，道："因为疏狂不喜欢我杀人。"

曜灵城主微微变色，过了一会儿才叹道："楚天遥，你究竟是一个什么样的人？"话音刚落，一道血线喷涌而出。沈醉天扶住他的手臂，面白如纸，却紧紧闭住唇。曜灵城主静默了一会儿，方才缓缓张开双目，道，"额森，我们输了。"

沈醉天全身一震，俊秀的容颜升起一抹奇异的红，映着春日的阳光，端的是绯丽惑人，一双漆黑明澈的眼眸忽而变得深若寒潭，死死地望着自己的义父，那神情酷似一个孤童被人抢走唯一的心爱玩具。曜灵城主仿佛也不能面对那样的目光，微微侧过头去。

厅堂寂静，烈日当空，庭前清香四溢，炽烈花事如火如荼，却分明已开到极致，将要萎谢了。终于，沈醉天转过身来，自左侧的兵器架上拿起一柄宝剑，"唰"的一声抽了出来，雪亮剑锋映得他一张容颜越发苍白。

我一时不知他想干什么，下意识地握紧艳少的手。

他神色肃穆地走到大厅正中，沉声道："未来十年，我沈醉天及鬼谷盟旗下弟子绝不踏入中原半步，若违誓言，有如此剑。"说着手腕一抖，宝剑顿时折为两截。他缓缓抬眸看向艳少，目光惨烈，令人不忍直视。

艳少依然面无表情，淡淡地道："告辞！"

沈醉天喝道："且慢！"

艳少蹙眉道："怎么？"

沈醉天转目看着我，道："容姑娘似乎忘记了一样东西。"

我道："解药在林少辞身上，他刚刚已经走了。"

沈醉天似要发怒。

我抢先道："你放心，我既然答应了你，自然会负责到底……"

艳少忽然冷哼一声，拉起我就往外走，身如幻电。

我高声叫道："三天之后，你到大明湖找我，记住了。"

暮春明丽的阳光照着风光旖旎的济南城，照着这座城里闲适慵懒的人们。艳少牵着我的手，一路都面无表情、沉默不语。我搞不清楚他的想法，觉得有些不安，便找些话来跟他说："你有没有看过那个铁盒子，里面到底是什么啊？那个泓玉和杜杜鸟怎么样了？"还有林晚词，南宫俊卿他们……"

他终于打断我的话，冷哼道："三天之后，大明湖。他死就死了，又有什么大不了的。"

原来是为了这个生气！我松了口气，解释道："他死了是没什么大不了的，只要不是因为咱们的缘故就好，而且他之前帮过我，就当还他一个人情，两不相欠。"

他冷哼一声，道："此地无银三百两！你明知道他大有来头……"

我连声笑道："是是是，他来头很大，我确实不愿意得罪他，更不想因为他惹来什么麻烦，我讨厌麻烦。"

他愤愤道："我也讨厌麻烦，但我更讨厌他，我不准你再去见他！"

我忍住笑，道："好，我叫林少辞去……"

他怒气冲冲道："也不准你再见林少辞。"

我抗议："那我岂不是一点自由也没有了。"

"我还不是一样。"他的语气近乎赌气。

我一时没反应过来，稍后回味过来不由得整个人都温软了起来。两人并肩走了一段路，眼看前面就是大明湖畔，顿觉神清气爽，这才觉察出饥饿，便撒起娇来："一天一夜没吃东西了，好饿啊。"

他冷冷地道："活该！身处险地却毫无警觉，不打招呼便四处乱跑，轻易上当令我担心，饿了也是活该。"

我看着他，扮可怜状，"那就罚我再饿一天好了。"

他立刻道："不行！"

我喜笑颜开，挽紧他的胳膊："就知道你舍不得……"

他打断我："再加一夜。"

我叫起来："家庭暴力啊，我要控诉。"

他哼一声，道："快回去换掉这身衣服吧，臭死了。"

我笑着回敬他："臭你还拉着我干吗。"

"我是怕你四处乱跑，熏到了别人，佛曰我不下地狱，谁下地狱。"他说着声音里已有了笑意。

我笑道："哈，人家要误会我们有断袖之癖了。"

"真稀罕，你什么时候开始介意别人的看法了。"

"我一直都很善解人意的。"

他撇撇嘴，道："是吗，没看出来。"

我抓住话柄，迅速回他："哦，这说明你根本没有用心看。"

他低呼一声，叹道："伶牙俐齿，而且蛮不讲理，唉，娶你真是自讨苦吃。"

我干咳两声，忽然一眼瞥见凤鸣迎面过来，他对我微微施礼，随即注目对艳少道："汉王晌午忽然派人过来，请您日落之前务必去一趟王府。"

艳少蹙眉道："什么事？"

凤鸣道："来人没说。"

艳少沉默不语，直至进入院子，方才笑道："快开饭吧，有人要饿坏了。"

"我去叫他们上菜。"凤鸣说着立刻去了。

我看向艳少，笑道："我看我还是先洗澡吧，有人要被熏坏了。"

他笑而不语。我忍不住问道："汉王找你，会有什么事呢？"

他笑道："八成是为那盒子的事。我们先去洗澡，不管这个。"

我看了看他，道："你这么干净，就不用洗了吧。"

"都走好半天的路了……"

我不禁笑出声来，道："那赶紧吧，我还饿着肚子呢。"

沐浴完毕，我一边帮他梳理头发，一边问道："那个铁盒里装的到底是什么东西？"

"不知道。"镜子里的容颜清秀俊雅，一双漂亮的眸子微笑看着我。

"你怎么不打开看一看？"

"我不感兴趣。"

我没好气地说道："那你猜一猜嘛。"

他也没好气，撇嘴道："你怎么不猜猜。"

我笑起来，道："谁叫你比我聪明呢，嗯。我猜应该不会是武功秘籍……"

"为什么？"

"直觉。"

"你的直觉有时候还真是可爱。"他笑着站起身来，自我手中接过梳子搁下，说道："不论那是什么东西，等我见过汉王就知道了。"

我取过一件钢蓝色的外衣为他披上，束好衣带，顺势搂住他的腰，将脸贴着他背上摩挲那一头雪白发丝，轻叹道："真不想让你去见那个汉王。"

他握住我的手，柔声道："不是饿了吗，去吃饭吧。"

我故意长叹一声，依言放开手。他转过身来亲一下我的脸，含笑道："我不和你一起吃了。"我一愣。他微笑道，"我现在就去汉王府，争取今晚赶回来。"

我皱眉道："那也不在乎吃饭的功夫。"

他只笑，也不理我，径直出门吩咐凤鸣备马。我只好随他去了，独自吃完饭，两名丫鬟上来将残羹剩菜撤了下去。

我打着哈欠准备回房睡觉，路过游廊，忽然听到后院花园传来一阵响声，忙快步走到园中，只见艳丽蔷薇架下有一个白色人影正在舞剑，剑随影动，恍若蝴蝶轻盈，荧荧剑光映日生华，青电耀目，惊得蔷薇花瓣纷坠如雨，尽数落到架下的青衣少年身上，那少年目不转睛盯着那剑光，仿佛痴了。

我也看得目眩神迷，禁不住要脱口叫好。忽然，那剑光一闪，急电般对着我刺了过来，伴随一声娇叱：“什么人鬼鬼祟祟的？”

我不假思索，施展流云指迅速去擒她的手腕。她剑身一荡，改削我的手掌，我手腕急翻，手指已然拊中她腕上的太渊和列缺两处穴道，她的宝剑应声而落，身子急退开去。我顺手接着剑柄，递还给她，笑道：“没事吧，泓玉姑娘？”

她面露惊疑之色，忽然叫道：“啊，你是容疏——”话到一半猛地住口，一双大眼上下打量我。

我笑道：“是，我是容疏狂。”

杜杜鸟立刻道：“御驰山庄的庄主，那你一定和晚词小姐很熟吧？”

我一愣，听他的意思似乎和林晚词很熟：“你认识林晚词？”

他上前几步，正要说话，泓玉忽然移步挡在他前面，微微欠身道：“容姑娘，适才多有得罪。”

“没关系。”我笑笑，道，“你的剑法似乎进步了不少。”

她抿嘴一笑，掠了掠耳边的发丝，道：“昨晚在明玉坊得楚先生指点几句，忽然茅塞顿开，以前一知半解的地方，全都明白了。”

她直直望着我，明眸闪亮，语气透出一股惊叹的味道：“这套剑法乃是家师昔年从一位高人那里学来，其中有许多精妙深奥之处，就连家师也未能全部参悟透彻，想不到楚先生只看了一遍就……”

我忍不住打断她，问道：“令师难道没有告诉你，传她剑法的这位高人的名字吗？”

她摇头道：“家师从来不曾提过，只说是一位前辈高人。”

杜杜鸟嬉笑一声，擦话道：“还是一个性情诡谲的怪人……”

“不得胡说。”泓玉厉声喝止他。

杜杜鸟嬉笑一声，道："这话可不是我说的，是我有一次听雷姨说的……"

我不禁暗自奇怪：艳少为何没有对他们挑明身份，但他既然没说，我也不便多问雷攸乐的事。当下干咳一声，道："对了，昨晚在明玉坊，究竟发生了什么事？"

闻言，杜杜鸟拍掌惊叹道："昨晚真叫人毕生难忘，尤其是晚词小姐——"

泓玉敲一下他的脑袋，怒道："从昨晚到现在，这个名字你说多少遍了？刚刚的剑法领悟了几成？"

杜杜鸟揉揉头，满脸委屈地看住泓玉，嘴里嘀咕了两句。

泓玉看着我，抱歉道："他是我的堂弟，自幼父母双亡，缺少管教，整日顽劣不堪，惹是生非……"她越说越气，转头对着杜杜鸟冷笑道："这次若非楚先生仗义相助，我和你这两条小命只怕就要断送在明玉坊，你还不吸取教训，用心习武……"

杜杜鸟面露愧色，连声应下。我心里有许多疑惑要问他，道："你那个包裹到底是不是七海连环岛的？"

他道："不知道，也许是吧。"

我皱眉，"给你包裹的女子，是七海连环岛的人吗？"

"不是。"他摇了摇头，道："我昨晚见过七海连环岛的几个女子，都不是她们。对于女孩子的容貌，我是绝对不会记错的。"

我沉吟不语。难道说，南宫俊卿心甘情愿被林晚词利用？

泓玉忽道："那铁盒里究竟是什么东西，竟然引来那么多高手？"

我好奇道："都有哪些高手？"

泓玉尚未说话，杜杜鸟抢先道："昨晚在场的三十几个人，无一不是绝顶高手。"

我吃了一惊："三十几个？有这么多吗？"

"只少不多！你看啊——"他扳着手指一一细数给我听。"七海连环岛的君主，和他座下的八名拘魂使，白莲教主带来了五名护教法师，并三大祭司、鬼谷盟的十几个高手，还有三个很奇怪的西域人，另外，楚先生和晚词小姐……"说到这里不由朝泓玉看了一眼。

谁知泓玉并没看他，蹙起一双柳叶弯眉，道："我始终觉得这件事有些奇怪，好像有人故意引来这群人……"

我忍不住微笑起来。这个局设的太明显，连泓玉都看出来了。而沈醉天明明知道是个陷阱，却毫不犹豫地往里跳，唐赛儿等人自然也绝不傻——明知山有虎，偏向虎山行，莫非那盒子里是什么传世之宝？

杜杜鸟道："要说有什么阴谋，那也一定是南宫俊卿搞出来的，那家伙阴阳怪气的……"泓玉"哼"了一声，对他的话很不以为然。杜杜鸟振振有词道，"你想想看，要不是他一路追杀我，怎么会引出这些人马？白莲教的人连盒子都没瞧见，就被他打得落花流水，现在铁盒被楚先生得到，怎么不见他来抢回去，这家伙摆明了是欺软怕硬……"

泓玉反问道："南宫俊卿为什么要这么做呢？"

他两手一摊，道："这我就不知道了。"

泓玉冷笑道："依我看，有问题的是那个将包裹塞给你的女子。哼！你但凡见到稍有三分姿色的女子，就忘记自己姓甚名谁，连爹娘老子都不……"

杜杜鸟一听，立刻连声告饶，"泓玉姐，你就饶了我吧。"

我笑道："你们继续练剑吧，我进房去休息一下。"

泓玉忙道："容姑娘请便。"

静夜无人，皓月流空，初夏的夜风里隐有了一丝热气。再过几个时辰，就是五月了。这个月份对于大明王朝来说，是一个极为特殊的月份，因为明仁宗朱高炽将在这个月的十二日驾崩。然而，朱瞻基究竟会不会相信这一切呢？

我暗叹一声，坐起身来，抬头就见窗纸上映着一道淡淡的身影，长袍轻飘，身姿隽秀。"什么时候回来的？"我靠在门框上，柔声问道。

"有一会儿了。"他侧头微笑。

我走过去握住他的手，指尖犹凉，不觉一愣，抬眸问道："出什么事了吗？"

他不答，伸手递过来一张宣纸，嘴角一缕笑意渐生，窅黑双瞳幽深莫测。我接过来，打开一看，原来是一首诗，便轻声念道："朱雀桥边野草花，乌衣巷口夕阳斜。旧时王谢堂前燕，飞入寻常百姓家。"

我抬头看着他，不解道："这是什么意思？"

他随手摸了摸我的头发，含笑道："你不是很想知道，那个铁盒里装的是什么东西吗？"

我一愣，低头看了看手中的纸，吃惊道："难道就是这个？"

他轻笑一声，应道："没错。"

我呆住，忽然灵光一闪，将纸高高举起，对着月光细细观察。

艳少嗤笑一声，道："这是干什么？"

"这张纸肯定有什么玄机？"

"就是一张普通的纸。"

我侧头看他，难以置信："这么多人争抢的东西……就是一首诗？"

他不语，目光在月色下越发窅暗。我试探道："汉王必定很生气？"

他点点头，仍然不语。

"他本来想从这盒子里得到什么？"

"一张藏宝图。据说昔年燕王攻入南京，建文帝仓皇出逃，把宫中内库的许多珍宝留在了南京某个地方。燕王接位之后遍寻不着，于是又有传闻说他多次派郑三保下西洋，一是为了搜寻建文帝的下落，二则就是探查这批宝藏。"

我听得瞠目结舌，良久才反应过来，道："这个藏宝图居然在御驰山庄？"难怪大家都一副势在必得的姿态，这确实是一笔值得拿性命冒险的生意啊。林晚词丢出这么大的诱饵，几乎是不费吹灰之力，就轻而易举就将天下英豪玩弄于股掌之上，真是好手段。"照这么说，那张藏宝地图应该还在林晚词的手中？"

"可惜汉王不这么认为。"

"他是怎么想的？"我一语未毕，立刻惊叫起来，"难道他以为是你私吞了——"

他不动声色，淡淡地道："差不多就是这个意思。"

我再次失语,静默半晌才道:"换作我的话,只怕也要这么想了。"

他叹息一声,道:"是啊,我若是早知道盒子的东西,未必舍得送给他呢。"话音一落,我们不约而同地笑起来。此时,夜色宁谧,月色皎洁,清风过处落红如雨,遍布小径,清香靡靡。

"你两晚没睡了,去休息吧?"我尽量放轻声音,生怕惊扰了这片良夜。

他微笑道:"我在等人。"

我一怔。"谁?"

"林晚词。"

"你们约好的吗?"

"没有,但是她一定会来。"他淡淡一笑,道,"汉王疑我,不过是当权者的通病,但是林晚词,她欺骗了所有人。"略顿一下又道,"欺骗别人或许可以,欺骗我楚天遥,她就应该知道这件事还没有完……"

我故意笑起来,道:"听起来,你很了解她嘛!"

他含笑看着我,摇头道:"我并不了解她。开始,我以为她的目的是要保住御驰山庄,现在看来,似乎并不这么简单。"

我奇道:"怎么说?"

"我现在还不知道哪里不对劲,只是一种感觉。"他沉吟片刻,又道,"她是极罕见的精明之人,深谙权谋,懂得因势成事,御驰山庄有了她,这个武林第一庄的位置只怕还要持续三十年。"

他话音刚落,前院便传来凤鸣冷淡的声音:"柳姑娘深夜来访,所为何事?"

柳暗娇笑一声,道:"奉我家小姐之命,前来请楚先生至敝庄别院一叙。"

艳少嘴角弯起一抹意味深长地微笑。夜色下,柳暗一袭鹅黄春衫,鬓发绾起如云,眉目含笑望向艳少盈盈下拜:"我家小姐在瑶光水榭备下薄酒一杯,敬候先生。"

艳少淡淡地道:"烦劳柳姑娘带路。"

柳暗应声抬头,待要转身。

我忙道:"我也去。"

她转回身来，对我略一欠腰，微笑道："抱歉，我家小姐只请了楚先生一个人。"

我顿时气结。艳少握我的手，道："我一会儿就回来。"我无奈，只得目送他们的背影。哼！你难道没听说过一个词叫作"不请自来"吗！

第二章
流水山高

　　我转身进房，将头发绾起，随便找一块黑布蒙了脸，换上黑色夜行装，纵身越墙直奔大明湖的御驰山庄别院。这地方我算是轻车熟路了，跃过高墙，避过几个护院，径直往景致园寻去。

　　园中树木繁茂，花团锦簇，我进园中走了几步，便听到一阵悠扬的琴声，叮叮咚咚，好似水溅玉石、珠玉落盘般悦耳动听。隔着稀疏的花木，远远瞧见那四面环水的凉亭中一位绿衣女子正在抚琴。艳少负手立在一旁，瞧不清面上的表情，那神态似乎颇为沉醉。我微微踌躇，正犹豫着要不要过去，忽然闻到一股女子的胭脂香气。左侧传来一阵轻微异响，花树下一道身影疾闪而过。我当即退入树荫下，刚隐好身形，便听一声轻喝："什么人？"

　　我吓了一跳，却听一个女声道："柳姑娘不认得我了吗？"

　　一个黄色身影闪了出来，轻笑一声道："原来是落绯姑娘，这么晚了，有什么事吗？"

落绯冷冷地道："我是来找林晚词的，叫她出来。"

柳暗笑道："我家小姐正在会客，没空。"

落绯的语气出现了一丝怒气，道："我家君主为了她身受重伤，她却在深更半夜去私会别的男人……"

柳暗打断她，低喝道："落绯姑娘，请注意你的措辞。"

落绯没有说话，两人相互望着，气氛忽然变得有些剑拔弩张。与此同时，凉亭中女子的曲子正弹至高潮，音符从纤纤玉指之下密集地流出，音色尖锐高亢，对照眼前的情形倒成现成的配乐。

柳暗率先打破了沉默，道："落绯姑娘，我要是你的话，就立刻回房睡觉。"

落绯一言不发，忽然手腕一翻，一道寒光直往柳暗的胸口刺去，这一招无比迅疾，极为狠辣，她们相隔不过两三步，柳暗这一下无论如何也躲不过。然而，电光石火的一瞬间，一点白光急射而至，"啪"的一声击落了落绯的匕首。此时，亭中一曲终了，余音袅袅不绝。

艳少抚掌，悠悠吟道："有美一人，婉如清扬。妍姿巧笑，和媚心肠。知音识曲，善为乐方……"

声音低沉而悠远，在夜色中传来，直听得我忍不住要喷火。此处距离那凉亭不过百十步，以艳少的功力岂能听不见动静，但他竟是一派充耳不闻的样子，这琴声果然这么好听？哼！看我回去怎么收拾你？

终于，落绯低低叫了一声："君主。"语气莫名的委屈。

碧桃下站在一身白衣的南宫俊卿，面色苍白而秀媚，目光冷漠，声音没有丝毫温度："给柳姑娘道歉。"

落绯面无血色，静默片刻，终于说了一声："对不起。"

柳暗冷哼一声，忽然扭身走了。南宫俊卿面平如镜，看不出任何喜怒哀乐。落绯抬起一张清丽的容颜望着他，眸中有澄光欲滴，道："君主，您明知道她只是在利用您……为什么要这样委屈自己……"说着已泣不成声。

"你先回房吧！"南宫俊卿的声音冷漠如故。

落绯停止了哭泣，她闭上眼睛沉默顷刻，再睁开时已经恢复了平静，退后两步然后转身离去，踩碎一地月光。

南宫俊卿站立在月光下，一双漂亮的眼睛定定地看着凉亭，面无表情。碧桃花的清香在月光下弥漫。良久，他的嘴角闪过一丝笑意，悲哀像阳光掠过镜面一样掠过他美丽得近乎妖异的脸庞，一闪即逝。"我知道她在利用我，而我没有拒绝她的能力。"他的声音在初夏的夜里轻若玉露，经不得夜风的轻轻一吻，便飘散不见了。

我听了这话，也忍不住要深深叹息：在爱情面前，谁人不是束手待命呢？感慨归感慨，我的首要任务还是盯紧艳少，不能让他红杏出墙。我恋恋不舍地将目光从南宫俊卿的脸上移开，谁知这时他忽然说话了。

"阁下蹲了怎么久，不累吗？"嗯？难道是说我？应该不是吧，我没蹲着啊，我明明是倚在树丫上的。

他突然转身，清亮的目光宛如冷电般射了过来："阁下再不现身，就休怪我不客气了。"他一步步逼近，月白色的长袖在夜风里澹荡如水的波纹。

我暗暗叫苦：这是御驰山庄的别院，我绝对不想在此暴露身份。这时，突然有个声音道："她是我请来的客人。"我顿时松了口气，抬眼望向来人，只觉得他那张酷似冰山的脸前所未有的英俊起来了。

南宫俊卿停住脚步，冷冷地道："林少主的客人很特别啊，蒙着脸是见不得人吗？"

林少辞微微一笑，语气竟颇为俏皮，道："谁说不是呢？今晚的客人都特别极了，有水榭赏月的，也有独立中宵，徘徊不眠的——"他的话没说完，南宫俊卿忽然拂袖而去，身形极快，眨眼就不见踪影了。林少辞兀自微笑，摇头叹道，"这臭脾气还真是一点都没变。"

等他看着我的时候，脸色却倏忽变得淡漠，冷冷地道："以你现在的身份，夜探御驰山庄，会令大家都很为难。"

我自知理亏，硬着头皮道："对不起，但我有事找你。"

他向凉亭方向瞥了一眼，道："跟我来吧。"

我跟着他进入南苑书房坐定，对他说了"我答应要给沈醉天解药"一事。

他静默不语。我试着说服他，道："我知道鬼谷盟和御驰山庄之间恩怨深重，不过，他已经发誓十年之内不再踏足中原，我想或许……"

他打断我，冷冷地道："你知道他是谁吗？"

我望着他，微微摇头表示不知。他起身自书架上拿出几封信件，放到我面前，冷笑道："这是我在他的府邸找到的信函，他是蒙古瓦剌部族的首领，顺宁王马哈木最器重的孙子。我虽然早就怀疑他的目的，却也万万没想到他竟然怀着这种狼子野心……"我闭嘴不语，对他的身份并不意外。他继续道，"即便御驰山庄和鬼谷盟的恩怨可以暂时放下，我作为大明子民，也绝不容他侵犯国土，于公于私，我和他都是敌非友。"

我想了想，道："大明江山眼下也是岌岌可危，不宜再树外敌，汉王谋反在即，皇帝将死……"

他神色丕变，诧异地盯着我，道："你说什么？？"

我正色道："明史记载，他将于本月十二日驾崩。"

他深受震动，起身回来走了一会儿，似乎在判断此事的真假，半晌才呢喃道："真是不可思议！可你与疏狂又确实有太多不同……"

我看住他，道："我的确不是她！"

他的笑容泛起一丝苦涩，恍若自语道："是啊，你比她残忍多了。"

我沉默，他也不再说话，面若寒霜。室内的烛火忽然爆出一个小火花，噼啪一声，格外的响。终于，他拿出一个白色瓷瓶递给我，不无嘲讽地说道："你既然是先知，只好听你的。"

我接过来收了，道："还有一件事，想问问你……"他不动声色。我有些犹豫，"嗯，是关于……"

他直接替我说了，道："是关于那张藏宝图吧？"

我暗暗心虚，不禁为自己识人的眼光大呼惭愧。林少辞明明是一个极其敏锐聪慧的人，或许他只是在感情上比较蠢笨——世上确实有这样一类男子，他们平日口齿伶俐，八面玲珑，可是一旦到了自己喜欢的人面前，忽然就变得笨嘴拙舌，木讷起来。

我坦诚道："是的，我想知道有关藏宝图的事，但是你若不方便说的话，就当我没问。"

"没什么不方便的，这张藏宝图乃是家母从苗疆得来的。"他的嘴角泛起一丝苦笑，道，"家母当年也是因为这张图才不幸去世。"

"怎么回事？"

"当年家母赴苗疆时，已然怀有身孕，却不幸中毒，生下晚词后不久便去世了。而晚词，她也深受余毒之苦，自娘胎里便带来一种怪病，连黎神医也束手无策……家父为此更是性情大变，暴戾多疑……"他的语气平静而麻木，"自从有了这张图，林家就没安宁过。"我说不出话，唯有叹息。他看着我，忽然笑道，"不过今晚之后，苦恼的恐怕就是楚天遥了。"

我一愣："这是什么意思？"

他不答，却冒出一句不相干的话。他说："楚天遥若真的爱你，就应该带你远离江湖是非。"他走到窗前，仰头望着空中的一轮明月，自言自语道，"从前在碧玉峰上，我会在半夜惊醒，那时候天上的星辰还没有落，夜空广袤又神秘。你知道，那个时候我在想什么吗？"

他轻笑一声，自问自答道："我在想，这一天会怎样结束呢？这一世又会怎样结束呢？"这么矫情的话从他嘴里说出来，我居然听出来了痛楚和悲恸，甚至有一丝悲剧感。

我愣怔了半天，努力想出一些话来安慰他，便道："我从前读过唐朝人的两句诗：沉舟侧畔千帆过，病树前头万木春。虽然人生不如意，十有八九，但是……"

我临场发挥，本就不佳，谁知他却"扑哧"一声笑了出来。

我不由得有些生气，道："你笑什么？"

他转过身来，一双漆黑的眸中满是笑意，定定地看着我，缄默不语。我恼火地一按桌子就站起身来，道："得了林少主，这一生您就慢慢想吧。"

我开门欲走，他忽然斜身拦住我，道："我很抱歉，但是你努力说教的样子真的很好笑。"说着又笑了起来。

我拿到了解药，不想跟他多纠缠，道："我还有事，先走了。"

他笑得更响了，道："你是想去水榭偷听吧？"

我被他说破了心事，顿时大为窘迫，干笑一声道："他们既然没有关起门来交流，我路过的时候无意中听到了一言半语，又怎么能叫偷听呢？"

他的目光越过我的头顶，道："你好像不必'无意'去听了。"

我顺着他的目光一看，只见艳少和那名绿衣女子穿过园中的扶疏花木，正往书房的红木游廊缓缓而来。那女子弱不胜衣，身姿袅娜，神态娴静幽贞，明艳不可方物。我呆呆地看着她，几乎忘记呼吸。她使我二十年来对于古典美女的全部想象第一次有了一个清晰可见的印象，我之前所见的那些女人在她面前全部不能称之为女人。

眼看他们二人即将踏上游廊，林少辞一把将我拉进房里，偏头上下打量了我一番，道："你这身打扮，确实不像一个客人。"

"这里有后门吗？"

"后门没有，后窗有一个。"

"后会有期。"我推开窗，施展登萍渡水的轻功，踏着月色而去，出了院子，来到绿柳成荫的堤岸上，坐等艳少。哼！我倒要看看你什么时候才出来？

这时，身后忽然有人冷冷地说了一句："原来是你。"

我吓了一跳，回头一看，竟是南宫俊卿，一袭长袍，清白容颜。我看了看他，奇道："你躲这干什么？"

他只看了我一眼，便转头注目于烟柳垂拂下的一湖碧水，道："我一直在这里。"

我四周瞧了瞧，笑道："失眠吗？"

他不语，静默了一会儿转身往回走，正眼也不看我，语气漠然地说道："我好奇林少辞的客人是谁，现在知道了。"

我看着他的背影，忍不住嘀咕一句："莫名其妙。"

这时夜色深重，湖面上雾气袅绕。我等了很久，也不见他出来，情绪从不耐烦变得心灰意冷。最后干脆回家睡觉去了。哼，随你什么时候回来，最好别回来。

我回去的时候，凤鸣还没有睡。不但他没有睡，泓玉和杜杜鸟也没有睡，三人在月下练剑，凤鸣手里握着人家姑娘的剑，演练招式，见到我毫不惊讶，使了一招"凤点头"算是见礼了，似乎早就知道我不在房里。我心情郁闷地和衣倒在床上，越想越气，耳听后院传来的舞剑之声不禁更加心烦，翻来覆去了好半天，终于听到开门的声音。

艳少走近来，轻声道："睡着了？"

我闭着眼背朝着他，没好气道："睡着了。"

他噗笑一声，道："晚上又干什么去了？"

"除了睡觉还能干什么？"

"穿着夜行衣睡觉吗？"

"不可以吗？"

他笑起来，道："当然可以！就是这衣扣解起来有些麻烦。"

他说着上床来搂我，我恍惚嗅到他的衣袖上有隐隐的香气，顿时怒火中烧，一把打掉他的手。他静默一会儿，故作委屈地说道："那我去西厢房睡了。"

我不理他。

"我走了。"他又说了一句，脚上却没有动静。

我待要不理他，转念一想便翻身做起来，定定地看着他，似笑非笑道："好啊，你去西厢要是睡不着的话，不妨读一读《诗经》，里面有一首诗写得很好呢——"

他立刻重新坐下来，笑嘻嘻地问道："哦，是什么诗？"

我盯着他，一字一句念道："有美一人，婉如清扬，妍姿巧笑，和媚……"

我还没念完，他已经朗声大笑了起来。

我冷笑道："很好笑吗？"他乐不可支，连连点头。我沉着脸，冷冷地道，"那你现在就去西厢好好读吧。"

他坐着不动，凝眸看着我，眼瞳幽深澄澈，盈盈笑意从里面流溢而出。我忍不住叹息一声，伸手去摸他的脸，试图抚平那眼角的细碎笑纹。生命短暂，用来怄气实在是种罪过。

他捉住我的手轻吻一下，哑着嗓子低低叫声傻瓜，便俯身吻住我的唇。过了一会儿，他放开我，恼火道："这些扣子果然很麻烦。"

我忍着笑道："你武功这么好，还能被区区几颗扣子难倒吗？"

他轻哼一声，十指灵活而邪恶，不消片刻，我已告饶。

翌日清晨，艳少主动说起他和林晚词昨晚的谈话内容，我听得十分吃惊，从梳妆台前转过身来，看着他问道："林晚词为什么要将藏宝图送给你？"

他微笑看着我，道："她说，这是她唯一能做的选择。"

"条件呢？"我继续问道，"她总不会平白无故地将藏宝图双手奉上。"

"她确实有一个要求。"

"是什么？"

"她要你继续做御驰山庄的庄主。"

我顿时愣住了，一把青丝从手里倾滑直下，失笑道："天下有这样的好事？白送一张藏宝图，外加一个庄主之位。"他走过来替我梳理长发，自镜子里看着我不语。我疑惑道，"莫非这幅藏宝图是假的？"

他曲指敲敲我的头，笑道："你啊——有些地方聪明过头，有些地方又愚笨到家，这张藏宝图若是假的，她何必要提出这个要求？"

我仍然不解，睁一双晶莹乌眸，自铜镜里定定地望着他。他的脸沐浴在清晨的阳光里，看起来精神很好的样子，语气却颇为无奈，解释道："林晚词提出这个要求，那是因为她知道，你对我来说至关重要……"

我立刻转过身来，仰头笑盈盈地问道："我对你真的至关重要吗？"

他含笑不语，俯身吻一下我的额头，才道："是的，你对我至关重要。"

"怎么个重要法？"我不依不饶，继续追问。

"很重要。"

"很重要是多重要？"

他不语，佯怒瞪我。我见好就收，笑道："你继续说。"

他抬起头看着窗外，缓缓道："她要你重新做这个庄主，等于是把自己放到了一个无路可退的位置上，同时也令我有所顾忌。你如果继续做这个庄主，从表面上看，御驰山庄是归顺了汉王，实际上，却是给我多加了一层束缚和顾虑，让我不得不谨慎行事……"他忽然笑起来，转头看着我道，"说起来，她的目的和你居然是一样的。"

我一时不解："我的目的？"

他微笑道："你不是一直希望我放弃汉王吗？"

我也笑了，道："要是这样的话，这个庄主的位置，我再去做做倒也无妨。"

他望着我，似笑非笑："我这算是众叛亲离吗？"

这时，后院突然传来泓玉的声音："这一招不对，应该这样，然后这样……"大概又是在督促杜杜鸟练武了。

我猛地想起昨日的疑问，此刻对照艳少的一番话，焰闪寸心之间顿时恍然大悟，彻底明白了过来：他参与谋反，事关重大，所以不愿泓玉等人和自己扯上关系。他表面的冷淡疏离，其实却为身边的人都留了退路。换言之，如果我去做这个庄主，他投鼠忌器，反而不便将御驰山庄牵扯进汉王谋反一事。林晚词此举，实际上是进行一场赌博，赌的就是艳少对我的感情。

我虽然不希望艳少参与谋反，却也绝不敢用我们之间的感情作赌，因为这等于是一种变相的要挟，我不愿这么做，更不愿意给艳少这种感觉。现在，林晚词揭破了这层纸，把问题摆到了明面上。那么，艳少会答应这个要求吗？换言之，他会因为我而放弃谋反吗？

窗前日光明媚，风和日丽，我却莫名觉得一股寒气袭人，越想越心惊：林晚词对人性看得如此通透，轻轻松松就把我和艳少都推到了一个无法回避的境地。艳少拿起一件浅碧色的衣裳递给我，我接过来自己穿了。两人梳洗完毕，吃好早饭，他便和凤鸣进了书房，不再出来，饲鸽房的老方一上午往书房跑了好几趟。临近晌午，艳少忽然乘车出门去了。

我隐隐感觉到一种紧张的气氛，仿佛有什么事即将发生，明明青天白日，却有一种山雨欲来风满楼的意味。或许是明仁宗病危的消息已经外泄，汉王耳目众多，这是完全有可能的。

午后，我在这种忐忑不安的心情中，迎来一位不速之客——林晚词。

她站定在庭前，微笑着说："疏狂，好久不见。"

那是我听过最动听的声音。她穿了一件极其普通的淡青色衣裙，即便如此，亦难掩其绝代风华。

我尚来不及说话，旁边忽然冲出一个人，嘴里叫嚷道："晚词小姐……真的是晚词小姐……"杜杜鸟稚嫩的脸上写着极大的惊喜二字，好似虔诚的信徒。林晚词对他微微一笑，他便兴奋得面红耳赤，举止失当，像个没见过世面的羞涩小子。

我轻咳一声，加重语气提醒他，道："杜公子，泓玉姑娘刚刚在找你。"他立刻露出失望的表情，嘴里含糊地应了一声，两只脚却像钉在地上一般移不开。我不去理他，对林晚词道，"我们进屋说吧。"

她含笑点头。我们进客厅坐下，我正要吩咐下人端上茶水点心。她起身拦住我，微笑道："疏狂，无事不登三宝殿，我有事相求。"

"什么事？"我不动声色道。

"请你重回御驰山庄。"她的声音很轻，这几个却说得很有力。

我沉吟道："我是御驰山庄的叛徒。"

她看着我，道："我代替家父向你道歉，并召开武林大会，对江湖朋友解释此事。"

我忍不住好奇道："你要怎么向江湖朋友解释呢？"

她微微一笑，道："对不起，除非你答应此事，否则我不便透露。"

这句话若是由别人说出来，我少不得要嗤之以鼻，可是由她口中说出来，却有一种极真挚坦诚的感觉，叫人不得不相信她的苦衷。

我沉默了一会儿，道："古人云出嫁从夫，这件事我得问问我丈夫。"

她含笑看着我，轻轻道："楚先生说了，这件事由你自己决定。"

我顿时呆住，怔怔说不出话。艳少将这个问题交给我，我既不愿他谋反，也不愿使他为难……他怎么能将这么重大的问题交给我决定呢？

林晚词静默，一直微笑着看我，温柔而亲切："疏狂，我知道你的担忧，也明白你一时之间很难做出决定，所以，我并不急于知道答案。但是，我不得不坦白地告诉你，"她直面我，正色道，"你不但低估你自己，而且，你还了解楚先生。"

我看着她，冷冷地道："听起来你倒比我更了解他？"

她仿佛完全没有听出我的敌意，丝毫不觉得冒犯，反而微微一笑，道："你不要生气，我与楚先生昨晚虽是初次见面，对他的风采却是闻名已久。何况，想要了解一个人，并非一定要跟他朝夕相对，从他的行事传闻亦可窥见一二。"她的声音温软而动听，语速不急不缓，继续说道，"在我看来，楚先生是一个超凡脱俗的人。为其超凡脱俗，他才敢冒天下之大不韪，相助汉王谋反，因为这在他眼里不过是一场游戏。实际上，他也并非一定要相助汉王，谋夺天下，他只是要保有这种翻云覆雨、称霸天下的能力。他可以在成功之后，急流勇退，却不会想要享受这个结果。"我从不曾想过这方面，不仅羞愧无语。她话锋一转，又继续道，"但是，疏狂，你低估了自己在楚先生心目的分量。对楚先生来说，你比自己所想象的还要重要，这也正是我来找你的原因……"

我皱眉道："我不懂，你到底想干什么？"

"我也不跟你兜圈子了，我的目的只有一个，那就是要保住御驰山庄，绝对不能和汉王谋反一事扯上一点关系。"

"可是从你们送我出嫁开始，就已经扯上关系了啊。"我忍不住打断她。

她点头道："我知道，所以我正在寻找补救措施，御驰山庄作为天下第一庄，作为中原武林的领袖，上百年来的清誉不能毁，尤其不能毁在我林家人的手里。"她似乎有些激动，话没说完便露出一种极疲惫的状态。她微微闭上眼，静默了一会儿才继续说下去，"疏狂，这件事我想了很久，楚天遥这个人可谓是无懈可击，几乎找不到什么弱点。唯一能左右他的人，只有你了。"

说到最后她的声音轻微，近乎不可闻。彼时，西斜的太阳正照在她右侧的脸上，扑簌浓密的睫毛似垂死的蝴蝶扇动羽翼。我有一刹那的错觉，仿佛她是一个正在融化的雪人，美丽而脆弱，动人且绝望。我忍不住道："你没事吧？"

她微一摇头，道："老毛病了。"

庭院很静，清风穿堂而过，院子里浓郁的花香便随风飘了进来。林晚词静默地站在窗前，忽然说了一句跟这件事完全不相干的话。她说："疏狂，我真羡慕你。"我不解。她又说了一句，"小时候，我很嫉妒你！"

"嫉妒我什么？"

"你的一切，哪怕是你受到的惩罚，你有一个健康的身体，可以做任何事。"

"你冰雪聪明，何尝不令人嫉妒？"

"我倒宁愿蠢笨一些，凡事自有别的聪明人去烦恼。"她笑起来，笑容里有一丝嘲讽的意味，"你看这窗前的这些花……"

我走过去和她并肩站在，看向廊下的艳丽花朵，粉红浅白，粉嘟嘟的，向着地面，分明是将要萎谢了。她轻轻地说道："女人的青春，就像这园子里的花儿，蔷薇也好，牡丹也好，随你是什么品种，随你怎么名贵，都绝无可能常开不败，过了花期也就谢了，俗话说'花开堪折直须折'，未尝没有几分道理。"她的语气里隐约有一丝惋惜的意味。

我静默不语，适才对她的戒心却荡然无存。她的整个形象忽然之间全部颠覆了，眼前站在的只是一个需要帮助的柔弱女孩。

"你何以认为我一定会去做这个庄主？"

"我不知道，疏狂，我没有其他选择。"她看着我苦笑，"现在，御驰山庄的命运就掌握在你的手上了。"

我再次静默。她不希望御驰山庄参与谋反，我不希望艳少参与谋反，这点殊途同归的巧合令我踟蹰："这件事，我需要认真考虑。"

"我等你的消息！"

林晚词走了好一会儿，空气里仍旧有她留下的香味，一种很特别的香气，淡而弥久，说不出的清绝脱俗。廊下有一株不知名的花树，那花色在黄昏暗淡的天光里有一种陈旧的味道，是被春天洗褪过的颜色，有点像林晚词离开时的眼神。

暮色弥漫整座庭院的时候，艳少仍然没有回来。小丫鬟燃起檐下的琉璃灯，我便坐在灯光下发呆。后院的鸽房不时传来"扑簌"之声，那是鸽子扇动翅膀的声音。我不由得佩服起老方来，他就等于是艳少的耳和目，他能操控鸽子飞往天南海北，把消息发出去，再带回来。这真是一项特殊才能，不晓得艳少付多少银两给他？

我不由自主地就走了过去。

他看见我，低哑地叫了一声："夫人。"

我吃了一惊，原来他不是哑巴，我却从来不曾听过他说话。我看了看那群鸽子，道："我想请你的鸽子帮我问一件事……"

我还没说完，他便摇头道："不行。"

我挑起眉头，看着他。

他面无表情，道："它们只听楚先生的话。"他说这句话的时候，一直深情地注视着那群鸽子，根本没有看我。我忽然之间感觉很泄气，我不明白林晚词的结论从何而来？因为不论是凤鸣、飞舞，还是这个老方，他们的眼里从来都只有艳少，不曾有我，我不过是个名义上的夫人。

我回房想了想，决定出门去找林少辞。

他见到时我毫不惊讶，仿佛这世上已经没有什么事能叫他惊讶了。我道："借一步说话。"他一言不发，推开窗户跳了出来，我们避过闲人，一路到湖心亭方才站定。

我开门见山，道："林晚词要我重回御驰山庄，这件事你知道吗？"

他不动声色道："知道。"

"你怎么看？"

"我能有什么看法？"

"你是御驰山庄的少主……"

"我不管御驰山庄的事。"他打断我。

"为什么？"我不懂。

他不答，只注目于澄碧的湖水下的一弯新月，神色极淡漠："当日在无锡，你得到碧玉峰有难的消息，立刻兼程赶回，你明明也是很关心……"

"那已经是过去的事了。"他冷冷打断我。

我更加不解："御驰山庄现在的处境更加困难，你难道就撒手不管？"

他紧闭双唇，面色苍白，目光平静而淡然。我继续道，"你怎么能把这件事完全扔给自己的妹妹，你这是在逃避责任，你忍心……"

他忽然笑道："那你去做这个庄主啊，你来找我干什么？"

我冷笑道："我来找你，是因为我觉得这件事有蹊跷。"

他不露声色，淡淡地道："哦？有什么蹊跷的？"

我没好气道："我要是能想通这其中的蹊跷，还来找你干什么？总之这件事让我感到奇怪。"

他不动声色，道："很抱歉，没能帮上你的忙。"

我无奈地笑了笑。彼此静默了一会儿。我叹了一口气，道："不晓得风姑娘最近怎么样了？"

他侧头，凝眸看我，目光锋锐如刀："怎么忽然提起她？"

我耸耸肩，笑道："随便问问，不知道为什么，看到你就让人不由自主地想起她。"

他沉默不语，过了一会儿道："你若没事，我就回去了。"

我点点头，他转身往回走，走了两步忽然又停下来，背对着我道："疏狂，你要小心，在这个江湖上，有时候连自己最亲近的人也是不能相信的，因为你不知道什么时候就会被牺牲掉。"

我一愣，尚未明白过来。他已经走远了，青衫飘拂地走过小桥，一直走进彼岸的薄雾里。那是我最后一次见到林少辞。此后，他便从江湖上消失了，再没有人见过他。后来，我在镇锣山的流云城中，听一位远到而来的朋友说起一件轰动武林的大事，即七海连环岛遭南海的海盗寻仇，南宫俊卿失手被擒，幸亏一位白袍高僧乘舟而来，出手相助，方才击退强敌。传言说，这位高僧就是御驰山庄的林少主。这是后话。

这一刻，我被他的这几句搞得一头雾水，百思不解，直到不久的将来，我才深深体会到他这番话里的悲凉况味。那是一种被最亲近的人所背叛的痛苦，无法言说，无处发泄，只能埋在心里，直到死去。

第三章
壮志未酬

　　林晚词要我重回御驰山庄这件事，我始终觉得不对劲，却想不通其中的缘由，便顺着湖边慢慢往回走，一边在脑海复盘这件事。

　　林晚词自知不敌艳少，遂主动献图，以退为进，按照她的说法，她是看准了艳少对我的情意，所以才走这着棋。可是倘若她输了呢？她会输吗？我会让她输吗？这个念头掠过我的脑海，我才认识到林晚词的厉害之处，她深知且懂得利用女性的微妙心理：这世间的任何一场爱情，不论是否完美，女人内心深处总是隐隐怀着某种不安，不完美固然没有安全感，太完美则引发另一种不安，叫人不由得要怀疑是不是真的，就像在这件事上，即便我清楚地知道艳少爱我，却仍旧会好奇他的选择。

　　倘若他选择相助汉王，就是不爱我吗？——不不，他当然爱我，或许我心里会有芥蒂，但是我爱他，是与那些所谓正义、气节毫不相干的，单单是爱他这个人，他是叛贼也好，忠臣也罢，我都顾不上这些。

想通了这一点，我忽然感觉自己的心就像被清水洗过，头上星辉朗朗，地下月光皎洁，上下通透，整个人都轻松了，脚步也不由得轻快起来。路过御驰山庄的别院大门时，看见门前停着一辆豪华马车，车旁站在两名秀丽少女。我下意识地往树荫里移了移，方便偷窥。没办法，人在江湖身不由己，我也被训练出来的本能反应。

等了一会儿，大门里走出来四五个人，当前二人正是林晚词和南宫俊卿，后面跟着落绯、柳暗等人。

南宫俊卿在石阶下停步，望着林晚词道："你身子不好，进去吧。"

林晚词弱柳扶风般站在阶上，笑而不语。她的笑容很美，估计由南宫俊卿的眼睛看过去，足以令明月失去光华。她站在不动，南宫俊卿便也没有走，两人相互看着，当周围的人是透明的。终于，林晚词的笑容黯淡下去，道："我林晚词这一生，若是欠什么人恩情的话，那么，就是欠你南宫俊卿的。"

她说完这一句话，就不再看他，转身走进了大门。南宫俊卿兀自痴痴站在那石阶上，一向毫无表情的脸上恍惚有一丝笑影，扑朔迷离，叫人看不真切。落绯一直在他身后站在，深深地凝视着他，但是他没有回头。世上总有这样的人，他们的背后默默地站在一个人，他们不是看不见，就是选择视而不见。南宫俊卿的眼里只有林晚词，看不到身后的落绯。人往往经由别人的不幸福，才会认识到自己的幸福。

我想起艳少，便不再管他们，撒腿就往回奔，刚进门，抬头就见着了凤鸣，连忙问道："艳少回来了没有？"

他摇头道："尚在汉王府上。"

"到底发生了什么事？"

"主人没说，只说，请夫人将平日钟爱的东西收拾一下，这两日可能远行。"

"汉王是不是准备……"我没有继续说下去。

但是，他已经懂了我的意思，老实道："属下不知。"

"我要去见他。"

"现在不方便。主人正和汉王议事，而且夫人根本进不了汉王府。"

"汉王府难道是铜墙铁壁？"我不理他，径直去备马。

他拦住我，极为无奈地说道："主人说今晚必定回来，你就听话吧。"

我站定，问道："一定回来？"

他用力点了点头，我想了想，只得继续等他。我坐着夜晚的烛光里等一个人，这才体会到诗词里那些怨妇们的心情——寂寞空庭春欲晚，梨花满地不开门。我等一会儿功夫已经不大耐烦，她们经年累月的等啊等，不疯掉才怪呢。

艳少回来的时候，我已经换了三支红烛，外面的天空泛起青白色，将要亮了。他没有立刻进门，站在门口微微偏着头看我，一路风尘的笑容里隐有一丝疲倦。我见到他的一刹那，所有的怨气顿时烟消云散，有相濡以沫之感。我拥抱他，将脸贴着他的肩膀，如刺在喉般说不出话来。他亦不语，低头吻我的发，声音沙哑说着抱歉。我抬起头，自他清澈如水的瞳仁看见自己的脸，道："我们不管这事了，好吗？"

他微笑看着我，眉梢眼角有细细的笑纹，仿佛藏了无数秘密，问道："林晚词来过了？"

我点点头，哀恳道："我不去做这个庄主，你也不帮汉王，我们回镇铆山。"

他收敛笑意，皱眉道："嗯，这件事我要好好考虑一下。"我的心也跟着他的笑意一起收敛起来。他伸手摸摸我的脸，柔声道，"天都快亮了，快去休息，下次可不许这样熬夜……"

我被他拥着往屋里走，身子仿佛不是我自己的，脑海有无数声音轰然炸开，争先恐后挤进来要提醒我什么，因为太嘈杂，只使人感到绝望。他脱下长袍，回过头来看我，明眸熠熠，满头银丝披拂在雪白的单衣上，宛如谪仙。

他看了我片刻，忽然长叹一声，道："疏狂，我一定是着了魔了。"

我一怔，抬头望着他。他直视我的眼睛，斟字酌句道："我今日一整天都不得安宁，汉王喋喋不休说了很多话，我现在是一点儿印象也没有。"

我更加不解："嗯？"

他道："我满脑子都在想你，林晚词的要求令你不安了，是吗？"我张口欲言。他微笑道，"今天早上你的神情很不安，你虽然不是很笨，但遇到有些事却爱钻牛角尖。"

我心虚的抗议道："哪有？"

他笑起来："没有吗？那你现在心里在想些什么？"

我被他搞得糊里糊涂，道："没想什么？"

他摸摸我的头，柔声道："傻瓜，本来想等明天再告诉你，但是——"他偏着头，很苦恼的样子，"我实在不忍心看你为难，所以，我们明天回镇铆山。"

我顿时傻眼，直盯着他看说不出话来。

他皱眉瞪着我，用无限委屈的口吻道："你心想事成了，好歹也该笑一笑嘛，我的牺牲可是很大的。"

事情顺利得太不像话，简直叫人不敢相信。我回过神来，兀自有些怀疑，追着他连声问是不是真的。他沉下脸，佯怒道："敢质疑我的，你是第一人。"我尖叫一声，猛地将他扑倒在床上狂吻一番。过了一会儿，才放开他站起来。

他拉住我的手，笑吟吟道："干什么去？"

我道："收拾东西啊，明天不是要走吗……"

他挫败地闭起双眼，叫道："你一定老天派来折磨我的。"

他说着重新将我拉回床上，热吻铺天盖地而来。

熹微天光自窗棂透进来，屋内的一切都朦朦胧胧的，我的感觉也朦朦胧胧的，仿佛是在梦里，但大脑是清醒的、兴奋的，又不敢动，怕惊扰了艳少，正想轻轻翻个身，便被一只大手按住。他目光炯炯看我，嘴角浮起一抹暧昧笑意："睡不着吗？"

我笑起来，看着他不说话。彼此傻看了一会儿，我轻轻道："你不帮汉王，他会不会为难你？"

他嗤笑一声，反问道："我帮他，他就不为难我了吗？"我蹙眉，表示不解。他微笑道，"鸟尽弓藏，兔死狗烹，你没听说过吗？"

我有些诧异："原来你想得这么远啊，好像笃定自己一定会成功似的……"

他没好气地瞪了我一眼，道："那是当然，否则怎么说我牺牲很大呢？

唉，跟你说这些等于对牛弹琴……"

我笑道："你只管弹你的琴，牛自有牛的解读方式。你又不是牛，焉知牛没有听懂呢？"

他笑出声来："你的歪理可真多。"

我想了想，又问道："那张藏宝图，你给汉王了吗？"

他抚额轻叹一声，道："笨蛋！他前天才怀疑我私藏了地图，我今天忽然跑去献图给他，他岂不是要更加怀疑我？"

闻言，我脑海灵光一闪，忍不住叫了一声，"噫——"

他轻挑眉头，问道："怎么？"

我笑笑，底气不足地说道："我始终觉得这件事有些奇怪，好像有人故意要使汉王怀疑你……现在这种感觉更强烈了……你想啊，那铁盒子里的东西，我们是一路上跟着的，可连我们都不知道里面的东西？汉王怎么就知道了呢？"

他眉开眼笑，连连点头道："不错不错，变聪明了。"

我看着他，奇道："你早就知道了？"

他笑着摇摇头，道："我也是觉得奇怪，才叫人去查的。昨天上午收到两封飞鸽传书，证实了这个猜测。"

我坐起身，问道："是她吗？"

他微笑点头，忽然话锋一转，用一种欣赏的口吻道："难为她小小年纪，竟有如此城府，真正是聪明绝顶，连我都几乎被她骗过去了。"

"她为什么要这么做呢？"

"她确实是没有办法，御驰山庄卷入这件事中来，在皇太子和汉王之间，她必须做一个选择。"

我恍然大悟，道："她背后的人是皇太子，所以她设计离间你和汉王……啊不对，这是一个计中计，倘若汉王不上当，御驰山庄果真为汉王所用，那就顺势变成了皇太子的内应。"

他叹息一声，道："是啊，我此举等于是帮了她的一个大忙。"

我哼一声，故意道："你不甘心啊，那你继续去帮汉王，跟她斗一斗好了？"

他佯怒瞪我一眼，哼道："你不用拿话激我，我若真去跟她争这个闲气，我就不是楚天遥，你也就不是容疏狂了。"我一愣。他谑笑一声道，"我爱江山更爱美人。我找到了一件比谋反更有趣的事……"

我好奇地道："什么事？"

他勾一勾手指，我立刻俯身凑过去，他亲吻一下我的脸，暧昧地眨眨眼，道："生孩子。"

如此，直至中午才起床。我们刚梳洗完毕，凤鸣便过来说，汉王一大清早就派了人来请，现在还在前厅等候呢。艳少对我笑笑，便和他往前厅去。

我在房间里转了一圈，这房里的东西都是艳少领着我亲自去街上选购回来的，感觉每一样都想带走，每一样都舍不得扔下，一时无从下手，便将我们俩的衣物先折叠收起，剩下的东西正准备去个丫头来帮忙收拾，出门时差点和凤鸣撞上。

我问："什么事？"

他道："主人去了汉王府，晚上可能迟点回来，请夫人不必等他……"

我急忙道："又出什么事了？是汉王不让他走吗？"

"据说是汉王要为主人饯行。"他微笑，顿了顿又道，"不过，肯定还有其他的事情，这件事从头到尾都是主人一手筹划，现在主人撒手不管，估计他此刻已经成了热锅上的蚂蚁了……"

他说话的时候一直面带微笑，看起来很轻松的样子。在我的记忆里，他是一口气说这么多话尚属第一次。看来放弃谋反对他而言也是减压放松的正确决定。我笑起来，仍然有些不放心的追问道："汉王不会为难他吧？"

他不以为然，哼道："他若敢动什么歪脑筋，那就是自寻死路。"

话是这样说，但是一整个下午，我都隐隐怀着一种不安，收拾东西的时候，接连打碎两只青瓷花瓶。好不容易熬到日暮，饭后回房整理衣服，忽然摸出一个细长精致的白色瓷瓶，愣了一下才想起这是要给沈醉天的解药。算算日子，今天正好是第三天。他居然没有来拿解药？今晚他若再不来，我可没有多余的时间给他。

虽然艳少叫我不要等他，但今夜注定是一个不眠之夜。对于即将要去的地方，我是既兴奋又不安，翻来覆去地睡不着，最后只好起来找本书来看，那些字倒是催眠的良药，看得我昏昏欲睡，神志仿佛游离在梦与醒的边缘。恍惚之间，感觉床前站着一个人，睡意蒙眬之间看不真切，下一秒就觉得全身一麻，不能动弹了，然后有一片巨大黑色笼罩下来。

长风掠耳，我略略定下心神，疑问接踵而至。这个人是谁？他抓我干什么？他是怎么进来的？我没有听到任何动静，是凤鸣压根没有发现此人，还是他像我一样被点了穴道，抑或死了？天下有这种武功的人并不多……难道是汉王身边深藏不露的高手？要真是这样，那艳少岂不是有危险？这件事本就顺利得让人不敢相信，原来他们的后着在这里。

黑暗中也不知道这人要去哪里，但是越走越觉得此人武功了得，身行宛如幻电疾风，呼吸平稳毫不紊乱，短时脚程尚可保持，可是奔跑了三个多时辰依然如故此，就很不一般了，我自问也未必能做到。忽然，那人停了下来，一动不动。既不放我下来，也没有要继续走的意思。

四周寂静。终于，我听到了脚步声，很轻，很慢，似乎每一步都走得很慎重。来人一共走了七步，就不再继续走了。

这时，那人说话了："你一路跟着老夫想干什么？"

来人大声笑了起来，笑声清朗冷冽，有一股介于豪爽与深沉之间的谨慎。

这个声音的主人我认识，是沈醉天，只听他笑道："阁下身上背的是什么？"

"让开，不要逼老夫出手。"他的声音极粗噶，语速很慢，似乎不常说话，又像刚学会说话。然而，他的每一个字都透露出浓浓的杀气。

"真看不出来啊，阁下一大把年纪了，还贼心不死，干这种登门入室偷香窃玉的勾当。"沈醉天说着再次大笑了起来。

他不笑还好，他这一笑，我便感觉不妙。这笑声就像夜晚吹着口哨过坟场，有一种底气不足的意味。此人是谁？居然连沈醉天都没有把握。我不由得更加担忧起来。他究竟是不是汉王的人？艳少到底怎么样了？沈醉天的笑声未绝，这人已然出手。

我目不能视，但是我能感觉到夜风改变了它的方向，以至于我呼吸困难。随即，有更大的气流涌来，寒冷刺骨——这应该是沈醉天的玄冰寒玉掌。

空气中仿佛有冰与火两种气体此消彼长，令身在其中的人忽冷忽热，百感交集，其中滋味苦不堪言。忽然，只听"哧"的一声，我重重掉到地上，眼前顿时亮了起来。

原来是袋子被真气划破。我抬起头，第一眼就看见沈醉天整个身子倒飞出去，远远落在地上，口吐鲜血，喷溅在雪白的前襟，宛如绽放的一朵梅花。一个身材清癯的灰衣老者，满脸皱纹，眼睛隐藏在层层褶皱里发出精光，看这样子大概有一百岁了。我问道："姓沈的，你没事吧？"

他哈哈一笑，道："死不了。"

我当即转头看向那老者，他也正看着我，眼睛在月光下亮如磷火，这么老还不死，平白带些森森鬼气。我被他看的毛骨悚然："你是谁？想干什么？"

他一字一句地说道："欺师灭祖，死有余辜。"

我顿时愣住了：欺师灭祖？我怎么欺师灭祖了？根据求真阁的资料显示，容疏狂师承梦槐岛，难道此人是梦槐岛主？我连忙赔笑道："老前辈，你一定是误会了，欺师灭祖这四个字从何说起啊？"

他定定地看着我，苍老的脸上除了皱纹，无法分辨出其他的表情，忽然点了点头道："这门解穴手法很高明……"

我正在按照艳少教的内功心法暗自解穴，此刻被他一语道破，不由得大吃一惊。

"但是休想逃脱老夫的手掌。"他话音未落，一只枯瘦如竹的手掌已经迅疾探了过来。我条件反射地闭上眼，耳畔风声鹤唳，然后，忽然陷入短暂的寂静。再然后，我听见沈醉天的笑声，短促而勉强。

我睁开眼，看见他的容颜，苍白如纸。灰衣老者的五指断了三根，其余两指擦在沈醉天左腹的期门和日月两处穴道，血流如注。

地牢里很幽暗潮湿，泛着一种铁锈的味道。沈醉天躺在地上，一动不动，也不知道是死是活。我叫了他两声，不见答应，走过去摸一摸他的鼻息，顿时吓出一身冷汗，有一种熟悉的感觉占据了我的身体，我想起风亭榭死去的那一天……但是，小谢保护我是因为他身负使命，而沈醉天，他为什么要替我挡那一掌，我们不是死对头吗？我死了，他不是更高兴吗？我感觉自己脸上有温热的东西慢慢流下来，下意识地吸了吸鼻子。大约过了一炷香的功夫，一个沙哑的声音道："你哭什么？"

我又惊又喜，道："你没死啊。"

他叹了一口气，道："我死了还能跟你说话吗，你这个人真是笨的无可救药。"

我擦了擦眼泪，站起身来，拿出那个瓶子丢给他，道："这是解药。"

他再次叹息了一声，道："说你笨，还真是一点也不冤枉你。"

"什么意思？"

"这点毒能够难倒我沈醉天吗？"他仍然是一贯的狂傲语气。

我没好气地说："既然你的毒都解了，那你还来找我干什么？"

他仿佛被噎住了，过了一会儿方才反问道："谁告诉你，我是来找你的？"

我顿时语塞，气氛有些尴尬。

过了半晌，我问道："那个老头是什么人啊？"

他哼一声，道："他是找你麻烦的，我怎么会知道？"

我无语，过了一会儿才道："你的伤没事吧？"

他轻笑一声，恢复往日的恶谑语气："我死了，你会心疼吗？"

我再次语塞，一时不知如何回答，幸亏上面传来一阵脚步声及时救场。我抬头看见一袭水绿色的长裙从昏暗的光线里一点点露出来，由鞋到腿，腰，胸，到脸，赫然竟柳暗。这一刻，我忽然冷静了下来："居然是你？"

"是我。"

"是林晚词让你这么做的？"

"此事与小姐无关。"

我冷笑一声，表示不信。

她微笑道："你相不相信都没有关系，反正没有人会在乎一个死人的感觉。"

"你要杀我，为什么？"

"因为你该死。"

"我犯了什么罪？"

"你背叛山庄，已经是死罪一条，更别说当日在太原，你对老庄主……"

我打断她，冷冷地道："即便我有罪，你凭什么来审判我？你不过是林晚词身边的一条狗，御驰山庄什么时候轮到你发号施令了。"

她脸色铁青，嘴唇颤抖，但随即镇定下来，道："我是没有这个权利，但是你别忘了，御驰山庄天字组的三代影者，还有一个活着，他老人家有这个权利。"

我冷笑道："可惜我已经不是御驰山庄的人，谁也不能把我怎么样。我奉劝你最好立刻放我们出去……"

她举剑齐眉，冷冷地道："容疏狂，我没有时间跟你废话，沈醉天惧怕楚天遥，不敢杀你，晚词小姐顾全大局，不能杀你，我可没这么多顾忌……"

她说着，一寸寸抽出手中的宝剑，一步步走了过来。我不动声色道："这么说，林晚词一直都有杀我的意图了？是要为她的父亲报仇吗？"

她冷笑不答，雪亮的剑锋慢慢递了过来，顺着我的脸划到下颌直抵咽喉，一副猫捉老鼠的表情。要杀人，动作就一定要够快够准够狠，不要玩这么多虚的，没用的花招。所以，当我夺下她的宝剑时，她那张呆若木鸡的脸，看起来真的很好笑。我想，她一定是过分信任那个影子元老了。

我发誓，我从来没有这么恶毒的对待过一个女人，但是我真的剃光了她的头发。由于是第一次，手艺生疏，好几次都划破了她的头皮。然后，我学着她的样子，将剑锋顺着她的脸慢慢划下来，看着她的脸一寸寸地变白。感觉真爽啊，难怪电视里的坏人都喜欢这么演。

这时候，沈醉天站起身走过来，有些惊讶地看着我："原来你也蛮残忍的。"

我冷冷地回复他："所以你最好不要得罪我。"

他笑笑，没有说话。

柳暗冷笑道："你有胆子就杀了我。"

我手腕一抖，剑锋直直刺进她的肩膀，再慢慢的转动两下剑柄，微笑着道："你有胆子就再挑衅我。"

她的脸已经没有了血色，嘴唇开始泛白，冷汗一滴滴顺着额头流下来。疼痛令她缄默。忽然，在这阴暗发霉的地牢内，我闻到一股淡淡的香气，紧接着一个声音急急道："疏狂，手下留情。"

林晚词从狭窄的楼道里快步下来，她的身后跟着那个灰袍老者。我看着她不语，一点点抽回宝剑。柳暗顿时瘫倒在地上。林晚词上前打开地牢的门，沉声道："对不起疏狂，这件事我会给你一个交代。"

碧玉峰，惩戒堂。

我是出了地牢才知道，原来自己身在碧玉峰上。这是我第二次上碧玉峰。昔日，我是御驰山庄的庄主，何等风光。今日，我是御驰山庄的阶下囚。人生的机遇就是这样奇妙。

惩戒堂内，林晚词和灰袍老者居中而立。柳暗跪倒在列代庄主的牌位跟前，宛如木头人。

林晚词看着她，目光冰冷，一字一句数落她的罪状："第一，你不应该胆大妄为，捏造事实欺骗影阁老出关；第二，疏狂是本庄的前任庄主，你没有任何理由对她不敬；第三，疏狂即便有错，那也是我们林家人的事，与御驰山庄无关。你何以胆敢以下犯上？"柳暗低首垂眉，不发一言。"你自小就跟着我，今日我不代表御驰山庄惩罚你，我代表林家惩罚你。稍后，自有影阁老代表御驰山庄，对你施红梅吐艳刑。"

闻言，柳暗的身子猛然颤抖了一下，堂下的弟子中隐约有人发出抽气之声。林晚词轻轻一挥手，便有四名弟子抬出一个兵刃架，上面插满了各式各类稀奇古怪的利器。

我不知道这'红梅吐艳'究竟是什么样的刑法，但是我心中挂念艳少，不想在这里跟她们过多纠缠，连忙道："我不想看你们行刑，但我只有几句话要问她。"

林晚词静默一下，道："好！"

我走到柳暗跟前，蹲下去看着她的脸，问道："我到底和你有什么仇恨？"

她蓦然抬头，目光凶狠地盯着我。我也盯着她，不依不饶道："我实在太好奇了，你就告诉我吧！"终于，她的目光暗淡下去，转头看向林晚词。

这一瞬间，我发现她眼睛里有一种奇怪的光芒，似乎有某种不一般的情感，这种光芒一闪即逝，使我不禁怀疑自己眼花了。然后，我听见她的声音，极其平静："我就是恨你，不需要理由。"

我逼近她的脸，盯牢她的眼睛："你确定我没有做过任何对不起你的事？"

她垂下眼，咬牙道："没有。"

我双掌一击，起身道："各位都听到了吧。我容疏狂没有做过任何一件对不起她柳暗的事，可是她却非要置我于死地不可。晚词，你相信她的话吗？"

我微笑着，看着林晚词。

她白玉般的脸上泛起微红，却仍然不动声色，红唇微微张开，正要说话。我抢先一步道："好了，我就不妨碍你们行刑了，告辞！"

说完，便不再看他们，丢了一个眼神示意沈醉天下山。

我们刚走到门口，立刻被两人拦住，其中一个指着沈醉天道："他不能走。"

我侧头去看林晚词。林晚词轻喝一声："让开。"

两人慢慢让开，面上露出明显的不甘表情。我拉着沈醉天的衣袖大大方方地走了出去。途中，沈醉天忽然笑道："我多次攻打此地未果，想不到今天会被人用这种方式请来。"语气里不无自嘲的意味。我沉默不语。他又道，"林晚词的心机手段，实是我沈醉天生平罕见，这样的女人若是玩弄权术，天下绝没有几人是她的对手。"

我深以为然。

快到山下的时候，他忽然停住不走了。我回头看他，他的容颜沐浴在月光，清俊艳绝，风姿隽秀，真正是绝世美少年。我控制不住地犯起花痴来。

他看着我，微笑道："容疏狂，这或许是我们最后一次见面了。"

月光下，他的笑容隐约有一丝惆怅的意味。我感觉心跳加快，莫名有些害怕，生怕他说出让彼此尴尬的话来。我干咳一声，道："风这么大，你胸口有伤，我们还是快点下山吧。"

他笑而不语。我感觉莫名窘迫，万万料不到我和他竟也会有今日这种局面。他似乎想说什么，但终于什么也没有说。我心中挂念艳少，又不好催促他快点下山，不禁暗自着急。

终于，他道："你先下山。我还有点事要处理。"

我吓了一跳，叫道："你受了伤，千万别乱来，这里可是御驰山庄的地盘。"

他不答，只是静静地看着我，目光幽深难明，忽而淡淡一笑，道："我们终究不是同路人，你下山去吧。"

我略一沉吟，道："那你多保重。"我顺着山势飞身直下，奔出好远一段路，回过头去看，见他仍然站在那山上，身姿清挺如玉树临风，衣袂飘拂恍如仙人。

此后十年，他遵守对艳少立下的誓言，没有再踏入中原一步。

十年后，即宣德九年，他协助父亲袭杀鞑靼部的阿鲁台。正统初，灭贤义、安乐两王，统一蒙古帝国。正统四年，他继位，称太师淮王。正统十四年，大举攻明，于土木堡俘虏明英宗，铁骑直犯北京，后被于谦击退，与明议和。四十七岁病死，有人说他是贪酒好色，纵欲过度而死，也有人说他是胸口旧疾发作而亡。

第四章
月光犹寒

　　我回去的时候，艳少还没有回来。凤鸣既没死也没被人点穴，他只是很难得的早睡了，而对方的轻功太高，没能把他惊醒。倒是杜杜鸟还没有休息，坐着后院的荼蘼架下发呆，单手托腮，手里捏着一枝浅白梨花，一副思春发情的样子。我好奇地问道："你坐在这里干什么？"

　　他瞧也不瞧我一眼，有气无力地说："明天就离开济南了，再想见到晚词小姐就很困难了。"

　　我忍不住翻白眼，笑道："我倒有个法子，未必能使你天天见到晚词小姐，但是肯定比你在这儿单相思来得强。"

　　他大喜，转头看住我问道："什么法子？"

　　我笑嘻嘻道："你先把衣裳撕烂，然后拿一个破碗到御驰山庄的大门口去坐着，林晚词出门的时候，你一准能见到她。"

　　他两眼冒光，一拍大腿道："这真是一个好主意啊，我怎么没想到呢？"

这孩子八成是要疯了。我无奈地叹了口气，正要转身进房，他忽然叫起来："等，等一下！"

我一愣："嗯？"

他走过来围着我前后、左右地看了半天，满脸惊奇地问道："容姑娘，你这是怎么搞的？全身脏兮兮的全是泥巴，你，你不会是——"他忽然不说了，受到惊吓一般捂住嘴。

我皱眉道："怎么？"

他贼眉鼠眼的左右一看，然后将嘴凑到我的耳边，悄悄问道："你不会是做了什么对不起楚先生的事吧？"

我顿时语塞，很想一巴掌扇飞他。但是，我还没有付诸行动，他的身子就已经飞了出去，远远跌坐在地上，疼得直叫唤。艳少站在月光下，白衣胜雪，片尘不沾，一双好看的眉峰微微蹙起，看着杜杜鸟，语气冰冷地说道："你鬼叫什么？还不回房去。"

杜杜鸟顿时不叫唤了，爬起来连屁股上的泥巴也不掸一下，就乖乖地回房去了。真难得，这小子也有害怕的时候。

我转身看住艳少，偏头试探道："嗯，你今晚似乎心情不太好？"

他沉脸看着我不语。我一愣，难道汉王那边有变化？他忽然嗤地笑了一声，道："这小子越来越不像话了，真该好好管教管教——"

我连忙点头附和，谁知他话锋一转，道："还有你，也得好好管教一番。"

我瞪大双眼，抗议道："我做错了什么？"

"满身泥巴，头发散乱，左手腕内侧有擦伤，嗯，又是不小心摔了一跤？"没想到他观察得如此仔细，但事情即将完结，我不欲再生事端，也不想骗他，只好尬笑。他面带微笑，继续道，"前襟居然有泪痕，这倒是稀奇了，我知道你虽然表面温驯，骨子里却极强硬，是个流血不流泪的女中丈夫……"

我干笑两声，心虚道："过奖过奖。"

他双手抱胸，似笑非笑道："你倒给我说说，这究竟是怎么一回事？"

我赔笑道："这件事其实已经完美解决了，我说出来的话，你可不许生气？"

他不动声色道："那要看是什么事？"

我轻咳一声，将事情大概说了，有关沈醉天的部分一语带过。他听后蹙眉不语，脸色阴沉得骇人。我故作轻松地说道："估计是柳暗和容疏狂之间有什么恩怨，林晚词已经处罚了她，反正我们明天就要离开这里回镇铘山……"

"我们不回镇铘山了。"他忽然道。

我愣住，道："为什么？汉王刁难你了吗？"

"那倒没有。"他笑笑，道："他请我为他寻找建文帝的宝藏。"

"这算是继续帮他谋反吗？"他微微摇头，表示否认。我有些生气，道，"宝藏到了他手里，还不是要用作谋反的，宝藏也根本不应该给他。"

他笑起来，问道："他是朱家人，宝藏为什么不应该给他呢？"

我不屑道："都是从民间搜括来的不义之财，应该归还给人民大众才对。"

他伸手摸我的头，失笑道："傻瓜，宫中之物，哪个平民百姓敢取？"

我咬住下唇，指责他道："你这是说话不算数。"

他叹息一声，道："疏狂，你心里在想什么，我都知道，我知道你是担心我，谋反要诛灭九族的重罪，你因为知道了结局，所以始终有一种不安感，尽管你没有说，但我一直都知道。"

他走过来握紧我的手，柔声道："随着这一天的到来，你越来越担心，夜里睡不安稳，常常莫名惊醒，这些压力，你不愿意使我知道，但我怎么能装着不知道呢？我不愿意让你担心，这才是我放弃谋反的真正原因。因为你，我变得谨慎，我以前是不在乎的，现在不同了，我有了你，我不是一个人，我不能轻率行事。"我勉力控制，仍然感觉鼻头发酸，有泪欲落。他抱紧我，"相信我，找到这笔宝藏，就当我对此事最后的补偿。"

我就着他的袖子擦擦眼泪，无奈地点头，眼泪又止不住的扑簌簌往下掉。

他戏谑道："亏我才夸过你流血不流泪，你就泛滥成灾了……"我感动无以名状，只得抱紧他。过了好一会儿，他才问道："咱们今晚就这样站在睡觉吗？"我不好意思地放开他。

他故意长叹道："你知不知道你的衣服很臭，好在我功力深厚，要不然就被活活熏死了。"

我忍不住笑出来，两人携手去洗漱休息。

第二天早晨，我还没起床，就听见杜杜鸟的声音，直嚷着什么晚词小姐，一连串话说得又急又快，没听清楚说些什么，忽然没了声息。

难道是林晚词来了？我三两下穿好衣服，出门往前院去，远远便看见林晚词站在院中，身穿一件普通的粉色衣裳，一举一动都有种说不出来的动人风韵，浑然天成。我不禁深深感叹：真正是造物主的恩宠。

"楚先生，我今日是特意登门来谢罪的。"

"林小姐何罪之有？"艳少的脸上没有任何表情。

"我对属下管教不力，惊扰了尊夫人……"

"惊扰？"艳少冷笑道："林小姐，我很好奇，你的手下为何要惊扰疏狂？"

我停步，倚在廊柱上静待后文。

林晚词微微苦笑，却毫不惊慌，一双秋水般澄澈的眸子看着艳少，道："这件事说起来跟楚先生也有关系，我就直言不讳了。当日家父与楚先生在太原一战，惨败而归，可以说是御驰山庄百年不遇的重创。为此，庄中不免有一些弟子情绪激愤，怀有怨恨……"她没有继续说下去，意思却不言而喻。艳少沉默不语，看不住什么表情。林晚词的话锋一转，继续道，"当然，他们若是胆敢对楚先生寻仇，就好比螳臂当车，自寻死路，也怪不得别人。这等不自量力的弟子，御驰山庄就是死上一百个也不足惜……"

艳少打断她，不动声色地反问道："我伤了林小姐的父亲，林小姐不但没有丝毫怨恨，还阻止庄中弟子报仇，真是叫人费解啊。"

林晚词面不改色，收敛笑容，严肃道："先生错了！我也恨，但是恨不能解决问题，恨不能使御驰山庄变得强大。我恨先生，却不具备和先生对抗的能力。所以我只能把恨收起来，更何况目前的局势风雨欲来，正是本庄生死存亡的关键时刻，这个时候尤其需要冷静。我不允许任何人轻举妄动，不管她是谁，不听话，就只有死！"

她的声音动听柔和，说出来的话却决绝狠厉，莫名叫人发寒。她说完侧头向身后示意，身后的两名弟子立刻抬出一副担架，担架用白布蒙着，看那样子似乎是一个人。"昨晚，本庄下人柳暗得罪了尊夫人，本庄已按规矩对她施过惩戒，现在我将她交给先生，是生是死，全凭先生处置。"

我屏息静气。艳少没有去看那副担架。他微微沉默一下，道："林小姐这番话确实是直言不讳。御驰山庄有林小姐坐镇，相信一定能够避过这次的风雨，至于这个人——既然林小姐已经惩戒过了，就请带回去吧。"

林晚词躬身谢过，又道："我来时看到先生门前的马车，冒昧问一下，先生可是要远行？"艳少点了点头。她笑起来，宛如午夜兰花绽放，"这真是巧了，我这两日也要出趟远门。"

艳少淡淡地"哦"了一声，兴趣不大地说道："希望林小姐旅途顺利。"

林晚词便不再多话，微笑着告辞而出。

"管教不力？"我目送林晚词出门，慢悠悠走到艳少身边问道："你相信她的话吗？"

"戏份做得这么足，不信也得信啊。"他故作无奈地叹一声，转而打趣我道："真难得你这么早起床。"

"生命的真谛在于睡觉嘛……"我随口胡扯。

他笑而不语，牵我的手径直去吃饭，然后一行人乘车出城。计划的路线是这样的：乘马车到济宁，再由济宁走水路抵扬州转南京。我甚少有机会坐船，格外兴奋。

我们到济宁雇好了船，已经是晚上，便在当地住了一晚，晚饭也不及吃，杜杜鸟便吵着去逛夜市，凤鸣平日极老成的样子，这会子也渐渐露出年轻人的活泼来，一整天热闹非凡。

我对于水上行舟的热情在上船后的第二天下午便消失了一大半。两岸风景固然不差，却也并不如想象中的那么美好。日子进入五月，天气就迫不及待地热起来，迎面而来的风里带有一股咸湿的腥味，使人一阵阵的反胃。

第三天早晨，船刚行出一会儿，艳少忽然收到一封飞鸽传书，他看后便蹙眉不语。

我笑着调侃道："什么事令你不快？"

他瞥我一眼，将信递了过来。我接过来一看，顿时沉下脸来。这一下轮到他笑起来："你这是什么表情？"

我冷着脸道："这个消息为什么要告诉你？"

他含笑道："习惯使然。"

我顿时气结。他握住我的手轻吻一下，笑嘻嘻望着我。我只得作罢。

彼此沉默一会儿。我忽然也好奇起来，凑近问道："奇怪，这件事你究竟是如何进行？"

他笑嘻嘻道："也没什么特别的，都是些前人用过的方法，在京师遍插眼线，然后分析筛选出有价值的消息，做出最后的判断。"

我继续追问："那么按照你原来的计划，你打算怎么做呢？"

他轻轻启唇吐出一句话："立刻起兵攻打京师。"

我低呼一声道："历史记载汉王畏惧三大营，不敢出兵，从而错失良机。"

他扬眉一笑，道："三千营多为元朝降兵，骁勇善战，他们为明朝所用主要是贪图钱财，其中几个首领都收了汉王的大礼；神机营看似凶猛，实则笨重，唯有五军营最为精锐，汉王的那群乌合之众绝不可与之正面交锋，不妨派出江湖高手，暗中袭取将领首级……"

我撇撇嘴，道："这太卑鄙了——"

他嗤笑一声，轻敲我的头道："又说傻话了！谋反本来就不是光明正大的事，更何况两军对垒，生死一线。"

我胡搅蛮缠道："反正我相信历史是不会被改变的，他注定是一个失败者，即便是生命重来，他仍将会通过别的途径成为一个失败者。"

他笑道："这是什么理论？你上次说过的，对了，叫宿命论者！"这时船身一阵晃荡，我忽然一阵恶心，感觉有什么东西顺着肠胃直往上涌。艳少蹙眉道，"怎么了？"

我深深呼吸，摇头道："大概是昨晚吃坏肚子了。"他俯身偎过来，握住我的手。我又是一阵反胃，忙道，"快让开！"

他微微皱眉，道："别动——"他话没说完，我一口苦水便吐在他衣角上。他一愣，皱眉道，"这么厉害？"

我待要说话，又是一阵干呕。他握住我的手腕，目光变幻不定，半晌放开我，吩咐船家就近找个码头停船。

我猛地一个激灵，脱口道："不会是怀孕了吧？"

他微笑抱住我，动作有些小心翼翼，道："需要找个大夫诊断一下。"

我顿时大脑空白，心底有一种说不出来的感觉，仿佛是一件离我很遥远的事忽然来到跟前，一时手足无措，我尚未做好生孩子的准备。

他见我不语，便笑问道："你这个表情，我该作何理解？"

我老实回答："说不出来的感觉。"

他微微蹙眉，不解地看着我。

我也蹙眉道："听说生孩子很疼啊。"

他嘴角的笑意渐深，俯身亲吻我的脸，漆黑眸中尽是揶揄之意："那你不会因为疼，就把这个机会让给别的女人吧？"

我眉毛倒竖："你敢！"他大笑。我推开他，讪笑道，"我先帮你把衣服换了吧。"

他道："我自己来。"

我起身去给他拿衣服，这时船身蓦地一荡，他连忙揽住我的腰，道："小心。"

我不曾见他这般紧张，不禁酸溜溜地问道："你这是紧张我，还是我肚里的孩子？"

他脱掉外衣，将我重新揽回怀里，笑道："傻瓜，你永远都是不可或缺的。"

我想了想，道："我怀孕期间，不许你跟别的女人乱来。"

他忍不住要笑："你这个脑袋瓜里整天都想些什么呢？"

我毫不放松，继续道："不能因为我生了孩子，变老变丑而嫌弃我。"

他的眼睛笑成漂亮的月牙状："我保证从一而终。"

我哼道："这可是你说的，要是被我抓住什么把柄，我就——"

他轻咬我的手指，笑道："你就怎样？"

我笑嘻嘻道："我就带着孩子回娘家，让你一个人在大明朝逍遥快活去。"

他捉紧我的手，正色道："我是绝不会让这种事情发生的。"

我不语。他又道："你也必须保证。"

我连忙点头："我保证。"

他微笑起来，柔情从眉梢眼角满溢而出，一点点渗进我的心里，汇成一股巨大的温柔到痛楚的爱意。这一刹那间，我觉得能为他生一个孩子，是一件多么幸福多么骄傲的事情啊。

停船靠岸的时候是中午，杜杜鸟直嚷着肚子饿，活脱脱是个饿死鬼投胎。大家便寻了一个酒楼吃饭，我一点胃口也无，艳少叫来一个伙计，询问附近有无医馆。

泓玉奇道："咦？容姑娘不舒服吗？"

"有一点。"我笑笑。平时我尚不觉得这句容姑娘有什么不对，今天听起来感觉格外的别扭，我即将成为一个孩子的母亲，是某人的夫人了。

她还待再问什么，艳少已经站起身来，微笑道："走吧。"

我跟着他一路下楼，出门往左侧大街去，走一会儿，他忽然皱眉道："有人跟踪我们。"

我与他在一起是从来不用担心安全问题的，闻言不由得一愣，问道："是什么人？为什么要跟踪咱们？"

他笑道："我们去问问。"

说着就拉我转身，朝身后两个商贩模样的男人径直走过去。我顿时哭笑不得，他的行事常常叫人哭笑不得。然而，那两个人看到我们朝他们走过去，居然毫不惊慌，定定站在原地，等着我们。这一下，我不禁要暗自奇怪了。

我们走到跟前，尚未说话，其中一人上前一步道："敢问姑娘可是容疏狂？"

我一愣，与艳少互看一眼，点头道："没错，我是容疏狂。"

那人从怀里拿出一封信，道："奉小侯爷之命，将这封信交给姑娘。"

小侯爷？我一时没反应过来，艳少已经伸手去接信。

那人却将手一缩，道："属下奉命，要将信亲手交给容姑娘。"

艳少轻轻拂袖，那人的信脱手而落，他袖口一卷，便将信抄在手中，仔细看了两遍，确定没什么不妥，方才递给我，哼道："沈醉天这小子到底在搞什么鬼？"我接过信，在那个已经呆若木鸡的家伙眼前一晃，他才如梦初醒，下意识地远离艳少。

我问道："沈醉天叫你们给我的？"

那人道："是的。信已送达，属下告退。"他说完微一抱拳，便和同伴逃命似的去了。

我不急看那封信，转问艳少道："沈醉天为什么要送信给我？"

他面上不动声色，语气却不是那么回事："这个要问你自己啊。"

我忍住笑意，扯开封口抽出一张宣纸，嗯，字迹苍劲有力，一看便知是练过的——"昔日在太原，林晚词以藏宝图作为交换，除了放走林千易之外，还有一个条件就是杀了你。你向来愚钝，必定要问我，为何没有杀你？我现在可以诚实地回答你：一、我不舍得杀你；二、在我没有亲眼见到那张藏宝图之前，我不愿意得罪楚天遥；三、江湖形势微妙，我想静观其变，见机行事。后来的事你都知道了，我有必要提醒你，林晚词绝不是你的朋友，你也绝非她的对手，万事小心。"

我看后将信递给艳少。他不接，撇撇嘴道："别人指定交给你的，我不看。"

我笑，伸手去挽他的胳膊道："咱们俩还分什么你我啊。"

他哼一声，道："那我也不看。"

"那我念给你听吧——"我清了清嗓咙，准备念信。

他打断我道："医馆到了。"

半炷香之后，我们从医馆出来，彼此沉默着往回走，谁也没有说话。我一边走，一边偷偷瞥着艳少的脸色。他冷哼一声，用眼角示意我，如果我胆敢笑出来，下场绝对会很惨。我只得强忍着笑，低头跟在他身后。他忽然停住脚步，怒气冲冲道："那人一定是个庸医。"

我忍俊不禁，"扑哧"一声笑了出来。他皱眉瞪着我，半晌，终于也笑了起来。我越发笑得厉害。

他忽然问道："你现在感觉怎么样？"

我止住笑，答道："好多了。"

他点点头道："很好。"我等他的下文，他却不再说了。

我问道："什么很好？"

他似笑非笑地看着我，道："你既然不适应水路，我们还是改走陆路吧。今晚就在此地休息，明日再走。"

我看着他，忽然感觉一阵内疚。本来嘛，连我自己都认为十有八九是要做妈妈了，结果给大夫一瞧，原来是晕船，压根不是什么怀孕，白开心一场。

我握住他的手，柔声道："对不起。"

他含笑道："没关系。从现在开始，你可得保重身体了。"

我一愣："嗯？"

他看着我，反问道："为了孩子，我们不该努力吗？"

我干咳起来。他握住我的手直奔饭馆，叫了七八道我平日爱吃的菜端上桌子，道："快吃吧，你现在急需恢复体力，因为今晚我不会放过你。"

我闻言差点被茶水呛着。

第二天，我从床上爬起来，习惯性地推开窗伸个懒腰，呼吸两口新鲜空气，懒腰伸到一半，就看见杜杜鸟在楼下朝马车里搬行李，这才想起今天不坐船，改走陆路了。

我梳洗完毕，下楼没见到艳少，便问杜杜鸟道："楚先生呢？"

他朝左一努嘴，道："刚刚朝那边去了。"

我问道："没说干什么去吗？"他摇摇头，将两个箱子码在一起。我又问道，"怎么不见凤鸣和泓玉？"

他忙着整理行李，头也不抬道："楚先生给了泓玉姐一封信，让她和凤鸣大哥一起走了。"

我有些诧异，道："出什么事了？"

他摇头表示不知情。我于是抬脚去找艳少。

清晨有雾，镇子靠河水，空气更觉潮湿，整个镇子好像笼了一层白纱帐。往左走上一段路，便是一条狭长的河堤，堤上细疏植了几棵榆树，在淡薄的白雾里颇有一种萧条的况味。

艳少穿一袭白色，宽袖长衫，双手环胸，站在那堤岸上向着一川逝水静静凝望，身板挺立如一棵笔挺的树干，满头发丝披拂如镜，面容亦如冰封镜湖。

我走到他跟前，他亦没有动静，漆黑眼眸幽深若寒潭，神光敛含，叫人莫名感到心惊，我不由得选择缄默，倚着树干定定看他。

终于，他的嘴角浮起一抹笑影，侧头微笑问道："睡得好吗？"

我故意板着脸，道："一早起来就不见人影，你昨晚又干什么去了？"

他含笑道："世人都说善变女人心，却不知道女人还有一样绝活……"

我很配合地问道："是什么？"

他轻轻道："倒打一耙！"

我笑，转移话题，问道："你让凤鸣和泓玉去哪里了？"

他不答。这时天上飘起了细雨，他便握住我的手说："回去吧，小心着凉。"

他不说，我便不问。两人携手回去。

因下了雨，我们被困在客栈里，听着窗外淅沥细雨，我拥抱艳少，就像拥抱一个安稳而闲适的人间，仿若将人生妥善安放了。

第五章
玉指回旋

外面雨势渐大，屋檐下的雨断线珍珠一般流下去，越发衬出室内的静。我靠在艳少身上，听着他规律的心跳，觉得这是世间上最美妙的声音。他静默不语，握住我的手指摩挲着。

忽然，他轻轻说出三个字："有杀气。"

我一愣，下意识就要起身。他抬手按住我，将我重新拥入他的怀里。

我低低问道："我怎么感觉不到杀气？"

"时间久了，你就能感觉到了。"

"对方厉害吗？"

"这得看你怎么定义厉害。"他的声音里带一丝笑意："真正一流的杀手，你是感觉不到他的杀气的。"

那就是说来人不厉害，我暗松一口气，但是我们这个样子总不适宜面对杀手，我将丝绸薄被拉起，遮住他精壮的上身。万一来的是个女杀手，岂非让她大饱眼福了。他嘴角笑意渐深，目光却倏忽变得寒冷。然后，我看见一支箭穿过窗纸直射进来，近一点，才发现不是一支箭，而是三支。再近一点，变成六支，排成一个"山"字，山峰对准床上的人以一种极其缓慢极其钝重的速度射来。箭锋每进一寸，杀气便重一分。

我的肌肤似乎能感受到那冰冷的铁质，不由自主地起了一层鸡皮疙瘩。利箭射到床前，在即将刺破幔帐忽然停住，宛如遇到无形的铜墙铁壁般再也无法前进分毫，颓然无力地齐齐跌坐在地上。与此同时，我感觉有一股强大的力道掠过我的腹部，有着酥麻的感觉，一声惊叫忍不住脱口而出。

艳少"扑哧"一声笑了出来。遂后，我听见杜杜鸟的叫声："什么人？喂，有本事别跑啊！"紧接着是一阵拍门声，他在门外叫道，"容姑娘，你没事吧？"

我连忙回复他："没事！"

他却不走，兀自在门外追问："对方是什么来路？跟你们有什么恩怨啊？"

这也是我想知道的，于是看向艳少，将问题抛给他。他做出一个极其无辜的表情，表示不知道。我瞪着他，问道："听说你给泓玉一封信，让她和凤鸣走了？"

"没错。"

"干什么去了？"

"我让他们去见雷攸乐了。"

我一愣："为什么？"

他撇嘴道："关心一下老朋友不成吗？"

"还得写信去问候啊？"

"更显诚意！"

"那信是怎么写的，让我也学习一下。"

他微微挑眉,含笑道:"这个不太好吧,别人写给你的信,我也没有看啊。"

"哦，说了半天原来是为这个，我拿给你看——"

我起身去找沈醉天的那封信，却翻出了那张藏宝图，青墨线条绘在一块淡淡黄的手帕上，手帕不像丝织的，许是天气的缘故微微有些泛潮。我在一片略嫌昏暗的光线里细看那图，忽听他叹息一声，道："傻瓜，信在这里。"

我回头一看，见那封信好端端在他手里，便笑道："啊，原来你——"

他迅速打断我："是你自己乱丢东西，我可不是故意要看的。"我笑笑不理他，继续研究手里的藏宝图。"那玩意有什么好看的？"他不满地哼道。

"这可都是钱啊。"我头也不抬地回复他。

"咱们不缺钱。"

"哪有嫌钱多的？"

"听你的口气，似乎准备私吞这笔钱？"

"假如你不反对的话。"

"你要这笔钱干什么啊？"

"干什么都可以啊，想想都让人兴奋！"

他没说话，过了一会儿才道："过来。"

我听这语气不对，抬头一瞥，眼神不对，立刻赔笑道："外面的雨停了，你饿不饿？我们去吃午饭吧。"话没说话，忽觉双腿一麻，不由自主就倒在了他的身上。

他伸手握住我的腰，微笑道："是有点饿了。"

我干笑道："那就赶紧起床吧。"

他低声应道："假如你起得来——"他话还没说完，我就觉得腰间有一种触电般的感觉向全身迅速蔓延，他的两只手滑到哪里，我便觉得那里敏感到了极点。他咬住我的耳朵问道，"现在还喜欢藏宝图吗？"

五月的天气一天天地热起来，车厢里颇有一些气闷，若是卷起车帘吧，就得吃那漫天飞扬的尘土，杜杜鸟的驾车技术远逊于凤鸣，艳少自是坐得稳如泰山。我就惨了，腰酸屁股痛。突然，一阵剧烈地晃动，伴随着马儿的一声长嘶，车厢的门板"嘭"的一声，爆成无数碎片，和杜杜鸟的后脑勺一起跌进车厢。一袭白色袖袍甩过来，覆住我的眼睑，下一秒，我就站在了明媚的阳光里。

我看见左前方的绿林里有四道人影极快的隐入茂林深处，失去了踪影。杜杜鸟从地上爬起来，一边揉着屁股一边骂道："他娘的，从昨天到现在这已经第三次了，这群混蛋到底想干什么？你知道吗？"最后一句话是对着我说的。我摇摇头，表示不知道，转而去看艳少，把问题丢给他。他恍若未见，窅黑目光深不可测，悠悠望向远处，不知在想些什么。

我想了想，道："难道真是御驰山庄的人？"

艳少不语。

杜杜鸟连连摇头，叫了起来："不可能，绝不可能，晚词小姐是天仙一样的人，绝对不会做这种事。就算是容姑娘之前有对不起御驰山庄的地方，但是现在楚先生已经不帮汉王了，他们没道理这么做……容姑娘，你干吗这样看着我？"

我皮笑肉不笑道："我对不起御驰山庄？你倒说说，我哪里对不起他们了？我怎么就对不起他们了？"

他干笑着，偷看艳少一眼，小声嘀咕道："这个，嘿！江湖人都知道。"

我猛敲一下他的脑袋，道："你知道什么，你以后就会知道，我不但没有对不起他们，还帮了他们一个天大的忙。"我冒险让风净漓带密函去南京见朱瞻基，还不是为了保全御驰山庄。

杜杜鸟被我敲了一下，虽满脸委屈，却不说话了。

不过，派人暗杀我们这种愚蠢的行为，确实不符合林晚词的作风。而且照这三天的情形来看，这群人也不像是要刺杀我们，倒像是要故意耽搁我们的行程，拖延时间……难道是为了那批宝藏？她故意拖延我们的行程，好抢先找到宝藏？

晚上投宿的时候，我对艳少说出心中疑惑。他只是微笑不语，一副不置可否的表情，一点赞美我的意识也没有，气得我不再理他，跟着杜杜鸟上街闲逛。

这小子不愧是风月场的高手啊，都不用问路就找着了地儿。用他自己的话说就是：我闻闻这街上的脂粉味儿，就知道过去了几个姑娘。我忍不住对他佩服起来，这也是一项特殊技能啊。佩服归佩服，我身为长辈，身负管教之责。所以，我抓住他的衣领，硬生生将他迈进门的右脚提了出来，逼迫他继续前行。他便耷拉着脑袋，很不乐意地跟在我身后。

他走着走着忽然"咦"了一声，停下不走了。我回头一看，只见他两眼盯着街边的药铺猛瞧。我走过去顺着他的目光一看，只见药铺的柜台前站在一个瘦弱少年，那身姿颇有三分风流。

我按住他的肩膀，调侃道："怎么？你现在对男人也有兴趣啦？"

他咂咂嘴，极为不屑的瞥我一眼，道："那是个女的，我见过她。"

这时，那少年提了药包转过身来。我一看，果然是个女的，七海连环岛的落绯姑娘。她看见我们也是一愣，随即掉头就走。

我不禁要感到奇怪了，南宫俊卿不是回南海吗？她应该在他身边才对？还有，她买药干什么呢？难道南宫俊卿的伤还没有恢复？算一算，大概也有十来天了，武林高手的伤势通常不都是一夜治愈？

杜杜鸟见我发呆，道："你还没认出来啊，她是七海莲花岛的人，就是那个南宫俊……喂，你干什么去啊，等等我。"

我悄悄跟着落绯走了一段，她忽然拐进一个巷子，就不见踪影了。我前后左右观察一番，巷子颇为幽静，有几家户院，也不知道她进了哪一家，想到我即便见了她，似乎也没啥好说，正准备回去，她忽然又冒出来了，劈头就问："你跟踪我干什么？"

我随口胡诌，笑道："月色撩人，我不过随便走走，怎么能说是跟踪姑娘呢？"

她冷笑道："我家君主呢？他在哪里？"

我诧异道："南宫俊卿不见了？"

她沉脸不语。

我摊开手掌，道："落绯姑娘，我可是两手空空地站在这里，你家君主他一个大活人，也许是出去走走……"

她忽然笑了起来，连连点头，道："你们御驰山庄的女人，个个都是好本事、好手段——我家君主重伤未愈，却一路暗中保护你，这两天伤势加重，他能去哪里？"

我连忙打断她，道："南宫俊卿暗中保护我？这是什么情况，你说清楚点。"

她勃然大怒，道："我家君主本来在南海好好的，都是因为你们御驰山庄才变成这样，你还有脸来问我怎么回事？"她说完，手腕一翻亮出匕首，目光森然地扑了上来，完全是一副要拼命的架势。

我迅疾闪身避过，连声叫道："喂，你别乱来，我可不想打架啊。"

她也不理我，直顾认准我乱刺乱扎，一副拼命三郎模样，全无章法可言。我跟她无冤无仇，知道其中必有误会，不想跟她真的动手，干脆撒腿往回跑，她紧追不放。

我一路奔回客栈，进房就傻眼了。南宫俊卿居然真的在我的房间里，还躺在我的床上，盖着我的丝被，枕着我的枕头。他的头发很长，直拖出床沿，黑缎一般。他的脸色很白，病态的苍白，几乎能看清皮肤下的血管。他闭着眼睛，看起来很虚弱的样子。这个时候的他没有醒时的冷漠，高傲，似乎容易亲近多了，脸上的神情让人想起一切幼小的动物。我站在床边痴痴看着他，全然忘记去问：这种魔幻的事情是怎么发生的？南宫俊卿怎么会在我的床上？

忽然，耳畔有人低低道："很好看吗？"

我一惊，侧头看见艳少不知何时站在身边，忍不住捶了他一下："吓我一跳。"

他一脸似笑非笑，道："是你看得太入神了。"

我轻叹一声，道："这确实是一张叫人看了会失神的脸。"

他不语，过了一会儿，才问："难道我不好看吗？"

他好久不曾这样和我讲话，我不禁柔情激荡，捉住他的手亲吻一下，柔声道："你不是这世上最好看的男子，但你是我最喜欢的男子。"

他偏不服气，追问道："我哪里不如他好看？"

我忍俊不禁，连声道："是是是，你比他好看，行了吧？"

他也笑起来，低头亲吻我的脸。我待欲进一步示爱，忽听有人连声咳嗽，斜眼一看，只见南宫俊卿睁一双黑白分明的眼睛看着我们，嘴角挂着一丝讥笑。

他换了一下姿势，淡淡地道："两位真够肉麻的，听得我全身都是鸡皮疙瘩。"

我当即回敬他："人家夫妻之间的事，你本不该听，就算不小心听到了，也要装作没听见。"

他合上一双美丽的眼，道："既是夫妻之间的话，就不该当着第三人讲。"

"我们本来就是关起房门讲的，倒是你——"我偏头看向他，"我正要请教南宫君主，您是怎么跑到我们房间里来的？"

他闭目不理我。

艳少微笑接口道："是我请他来的。"

我顿时愣住了："嗯？"

艳少笑笑，在桌边坐了下去，伸手提起茶壶倒了一盏茶。

我皱眉瞪着他："到底是怎么回事？"

他端起那盏茶却不喝，只在指尖轻轻转悠，也不说话。我气结，转头去看南宫俊卿，却见他仍然合着眼，仿佛又睡着了。

艳少轻轻笑道："我在想，这件事该从何说起……"

我道："听起来这还是一个很长的故事啊。"

他微笑，点头道："是有点长，大概得从两个月前沈醉天攻打碧玉峰说起，林少辞交友之广，还真是令人羡慕啊……"

南宫俊卿忽然叹了一口气，道："江湖传闻楚先生神通广大，无往不利，我一直不以为然，今日看来确实是名不虚传。"

这番话听得我更加一头雾水："这跟沈醉天攻打碧玉峰有什么关系？"

南宫俊卿沉默一下，道："那时，林老庄主与林晚词一起失踪，我受林少辞之托，暗中查访他们的下落。"

我大脑灵光一闪，猛地想起昔日曾对他惊鸿一瞥。原来那时候，林少辞就已经计划安排好了，并非完全被动，他还真是深藏不露啊。我不禁感叹道："原来你那个时候就和林少辞勾搭上了……"

"勾搭？"南宫俊卿忽然皱眉，提高了声音。

艳少忍不住轻笑出声。

我讪笑两声，故意挖苦他，道："请问，你去查访林晚词的下落，跟你现在躺在我床上，这两者之间到底有什么必然的关联呢？"

他不以为忤，自顾自道："那时，我一路跟踪沈醉天至山西，因为有逍遥四仙随行，我一直没有机会下手救他们，一直到太原，逍遥四仙方才和沈醉天分手，出关去了。当晚，我潜入鬼谷盟在太原的分会，见到林晚词——"他忽然顿住，脸上有一种奇怪的表情，似乎陷入回忆里，微微陶醉的样子。

我正要催促他往下说，猛然明白过来，那必定是他第一次见到林晚词。我回忆起林晚词的一颦一笑，那一份绝世风华委实令人沉醉。

一时，南宫俊卿回过神来，继续道："我对她说明来意，但她拒绝跟我走，这是我当时万万没有想到的，我原想她一介女子，又不会武功，身处险地，还不定要怎样惊慌，谁知她竟比我还镇定自若，更没想到的是，她早有计谋……"他说着自嘲般地笑了笑，自床上坐起来，一头乌发垂过肩膀，越发衬得肤色如玉，分外妩媚动人。

我看得有些口干舌燥，艳少仿佛知我心意一般，倒了一杯茶，笑意盈盈地递了过来。通常他露出这种笑意，就表示我晚上的日子不会好过，我连忙在他身边坐下，低头喝茶。

谁知南宫俊卿好死不死地走过来，坐到我对面，也给自己倒了一杯茶，浅浅地啜了一口，方才长叹一声，道："这个计划，你们也都知道了……"他的声音极轻微，说完便垂下眼睑看着瓷杯里的清茶。

室内静默，谁也没有说话。

我忍不住叹息道："我是真心佩服她，换作我，是无论如何也想不了那么深远……"

南宫俊卿恍惚笑了笑，道："她一开始也没有想得这么远。她本意只是要对付鬼谷盟，摆脱白莲教的控制，却没想到楚先生会牵扯进来……后来的事，实在是不得已而为之，她只能将事情朝最有利自己的方面引导，尤其是面对楚先生这样的对手，她走的每一步都可谓是殚精竭虑，如履薄冰。"他顿了顿，凝眸看着碧青的茶水，轻叹道，"江湖就是这样，有些事一旦开始，就无法回头，冥冥中有一股力量推着你往前走，想退都退不了。"

我深以为然，要不怎么说人在江湖身不由己呢。

这时，艳少忽然道："什么叫'摆脱白莲教的控制'？林千易不是白莲教的人吗？"

南宫俊卿神色一变，端着茶杯既不喝，也不放下，静默一下，方才道："林老庄主不是白莲教的人，他是被迫为白莲教做事。"

我吃了一惊，脱口道："白莲教这么厉害？"

他淡淡地道："厉害的是林老夫人，她才是白莲教的人。"

我更是吃惊，难道说林千易被自己的老婆胁迫？

南宫俊卿又道："这是别人的家事，没有我们外人置喙的余地。"他这句话说得很急，仿佛很怕我们再继续追问下去似的。

我狐疑地看了看艳少。

艳少缄默片刻，轻叹一声，道："林少辞能有你这样的朋友，也算不枉此生。"

南宫俊卿也叹息了一声，道："反之亦然。"

室内再次静默。说到半天，仍然没有切入正题。我忍不住道："现在由我来提问了，你为什么把他请到这儿来？"说着看着艳少。

"因为他受伤了。"他道。

"他受伤跟你有什么关系？"

"严格来说，应该是跟你有关系。自我们在济宁登船之日起，一路便有杀手尾随，是他在暗中帮忙。"

"你何时知道此事？"

"一早便知道。"

"那你为何现在才请他来？"

"近两日杀手数量忽然增多，且明目张胆，我猜想，他大概有什么变故。"

"他怎么了？"

"旧疾加新伤，等于雪上加霜。"

我转头看了看南宫俊卿，这时，他已经踱到窗边，推开窗户，向着外面的一条河流凝目眺望。长身玉立，黑发白衫，端的是丰神俊秀。"他看起来似乎没你说得严重……"

"那是因为我刚才为他治疗过了。"

我沉吟片刻，问南宫俊卿道："你为何要暗中保护我呢？"

他不语，嘴角紧抿着，似乎不习惯被人问话，愣了一会儿，方才道："受人之托。"

我讥笑道："你倒是经常受人之托。这次又是谁？"

"林少辞。"

"我猜也是他，毕竟这世上请得动南宫君主的人不多。他既有心保护我，自己为何不来？"他沉默不答。我又问，"杀手是什么来路？为何杀我？"

"不知道。"

我单刀直入问道："是不是林晚词派来的？"

他目光微变，反问道："你何以会有这个想法？"

我实话实说："沈醉天说，她想杀我。"

他似乎有些吃惊，但没有说话。隔了半晌，我以为他不会回答我了，他却忽然道："这个世界上，能令沈醉天说实话的人并不多，楚夫人真是好本事。"

我一愣，这岂非是承认林晚词确有杀我之心。但为什么呢？即便我叛出御驰山庄，艳少重伤林千易——不对，林晚词对沈醉天提出要求的时候，我尚是御驰山庄的庄主，林千易还在沈醉天的手上——那么，她是早就想杀掉容疏狂。为什么？是什么原因，使林晚词要杀死容疏狂呢？容疏狂自幼被林家收养，和她也算是从小到大的姐妹，她为什么要这么做？我想不通，看牢南宫俊卿的双眼，追问道："林晚词为何要杀我？"

他依旧沉默不语。

我点头，冷笑道："难怪林少辞自己不来了，他妹妹——"

他打断我："这些杀手并不是她派来的。"

我一愣："不是她，还能有谁？"

他不答，微微侧头看住艳少。艳少依旧是目光如水，波澜不惊的样子，别人说话的时候，他永远保持沉默。

这时，楼下忽然传来一阵噼里啪啦的声音，杜杜鸟杀猪一般直叫唤：
"你这个女人，喂，你讲不讲理啊，喂……你再这样，我就不客气了。"

落绯喝道："容疏狂呢，叫她滚出来。"

艳少看着我，微微一笑。

南宫俊卿一蹙眉，出门对着楼下轻喝一声："落绯，不得放肆。"

楼下静默一下，立刻响起一阵上楼的脚步声，落绯的声音如刺在喉，叫
了一声："君主，你的伤——"

"没事！"南宫俊卿打断她，转过身来看着艳少道，"楚先生的好意，
南宫记下了，若有机会定当答谢。"

艳少道："举手之劳。"

南宫俊卿沉默一下，忽然苦笑一下："有楚先生这样的人在身边，这天
下又有谁能伤害得了楚夫人？少辞真是多虑了。"

艳少淡淡一笑，道："所谓关心则乱，我也常常担心自己保护不了疏狂。"

我听得心头一热，去握艳少的手。他瞥我一眼，笑而不语。

南宫俊卿看着我，缓缓说道："容疏狂，我很早就听过这个名字，有一
年夏天，林少辞在我的龙舟顶上，向着茫茫大海喊这个名字。那时候我在想，
容疏狂究竟是一个什么样的女子？"

我心知他说的容疏狂并非指我，却忍不住问道："我是怎样？"

"你是一个很有趣的人。"

"只是有趣？"我有些不满。

"传言说你内敛寡言，不苟言笑，有趣二字，已经是极高的评价。"听
听这口吻，真不知他是夸赞还是损贬。我顿时无言以对。艳少嘴角的笑意却蓦
地扩大数倍。南宫俊卿不再看我，语气恢复一贯的淡漠，道一句"告辞"便长
衫飘拂的下楼去了。

艳少也淡淡回一句："不送。"

第六章
此曲有意

南宫俊卿离开后的第四天，我们进入江苏地界楚霸王的故里。

时值正午，艳少在一个时辰之内，接连收到三封飞鸽传书，一路上沉眉不语。及至黄昏，消息终于得到确认：皇帝朱高炽驾崩！

据历史记载，汉王朱高煦在得到他的哥哥死讯之后，没有胆子攻打北京，而是暗中埋伏兵马，截杀回京城奔丧的皇太子朱瞻基。但出乎意料的是，他没有在途中等来朱瞻基，却等来了朱瞻基登基的消息。照理说，朱瞻基远守南京，而汉王则在离北京很近的山东乐安，他的时间很充沛，准备也很充足，可是他为什么没有等来朱瞻基呢？这是历史的一个谜团。

艳少得到消息之后便命杜杜鸟停车，独自一人在旷野蔓草中行去，一袭白衫在黄昏的阳光里像一片淡淡的薄雾，朦胧而悠远。

杜杜鸟问我道："楚先生这是要干什么啊？"我没有理他。他讨了个没趣，一屁股坐到车上，翻出酒囊，仰头喝了一大口，啧啧有声。

艳少走了一会儿忽然停下来，在一大片金黄色的油菜花中转过身来，抬手示意我过去。我走过去，他亦不语，只握着我的手穿行在油菜花的清香里，天边的彤云如火烧，七彩霞光照人，一轮明媚硕大的红日正以一种不可挽回的姿态消沉下去。

艳少凝望天边的红日，忽然轻轻地叹了口气。我也叹了一口气。他斜睨我一眼，道："你应该高兴才对，叹什么气？"

我讨好他，道："你不开心，我又怎么高兴得起来呢？"

他清亮的眸底浮起一丝笑意，却不言语。

我笑起来，随口找出些话来说："其实呢，朱高煦这个人根本不值得你帮他，你想啊，他都一把年纪了，还贼心不死，学他老爹去抢侄子的东西，别说他抢不到，就抢到了又有什么意思，都快要死的人了。而且他这个人意志薄弱，反复无常，遇事瞻前顾后优柔寡断，不够果断……"

他有些讶然道："你这么了解他吗？"

我笑道："史书上说，他举兵谋反，皇帝派人去劝他投降，他同意了。可是他手下有个部将不同意，说什么'宁一战死，毋为人所擒'……他见自己的手下这般硬气，立刻发表演说，表示自己不投降了，结果呢……"

我说着这里，故意停住。

他很配合地问道："结果如何？"

我笑道："结果他刚一发表演说，就偷偷溜出城去投降了。"他瞪了我半响，终于笑起来。我说得顺口，又道，"所以呢，我认为把这批宝藏送给汉王实在是……"看了看他的脸色，我又改口道，"话说回来，反正都是他们朱家的东西，随他们怎么花，他们愿意用来打内战，咱们管不着……"

他似笑非笑。我继续讨好道："即便没有这笔宝藏，他肯定也会变着法子去搜括百姓的钱财，这样说来，咱们也算做了一桩好事，勉强可以充作为国为民的侠之大者了……"

他终于笑骂一句："贫嘴。"

我便缄默不语。这时，晚风斜来，远处的村庄陆续有袅袅炊烟直升上淡蓝的天幕，似青还白，越发显得天地辽阔深邃，脚下的厚实土地宁谧安详。这片大地自鸿蒙未开便静静躺着，历经了千万年的时光，人间的帝王走马观花似的换了一个又一个，没有谁真的不老不死，唯有它是永恒。

第二天傍晚，我们到达南京城，在夫子庙寻了一家上等客栈住下。我一安置好行李，便拉着艳少出门，去逛当日见面的茶楼，旧地重游别有一番滋味，风景依旧，往事历历在目。

我想起当日曾将他当作一个眠花宿柳的浪荡子，不由得暗自好笑。

他一路沉默不语，待坐到了茶楼上，方才笑道："你那时真是傻得可爱。"

我一边倒茶，一边回他："傻人有傻福。"

他笑道："金钱是检验真情的唯一标准，你可真够直接的。"

我笑笑，忽然想起建文帝的那批宝藏，道："我们现在已经身在南京城了，去哪里找那批宝藏呢？"

他撇嘴道："不着急。"

他居然一点也不急，我只要一想起这么一大笔宝贝藏在某个地方，就急得要命，像是自己丢了巨款，生怕被人捡走似的，忍不住提醒他："夜长梦多啊！"

他微笑，饮一口清茶，方才道："我在等林晚词，没有她，我们是找不着宝藏的。"

我好奇道："你怎么知道她会来？"

他眉宇间有一种极悠然的神色，沉默顷刻，方才道："直觉。"

我不说话了。一直以来，我不愿意承认，面对林晚词，我其实是有一些自卑的。我当日拒绝去做御驰山庄的庄主，未尝没有胆怯的因素，我太在乎他，以至于不敢试探那道底线。艳少曾说，林晚词的要求令我不安。他只说对了一半，严格说起来，应该是她这个人令我不安。我以前不知道这世人有人可以如此完美，还是他原本要娶的女人，委实令我感到担忧。

那一晚，在瑶光水榭，她一曲奏罢，艳少击掌赞叹……我不曾见他称赞过什么东西，他从没赞过我，我也没有什么才艺可令人称赞，我只会给他添麻烦，只会自作聪明，会错意，表错情……而林晚词，她比我漂亮，比我聪明，比我更了解艳少……总之，她的出现令我警觉，使我更加迫切地要和艳少退出江湖……说到底，我不过是一个自私的女人，可是，我却避不开林晚词。

她终究要来了，而且来得很快。

我们回到客栈时，她正坐雅阁中弹琴，素雅淡服，不施粉黛，纤细白皙的十指拨弄琴弦，乐声宛如流水般泻出，清幽雅绝。我不由得斜眼去瞥艳少，他面容平静，眼睛里却有一种欣赏之色。

少顷，林晚词一曲终毕，抬起宛如明月般的容颜，用一把和风细雨般的声音道："你们回来了，我等你很久了。"后一句话是对艳少说的。

艳少不语。

我不禁要问："你怎么知道我们住在这里？"

她起身微笑，坦然道："本庄弟子众多，你又是前任庄主，自然格外关注一些。"

我闭嘴不语，径直进房去，反正她是来找艳少的，艳少也在等她，没我什么事。

我在房里闷了半天，也不见艳少进来，杜杜鸟也不知道到哪里玩去了。随手推开窗户看出去，只见秦淮河两岸灯火辉煌，画舫临波，不时有欢歌笑语随风飘送过来，一派奢靡浮华。可惜，我此刻没有欣赏夜景的心情，单觉得吵闹，心里莫名烦躁，待要关窗，忽然瞧见人群里一抹熟悉的人影。我不由得大为奇怪，四下一瞥，连忙顺着墙壁迅速滑了下去，在人潮里寻得那个白色身影紧紧跟住，走了一会儿，对方忽然上了一艘画舫，顺着河水往下游荡去。

我沿着秦淮河岸走了一会儿，眼看那画舫越荡越远，不由得暗自着急，河里有两艘船尾随那条画舫之后，若是施展轻功倒也可以赶上那船，但我不会游泳，不免有些胆怯。

我思忖片刻，终于决定一试，当即纵身跃起飞掠至那船上，足尖在船头借力再度跃起，船内依旧管弦叮咚，竟是丝毫不觉，这等功夫，我一向只是见过，此刻亲身施展不免有些暗自得意。这样想着，两只脚已经踏上那画舫的红木船板，船身平稳前身，纹丝未动。

"好功夫！"一个白衣少年端坐在舱内击掌称赞，姿容秀美，粉面含春，修长白净的双掌轻轻击打，声音却颇为响亮。

我劈头问道："你怎么会在这里？"

"因为你。"

"嗯？"

"我原本奉命带你进京面圣，但是现在——"她站起身，一双美丽的眸中杀气毕露，"我改变了主意。"

"因为风亭榭吗？"她不答。我道，"先皇驾崩，太子登基继位，我也算帮风亭榭完成了遗愿，你又何必苦苦相逼？"

她目光如刀锋一般看着我，冷冷地道："因为你不是容疏狂。"

我闻言一愣，暗叫不妙，面上却不动声色，反问道："你这话是什么意思？"她紧紧地盯着我，却不说话。我与她对视片刻，道，"这么说，我一路遇到的那些杀手，是你派来的？"

她点头道："不错。"

我忍不住要苦笑，道："风姑娘做事真叫人难以捉摸啊。不过，既然新君要见我，风姑娘若是杀了我，又该如何交差呢？"

她冷冷地道："那就是我的事了。"

我无奈，思忖片刻，问道："你何以认为，我不是容疏狂？"

她不答，那目光像是要穿过我的皮相看见灵魂似的。

我再问："如果我不是容疏狂，那么我是谁？真的容疏狂又在哪里？"我这时已经打定主意，即便真的被揭穿，那就索性承认了，甩掉容疏狂这个身份，倒也少了许多麻烦。

谁知她竟然说："我不知道，但我绝不会带一个来路不明的人进京。"

我屏息不语，静候下文。

她面容冷冽，一连串地问道："你究竟是谁？为何假扮容疏狂？你是如何得知皇宫大内之事？甚至连皇帝的病情都知道得一清二楚……你可有组织？组织的目的何在？"

闻言，我的心里顿时产生了一种哭笑不得的荒诞感觉：原来泄露天机，会带来这么多麻烦。

"你若不说，秦淮河便是你的葬身之地。"她说着双手一击，画舫中忽然现出四名黑衣人，周围的空气里蓦地有一种凝重的兵刃之气。

我转目环顾，这才发现画舫不知何时已经荡到一片极为宽阔的水面上，月华照水，波光粼粼，令我阵阵眩晕。

风净漓轻笑一声，道："若是单打独斗，我自然不是你的对手，这四位锦衣卫兄弟也未必能胜你，但我却知道你有一个致命的弱点，便是畏水。"

我定了定神，道："看来你是处心积虑要算计我……"

"不错。"

这时，画舫忽然一阵晃荡，我连忙运功稳住下盘。那沉默的四名黑衣人蓦地一起发难，四道寒光利器迅捷且酷烈，我手无寸铁，只得展开轻功身法左闪右避，奈何画舫空间有限，四人又均是一流高手，身法灵动剑走偏锋，兼之画舫晃动得越发剧烈，尚没正面交手我便感觉不妙。

我这个不妙的念头刚起，事情就真的不妙了。随着一道剑光和咔嚓声响，画舫忽然断裂开来，冰凉的河水瞬间侵入软鞋。这一来，我更加惊慌，挥掌逼退迎面而来的剑锋，另一人的软鞭急攻下盘，我脚下一滑差点跌进河里，随即另一道剑光又贴面而至，我急忙仰头向后弯……

于是，我成功的掉进河水里。最后的一丝意识便是秦淮河的水里有隐约的香甜之气，或是六朝金粉的胭脂凝成亦未可知。

有关容疏狂死亡的消息似乎是一夜之间传遍江湖的。对于这件事，江湖朋友一致认为：她是死有余辜，她胆敢背叛天下第一庄，若不死，反而要令人奇怪了。江湖上每天都有无数的流言蜚语，有真有假，半真半假，不可全信，亦不可不信，大家道听途说以讹传讹，最后变得面目全非，当事人若不幸听见了，气量小的只怕要七窍生烟吐血而亡，气量大的也要他哭笑不得。

林晚词此刻的表情就有些哭笑不得。她坐在晚清楼的雅阁里，两只耳朵把四面八方的消息听得滴水不漏。这些流言固然把御驰山庄说得神乎其神，天威难犯。但是，倘若她对面坐着的人是艳少，那就要另当别论了。即便是她这样向来冷静自若足智多谋的人，亦难免有些窘迫尴尬。

"我已传令本庄天字组的风影使，让他们全力追查消息的来源，相信很快就会有结果。"她望着艳少，用一种安慰的口吻说道。艳少没有说话，他的脸色很平静，看不出丝毫喜怒哀乐，一双深沉的眸子越发深不可测。林晚词又道，"以疏狂的武功，江湖上能杀她的人并不多，或许是遇上什么事耽搁了……"

艳少挥手打断她，道："一切都有可能。"

"楚先生这话，莫不是也是怀疑我？"林晚词不确定地说道。

"你确有杀疏狂之心。"艳少直言不讳。

林晚词静默一下，方才道："不错，但那是以前的事了。"她停了一下，望着窗下的秦淮河，继续说，"人的情绪会随时间和境遇的改变而发生变化。以前我不喜欢她，想杀她，也是被逼无奈，现在自然没有这个必要，此一时，彼一时……"

艳少不动声色地问道："此时如何？彼时又如何？"

她不答话，过了好一会儿才叹道："彼时，她叛出本庄，本该按庄规处置，但我们得罪不起楚先生，亦无计可施……"

艳少露面不耐烦的神色："林小姐，你若真觉得得罪不起我，就该对我说实话。"

林晚词微微一怔，随即微笑道："我连那张藏宝图都双手奉上，先生何以仍不相信我？"

艳少忽然笑了笑，道："我有两件事请教林小姐，请据实以告。"

"不敢欺瞒先生。"

"第一，三年前，碧玉峰上林少辞公然拒婚的真相；第二，昔日在姑苏，疏狂中毒的真相。"

林晚词不语，沉默有顷，忽然道："三年前，少辞阴差阳错下与风净漓有了肌肤之亲，为了对风净漓负责，他只能拒婚。至于这第二个问题——"她停了一下，道："风净漓去姑苏找容疏狂，确实是出于我的授意。这本是一石二鸟之计，既可以除掉容疏狂，又可以逼走风净漓，可惜……"

她微微仰首，呼出兰花般的气息，黯然叹道："可惜在这世界上，没有人能真正掌握一个计划的全部细节。"

艳少微微蹙眉，道："林小姐为何要这么做？"

林晚词看住他似笑非笑，道："我若不这么做，楚先生又如何娶得娇妻？说起来，先生应该多谢我才是呢。"

她说完莞尔，脸上绽放三月丽春的明媚笑容。

艳少静默片刻才道："林小姐真是绝顶聪明——"

林晚词嗤笑一声，接口道："聪明有什么用？容疏狂自幼蠢笨寡言，最大的优点不过是勤奋，可是，几个师兄弟们事事都顺着她，带她上山捉兔子采野花……他们从不和我玩，小时候，我以为是因为我的病，长大后，我才知道不是……他们不和我玩，是因为他们的那些小把戏从来都骗不过我……"

艳少点点头，道："男人面对太聪慧机敏的女人是有些怯意的。"

林晚词宛如新月的面上升起一抹绯红，在阳光下越发显得妩媚惑人，嘴角略带笑意："那都是些须眉浊物，楚先生乃是冲淡高超之人，自然不会……"

她说着忽然住口，几近透明的脸上越发嫣红如胭脂。

艳少看着她，不由得心里一动，轻咳一声道："你们当初嫁疏狂的目的是为了那份名单，为何在姑苏又要杀了她呢？"

林晚词抬起头，似笑非笑道："楚先生就当我嫉恨她亦未尝不可。"

这话里示好的含义过于明显，艳少笑道："林小姐是一个顾全大局的人，即便心里确实嫉恨疏狂，若非有万不得已的原因，绝不会这么做。"

林晚词笑了，道："我还当楚先生很了解女人呢。"她停下来，将目光放在窗外的秦淮河上，日光下的秦淮河金光闪闪，她的声音却无端透出一个清寒孤冷的意味。"女人的情绪是最难琢磨的，有时候连我自己也无法控制——不错，我是恨她，这恨其实是没道理的，但我控制不住自己。"她冷酷地笑了笑，道，"你以为容疏狂不知道我恨她吗？她什么都知道，但是她不会反抗，她对林家永远百依百顺，绝对忠诚，她从小就做好了为林家牺牲的准备，当初家母也是看重她的这个特质，才决定收养她。家母这一生从没有看错过任何人，人人都说我林晚词聪明，其实我的这点聪明不及家母一半。"她说着脸上露出一种迷离的表情，目光忽而温柔似水。

艳少忍不住道："据我所知，林老夫人过世很早，林小姐还相当年幼……"

"家母确实过世很早，但她把什么都料到了，甚至预料到了二十年后的事情。"

"二十年后的事是指……"艳少微微蹙眉。

"比如她与少辞相爱，家母在遗言中交代，她不能嫁给林家人。"

"为什么？"

林晚词不答，澄澈的目光静静地看着艳少，忽然笑了笑，道："本来这些话告诉给楚先生也无妨，因为今日的疏狂已非昔日的疏狂……"

艳少神色微变，道："你是如何知道……"

林晚词微笑道："我认识她二十年，从小一起长大，她骗得了别人，却骗不了我。"

第七章
香斋夜话

　　日影西斜，阳光掠过秦淮河的上空，河水不动声色地向前流淌。艳少沉默不语，整张脸藏在阴影里，眉头微微蹙着，眼眸半垂，目光晦暗，眸中似有妖娆雾气般叫人看不真切。他的手里握着一个精致的青瓷杯，修长的手指无意识地摩挲着杯身的绘纹。青瓷杯里的茶已然凉透了，原本碧青澄亮的茶汤渐渐显出苦涩不堪的底子。

　　静默中，林晚词忽然笑了起来。艳少微微抬眸，看着她。她用一种略带揶揄的口吻说道："传言都说先生喜怒不形于色，为何此刻我在先生的眼中看见害怕二字，是因为关心则乱吗？"艳少不语，嘴角却微微浮起一抹苦笑。林晚词近乎嘲讽地说道，"我真搞不懂，如今这个容疏狂究竟有什么特别的地方？值得楚先生你——"

　　艳少的目光倏忽变得冷锐。林晚词轻咳一声，没有继续说下去，气氛却不可避免的尴尬起来。艳少无疑也意识到了，他静默一下方才道："不错，疏狂是有很多不足，和你比起来，她不够聪明，所以你看不起她——但是，假如你以为自己美丽聪慧，就更有理由得到幸福的话，那你就错了。幸福大多属于平凡的女子，像林小姐这样的人过于出色，命运不允许你平凡。"林晚词不语，那张美丽的脸越发苍白，双手垂在袖子里五指紧握。艳少继续道，"而且我的妻子在我心里就是最好的，我特别不喜欢听到有人质疑她。"

林晚词很快地恢复常色，一双白玉般的手轻轻拂过衣袖，站起身来致歉，微笑道："对不起，我刚才失言了！先生这一番话，我必定牢记在心。"

艳少浅浅一笑，道："如此最好。"

林晚词从容自若，续道："楚夫人既然生死未卜，寻找宝藏的事便暂时放一放吧，御驰山庄的人仍将尽全力协助调查此事，一有消息便会告知楚先生，我尚有事，先走一步。"

艳少不动声色道："有劳林小姐了。"

林晚词嫣然一笑，微微欠腰告辞而去。艳少目送她的身影消失在楼梯下，两道剑眉好似春日里的两片叶子一般慢慢舒展开来。楼上人来人往，唯有他始终在雅阁里坐着，没有动，手里的茶杯也一直握着，已然冷却多时的茶水忽然渐渐冒出了一丝热气。他似乎连杜杜鸟进来也没有察觉，兀自沉浸在自己思绪里的样子。

杜杜鸟也不敢打扰他，自己倒了一杯茶，触唇是冷的，不由得一愣，抬头看看艳少手里的茶杯，再看看自己的，忽然明白了过来，惊得瞠目结舌。他知道眼前这个人武功很厉害，却不知道竟然厉害到这种地步。

这时，艳少淡淡问道："事情怎么样了？"

杜杜鸟回过神来，拿出与生俱来的吹牛本领，道："我亲自出手当然是马到功成……"忽然瞥见艳少严肃的脸色，便住口，从怀里掏出一包东西递了过去。这个东西由碧青色的布料包裹着，白色丝带缠绕在外打了一个飘逸的蝴蝶结。艳少接过来，也不打开来看，只用手摸了摸，微微蹙起眉头，然后又摸了摸，神色一变，唇畔浮起一抹似哭要笑的表情。

杜杜鸟认识他以来，从不曾见过他一瞬间有如此丰富的表情，不觉有些奇怪，也不知道那究竟是什么东西，反正他摸到手里只是一小团布料而已。

"先生，这里面是什么东西啊？"

"你得到这东西，费了几个时辰？"艳少不答反问。

"大约四五个时辰。"

"具体一点。"

"将近五个时辰，不能再具体了，我……我中间打了一个盹……"他尴笑几声，见艳少没有反应，方才怯怯道，"我还去醉红楼喝了一会儿酒，但我真的没有胡来，只是喝了一点点酒，然后我拿了东西就回去睡觉了……"

艳少眉毛越拧越紧，打断他道："那你知道自己下一步该干什么吗？"

杜杜鸟连忙点头道："知道，知道……"

艳少哼了一声，忽然松开手掌，起身下楼去了。

那个青瓷杯掉落在桌上，无声无息，里面竟是一点水也没有了。杜杜鸟禁不住俯身去看，片刻，呼出一口气："哇! 好厉——"话尚未说完，青瓷杯忽然缺了一口，片片粉末宛如轻尘般被他的一口气吹得四处飞散——原来青瓷杯已然粉碎，却被一股力道维持着，仍然完好如初，只是禁不得一点轻微外力。

这一下，他是真正惊骇得目瞪口呆，打从心眼里佩服起艳少来。此后十余年，他收敛心性，专心致志、死心塌地跟随艳少习艺，终成一代武学宗师。

这一刻，他清醒过来，三两步追下楼，已经失去了艳少的踪迹。

夜色下的秦淮河灯火通明，流光溢彩，越发显得热闹非凡。杜杜鸟顺着茶楼向西，折道沿秦淮河畔一路朝东逛了过去，走走停停，看见漂亮姑娘就调戏两句，这样约莫走了一个时辰，夫子庙的欢歌笑语被远远地抛在了身后，渐不可闻。空中一轮皎洁明月，宛如玉盘般洒下冰魄的光泽，和悠悠碧水中的倒影相互倾慕。临水的夜风里丝丝凉意，蛙声虫鸣在丰美茂盛的水草中此起彼伏。

他站在水边的杂草中极目向四下打量，两岸人家被河流一分为二，荒郊野外不比城中，偶有几点星火，亦不甚明亮，看上去一整片影影绰绰，依稀有那么一个轮廓。他也不管地方对不对，便在杂草中蹲坐下去，蹬掉鞋子，抱着脚揉起来。过一会儿，被蚊虫叮咬得不耐烦，又不敢违背艳少的吩咐，心中不免埋怨起来：深更半夜，叫他到这鸟不拉屎的地方，等一只经过的船，等到现在却连鬼影子也不见一个。

　　等人的光景最是难熬，又过了大半个时辰，他实在不耐烦了，穿上鞋子就要回去，刚走出几步，忽然又停了下来，竖起耳朵仔细一听。空旷的水面上传来一声轻响，依稀是在船桨划过水面的声音。他连忙俯下身，扒开茂盛的水草凝目望过去，只见水面拢了一层白茫茫的水雾，近处能看见水底一个月亮的影子，远处尽是朦朦胧胧的雾，但是，随着桨声的接近，一艘船破雾渡水而来。

　　他一看，不由得张大了嘴。这艘船甚至不能称之为船，它就像一个巨大的地毯，四周微微跷起竖板，中间简单搭了一个船舱，船上共有十六名水手，左右各八人，均是赤胳裸背，身材矫健，膂力一流。

　　船头负手而立一个白衣少年，面如满月，目似朗星，端的是丰神俊秀。在他身后另有四名黑衣人，面容冷峻若寒冬腊月，那一双双宛如夜狼般的目光，一望便知杀人无数。这条船自城外驶来，快速无比，却只发出一些轻微声响，转瞬之间便已自水面滑出好几丈远，杜杜鸟不敢迟疑，连忙猫腰在沿岸的草丛里跟定船行的飞奔。越近城区水域越窄，片刻工夫，那船靠岸，白衣少年静立不动，侧头向身边的人说了什么，几人交谈了一会儿，留下两人守船，其余人下船向着东南方的荒郊走过去。

　　杜杜鸟好奇心盛起，紧紧跟住不放。这行人轻功极佳，但因人数众多，目标极大，他才勉强能跟上。不一会儿，一行人来到荒郊的一个破庙跟前站定。

　　白衣少年抬眸看了一会儿，方才开口道："确定是这个地方吗？"

　　他一开口，杜杜鸟立刻听出了端倪，眯眼对他重新打量一番，暗自点头道：原来是个姑娘，世上像南宫俊卿那样雌雄莫辨的人毕竟是极少数。

　　"整个路线都是按照图示来的，四周的景致也是勉强能对应上，应该错不了。"

　　"怎么会在这么个地方？这也太随便了。"女子似乎有些不敢相信。

　　黑衣男子笑道："最意想不到的地方，也就是最安全的，况且那时是何等仓促，随便找一处地方藏起来也是有可能的。据说建这庙之人，昔年乃是内宫宠臣，当年香火也是极盛的，后来永乐……"他没有说下去，像是忽然意识到什么。

白衣女子不以为然地笑了笑，道："这话倒也有几分道理。大家进去瞧瞧，都小心点。"众人应声鱼贯而入，白衣女子却站在不动，过了一会儿，方才绕着破庙缓缓踱步，仔细打量起来。

杜杜鸟藏身在杂草丛中，大气也不敢出，借着月光，伸长了脖子向着破庙里张望，只见庙里的佛像早已破败不堪，佛身上斑斑点点，依照他夜宿破庙的经验来判断，大概是鸟类的粪便，墙壁大小破洞不少，灰尘蛛丝绕梁……却不知里面有什么宝贝？值得这些人劳师动众……

时间在寂静的荒野中流逝，冰轮渐渐西沉，群星瞌睡般收敛了光芒，淡而高远。终于，破庙里有了动静，先是两个人抬了一口铁箱走出来，随后接二连三的抬出十几口箱子。每个人脸上都写着一种极度兴奋的表情，目光闪闪发亮。其中一人弯腰去弄那箱上的锁，手还摸着那铜锁，便是一声凄厉的惨叫。

白衣女子插剑入鞘，目如冷电般扫过众人，冷冷地道："这是献给天子的贺礼，有谁敢动什么歪念头，小心你们的爪子。"顿了顿，又道，"你们办好了这么重要的差事，自然是前途无量，还怕没有荣华富贵可享吗？"

这时，那人也顾不上断掉的两个手指，连忙讨饶道："属下只是想确认一下是不是那东西，绝对不敢……"

女子打断他，冷笑道："这箱上的图案纹理，你可看仔细了，天下有谁家敢用这样的箱子。今日若是任由你打开这箱子，我如何说得清楚？你自己不想活了，也犯不着连累兄弟们。"闻言，众人纷纷从贪婪的情绪中清醒了过来，恢复之前的冷漠神色。白衣女子面不改色，若无其事地吩咐道，"好了，大家把箱子抬到船上去，我们连夜进京。"

众人依照她的吩咐搬起箱子，顺着来路回去。

杜杜鸟见他们搬了东西回去，想到艳少没有交代是否继续跟踪，不觉很是踌躇。他极好奇想跟过去看看那箱子里究竟是什么宝贝，又惧怕这群人武艺高强，手段狠辣……正在犹豫，忽觉脖颈处一凉，一柄寒森森的剑伸出面颊。

一个清脆却冷酷的声音冷冷问道："你是谁？想干什么？"

杜杜鸟吓得一哆嗦，嘴巴也不利索了，说不个所以然。

这时，有个男人"咦"了一声，道："这小子是楚天遥的人。"

"哦？"女子的语气颇有些惊讶，沉吟一下道："先带他上船，稍后交给老邢审问清楚。"说完，抬手封了他几处大穴，旁边的男人伸手将他的腰带一提，奔行如飞。

杜杜鸟躺在船上，身体虽不能动，神志却还清楚，心知性命堪忧，不由得心急如焚。

船行了约一炷香的功夫，又换乘马车，他被塞进一个漆黑车厢颠簸了一阵子，终于停了下来，有人用个大口袋将他装了，提进屋里扔在一个角落便不再理会。他蜷在口袋里动弹不得，默默运功冲穴，却无论如何也解不开，此时此境，方才懊悔以前没有认真学武。他目不能视，耳却能听，只听外面颇为嘈杂，想起那女子说连夜进京，大概是正在准备——那十几二十箱的东西，怕不得要好几辆马车，倘若把他也装上车带进京师，那真是生不如死，反贼楚天遥的人，焉能有活路可走？真是越想越怕，恍若回光返照一样，想起了往日那些依红偎绿、眠花宿柳的快活日子，软玉温香抱满怀，金盏银杯不离口，心里只记得月下柳梢，胸中只怀着明月小桥……

他脑袋昏沉的胡思乱想，颇有点儿意乱情迷的味道，鼻端隐约闻见一缕淡淡的清香，然后就听见一个天籁般的嗓音笑道："恭喜风姑娘。"

他听见这个声音，整个人一激灵，彻底清醒了过来。

风净漓道："这还要多谢林小姐，若非你的帮忙，我绝找不到这些宝藏，这件事我回京定会禀告，到时给御驰山庄……"

"风姑娘的美意我心领了。"林晚词打断她，"本庄弟子身在江湖，一向自由散漫惯了，不喜约束羁绊，这件事情风姑娘还是绝口不提的好。"

风净漓笑了起来，道："那我这笔宝藏难道是从天上掉下来的？"

林晚词也笑道："风姑娘怎么忘了，不是还有一个容疏狂吗？"

"容疏狂是楚天遥的夫人，她怎么会把宝藏让给我呢？"

"自然是你杀了她，得到藏宝图，然后按图索骥寻来的。"

静默片刻，两人同时笑了起来，给人一种心照不宣的感觉。杜杜鸟猛地又是一个激灵，脑子一时有些反应不过来。

风净漓忽然道："林小姐，有一件事我好奇死了，若不说出来，只怕会寝食难安……"

林晚词笑道："风姑娘是不是想问我，为什么一定要置容疏狂于死地？"

"林小姐必然有很充分的理由？"

林晚词先是静默，继而苦笑一声，道："这是家母的遗命。其中的具体原因，我也不知道。"

林晚词从里面出来，只见后门处早已经备好了一顶软轿，她坐进轿子，合上美丽的双眼，静默了良久，嘴角渐渐浮起一丝笑意。轿夫专拣小巷子走，拐弯抹角的进一座宅子的后院。林晚词从轿子里出来，立刻便有人迎了上来，扶进房里，婢女打来一盆热水，在水中泡了一包绿色粉末，然后将木盆放在她的脚下，躬身退了出去。

她慢慢褪下鞋子，将脚上的白色裹布一层层解开，露出一双洁白而怪异的脚。这双脚泡在碧青的热水里，有一种说不出的怪异，仿佛是海里叫不出名目的怪物。林晚词看着自己的脚，慢慢的，美丽的脸忽然一阵抽搐，全身控制不住地颤抖起来。她的声音不复往日的温柔，变得尖锐且刺耳，道："楚先生也搞这套偷鸡摸狗的把戏吗？"

"抱歉林小姐，来的时候没有送拜帖。"艳少面朝纱窗，背对着她，站在一片皎洁的月光里，满头银丝映华生辉，声音清冷而淡薄，"林小姐，我很欣赏你的聪明才智，但这不表示你可以一再欺骗我。"

"楚先生这是什么话？"

"那批宝藏现在何处？"

林晚词笑了："我还以为楚先生会问，容疏狂现在哪里呢？"

艳少淡然一笑，道："林小姐，我不是一个怜香惜玉的人，亦非多情少年，更兼耐心不好。"

林晚词冷笑道："我知道楚先生武功盖世，但我既然敢这么做，自然也做好了最坏的打算。"

艳少回过身来，冷然的目光看着她，道："林小姐不择手段、费尽心机要杀疏狂，是我不能理解的，难道就因为她有一双健康的脚吗？"

　　林晚词哂笑一声，不答，低头抚摸自己的脚，用布把它们细细包起来，神情专注极了，像在做什么极神圣的事情。艳少看着她，心里生出一种怜悯之情。这双脚对于林晚词这样一个人来说，确实是一种遗憾。

　　终于，林晚词穿好鞋子，站起来掸了掸衣裳，用一种既谐谑又得意的口吻说道："你是今晚第二个如是问我的人。这个问题的答案是一个秘密，这个秘密有损林家的声誉，有损御驰山庄的声誉，不是谁都能知道的。但是对于楚先生，我是毫无保留、没有秘密的。"她停下来，望着艳少微微一笑，皎白月光照在她的脸上，圣洁不可逼视。

　　艳少背光而立，看不清表情，只是微微侧过头，仿佛不敢迎视她的目光一般。

　　她的声音轻柔似水："我之所以非杀容疏狂不可，是因为家母的遗命。"

　　"林老夫人为什么要这么做？"

　　"因为那张藏宝图。"

　　艳少眉头渐紧，目光愈锐。

　　林晚词走到桌边，往香炉里的薄银碟片上添一枚小小的香饼，一边缓缓道："那张藏宝图本是属于容疏狂的。昔年家母收养她的时候，她的身上就带着这张图，为此他们特意请了苗疆的巫师给她洗脑……"她说得轻描淡写，极其轻巧，好像这只是一件普通的家常事，艳少却听得莫名惊诧。"家母是白莲教的人，这个楚先生想必也已经知道了……而容疏狂，她身上的藏宝图正是白莲教千方百计要得到的东西，那时，家母虽然怀有身孕却仍不惜千里追至苗疆……"她没有继续说下去，停下来看着艳少，似笑非笑地道，"现在，你理解我为什么要杀她了？她是林家的一个隐患。家母在遗言中再三交代：一旦发现容疏狂有任何不寻常的举动，必须立刻杀了她，也是这个原因，她绝不能嫁给少辞。"她说着拿起香箸轻轻拨弄香炉中雪白的香灰，像是做什么万分紧要的事情。

　　艳少略一沉吟，问道："藏宝图为何会在疏狂身上？"

林晚词放下香箸，淡淡地道："这个家母遗言中没有提及，我也无从知晓，或许她跟皇室有什么关系也未可知。"

　　艳少不动声色道："既然如此，为何又要收养她？"

　　"家母为藏宝图而死，自然是为了报复。"她的声音极其清冷，"她有忠诚听话的特质，便令她忘记过去，重新培养，由她来做御驰山庄的庄主，再一步步引导她亲手去推翻朱家天下。"她顿住，笑了笑，又轻轻叹息一声，"可惜世事不如人愿，白莲教起义失败，几乎被连根拔起，百年之内绝成不了什么气候，御驰山庄风头正劲，没必要再去蹚这趟浑水，唯有迅速和白莲教划清界限。"

　　艳少暗自点头：难怪南宫俊卿说她要摆脱白莲教的控制，原来是明哲保身。

　　夜色下，林晚词的声音清冽而冷静："父亲不听我的劝阻，直到在太原惨败，方才心灰意冷。沈醉天的图谋深远，还不是一样铩羽而归。天下的局势每时每刻都在变化……所谓谋事在人，成事在天，即便万事俱备，还得向老天借三分运气。"

　　艳少听到这里，点头赞道："林小姐惊世才华，是御驰山庄之幸。"

　　林晚词淡然一笑，却不言语。香炉中冒出一缕淡淡的轻烟，香气在热力下渐渐发散，和着冷霜一样的月光丝丝袅袅的弥漫开来，香味是极轻淡的，低回而悠长，弥久不散。

　　艳少忽而话锋一转，道："只是，你既然已经知道她不是昔日的容疏狂，为何仍不放过她？"

　　林晚词面不改色，红唇轻启悠悠道："或许是因为楚先生的缘故吧，我忽然很想知道，在楚先生的保护下，我究竟有没有能力杀死她？"

　　艳少不禁笑道："这么说，倒是我害了疏狂，林小姐真是妙人啊——"

　　林晚词的声音蓦然变得冰冷："楚先生，自负将是你最致命的弱点。你何以料定我就不敢杀她？"艳少笑而不语。林晚词忽然挥袖自桌子一扫，只听"啪嗒"一声，一个黄色盒子落在地上，里面掉出一束头发，乌黑柔亮。

　　艳少不动声色："不过是一束头发。"

　　林晚词冷笑："身体发肤，受之父母。"

艳少静静看着她，半晌，发出一声叹息："自负，又何尝不是林小姐的致命弱点呢？"林晚词微一侧目。艳少缓缓道，"你在太原抛出藏宝图，欺骗沈醉天，再到聊城一战，重创鬼谷盟和白莲教，甚至离间我与汉王，都是可以说是成功的，而且是极大的成功……也因为这样，你不免有些飘飘然了……可惜你忘记了，风净漓是一个女人，女人最大的特点就是善变……"

林晚词的脸色慢慢变了，一双明眸却愈发亮起来。

"林小姐，你不能凭借一张藏宝图就一而再，再而三的欺骗别人，你既然将藏宝图送给了我楚天遥，就最好不要将它再给别人，即便这个人是，大明天子。"

林晚词静默有顷，面色越发苍白，终于缓缓点头道："你早就知道那些杀手的来历，这么说……"

"不错。我早知那些杀手是锦衣卫的人，开始我以为他们是因为汉王的缘故，冲着我来的，后来才知道是为了疏狂——他们既是冲着疏狂来的，就绝对不可能要置她于死地，肯定是另有原因——"

林晚词笑了起来，道："你早就知道风净漓背后的人是我，所以，你们一起来演戏，你们利用我……"

艳少笑道："林小姐冰雪聪明，一点即透。和你谈话真是快意之极。没错，我们是借助了一下御驰山庄弟子众多的优势，还谈不上利用。"

林晚词怒极而笑："我让御驰山庄的人四处去打探容疏狂的生死，原来却是散播她的死讯来着……只是为什么？容疏狂为什么要诈死？"

"为了摆脱一个人。"

"谁？"

"大明天子。"

林晚词目光一紧，问道："难道她的身份果真与皇室有关？"

艳少闻言，不由得静默，心里有种说不出的感觉——朱瞻基要见疏狂，自然是因为她的预言成真，给他造成了震撼——而林晚词却因为藏宝图的关系，怀疑她的身份，真是阴错阳差，世事玄妙。他笑了笑，道："不管是什么原因，我们都不想和皇家有任何的牵连，所以不得不出此下策。我知道这件事只能瞒林小姐一时，事后你必然能想通其中的关节，所以并不打算隐瞒，正如林小姐所说，对于林小姐这样的聪明人，没有秘密。我只想让林小姐明白一点，容疏狂不是御驰山庄的敌人。"

林晚词不语，面色煞白。她像一切骄傲的人不能接受失败一样，有着极大的愤怒与懊丧："风净漓居然拿一束头发来骗我？而我居然相信了？"

"这束头发确实是疏狂的，她倒是没有骗你。"艳少轻笑一声，道，"林小姐，你自命是最善随机应变、因势成事的，多少大风大浪都过来了，自然没有将风净漓放在眼里……林小姐可以玩弄男人，也可以玩弄女人，但是你不能同时玩弄男人和女人，尤其是我这样的男人，和风净漓那样的女人。"

林晚词怒极反而平静了下来，沉默了好一会儿，忽然笑起来，语气颇为讥讽地说道："容疏狂究竟是怎么招揽人心的？竟令楚先生为她这样死心塌地，殚精竭虑？"

艳少毫不动怒，冷冷回复她道："论及招揽人心的手段，她是万万不及林小姐，但是，她比你多一样东西，那就是真诚。你曾经问我，容疏狂究竟有什么特别的地方？这个问题我从来没有问过我自己，现在想想……"他说着微微抬起头看向窗外，声音里有一丝淡淡的迷茫，"我爱她是没有任何缘由的，她乐观豁达，爱恨分明，但是也有不少糊涂犯蠢的时候，可就连她的蠢笨，我看着也是欢喜的，单单觉得可爱，有时候简直巴不得她闯些祸出来，好替她去收拾……你也许会说，像她这样的女孩子世上有很多，不错，我也相信这一点。但是很可惜，我的眼里只有她……"

他停下来，轻轻叹息一声："世人看我楚天遥武功高强，不可一世。其实我也不过是一个普通人。这世上有一样东西，是我永远都无法打败的，那就是时间。它是最冰冷的杀人武器，它有时使我激进，有时使我颓然，更多时候使我寂寞，唯有疏狂，她令我感到快乐，在她身上，我看到人生光亮的色彩和无限可能……世间的阴谋、权术、算计、钩心斗角甚至是杀戮死亡，这些东西都是我懂的，也都是我擅长的，但这些东西已经令我感到深深的厌倦了……"

这时，外面的天空是青琉璃一般的明湛，一弯弦月只余一抹极轻极淡的，浅浅的月痕。天已然大亮了，广袤高远的天幕上有鹤羽般轻洁的流云飘荡，清风从遥远的地平线上吹过来，掠过艳少飞扬的发丝，掀动他洁白的衣衫，将他那一把独特的低哑的嗓音吹散开来，化作一池温柔的春水……

"真的吗？你真是这么说的吗？"我拉住他的胳膊，连声追问。

艳少苦笑，佯怒地瞪着我，还没有说话，有人已经先受不了的叫起来："容姑娘，你已经问很多遍了，不觉得太肉麻了吗？"

我放过艳少，转身狠狠敲一下杜杜鸟的头，喝道："大人的事小孩少插嘴。"

他跳到一边去揉脑袋，道："还是说说你的头发是怎么回事吧，别尽说这些叫人起鸡皮疙瘩的话，"

我怒目而视，吼道："闭嘴！"

他迅速走远，嘴里仍然在嘀咕："这头发成什么样子？简直和庵堂里的姑子没分别……"

我一听，立刻咆哮起来："臭小子，你活得不耐烦了吗？"

艳少已经对我的新发型表示不满，这小子还来火上浇油。

"好啦，别闹了。"艳少握住我的手。

我回头见他面带微笑，眼底不无揶揄之意，不禁感觉两颊发烫，不好意思再继续追问了。他握着我的手，在凉亭里坐下去，笑问我："容疏狂来历不凡，想不想查个究竟？"

我连忙摇头："容疏狂已死，她生前的事，我一概不问。她即便贵为公主，也与我不相干。"

他笑起来，故意道："咦，我倒是很想去做驸马爷呢。"

我不接他的话茬，直望着他笑，心里细细回味适才听到的，越发觉得高兴，越发笑得欢快。终于，他也忍受不了，露出极端无奈的神情，单手抚额，长叹着调转过头去："我本来不觉得那些话肉麻，倒给你看得肉麻了……"

我大笑起来。他静默不语，过了好一会儿，我忍不住叹息道："林老夫人真是厉害啊，人都死了，还要算计别人，连自己儿子的幸福都……"说到这里，猛地想起林少辞临别的一席话，不觉顿住。起初还不觉得什么，继而那番话宛如天边的惊雷般滚过脑海，惊得心底发凉。根据艳少所说，是林千易与林晚词合谋害死了容疏狂——林少辞最心爱的人。这两个人，一个是他的父亲，一个是他的妹妹，这件事还牵涉到林家夺取藏宝图的家丑，他既然不能杀了他们为容疏狂报仇，便唯有将这份悲恸深深藏在心里，独自承受。

艳少见我不语，道："想什么呢？"

我老实道："在想林少辞，我一直不太了解他究竟是怎么样的一个人，他的冷漠似乎是一种伪装，一旦卸下面具，就是另一个人。"

艳少长叹一声，道："林少辞天性淡泊，不求名利，倘若他不是御驰山庄的少主，也许会是一个风尘游侠，或山中隐士，如今的身份对他是一种束缚，他的追风剑法讲究一份黏功，是要黏住对方，彼此纠缠，不死不休，而不是干净利落的一剑弹开，海晏河清。所以他有太多的事情都放不开，亲情爱情都无法割舍，却又无可奈何，只好醉生梦死……"

我有些惊讶，道："你竟然这么了解他吗？"

他微微一笑，道："因为我是一个男人。"

我失笑："好高深的回答。"

他不语，习惯性地伸手来摸我的头，手到中途又缩了回去，双目炯炯盯着我的齐耳短发，咬牙切齿道："这究竟是哪个混蛋干的？我非教训他一顿不可。"

我首次听他骂人，心里觉得好笑，道："我怎么知道呢？那时候打得激烈，那一剑就贴着我的脸来，要不是我够机灵，躲得够快，脑袋就没有了，现在只是没了一截头发而已……其实呢，头发太长也不好的，每天要花很多时间梳理，洗起来也很麻烦，剪掉以后感觉整个人都轻松了……"

话没说完，头上就挨了一记，只好乖乖闭嘴。

第八章
夜半惊魂

下午天气很好，阳光明媚，天幕上几缕轻烟似的白云，越发衬得天空瓦蓝纯净，无一丝杂质。杜杜鸟在一片金灿灿的油菜花地里捉蝴蝶，玩得兴致勃勃，到底还是个孩子，昨晚吓得脸色铁青，差点儿尿裤子，这会子全都忘了。

我自行李中取出水囊递给艳少，他微微摇头，表示不渴。

时间静静流逝，大约两炷香的功夫，官道那头终于扬起了一小股灰尘，隐有马蹄声响，少顷，一骑骏马夹带着一路尘烟，飞驰而来。马上坐着一个白衣少年，身姿清挺，即便在滚滚风尘中亦如山涧清泉，纤尘不染。

我恍惚又回到第一次见到风亭榭时的那天，少年白衣俊秀，丰神俊朗，黑曜石般的眸子透出温和的光芒，偶尔泛起羞涩的笑……但是那个小谢永远也不会回来了，此刻站在我们面前的，是他的妹妹风净漓。

她脸上的表情，似乎不愿多看我们一眼，单刀直入地说道："楚先生，我冒着欺君的危险，放过了容疏狂，现在轮到你履行承诺了，那批宝藏到底在哪里？"

艳少微微一笑，道："恐怕还要等上几天。"

风净漓脸色一变，警惕地问道："什么意思？"

艳少道："假如不出什么意外的话，那批宝藏此刻应该已经到济南了，风姑娘尽管带着你的车队上路，到时我们在济南碰头……"

风净漓冷笑一声，道："楚先生是在耍我吗？你们进入南京城左右不过三天的功夫，那批宝藏怎么忽然就到济南去了？"

艳少不动声色，微笑道："风姑娘，你确实被人耍了，不过，耍你的人不是我楚天遥，而是林晚词。"

"究竟是怎么回事？"风净漓提高嗓音问道。

"林晚词假意要将宝藏献给皇太子，挑唆你来杀疏狂。实际上，她已经让蓝子虚将宝藏偷偷运走了……"

"是吗？"风净漓眯起眼睛，语气很不确定。

"风姑娘，我们不妨来做一个假设。"艳少缓缓道，"倘若你我之间没有约定，这个时候，你应该在押运宝藏前往京师的路上。那么，身在南京的我就会发现宝藏不翼而飞，林晚词必然推得一干二净，她敢这么做，已经做好了最坏的打算……但是风姑娘你呢？你将这十几箱的石头献上去，你猜天子会有什么反应？"风净漓闻言紧紧抿着唇，面上尚没有什么表情，眼底却露出不易发觉的惊骇之色。艳少笑笑，继续道，"风姑娘，我们只需保持昨晚的信任，你放心地去济南，自然不会失望。"

风净漓开口打断了他的话，冷冷地道："此一时，彼一时，昨晚我们有一个共同的敌人，楚先生需要我的帮助，现在，楚先生需要我做什么？我又怎能轻信你？"

"这么说吧，风姑娘！"艳少换了一副口吻，"你眼下没有更好的选择，只能先去济南。我已经派人前去处理，不出意外的话，他们应该已经在济南了……"

"咦？"我微感惊讶，忍不住问道，"凤鸣和泓玉不是去给雷攸乐送信了吗？"

艳少侧头对我一笑，仿佛知道我的心思似的，解释道："林晚词为了这笔宝藏，派出御驰山庄天字组的几名高手前来押运，单凭凤鸣和泓玉二人，绝不是他们的对手，也运不走那么一大批东西。如果有雷攸乐帮忙的话，情况就不同了……"他说着顿了顿，举目望向远处，沉吟道："二十年了，她的武功想必大有进步，不至于让人失望，更何况她出生镖局，押运那批宝藏是再合适不过了……"

我恍若大悟，却还是忍不住吃惊，道："你真是一只千年狐狸啊，原来那时候你就已经知道了，却一直瞒着我……"

"不，疏狂！"他温柔地打断我，微微苦笑道，"那时我并不知道，我只是有一种隐隐的预感，遗憾的是，我的预感总是能成为事实。"他说完自嘲地笑了笑。

风净漓一直静默不语。这时，终于点头道："好！我就再相信你一次，我们济南见！"她说完翻身上马，疾驰而去，转瞬不见了踪影，只余一小股尘土在风里飘荡。

天空碧青瓦蓝，辽阔的大地上，长风驱使着蔓草野花恍若波涛一般起伏不绝，送来一阵阵清甜的花香。艳少望着田野里金灿灿的油菜花，忽然发出感叹："疏狂，我老了。"

我心头猛地一震，吃惊地看着他，他有许多日不曾说过这样的话。我放柔声音问道："怎么了？"

他不言语，兀自凝望着那一片田野，深邃的眼瞳里仿佛有一种无形的冰封，可以将外界的一切不动声色的反射回去。过了好一会儿，方才轻轻道："骄傲与自卑互为一枚铜钱的两面。我老了，疏狂，老去令我自卑，你可明白？"

我惊骇得失语，怔怔看住他，心底有什么东西轰然炸开，说不清是心酸还是心疼。我握住他的手，柔声道："傻瓜，每个人都会老的，在时间面前，大家都是平等的。"

"我生君未生，君生我已老。"他低哑着声音缓缓吟道，然后低转过头来，抬手抚摸我的脸，黝黑的眸中隐含着无奈的笑意。我再也控制不住，热泪滚滚直下。他伸臂拥抱我，静默不语。

良久，有一个声音小心翼翼地问道："你们这是在干什么啊？"

我就着艳少的衣服擦了擦眼泪，抬头看见杜杜鸟不知何时已经回来，怀里抱了一大束油菜花，看了看我，又看了看艳少，终于忍不住好奇地问道："容姑娘，你哭什么啊？"

"大人的事，小孩少插嘴。"我与艳少异口同声地呵斥他，然后相互看一眼，忍不住笑起来。

眼见日头偏西，我道："我们上路吧，要赶到济南还得好多天呢。"

艳少点点头，三人打马一路前往济南。

这种四处奔波的生活真叫人感到疲倦，我以前一定是脑子坏掉了，才会羡慕什么快意恩仇的江湖生活。所谓行走江湖，听起来似乎很洒脱不羁，自由自在，真正置身其中那又另当别论了，旅途劳累不说，还要随时做好没地方睡觉吃饭的准备……待到晚上投宿的时候，便跟艳少说，想要找个清幽的地方长久的住下来，赏阳春白雪，听高山流水，夜夜笙歌，醉生梦死。

他听得直笑，道："真有那么一天，你肯定又要嚷着无聊了。"

我斩钉截铁回复他："不会。"

他勾起一弯笑影，眨眼道："打赌？"

"好啊！"我哼一声。

"先说好赌注。"他笑嘻嘻的凑到跟前，双目亮晶晶看住我，仿佛一定能赢似的。

"嗯，这个嘛！"我沉吟一下，道，"我若是输了——"

"如何？"他极难得地露出顽童表情，迫不及待地问道。

不知怎么的，我忽然有些泄气，只得道："我是一定不会输的，还是说说你输了如何吧？"

他嘴角笑意渐深，曲指敲敲我的额头，道："没有信心了吧，每逢你胡搅蛮缠地强词夺理，最后就只剩下耍赖这一招。"

我笑着叫起来，道："谁耍赖了？要是真的有那么一天，我哪怕是无聊得发疯，也绝不说出来，这样就也不能算是输了。"

他微笑不语，伸手摸摸我的头，声音低沉地说道："疏狂，我会尽我所能不让你感到无聊,但是,如果真的有那么一天,到时候,请你一定要告诉我。"

我心里微微震动,柔声道:"你也一样,如果有那么一天,也请你一定让我知道。"

他静默一会儿,道:"我想我是不会有那么一天的。"我的手忍不住抖了一下。他继续道,"疏狂,有一句话,我一直没有对你说过,我想让你知道——"

我连忙打断他:"我知道。"

他握紧我的手,固执道:"可是,我还是必须说出来,我这一生从来没有对任何人说过这句话,你看,我马上都快四十岁了,你忍心不给我一个机会?"他说着停下来,西窗外的月光漫进房里,清霜般的皎白月光倾洒在他清俊温柔的脸上,他微笑着,一双窅黑明亮的瞳仁里无比清晰地映着我的模样。静默中,他轻轻启唇。"我爱你!我爱你,疏狂。"

我隐忍的泪成功地落下来,抬手他的肩膀上重重打了一下:"真讨厌!明知道人家听了会哭,还讲出来……"

他反手握住被打中的肩膀,睁圆一双乌黑眼眸,叫起来:"这就是你对我爱的回应?"

我脸上还挂着眼泪,却忍不住"扑哧"一声笑出来,拉过他的双手,将他修长温热的手掌合在掌心,微笑道:"我是你执迷的信徒,出生入死,由你做主。"

他微微一震,却不言语,窅黑的眸底渐生笑意,深邃目光温柔得要溢出水来。两人傻看了一会儿,他俯过身来正要亲吻我的脸,忽然又顿住,两道眉毛微微蹙起如同隐约的山峰。

我一怔,随即听到房顶上有一连串细微的轻响急掠而过。

近日来,我的好奇心大减,严格奉行事不关己高高挂起的生活作风,不愿再理会江湖中事,便开玩笑地说道:"良宵美景……"

艳少倏地抬手覆住我的唇,微微摇了摇头示意我噤声。

他静息凝眸细听一会儿,奇道:"声音很杂乱,人数不少,好像有人在使追风剑法,难道是林少辞……"

我一愣,忙道:"我们去看看。"

他站起生，我们出门展开轻身功夫向着西北方向追了一段距离，他忽然停下来，道："我去看看，你留下来照顾一下杜杜鸟。有什么意外的话，切记先求自保。"

我会意，点头道："小心。"

他含笑俯下身，嘴唇蜻蜓点水般掠过我的脸。然后整个身影宛如一道白练般划破夜空，没入沉沉夜色之中，不见了踪迹。

夜晚的天空澄碧高远，碎金子一样的群星装饰得银河宛如玉带般横亘在长空，星光璀璨。夜色宁静悠远，空气中有极轻淡的一缕花香随风飘散开来。我静立在客栈的廊下，睁目寻找花香的来源，借着清朗的月色，只见后院角落里的两株月季开至荼蘼，片片残红落了一地。身后的房间里，杜杜鸟翻了一个声，嘴里嘟囔两句，好像是喊着林晚词的名字。

我不禁苦笑。林晚词若是知道这笔宝藏被劫走了，不知道会有什么举动？还有林少辞，他作为御驰山庄的少主，难道真的完全不在乎？真的抛下山庄不管了？他今晚出现又是为了什么呢？我暗自思忖片刻，将裁云刀换到左手，正准备靠换个姿势在墙壁上倚一会儿。

恰在这时，房顶上传来一阵轻微的悉索之声，我悚然一惊，尚不及做出反应，便听两声"咔嚓"窗棂断裂声——我心中不妙，急忙飞起一脚踢开房门，迎面一道寒光迅疾而来，立刻侧头闪避开去，那道光擦着右耳掠过去，"咄"的一声插在了门板上，却是一支袖箭。

电光石火的瞬间，一道人影自后窗窜了出去，床上空空如也，杜杜鸟已被对方捉去。我连忙翻出窗外，认准前方的一点黑影紧追不放。那人的身态极之轻盈灵动，异常快速。我一边竭力追赶，一边在心底不胜惊讶：这样高明的轻功，就我所知道的人里面，大概只有艳少能胜过他。却不知他是什么人？抓走杜杜鸟想干什么？

那人一路飞檐走壁，翻墙越舍直往城南郊外奔去。或许是手里提了一个人的缘故，他在出城之后脚力渐渐慢了下来。我不想跟他这样追逐下去，平白的消耗体力，于是，提高嗓门叫道："喂，前面的朋友，你是哪条道上的？有事好说，你抓个小孩子干什么？"

谁知他竟充耳不闻，一路在林野之间奔行如风。黑色的衣袍被夜风吹起，越发显得那身材枯瘦得像一根竹竿，在丛林之中几乎不可辨认。

我又叫了两遍，仍然没有得到回复，一时也无计可施，只得继续追下去。约莫又过了两盏茶的工夫，丛林的尽头忽然出现一座古刹，青灰色的塔尖在夜色下显得突兀而诡异。

待我奔到那座寺塔跟前，那人蓦地消失不见了。寺塔周围尽是森森古树，枝叶茂盛浓密，错综盘结。银色的月光见缝插针的从密实的林叶之间漏下几缕银辉，勉强能使我看清眼前的古寺，寺塔的外观有些破旧，殿门洞开着，好似一头怪兽的大嘴，里面漆黑一片，看上去极为阴森幽冷。

我心里有些害怕，又担心杜杜鸟的生死，只得硬着头皮慢慢走进去，每一步都夸得极为小心谨慎。殿内有一种腐朽残败的气息，仿佛有很多个年头不曾被人造访，更别提供奉香火，殿内的地上尽是落叶，一脚踩上去沙沙作响，令人莫名其妙地心头一跳。

我走了几步，停下来，亮开嗓门叫道："朋友——"话音刚起，忽听极凄厉的一声怪叫，随即一大片黑影急速扑簌而来，我头皮一紧，第一意识就要抽刀出鞘，那阵黑影快捷无比地掠过我的头顶，飞了出去。

原来是一群不知名的夜鸟。我抽到一半的刀僵在半空，暗自呼出一口气，忍不住泛起自嘲的笑意——俗话说艺高人胆大。我这身本领也算是不错，怎么还这么胆小呢？我定了定心神，重新叫道："朋友请现身赐教，不要伤害那个孩子。"没有人回应我，只有我的余音在空荡的殿宇内回响不散。

殿内的旮暗漆黑宛如鸿蒙未开的伊始，白色的月光在殿门口探了探头，又缩了回去，似乎连它也惧怕这股浓稠黑暗似的。

我静立两分钟，双目勉强能适应黑暗，方才摸索着跨进一道门，猛地一眼看过去，周遭皆是影影绰绰的人像，大约有十几个，顿时吃了一惊，退后半步横刀身前全神戒备，但是等一会儿，不见对方有什么动静，且不闻半点声息，方才意识到这些可能是寺里的罗汉菩萨像之类的。

照这样下去，还没找到杜杜鸟，我就先把自己给吓死了。

我长长地松了一口气，试探着朝前迈出一步，右脚尚未落地，就在这一刹那间，我感觉到一股杀气，一股非常强大的杀气。静谧的殿内忽然响起无数个细微的声音，暗器摩擦空气的声音，这股细小的声音汇成一股巨大的声音，交响着一齐向我奔涌过来。是一种本能，害怕，抑或求生的本能，我以一种不可思议的速度拔出裁云刀，挥舞成一团团电光般护住周身，耳听一阵阵"丁零""丁零零"的轻响，暗器纷纷落地。

空气中有一会儿短暂的安静。然后，我感觉到空气中有一个东西正在缓缓地向我逼近，我不知道那究竟是什么东西，但是可以肯定，那是一柄利器，锋利无比，寒气逼人。这柄利器来得极慢，然而，那股寒气却极其犀利，仿佛已经切开了我的肌肤，自我的血液一点点传输进去。

蓦地，一声尖锐破鸣声撕裂了室内的宁静，杀气骤然暴涨，酷烈倔强，且无比迅捷。我来不及思考判断，仅仅凭着直觉反手挥出一刀，然后，感到手臂微微发麻，只听一声清脆的利器断裂声，有什么东西斜飞出去，铿然撞在右手边的第三尊佛像上，溅出几缕美丽的火花。

借着火花闪烁的瞬间，一道黑影在左边的人像之后疾闪不见了。我连忙叫道："阁下究竟是什么人？引我来这里到底要干什么？"

回答我的是无数暗器，密集如飞蝗蜂拥而至，如雨似霰。我挥刀挡掉暗器，认准最近的一尊佛像跃上去，藏身在其背后——既然你要玩躲猫猫，我就陪你玩吧。

佛殿重新陷入了死寂一般的静谧。我屏息聚神，凝听室内的声响，左手握着刀鞘，右手握着裁云刀柄，依稀感觉掌心里沁出了丝丝汗珠。

如此过了片刻，空气中忽然飘起一缕淡淡的异香。我刚吸了一小口，便觉得微微头晕，心知不妙，急忙闭住呼吸，暗自运起艳少昔日传授的内功心法，一边在心底大骂对手太歹毒，招招阴险狡诈，无所不用其极，也不知道容疏狂究竟得罪了谁，这么多人想要她的命。

又过了一会儿，对面的佛像后面有了极轻微的声响，一个黑影走了出来。我认准他迅疾飞扑出去，对着他奋力挥出一刀，眼看就要砍中他，忽然手臂一软，裁云刀"咣当"的一声掉在了地上，两腿一软整个人就倒了下去。

那人缓步走了过来，在我身边停下脚步，静默有顷，忽然双掌一击，黑暗中立刻亮起了一线火光，脚步声再次响起。这一次来的是两个人。其中一人伸脚勾起地上裁云刀，笑道："这么一柄好刀，真是可惜了。"

这人的嗓门极为尖细，笑起来犹如夜枭。然后，有人将我提了起来，三人走了一会儿，忽然停下来。那个尖细的声音再次响起："正中间那一个。"他话音一落，我就听一声轻响，随即被扔进了一个黑暗的所在，头顶上有一个东西重重的合了起来，鼻息间充盈着新鲜木材的味道。

我睁大双眼，一边轻轻揉了揉摔疼的胳膊，一边揣摩这三人的身份，仅听声音，我非常确定自己没有见过他们。三人的武功之高极为罕见，不可能是无名之辈。难道说，他们和容疏狂之间有什么过节？除了御驰山庄，我实在想不出还有谁恨我至此？抑或，他们是所谓的江湖正义之士，冲着艳少来的？

忽然，外面传来女子的哼哼之声，低哑，短促，像是从鼻子里哼出来的，和一连串混乱的声响，几乎令人忽略。那个声音尖细的男人似乎是头领，只听他说道："左边第二个。"随即，又是一阵开阖之声，女子的挣扎哼叫声戛然而止，然后只听"嘭"得一声响，周遭重新陷入静默。

左边第二个，正中间那一个？我隔了一会儿方才醒悟过来：这岂非是说，又有一个女子被扔进了一口棺材？也就是说，这里绝对不仅有两口棺材，否则也不用排什么左中右了？蓦地，我感觉自己一颗心怦怦直跳，越发觉得这件事诡谲异常。

"还差两个，就齐全了。"有人一边踱步，一边笑着说道，"咱们也可以交差了。"

"时间也差不多了，老七他们怎么还没回来？"另一个稍微年轻点的声音道："不会出什么岔子吧？"

那个尖细的声音极轻蔑地冷笑了一声，加重语气说道："咱们的人什么时候出过岔子？出岔子，那不是天字老贾的看家本领吗？"他这话一出，其余的两个人异口同声地笑起来，一种同仇敌忾的战友特有的笑声。那人停顿一下，又哼道，"连容疏狂都是咱们的囊中之物，那两个丫头又能有多大的能——"

他没有继续说下去，空气中忽然陷入死寂的沉默。依稀有什么东西被摔在了地上，然后，室内响起一个清脆的女声，道："我是没多大的能耐，不过稍微懂些下九流的功夫，三位是前辈高人，敢问尊姓大名？"

语气不乏讥讽之意，隔着厚厚的棺木，我觉得这声音有一些耳熟。

那三人没有答话，不知是过于震惊，还是过于镇定？紧接着便是一连串的声响，兵刃铿鸣声，女子的惊呼声，混乱的脚步声，衣袂的摩擦声。

"小心她的毒。"那个尖细的嗓门忽然叫了一句，颇为刺耳。他话音刚落，空气中立刻便响起一股尖锐的破鸣声，大约又再放什么暗器，破鸣声刚刚响起，那女子便短促地叫了一声。

我心知不好，再也顾不得许多，当即奋力一脚踢起棺盖，直击那个尖嗓门的家伙——下脚之前我便已辨认好了他的方位，这一脚可谓是用了我毕生的功力，实乃石破天惊的一式。果然，那棺盖宛如离弦之箭直直撞在那人的身上，他连一声惨叫也没来得及发出来，便倒了下去，生死未知。另外二人不知是被这突如其来的变化给搞蒙了，还是被我的旷世武功给震撼住了。一时竟没有动静。我当然不会给他们醒过来的机会，身动如风雷幻电，两手分施流云出岫指，眨眼之间点住了他们的穴道。

我拍拍手，在其中一人的身上摸到一个火折子晃亮，借光寻到案台上的烛火，点燃一看，只见殿内整整齐齐的摆了十口漆黑的棺木。我虽然早有心理准备，看到这个情景，仍不免怔住。那二人也面生得很，全无印象。

这时，地上的女子忽然哼了一声。我急忙走过去，举起烛火查看，赫然竟是四川唐门的唐璎珞。她也认出了我，皱眉强忍着疼痛问道："容姐姐，是你，你怎么会——"

我阻止她，道："等一下再说，你伤在哪里？"

她指指自己的左腿。我借着烛火一看，只见一柄形如柳叶般的小小弯刀正插在她的腿上，另有一枚流星镖刺中脚踝，两处的血迹均已变黑，显然的有毒。

"暗器有毒。"我看着她。

"我知道，"她微一点头，咬牙从怀里掏出一个瓷瓶递给我，道："这点毒还毒不死我，你帮我拔了刀，然后将这药粉敷在伤口上……"

她似乎极疼，冷汗不断顺着额头流下来，说了两句话便咬牙说不下去，一双清明的眼睛透出一股倔强。我看着她，道："你忍着点。"她用力点头。

我撕下自己的裙摆，撕成几个布条，点了她腿上几处穴道，然后拔出刀来，将里面的血液挤出来，直至血液变红，才将那白色药粉敷上去，用布条包扎起来，又去处理脚踝上的流星镖……

唐璎珞从头到尾只哼了两声，她年纪极轻，大约只有十五六岁的样子，却很是坚强。

我心生怜惜，语气也不自觉地温和起来："别怕，没事了。"

我站起来，正准备去审问那两个人，猛地又想起那些棺材里的女子，只好先暂时丢下他们，去查看那些棺木。我先打开左边的第二口棺盖，里面躺着的女人披头散发，乌黑发丝遮盖住脸，辨认不出面容，依稀能感觉那脸是浮肿的，白色的衣上尽是血污……

我屏息静气，看得心惊肉跳，大气也不敢喘，愣了好一会儿，才试探性的伸手去摸她的鼻血，触手尸体仍有余温，但已经没有了呼吸。我愣了半晌，连忙举着烛火依次看过去，这才发现每一口棺材上都刻有字迹，我凑近仔细辨认，依次是夏小夕、楼阡陌、海棠、容疏狂、唐璎珞、风净漓……

我心底有一种不好的预感，赶紧重新折回去看最先那口棺材，果然，上面的名字是：玉玲珑。漠北灵狐派的玉玲珑。我整个人都呆住，大脑空白，简直无法思考，一时之间不知道究竟发生了什么事？

这几女子都曾经为了林少辞，上过碧玉峰，帮着御驰山庄对抗沈醉天。现在，她们全都死了。是谁干的？谁这么歹毒要害死她们？谁又有这么大胆子，敢一下子得罪这多门派？一滴烛蜡滚落下来，滴在我的手背上，突如其来的疼痛使我清醒过来。

我转过身，立刻陷入另一种惊恐：殿内的人忽然之间全都不见了。

被我点住穴道的那两人不见了，被压在棺盖下面的那尖嗓门不见了，唐璎珞也不见了。他们究竟是怎么消失的？是谁，能够在这么短的时间里带走四个人？更可怕的是，我居然毫无察觉，连一丁点儿的声响也没有听到。我想起杜杜鸟，不知道他是不是还活着？

时值盛夏之夜，暗黑的殿宇内有隐约的风，不知从哪里吹进来的，不是很大，空气微微有些闷热，但是我莫名其妙地感到一股寒冷，连打了两三个寒噤。然后我抬手捻灭了烛火的灯芯，翻身从地上滚了过去，顺势捡起自己的裁云刀，靠着一具棺木藏好。

对方越来越近，但是我听不到脚步声，我可以感觉到他是从左边来的，因为风是从那个方向来的，他的身上有淡淡的香气，那是杜杜鸟随身携带的香囊味道。随着他的慢慢靠近，我屏住呼吸，一寸寸握紧了手中的刀，默默念着数字，五，四，三，二，一！我挥出凌空一刀，后背贴着地面，刀势由下自上斜斜横斩出去。这一招不是裁云刀法的任何一式，而是艳少自创的无忧剑法的第三式。我一刀挥出，便听一声裂帛般的清脆声响，也不管有没有伤到对方，立即重新藏入棺木之后，大气也不敢喘一口。

周遭再一次陷入静默。对方依然没有丝毫动静，空气中依然残留着淡淡的香气，风依然从左边轻轻地吹过来。

沉默有顷，只听"啪嗒"一声，类似一滴水滴落在青石地板上的声音。

我睁大双眼，心底涌起一阵狂喜：他受伤了！

终于，黑暗中有人说话了，声音极其粗噶，语速很慢一字一句地问："这是什么刀法？"

影阁老？竟然是他？我慢慢站起身，黑暗中忽然亮起一线灯火，火光照着他的脸，灰暗的，没有一丝光泽，充满褶皱的苍老的脸，枯瘦如竹竿般的身材俨然鬼魅。他的眼睛微微收缩着，露出惊撼的表情。

然而，我比他更震惊。"这些人都是你杀的？"我听见自己的声音微微颤抖着。他没有说话。我连声问道，"是林晚词叫你来杀我吗？那个孩子是你抓走的？他在哪里？"

他仍然没有说话，手里的烛火忽然掉下去，火光一闪即灭。紧接着，他的整个人向我扑了过来。我下意识地挥刀反击——刀至半空，忽然停住了。他的身体直直地倒了下去，额头重重磕在青石地板上，发出一声沉沉的闷响，在我听来却恍如惊雷，禁不住全身一抖。

在这间败落的古寺里，我的周围全是死人，死人。

不知怎么的，我突然想起曾经看过的恐怖故事：棺木的一具具尸体挣扎着爬出来，伸出尖锐的血淋淋的指甲……我骇得跳起来，发足向殿外狂奔，猛地一下子撞到了墙壁上，顿时鼻尖酸痛，眼泪唰唰直下，另有一股温热的液体顺着鼻腔流下来，但是全都顾不上，一路摸索着出了殿门，撒足狂奔，仿佛后面有鬼在追似的。

这一下也不知道跑出了多远，停下来的时候才发现弦月偏西，天色泛白，远处的村庄传来的公鸡打鸣声此起彼落。我惊魂稍定，伸手抹了两把冷汗，低头一看，只见衣服前襟上的血迹，顿时愣住了，自我检视一番并没有受伤，隔了一会儿才想起是鼻血，不由得四肢发软，仰面躺了下去。

真是丢脸啊！！我看着淡青色的天幕，合上双眼，努力使自己冷静下来，细细回想这件事，适才的画面便在脑海里一一重现。

很明显这件事是御驰山庄干的，但令我想不通的是：他们为什么要这么做？这几个女子都曾经在御驰山庄有难时伸出援手，绝不该得到这种报答啊。

我心里隐约生出某种预感，重新坐了起来，眼看东方渐亮，终于决定返回去探个究竟，一定要找到杜杜鸟，否则真是没有脸见艳少了。

第九章
江湖霸业

　　这时，天色尚未完全透亮，树林里的光线有些灰蒙蒙的，远处的古刹塔尖也是灰蒙蒙的，我自丛林间钻出来，两只裤腿已经完全被晨露洇湿了。废殿里的光线很暗淡，阴沉沉的，我每一步都走得小心翼翼，生怕有什么陷阱。

　　但是，什么也没有。不单没有人，连殿内的棺木尸体也全部消失了，里面空空荡荡，冷冷清清，什么也没有。我呆站了一会儿，觉得整件事情透着说不清的古怪，仿佛昨夜的一切不过是我的一场噩梦，根本没有真实发生过。可，地上残留的血迹提醒我：这不是梦。

　　我走出殿外，将古寺周围都仔细检查了一遍，在殿后的青灰色墙壁上发现一朵梅花图案，嫣红的一朵，花梗斜斜指向北方。看到这朵花，我顿时松了一口气，整个神经都松弛了下来，这个阴霾沉闷的早晨忽然变得美好清新，东方一轮红日挣扎欲出，天地别有风韵。抬头见古寺后面有一条小溪泛着微微的波光，便走到溪边，捧起溪水洗了一把脸，然后对着水波整理一下仪容。

这时，溪流中忽然出现一道人影随波荡漾，绛色宽袖交领短衣，淡碧色曳地绸裙，清波濯莲一般清雅。林晚词无论穿什么，都很好看，让人觉得，她就是专门为了穿衣服而生的。

我慢慢站起身，转头看着她。

她微微一笑，道："你是不是想问我，那些人是不是我杀的？"

我惊骇之极，颤声道："真是你干的？"

她的笑容像清晨晶莹的露，深深颔首道："是我。"

我愣住了，惊讶她竟如此诚实，更惊讶她这种视人命如草芥的态度，半晌才问道："为什么？她们哪里对不住你，你要杀了她们？"

"因为我就要死了，自然也不能让她们活着。"她答得理直气壮。

"你要死了？所以就要杀了她们？"我诧异于她这可怖的逻辑。

她没有答话，而是轻轻地叹息了一声，忽然举起左臂，宽大的袖袍立刻褪至臂弯间，晶白如玉的手臂吹弹可破，恍若冰雪碾成的琼枝。在这根琼枝上有一道血红的线，顺着淡青的血管蚯蚓一般的蠕动着，不仔细看根本无从发现。

"你知道这是什么吗？"她对着自己的手臂凝视一会儿，恍若自语般说道："这是流传苗疆的一种蛊，可经由母胎传给子女，其毒之利，天下无双。二十余年了，父亲几乎用尽了所有的办法，也没有找到解蛊之术。"

我丝毫不为所动，冷冷回复她道："这也能成为你杀人的理由吗？林晚词，我一直很佩服你，也很同情你，甚至有些嫉妒你。但是我万万没想到你居然是这样一个人。"

她不动声色，淡淡地道："我是一个什么样的人？"

我直截了当道："你心理变态，脑子有毛病。"

她忽然笑起来，道："我的脑子要是真有毛病，你就早就该死了。"

我冷笑一声，道："那你为什么不下手？"

"就因为我还有一点脑子。"她的目光凌厉起来，口吻却异常的平静，像是对着自己最最亲近的人絮叨家常："你不会知道，有时候，我是多么痛恨我的理智，痛恨这个世道，痛恨这个江湖，我恨不得这世上的一切全部灰飞烟灭……"

她停下来，大口喘息着，面色潮红，血液仿佛要破肤而出一般，胳膊上的血管忽然突突跳动，好像有什么东西在皮肤下面扭动，那道血线似乎爬升得快了一点，看得人莫名惊怖。她忽然凄凉一笑，道："为了御驰山庄，我殚精竭虑，挖空了心思，用尽了手段，可是结果呢？他不要，他是决意要丢开一切不管不顾……我不过是要求一个共同守护家园的机会，但他不给我希望，那我也不会给他希望……"

我尽管已经隐隐猜到一丝半点，但是这番话由林晚词亲口说出来，心里仍旧感到一种巨大的不可思议，充斥着无法言说的感觉，但在思维的某一个空间，却有拨云见日之感。

林晚词重新控制情绪，恢复了往日那种清贵高华的气度，语气淡漠地说道："你现在最关心的，是不是杜杜鸟的死活？你放心。但凡跟楚天遥沾上边的人，就等于贴了一道护身符，谁也不敢轻易把他怎么样，何况我连你都放过了，自然也没必要杀他……"

我问道："他人现在哪里？"

她淡淡地道："假如不出什么意外的话，楚天遥应该已经找到了他，正在向这里赶来。"

我听到艳少赶来，不禁一阵惊喜。

这时，林晚词的身子忽然一倒，整个人跌入溪水里。我的第一反应就是纵身去扶她，左手已经托住她的胳膊，右手去握她的手腕，这时，水波中蓦地银光一闪，我不及思考，立刻出指如风点住她的两处穴道。林晚词捻指如兰花，白皙如瓷的手指之间夹着一根细细的银针。

我冷冷地看着她。她一脸泰然，毫无羞愧之色，语音轻柔地说道："真没想到，三日不见，你居然变得机灵了。"

我面无表情地回复她："对于一个杀人犯，任何人都应该心存戒备，况且我并非善男信女。"

她笑道："那你根本就不应该来扶我。"

我点点头："你说得对！"

我放开手，仍由她"扑通"一声栽倒在溪水里，溅起一个偌大的青白水花。她脸色煞白，微微一呆，忽然放声大笑起来，声音清脆悠扬，却有一种说不出来的诡异。

我由她笑够了，方才冷冷地道："林晚词，你已经知道我不是容疏狂，这件事我跟也少辞说过——"

"他知道了？！"她的嗓音忽然提高数度。

我点头道："是！我早就告诉过他了。我根本不想和你们御驰山庄有任何牵扯，你们自称是天下第一庄，但所作所为都令人恶心。拜托你高抬贵手，不要再纠缠我了。"

她嫣然一笑，道："那你现在一刀杀了我，岂不是一了百了？"

"我是不会杀你的，不是因为我多么心慈手软，也不是畏惧江湖流言……"我看着她，她此刻的情形万分狼狈，但脸上的表情却高贵优雅，凛然不可侵犯。我不禁深深叹服，伸手解开她的穴道，"我不杀你，因为你是林少辞的妹妹，而林少辞是我的朋友，被你杀害那几名女子，她们也是林少辞的朋友，这件事，自有他给江湖一个交代。你这样滥杀无辜，最终伤害的只能是自己的亲人。"

她自溪水里站起身，动作优美的整理好衣衫发型，若无其事的微笑道："你不杀我，我可要走了。"我彻底无语。她双掌击了三声，树林中忽然出现一顶软轿，来势非常之快，抬轿的二人显然是轻功高绝。林晚词回头对我粲然一笑，然后弯腰钻进了轿子。

我眼看那轿子倏忽之间如飞般消失在碧翠的丛林之间，变成一个点不见了，忽然感觉目眩头晕，四肢乏力，一双眼皮就像灌了铅一样的沉重……

三天后，我才知道，原来林晚词在自己的衣服上涂了剧毒，只要我触碰她，就一定会中毒。而我之所以没有死，则多亏了四川唐门的唐璎珞。

唐璎珞说，在古寺的那天晚上，我忽然出现救了她，为她拔暗器，包裹伤口。可是，在她的心里并没有相信我，所以，她在我身上神不知鬼不觉地下了毒，如果我果然不安好心的话，她可以用毒要挟……正是她的这种毒和林晚词的毒相互克制，使得毒性没有立刻发作，为解毒争取了时间。

她说这些话的时候脸色有些惭愧，不过她很善于自我开解。她说，如果不是这样，我可能就没命了……杜杜鸟立刻反唇相讥，两人争论得不可开交。

我不得不打断他们，看住唐璎珞问道："那天晚上到底发生什么事？你们怎么忽然都不见了？"

唐璎珞道："是御驰山庄天字组的鬼影子干的，他们轻功高绝，来去无踪。据说这些影子在御驰山庄地位很高，能够驱使他们的人，身份绝不简单？！漠北灵狐派、福州晚清楼、洛阳飞花阁，还有素剑门，他们都已经组织人马赶往碧玉峰了，林晚词若不给江湖朋友一个交代………"

杜杜鸟叫起来，道："你有什么证据，证明她们是晚词小姐杀的？林少辞已经承认，人都是他杀的……"

"你说什么？"我大吃一惊，一把攥住杜杜鸟的手腕，"林少辞说人是他杀的？"

他似乎被我捏疼了，龇牙咧嘴道："对啊，他说那些女的整天纠缠他，他烦得很，就把她们都杀了。"

我惊骇失语。

唐璎珞道："林哥哥绝对不会这么做的。"

杜杜鸟反问道："你怎么知道他不会？他是御驰山庄的少主，那些影子肯定是受了他的指使，况且你们女人烦起来，真的很要人命……哎哟——"

他话没说完，头上就挨了唐璎珞一记，疼得他忍不住叫起来。

唐璎珞吼道："你没看见她下毒害容姐姐吗？你是不是猪油蒙了心，居然还一个劲地为她开脱？"

杜杜鸟躲了开去，嘴里却兀自嘟囔着："容姑娘的情况不一样，她之前是御驰山庄的庄主，后来又……"

唐璎珞提起桌子上的茶壶"呼"地一下砸了过去，杜杜鸟连忙闪身往外躲，正逢艳少端着一碗药进门，两人差点撞上。艳少身子一晃已经到了床边，静静站着，仿佛一直在房间里，没有离开过。他一张俊颜如铁，双眸清霜般孤寒，冷冷瞥了两人一眼。杜杜鸟顿时怯怯的，走也不是，不走也不是。

唐璎珞也有些不自在，手里还抓着一个瓷杯，扔也不是，不扔也不是。愣了片刻，方才小声道："我去找老板重新要一壶茶……"说着一溜烟下楼去了，杜杜鸟忙跟下去。

我见他们走了，方才握着艳少的手，仰头问道："听说林少辞……"

他在床沿上坐下来，打断我："先喝药！"

我立刻接过药，一口气喝完。

"这件事……"

"这件事交给我来处理！"他的声音格外冷冽。

"你准备怎么处理？"我莫名有一种不好的预感。

他面色沉静，双眸清澈如水，缓缓道："摧毁一个以正义闻名的帮派，最好的方法莫过于使其身败名裂，臭名昭著。"他说着接过我手里的碗，头也不回地甩手扔出去，那只碗稳稳落在桌子上，连一点儿声音都没有，令我大开眼界。他继续道，"林晚词视御驰山庄的清誉为天，那就摧毁它，她自命绝顶聪明，能挽狂澜于既倒，那我现在有必要让她明白，如果我楚天遥不同意，她就什么也不是，什么都得不到，所谓的天下第一庄将成为历史，江湖上也将不存在御驰山庄这个名号！"

第一次，我看见他不动声色的残忍，和隐忍不发的怒气。我握住他的手，将他重新拉到床边坐下，还没说出来，便被他打断了："这件事没得商量。"

我只得闭嘴。他静默一会儿，突然俯身拥抱我，那么紧，我几乎不能呼吸，正准备伸手推开他，忽觉脖颈间一热，仿佛被两滴热水溅到，猛然间明白过来，顿时全身僵住，动弹不得。完全不知道该说什么，心里莫名感到有些害怕，柔声安慰他："别怕别怕！我没事了！"

他终于放开我，脸色微红，蹙眉哼了一句："胡说什么呢？"

我双手捧着他的脸，他的眼眸清亮明澈，一双睫毛浓密而黑，因被泪水侵染过，越发显得黑亮而长，惊人漂亮。我凑上去亲吻他的眼、颊、唇。他激烈地回应我，那姿态仿佛没有明天。我置身生与死、梦与醒的边缘，脑子既迷糊又清醒。

他低低叫我的名字，嗓音沙哑。我握住他的手，柔声道："我在这里。"

他静默地看了我半晌才道："那晚在古寺里，林少辞点燃火把，我猛一眼看到七八口棺木，心里顿时凉了半截……"他顿一下，嘴角微微泛起一丝自嘲的笑意，"那一刻，我才知道害怕是一种什么样的感觉。疏狂，今生今世，我再不能让你离开我半步。你每次有事，我都没有在你身边，我真是该死……"

我连忙阻止他，道："不不，不是这样的，是我太愚蠢，成事不足败事有余……你本来是这个世上最最洒脱，最自由不羁的人，是我，是我使你有羁绊。"

他打断我："疏狂，这些都是我自愿的！为你，我什么都愿意。"

我的眼泪不断涌出来，他一遍遍不厌其烦地擦着，终于失去耐心，用命令的口吻道："不许哭了！那两个小鬼已经上楼了，他们会以为我欺负你，到时我的英名就要毁在你手里了……"

我忍不住笑出来。门外传来两声低低争执声，似乎在决定由谁先进门，过了一会儿，两人都不见了。我诧异道："唐璎珞这么怕你，你是不是欺负人家了？"

他哼道："我要是欺负她，她还能活着吗？"

"那晚的事你还没告诉我，你追出去遇见林少辞了吗？"

"你管他干什么！"他突然生气，怒气冲冲道："他们御驰山庄的人全都死光了才好，我现在只要听见姓林的就有气，不许你再提他！"

我再一次闭嘴，两眼尽量可怜巴巴地望着他。他丝毫不为所动。我只得哄他："好吧好吧，不提他了，说说我们什么时候上路吧？这都耽误三天了……"

他面色转柔，道："等你身体好点。"

我微笑道："我感觉好多了。"

他又哼了一声："这个我比你清楚。"

我只得乖乖闭嘴，却控制不住地傻笑起来。

待到晚上，趁着艳少去煎药的工夫，我悄悄询问了唐璎珞才知道：那一晚是艳少和林少辞救了她和杜杜鸟，然后在唐璎珞的引导下，找到那个古庙，林少辞见到众女惨死，顿时就呆住了。

杜杜鸟插话道："林少辞救的我？那我怎么只看见楚先生一个人？"

唐璎珞翻着白眼，道："你被人点了昏睡穴，睡得像头死猪一样，你知道什么。"

杜杜鸟还要说什么，我立刻喝止他："你先闭嘴，到外面待着去。"

他一脸委屈的神情看着我。我拧紧眉头，表示无可商量，他只得悻悻出门去。

我看着唐璎珞道："继续说。"

她神色黯然，满面悲切之容，叹息道："林哥哥当时的样子可难看了，我从来没见过他那个样子，还有海棠姐姐她们，虽然我们聚在一起总是吵架，可是我真没想到她们会……"她没有继续说下去，眼泪簌簌落下来。她擦了擦眼泪，道，"后来，我就帮着林哥哥把几位姐姐埋了……"

"原来那些棺材是你们抬出去埋掉的，我说我回去之后，那些棺材怎么忽然都不见了，当时真是吓一大跳……"

她道："是啊，你没看到，楚先生没找到你，那个脸色比林哥哥还要吓人呢，阴沉得可怕，真不能相信，你居然敢嫁给了他？"

我继续问道："当时那里还有一个死人……"

"哦，那个人是御驰山庄的前辈，也被林哥哥埋了。"她停顿一下，又道，"听说风净漓也被人袭击了，是林哥哥救了她，哼，林哥哥只知道救别人，也不来救我。"语气里大有酸意。

我不由得笑了笑，道："我不是救你了吗？你还疑神疑鬼的，怀疑我要害你——"

她有些羞愧地说道："这件事是我对不起你。但是人在江湖，万事小心为上，你也算老江湖了，怎么还是着人家的道？"

我失笑道："你这话说得，倒还成了我的不是了，真是一张利嘴。"

她调皮地吐了吐舌头，没有辩解。

我想了想，问道："我们明天动身去济南，你准备去哪里？"

闻言，她的神色顿时暗下来，道："我反正是闯荡江湖，想去哪里就去哪里。

要不然,我跟你们一起去济南好了?"说完,一双黑白分明的大眼睛望着我。

我撇撇嘴,强忍着笑意问道:"你不怕楚先生了吗?他的脸可阴沉得吓人。"

"哈,我只是恰好跟你们同路,又不吃你们的,喝你们的,他凭什么摆脸色给我看?难道他还管得着我——"话说到一半,忽然没了声息,一张俏脸涨得通红。我忍不住哈哈大笑起来。因为艳少无声无息站在后面老半天了。

第二天启程回济南,一路上听到许多对御驰山庄不利的流言,前朝好几桩轰动武林的旧事,及江湖疑案都与御驰山庄有干系,江湖上闹得沸沸扬扬。晚上,我忍不住跟艳少抱怨:"我好歹也是御驰山庄的前任庄主,这样子好像不太好吧。"

他握着一卷书在灯下看着,头也不抬地回复我:"放心吧!绝不会损到你的!"

我坐到他身边,夺下他手里的书,道:"那也不好,以前在求真阁的时候,你不是跟我说什么有些秘密一旦泄露,后果不堪设想。现在你倒全忘了。"

"我们现在不正是要一个'不可设想'的后果吗?"他说着对我一笑,邪恶而魅惑,端的摄人心魄。

我咽一下口水,无奈道:"我的哥哥啊,你还真是唯恐天下不乱,这事……"忽然见他双目炯炯看着我,一脸兴奋的样子。

我奇道:"怎么了?"

他笑嘻嘻道:"你刚刚叫我哥哥。"

"你喜欢?"我微微挑眉。

"喜欢。"他点头。

我大笑起来:"那简单啊,你喜欢,我以后天天叫——"

他凑过来吻住我的唇,两手顺着下面摸上来,我连忙打掉他的手,道:"门还没关呢。"

他嘟囔一句:"管它呢。"

我推开他,正色道:"别闹,我们正经说一回话。"

"又来了。"他侧过头不看我，赌气地说道，"你哪来这么多的烂好心？"

"这不是烂好心。"我认真地说道，"我就是觉得江湖太可怕，只想尽快远离它。有人想要害我，但是没有成功，我还活着，而且活得比她快乐，这就够了，让那些恩怨不断的循环往复，不是我想要的。"

他道："我知道你的意思，你想说，这些事情并非我们惹不起，而是我们懒得去惹……"

我深深点头，道："对，就是这个意思。这世上有人伤害了我们，我们可以选择宽恕，也可以选择报复。我们是自由的，但我们要把自己从这个荒谬的生活里解救出来，最好选择宽恕，我们这样做是为了我们自己活得轻松，不是因为别人。林晚词疯了，我们不要跟她一起疯。"他沉默不语。"御驰山庄惹出来的事，就让御驰山庄的人去收拾吧。我们只管处理好那批宝藏，然后去镇铆山。哎呀，我突然很想生孩子了……"

他"扑哧"一声笑了出来，立刻又板起脸瞪住我。我将手里的书一扔，拉着他站起来："走嘛走嘛，该是上床睡觉的时候了。"

他半推半就被我拖上床，一夜无话。

第二日继续赶路，唐璎珞和杜杜鸟这两个活宝一路上不停地斗嘴，倒也不觉得寂寞，走了五六天，临近济南的时候，路上的江湖人士突然增多，一概是面色阴沉、表情肃穆，颇有一股风雨欲来的味道。

这种情形使我有一种熟悉感，昔日碧玉峰有难，各路江湖美女也是这样奔赴而来，现在来的是美女们的同门亲友，前番，她们是来支援御驰山庄的，此番，她们的亲友是为了找御驰山庄报仇雪恨……荒谬的江湖，荒谬的人生。自古以来，自然界就有着弱肉强食的法则，几千年过去了，人类并没有进化得有多文明，杀戮死亡，强者生存，江湖上每时每刻都有人死去，但用不了多久，新一代的剑客和侠士们就会像雨后春笋一样的冒出来，那些死去的人们，他们的名字将被遗忘在尘世的风烟里。

我们一连走了八天方才到达济南。唐璎珞独自去住客栈了，我因为宝藏的事不宜张扬，也没有挽留她。

时值深夜，凤鸣满脸春风地来接我们，半月不见，他越发显得开朗活泼了。彼此都将别后的情形大概说了：原来那一日在济宁，凤鸣和泓玉分别接了艳少的命令，他去追踪御驰山庄押运宝藏的车队，泓玉则怀揣艳少的书信，前往峨眉山去见自己的师傅雷攸乐。雷攸乐本是镖局出生，见到艳少的书信后，当即下山到自家镖局挑了十几位镖师，率众前来与凤鸣会合。双方人马在两省交界处展开了一场恶斗，雷攸乐劫下宝藏，交给凤鸣走水路悄悄运至济南，她自己则和几位镖师亲自押运几车石头走陆路往峨眉，引开对方的视线。

杜杜鸟听说泓玉跟着雷攸乐一起去了峨眉山，不禁喜形于色，心花怒放，终于没人再管束他，天天在他耳边碎碎念了。

当夜，我与艳少打开铁箱，欣赏建文帝收藏于皇宫大内的奇珍异宝，一箱箱的黄金、明珠、宝石、翡翠在烛火之下灿然生光，映得满室生辉，想来那所罗门的宝藏亦不过如此吧。

艳少见我一脸垂涎，凑过来笑道："喜欢啊？"

"喜欢。"

"那么挑几样？"

"真的假的？"我瞪他。

他笑嘻嘻道："你不是喜欢吗？"

我坦白道："但是，我只要一想起这些曾经是别人配用过的，就有一种不洁感。"他睁圆眼睛看我，仿佛第一次认识我似的。我含笑道，"我是说真的，所谓君子爱财，取之有道，何况我已经拥有了天下最珍贵的宝物，这些身外之物，我才不会放在眼里呢……"

他大为感动，握住我的手，道："那我们出去吧，风净漓就要到了。"

我道："你真要把宝藏给她吗？那你怎么跟汉王交代呢？"

他不答，反问道："你有什么好办法？"

我两手一摊，撇撇嘴道："你是知道我的，榆木脑袋一个，能有什么好办法。"

他颇为苦恼的拧紧眉毛，道："那要怎么办呢？要不就失信汉王，要不就失信风净漓……"

我双手一拍，道："干脆将宝藏一分为二，一半给汉王，一半让风净漓带回去交差，反正他们都是朱家人，况且他们谁也不知道宝藏的数量……"

他沉吟片刻，展颜笑道："那就按照你说的办吧。"

我顿时有种上当受骗的感觉，没好气道："你自己都想好了，还来问我做什么？"

他笑着过来搂我，调侃道："这种浅而易见的办法，正是你的特长啊，不问你问谁呢？"

"你直接说我蠢就好了，何必拐弯抹角？！"

他笑而不语。

一会儿，凤鸣和饲鸽房的老方一齐进后院来，将那批宝藏分成两份。

凌晨时分，夜色清朗，月亮高高挂在幽蓝天幕上，庭院里的月色莫名显得有些清冷。平常这个时辰我早就已经困得不行，今晚却是毫无睡意，仿佛预感到有什么事要发生一样。

风净漓迟迟不来，我大不耐烦，借着月光捉起蚊虫来，院子里尽是噼里啪啦的巴掌声，艳少则一脸沉静，似乎天生就有淡定从容的本领。

沉默有顷，他笑道："要是困了，就去睡吧。"

我不依，笑嘻嘻道："深更半夜，留下你独自一人秉烛候美女，我是无论如何也睡不着的。"

他嗤地笑了一声。这时凤鸣从屋子里出来，朝他点点头，表示一切都已安排妥当了。我很八卦地想起一个问题，便问凤鸣道："你当初究竟是怎么追踪宝藏的？"

他露齿一笑，道："他们虽然乔装易容，但是一队车马中若是装了金银珠宝，地上的车轮印痕、行车的声响、扬起的尘土都是不同的……"

他话没说完，夜色下传来一阵马蹄声，在前院门口戛然而止。

风净漓到了。

彼此不须多说废话，验货、提货均是静悄悄的，进行得非常顺当。

直到她临走时，艳少方才道："风姑娘，从你踏出这道门开始，我们的交易就算两清了。我建议你立刻离开济南，不要停留，否则……"

"否则怎样？"风净漓冷冷反问。

艳少浅浅一笑，道："今晚，济南城不会太安宁！风姑娘若是弄丢了东西，于你于我都是一件麻烦事。林少主前番好心救了姑娘，姑娘可要保重身体啊。"最后一句颇有点儿意味深长。

风净漓静默一下，冷然道："多谢提醒，我记下了。告辞！"

说完径直出门上马，押着马车消失在深夜清幽的大明湖畔。

第十章
归隐玉霄

　　如果江湖也有一部历史的话。那么，在永乐洪熙年间，御驰山庄就是这部江湖历史中当仁不让的霸主。现在，这个霸主的地位面临着前所未有的挑战。

　　今夜，注定是不眠之夜。

　　尽管我们身处的位置不能看到碧玉峰的情形，但是，江湖四大门派的高手联袂上碧玉峰讨要说法，那剑拔弩张的情绪是可以想象的。唐璎珞来济南的真实目的，自然也是为了上碧玉峰。

　　"睡不着？想不想去看看？"艳少问我。

　　"不！"我摇摇头。

　　"到这边来坐。"

　　我过去偎着他坐下来，他握住我的手，将整个身子靠到我身上，大大地伸了一个懒腰。我瞪他，道："原来是叫我来当靠枕的？"

　　他合上眼睛，道："我困了嘛！谁叫你不去睡觉的？"

我笑道："这倒奇了，我不去睡觉碍着你什么事？难道还要我给你唱摇篮曲，你才睡得着？"

他丝毫不脸红，马上接口道："好啊！"

我忍不住笑出来，握住他的一束白发在掌心细细梳理，隔了一会儿才道："你觉得林晚词会怎么处理这件事呢？四大派肯定不会善罢甘休的？"

他闭着眼，嘴角却浮起一道优美的弧度，慢悠悠道："是谁说御驰山庄惹出的事，让御驰山庄自己去解决的？"

我没好气地推一下他，道："那又是谁把这件事透露给四大派的呢？"

他调整一下姿势，依旧靠着我身上，哼道："无论是谁，这个人都极具正义感……"说着自己先忍不住笑起来。

我叹息道："唉，任何人做了坏事都必须接受惩罚，就让因果各得其所吧。"

他立刻张开眼，道："那我们去睡觉吧！"

第二天一早，凤鸣便将昨夜余下的另一半宝藏送去汉王府。

艳少极为罕见地耍起小孩子脾气，赖在床上不肯起来。我吃好早饭，将行李简单收拾一下，再去看他时，他依旧躺在床上，瞪着帐顶发呆。

我奇道："太阳都照着屁股了还不起床，思考什么呢？"

他看看我，然后长长地叹了一口气。

"怎么？"我微微侧目。

他不语，隔了一会儿才轻叹道："林晚词死了。"

我一愣，静默片刻，道："不过你的猜测罢了？"

他道："除此之外，没有更好的解决途径。这也是她自己选择的结局。她太聪明，有时候反而更容易陷入迷障，她这样的人在世上多活一天，便是多受一天的折磨，死未尝不是一种解脱。"他起身下床，穿一身雪白单衣在镜子前坐下，拿了一把梳子递给我，"帮我梳头。"

我一愣，道："平时没这习惯啊。"

"今后就有了。"

我一手握梳，一手握发，梳理顺，便在发根束上丝带，道："好了！"

他自镜子里瞪我:"这么简单?"

我摊开手掌,极为无辜地说道:"我只会这个。"

他对着镜子瞧了瞧,故作委屈地皱眉道:"那就先这样吧,以后再……"一语未毕,前院忽起争执之声,我与他同时一愣,两人出房到前面一看,却是凤鸣与唐璎珞在门前的垂柳下争吵。

我忙问道:"这是怎么回事?"

唐璎珞一见我便叫起来:"容姐姐,这个人忒不要脸了。我来的时候找不着地方,就跟他问问路,想不到他居然一路跟着我……"

她说着转头对凤鸣冷笑道:"哼!你千万不要以为我长得漂亮,就心地善良,我告诉你,我对付流氓一向心狠手辣。"

凤鸣面色铁青,紧紧闭着嘴巴,一言不发。我和艳少对视一眼,忍不住大笑起来。

凤鸣忽然对她反唇相讥,道:"你长得漂亮?姑娘,你出门从来都不照镜子吗?"

我顿时睁大双眼:我从来不知道凤鸣也有这样刻薄的一面,真人不露相啊!

唐璎珞面色不太好,却毫不脸红地反问道:"我不漂亮,那你一路跟着我干什么?"

凤鸣冷冷地道:"我本来就要走这条路……"

唐璎珞冷笑打断他:"那你继续走啊,怎么不走了?"

"因为我到家了!"凤鸣甩下一句话,径直进门去了。

唐璎珞愣住,看了看我,又看了看艳少,指着凤鸣的背影道:"他是……"

我大发慈悲地告诉她:"他就是江湖人称凤鸣飞舞的,凤鸣!"

她睁圆双眼:"奇怪啊……"

"奇怪?"我也奇怪了。

"江湖上传说他的剑非常快,可没听说他眼睛不好使啊?怎么可能连我这样的大美女都没看出来……"她言罢,露出一副咬牙切齿的模样。

我知道唐璎珞很可爱,料不到她竟可爱成这样,忍不住又笑起来,一边携着她的手进门，一边道："你来得正是时候，要是再迟一会儿，我们说不定已经离开了……"

"容姐姐要去哪里？"

"镇铆山。"

她有些心不在焉，轻轻"哦"了一声。我们一路进入前厅落座，丫鬟奉上茶水点心，她只喝了两口水，面色郁郁。我与艳少均心知她必定是刚从碧玉峰下来，也不便追问她。她静静发了一会儿呆，才轻声叹道："想不到林晚词是那么美的一个人……"

我一时不知道如何接话，大脑里回想起林晚词的一颦一笑，那份绝世华光世间也只得她一个人了。

只听唐璎珞又叹道："林哥哥自小就看惯了她那样的美人，难怪他不喜欢我……"说着眼眶微红，泫然欲滴。

我连忙岔开话题，问道："昨晚碧玉峰上到底怎么了？"

她一低头，两颗眼泪滚落下来，声音却异常清晰地说道："林晚词对杀人之事供认不讳，已经自杀向四大派谢罪！"

我虽有准备，闻言仍旧心中震动，抬头看了艳少一眼，他手握着一盏茶，朝我微微苦笑。

"四大派肯就此罢休？他们甘心？"

"他们不甘心又能怎么样？"唐璎珞冷冷地道："论武功，论资历，论权势，他们有哪一样比得上御驰山庄？江湖规矩杀人偿命，罪魁祸首已经死了，他们难道还能铲平碧玉峰？逼死林哥哥？"

我微微一怔："他们有逼迫少辞吗？"

"他们当然恨不得林家人都死绝了，可惜他们没有那个本事，也没那个胆子。"

"怎么？"

"秦秋白老庄主回来了。"

我不禁动容，艳少也微微侧目："他不是失踪很久了吗？怎么突然回来了？"

"据说是林晚词找到了他，请他回来主持御驰山庄下一届的庄主选举。"

"林晚词真是好本事。"我静默半刻，由衷发出赞叹。林千易武功尽失、垂老待毙，林少辞天性淡薄、无心山庄，林晚词将不久于人世，届时御驰山庄群龙无首，必然导致四分五裂的结局，秦老庄主此刻的出现真可谓是及时雨。

唐璎珞沉默好一阵子，不时瞅瞅艳少，似乎想说什么又有所顾忌。

我好奇道："唐姑娘有话直说。"

她抬头看着我，嗫嚅道："容姐姐，我来找你，是想问问林哥哥的消息……"

我吃了一惊，道："林少辞不在碧玉峰上？"

她的表情好像又要哭了："昨晚是在的，今天早晨忽然不见了，到处也找不到……他有没有来找过你啊，容姐姐。"

我摇摇头："没有，他没有来过。"

"那他会去哪里呢？他昨晚就有些不对劲，有点痴痴傻傻的样子，他该不会跟林晚词一样想不开……"

"不会的！"我急忙打断她，道，"他也许是想独自清静一下，不想被人打扰！"

"可是，可是……"她可是不出一个所以然，愣了半晌才道，"御驰山庄将要推选新任庄主，难道他都不打算回来吗？"

我暗自叹息，唐璎珞显然并不了解林少辞。他哪怕有一分这样的心思，事情也不至于到今日这个地步。我忽然想到一个人，便道："你要真的放心不下，不妨去南海的七海连环岛找找看……"

"七海连环岛？"

"嗯！南宫俊卿和林少辞的关系不错，他也许会去那里也说不定。"

"那我就告辞了，容姐姐。"

我一路送她至门外，犹豫半天还是决定多管闲事："唐姑娘，我比你痴长几岁，有几句话想说给你听，不知道你……"

"容姐姐你尽管直说！"

我沉声道："感情这种东西，该付出的时候付出，该放下的时候就要放下。这世上没有什么人比你自己的幸福更重要。"

她沉默一下，点头道："我记着了，姐姐，以后有机会的话，我去镇铘山看你！"

我点头应好，目送她的身影消失在垂柳掩映里，不无怅然之感。这个年轻执拗的姑娘，她将踏上漫漫的寻找旅程，仍由尘世的风烟侵蚀她美丽的容颜，可是她爱的人对此一无所知。

在这个江湖上，有些故事的主角是我们，有些故事的主角是别人。通常来说，故事的主角都是别人多一些，我们偶尔在别人的故事里客串一下，但终归是要谢幕的。我也该对这个江湖说再见了。

时值盛夏，气温急遽上升，我颇觉头晕脑热，一进马车就昏昏欲睡，待到中午打尖时分，才知道马车行驶的方向是四川峨眉山，因为回镇铘山顺道，故而探望一下雷攸乐，为宝藏一事致谢。杜杜鸟不愿意回去，一路上愁眉苦脸的，和凤鸣的兴奋雀跃形成两个鲜明的极端。

我颇为好奇地问凤鸣道："一路上就见你神采飞扬的，高兴什么呢？"

"好看啊。"他扬眉一笑，答我。

"什么好看？"我一时不解，莫非这孩子是看中泓玉，所以才这么兴奋？

"峨眉山，听说很好看。"他一脸向往地说道。

我一愣：这还真是意想不到的回答啊。

"其实天下的山都是差不多的……"

"峨眉山不一样。小时候，我听说站在峨眉山的山顶上可以望见昆仑山和圣洁的雪峰……"

我蹙眉道："这是谁在胡说八道……"

他瞪着我："你怎么知道是胡说八道？"

我不以为然地撇撇嘴："昆仑山好遥远，怎么可能望得了那么远？"

他不言语，转头望着艳少。我回过神来，看着艳少道："不会吧？是你告诉他的？"

艳少的嘴角泛起微笑，带些缅怀的口吻感叹道："是啊，峨眉山的高峻、神秘、空寂，风景之幻丽幽深，实在是人间仙境。"

杜杜鸟忍不住插话道："我觉得还是山下的世界好……"他不敢大声，只在嘴里含糊地嘟囔着："山上冷清清的，一年到头也看不见几个人，山下有美酒佳人……"忽然见到大家都看着他，便住嘴不说了。

我转向凤鸣，非常温柔地安慰他，道："可怜的孩子，你既然这么喜欢峨眉山，那我们就多住些日子，让你尽情得玩个够！"

他似乎被我的语气搞蒙了，只管低头吃饭，也不答话。艳少似笑非笑地看我，手握着一只碧玉茶杯把玩。我感觉面子上有些挂不住，便曲指敲了敲桌子，干咳一声道："凤鸣，我跟你说话呢。"

他自碗里略略抬起头，睫毛覆盖住眼睑，轻声道："我不说话是为你好，否则你只怕又要不好过……"

艳少闻言差点被一口茶噎住，大笑不止。这一瞬间，我无比怀念那个少言寡语、沉默内敛的凤鸣。

说起来，这一趟出行是真正的了无牵挂，全身心放松，兼之天气太热的缘故，一路上走走停停，直走了十多天，方才进入四川境内。江湖道上关于御驰山庄的事情已经传得纷纷扬扬，流言漫天，各种版本都有。

这一日傍晚，我们在一个小镇投宿，同店有几个江湖中人，一整晚上谈论最多的便是御驰山庄，说起林千易与艳少在太原的那一战，对御驰山庄可谓是极尽奚落嘲讽之能事，把艳少吹捧得犹如战神，听得我们暗暗好笑。这也难怪，江湖老大的地位被御驰山庄霸占了一百多年，武林同道们出头之日遥遥无期，有些怨气也是可以理解的。

可是，当他们提到林晚词的时候，态度就完全改变了，异口同声称赞，丝毫不吝溢美之词，更把聊城那一战说得绘声绘色、活灵活现，仿佛亲眼所见一般，至于她的美貌，那就是天上一轮才捧出，人间万户仰头看。最后说到她的香消玉殒，五人齐齐闭嘴。好大的一片留白。

他们本来说得口沫横飞，神采飞扬，店里的人全都为之吸引，聚精会神地侧耳倾听，这时他们忽然不说了，倒显得周遭好一阵安静。杜杜鸟被他们成功的煽出两滴眼泪，"啪嗒"一声跌落在桌面上，格外的响。

我向来只见这小子吊儿郎当、没个正经样，想不到对林晚词倒是真心，便忍不住摸摸他的头，安慰道："别难过了，像林晚词这样的仙子，连老天爷都喜欢，所以招她回去呢。"

谁知他居然难以自抑，一下子抱住我的胳膊痛哭起来，我只得好言细语地劝慰他。他却哭得越发厉害，惹来若干奇怪探究的目光。艳少的眉头越来越紧，我只好朝他无奈地苦笑。

终于，凤鸣忍不住，提起杜杜鸟的后脖衣襟，道："你还没完没了！"说着将他一路提上楼去。

我松了一口气，正准备吃点东西，忽然一阵恶心，奈何大庭广众之下只好皱着眉头强忍下去。

艳少放下茶杯，问道："怎么？"

我道："大概是天气太热了，没什么胃口。"

他稍稍沉吟，向店里的伙计问明了镇上的医馆，要带我去看大夫，诊断的结果居然是……怀孕了！我们俩开始都有些愣怔的，彼此傻看着一副似哭要笑的样子，不知所措。艳少恨不得把我当国宝保护起来，一整晚上抚摸我的肚子，那表情像个好奇的孩子。

隔天晚上，我被命令早早上床睡觉，可是我等了老半天，也不见他有动静，爬起来一看，却见他捧了一本书在灯下翻看。

我奇道："什么书看得这么入神？"

他头也不抬，道："《金匮要略》。"

"讲什么的？"

"讲女人妊娠的……"

"天……"我抚额长叹。

因是夏天的晚上，白昼便显得特别长，夜幕还没有黑透，外面仍有一丝熹微的天光。艳少低头在案前看一卷书，红色的烛光将他的影子投射在墙上，清隽秀挺，动人极了。小镇的某处传来一阵孩童嬉戏声，和大人们带些宠溺的呵斥声，在薄薄的暮色中听来有一种宁静、悠然。隔壁谁家的厨房冒出一股浓浓的烟火味，闻起来也格外亲切、真实，那是这世间最平凡最普通，却也是最幸福的一种生活。

我转过头盯着洁白的帐顶，忍不住微笑起来，迷迷糊糊地睡过去，恍恍惚惚之间好像听到敲门声，艳少起床前去应门，压低声音说一句："出去说。"

我勉强睁眼一看，窗纸微微泛白，灰蒙蒙的，离天明还有好一会儿呢。

外面传来凤鸣的声音："刚刚收到的飞鸽传书——"

艳少轻轻"嘘"了一声，凤鸣的声音立刻便弱下去："京里来的消息……"

我本来睡意很浓，听到这里稍稍有些清醒，耳闻艳少一声轻笑，低低道："我还当是什么大不了的事，以后不用理会这个，去睡吧。"

凤鸣应了一声，脚步声远。

艳少进房轻手轻脚关上门，转身见我睁眼看着他，便笑道："还是把你吵醒了。"

我好奇地问道："京里来了什么消息？"

"没什么！"他重新在我身边躺下，轻描淡写地说道，"新帝登基后杀了一批人，其中有两个是我之前安插在京师的探子，好啦，再睡一会儿吧……"

我愣了好一会儿才回神："你说，他会不会派人追杀咱们？"

他合起眼不理我，一会儿就起了鼾声。

我推了推他，道："别装了。"

他翻个身抱住我，无奈地叹息一声，拖长嗓子道："不会的，傻瓜，我走了他是求之不得，他还不至于那么愚蠢，自己主动找上麻烦，难道他就不怕某一天我忽然出现在他的寝宫里？真的好困啊，可以睡觉了吗娘子？"说完睁一双乌眸无辜地望着我。

我笑嘻嘻地搂住他，哼唱起来："啊啊啊，我的一个乖宝宝要睡觉觉了……"

他"扑哧"一声笑出来，伸手在我臂上轻轻打一下："讨打！"

我乖乖依在他身边，良久也没有睡意，眼看天一点点亮起来，终于决定爬起来，到外面呼吸一下新鲜空气。我才刚一坐起来，艳少便说话了："干什么去？"

"睡不着，到外面走走。"

"天还没亮呢。"

"睡不着嘛。"

"好吧——"他拖长声音，认命地爬起来穿衣服，"我陪你去。"

客栈大堂里有一支蜡烛已经快要燃尽了，红蜡重重叠叠的堆在桌台上，一线红光奄奄一息地摇曳着，守夜的伙计靠在柜台上打瞌睡，大门半开半合，许是为了方便连夜赶路的客人。

我们悄悄地走出去，顺着青石板铺就的街道漫步。街上的店铺都没有开门，周遭静悄悄的，谁家院子里偶尔传来一两声鸡鸣狗吠，越发显得清晨的静谧祥和。远处青山如黛，四周空气清新。我仰头深深吸一口气，道："偷得浮生半日闲。"

艳少笑道："你想怎么闲都可以，还用着偷吗？"

我看着他，笑道："今天是个特别的日子，你不要这么无动于衷。"

他微微挑眉："特别在哪里？"

"今天皇帝登基啊。"

"自打我记事起，他已经是第四个登基的皇帝了，没觉得有什么特别的？"

"可是我的感觉很不一样啊，我知道他会是一个勤政爱民的好皇帝，我还知道他会在哪一年废后，哪一年驾崩？你说，这种感觉是不是有点特别？"

他笑起来，道："你是先知！"说着侧头在我的脸上亲了一口，"请问你有没有预知我刚刚会亲你呢？"

我顿时哭笑不得。

此时，东方的天边升腾起日出的薄熹，层层彤云汹涌如涛，漫天霞光自山头辐射而下，极目可见的山林、田野、村庄都笼罩在一片朦胧的红光里，莫名使人感到一种温暖和生之喜悦。

他忽然道："峨眉山的日出比这个壮观。"

我含笑问道："峨眉山的人是不是也比眼前人要好？"

他微微吃惊地看着我，点头笑道："嗯，真难得啊！"

"难得？"

"醋劲终于爆发了……"

"有吗？"

"没有吗？"

"好吧！"我摊开双手，老老实实地坦白道，"我确实是蛮好奇你们之间的事情，不如说一些以前的事来听听。"

他也极无辜的摊开双手，道："该说的我都已经说了。"

我气结，瞪了他半晌方才笑道："你知道，怀孕的人是不能生气的，醋也不能吃太多……"

他伸手按住眉心揉了揉，学着我的语气道："好吧！我确实觉得雷攸乐是一个很好的姑娘，但是呢，你知道，那时候我还太年轻，还没有学会该怎么样去欣赏一个好姑娘，所以……"

他停顿一下，忽然笑起来。

我皱起眉头："笑什么？"

他无奈摇头，自嘲道："我是笑我自己。那时太年轻，气太盛，听见什么少林、武当……"

我立刻打断他："别想转移话题。"

"谁转移话题了？"他抗议道，"这难道不是以前的事吗？"

"暂时只限于雷攸乐。"

他静默一下，忽然叹道："雷攸乐于我有情，我心里明白，但那时我醉心武学，认定儿女情长会磨灭一个人的意志，所谓智者不坠爱河。但是，或许换作另一个时间，另一种心境，我与她亦未尝没有可能，可是疏狂，你要明白，人生是没有假设的，世间的感情在于一个缘分，早了不行，迟了也不行。"他说着微笑看着我。

我柔声道："感谢老天，让我在最合适的时候遇见你！"

"这一句正是我要说的。"

我微笑起来，握着他的手道："有点累了，我们回去吧！"

他一本正经地问道："需要我抱你吗？"

"大街上？"

"害羞吗？这可不像你的作风。"

我笑着摇头："我还走得动。"

他也不勉强，两人牵手原路返回。

这一天是洪熙元年六月十二日，皇太子朱瞻基即皇帝位。

当朝廷政权更迭的时候，江湖上也在悄然发生着一系列的变化，白莲教彻底销声匿迹了，鬼谷盟尽数退出中原，御驰山庄再次坐稳了江湖霸主的位置，原青龙坛坛主燕扶风在庄主选举大会上脱颖而出，众望所归，成为御驰山庄的新任庄主。

故事进行到这里似乎可以落幕了。然而，一个故事的结束，往往是另一个故事的开始。

未来是一条不可知的、充满变数的旅程，我们须怀着更大的勇气前行。

全文完

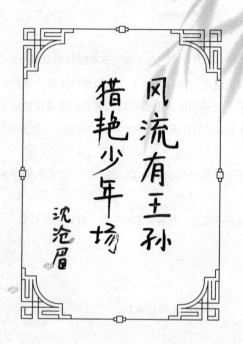

风流有王孙

猎艳少年场

沈沧眉